EL VALS DE LA BRUJA

EL VALS DE LA BRUJA

BELÉN MARTÍNEZ

PUCK

Argentina – Chile – Colombia – España
Estados Unidos – México – Perú – Uruguay

Para Jero,
que hace magia todos los días sin ser un Sangre Negra.

Cinco puntas tiene la magia,
como una estrella maldita.
Una para las maldiciones,
otra para los hechizos.
Una tercera para la alquimia.
Una cuarta para los encantamientos
y una última para las invocaciones.

Cinco puntas tiene la magia,
afiladas como puñales.
Que dañan y nos hacen daño,
que nunca deben cruzarse,
si no quieres que el fuego te alcance.

PRÓLOGO

Dormitorio de Aleister Vale y Marcus Kyteler
7 de junio de 1869

Cuando los encontré en la habitación, me miraron como si nada hubiese ocurrido. Hasta sus uniformes se encontraban impecables. Ni una sola arruga en la camisa, ni el nudo de la corbata torcido. Dos imágenes perfectas y bellas que podrían ser retratadas con óleo.

Sus Centinelas no estaban. Tampoco el mío, al que había dejado atrás. Esto era algo demasiado íntimo en lo que solo debíamos estar los tres.

Marcus se incorporó con una calma fría. Incluso perdió el tiempo en apartarse un grueso mechón de cabello azabache de la frente. Sybil, por otro lado, permaneció sentada en la cama hecha, con las manos pulcramente unidas sobre su amplia falda oscura. Siempre a su sombra. Sin pronunciarse, pero respaldándolo.

La oscuridad lo tiznaba todo de negro. Solo el candelabro encendido de la cómoda de caoba regalaba algo de luz. Pero esta no ayudaba. Solo conseguía que las sombras fueran más profundas.

—Aleister —comenzó Marcus.

—¿Cómo habéis podido hacerlo? —pregunté. La voz que brotaba de mi garganta no era mía. Estaba rota, herida, y sangraba más de lo que podía soportar.

—¿Cómo has podido hacerlo *tú?* —replicó él—. Nos abandonaste.

Los labios me temblaron. Sabía a lo que se refería, por supuesto que lo sabía. Pero ¿cómo era capaz de responderme con una pregunta así? Siempre me había gustado lo desalmado que parecía a veces Marcus Kyteler, incluso me había fascinado. Ahora solo sentía asco. Y rabia.

—No sabes lo decepcionados que nos sentimos —añadió Sybil. La única muestra de descontrol en todo su cuerpo eran sus mejillas blancas—. Jamás lo hubiésemos esperado de ti.

Di un giro. Solté el aire de golpe. Me pasé las manos por mi pelo empapado de sudor y humedad. Después, volví a clavar mis ojos en ellos.

—Os mataré —siseé. Y esas dos palabras liberaron de tal forma mis pulmones que fui capaz de respirar con normalidad después de horas—. Os mataré a los dos.

Marcus permaneció inmutable. Ni siquiera me dedicó un parpadeo. Sybil, sin embargo, miró en mi dirección. Pero no a mí.

Adiviné lo que ocurría antes de que una decena de cuerpos se materializaran a mi alrededor. Y, aunque separé los labios para soltar la primera maldición que pasó por mi cabeza, de ellos solo escaparon una exclamación ahogada cuando hechizos y encantamientos me golpearon y me dejaron inmovilizado.

Éramos demasiados en el dormitorio, a pesar de que era uno de los más grandes de la Academia Covenant. Había profesores y Centinelas y guardias del Aquelarre. Casi sentí satisfacción de que hubiesen enviado a tanta gente para un solo Sangre Negra.

—Aleister Vale, le informo que está detenido por el asesinato de…

Giré la cabeza, había tantas voces que no sabía de dónde provenía esta. Aunque tampoco me importaba, la verdad. Volví a centrar mis ojos en mis dos antiguos amigos y se me escapó una risa larga, incontrolable, cuando atisbé en sus regios rostros algo que parecía agrado.

—Creéis que no lo habíais conseguido, pero sí lo habéis hecho —grité, entre carcajadas. Mi risa se volvió aún más histérica cuando vi cómo palidecían—. Oh, ¿cómo no ibais a lograrlo? Sois Marcus Kyteler y Sybil Saint Germain.

Dejé de ver sus expresiones cuando me alejaron de la habitación y me arrastraron por la galería. Reí todavía más cuando las puertas se abrieron a mi paso y mis compañeros se asomaron, y las carcajadas me destrozaron el pecho cuando a lo lejos comprobé que también habían atrapado a mi Centinela.

Reía tanto, que comencé a llorar.

Primera parte

HIJA DE LEYENDAS

SEPTIEMBRE. AÑO 1895.

Academia Covenant
Septiembre, hace veintisiete años

Bajé del carruaje de un salto y mis botas se hundieron en los guijarros.

Eran nuevas, pero la túnica que me cubría no, y el uniforme tampoco, aunque el año anterior había tenido mucho cuidado en no estropearlo demasiado. Por desgracia, había crecido varios centímetros ese verano y los pantalones negros me quedaban algo cortos. Y aunque eso había hecho gruñir a mi padre entre dientes (como si mi crecimiento fuera algo que yo controlase), a mí no me molestaba. Al menos, no ese día.

Una masa de alumnos atravesaba las inmensas puertas de madera de la Academia Covenant; sobre sus cabezas, flotando, otra fila interminable, esta vez de baúles, se internaba en el interior del gigantesco edificio de tejado negro. Sus ventanas eran cuchilladas oscuras y vidriosas entre las piedras blancas. A un lado, pero sin seguir la corriente, estaban las tres personas del mundo que más deseaba ver.

Mi Centinela soltó un largo maullido y se adelantó para encontrarse con los otros dos que esperaban junto a mi pequeño grupo de amigos. Yo seguí su camino con los ojos brillantes y una sonrisa ladeada.

—Estás preciosa, Sybil. Como siempre —añadí, mientras ella ponía los ojos en blanco y se abanicaba con sus manos enguantadas. El otoño estaba a la vuelta de la esquina, pero todavía hacía calor.

—Guárdate esas palabras para Hester. Ordenó a la criada que le hiciera un nuevo peinado que supuestamente lleva la reina Victoria. —Sus labios se curvaron en una sonrisa ladina—. La pobre está desesperada por captar *su* atención. —Ladeó la cabeza hacia el joven que se encontraba a su izquierda—. No soporta el hecho de que se vaya a graduar antes que él. Me ha dicho que lo echará *terriblemente* de menos.

Leo, a su derecha, apoyado en la fachada con los brazos cruzados, inclinó la cabeza hacia atrás y se echó a reír.

—Se supone que son las hermanas mayores las que se comportan con crueldad. Y tú eres la menor —dijo, antes de lanzarme una mirada divertida.

Yo le correspondí con otra, pero antes de que mis mejillas se calentaran, me volví hacia el joven que todavía no había pronunciado ni una palabra. Su pelo negro y liso bajo el sol despedía destellos azulados. Sus ojos eran más verdes que los prados de la academia.

Un par de alumnas lo observaron de soslayo cuando pasaron por su lado.

—Te veo bien, *Vale* —dijo, como si no hubiera pasado la mitad del verano en su mansión de campo, donde su familia vivía durante los meses más calurosos.

—Yo a ti también, *Kyteler* —respondí.

Y entonces, los dos nos echamos a reír. Y todos nos miraron. Porque siempre nos miraban.

LAS ÁNIMAS DE SEVEN SISTERS

Despertar a los muertos no era una buena idea.

Daba igual cuál fuera el propósito. Nunca servía de nada. Lo único que se conseguía era aterrorizar a muchos Sangre Roja, volver dementes a los más sensibles y provocar dolores de cabeza. Aunque esa era mi idea cuando coloqué mi mano fría sobre la boca de Kate y la arrastré fuera de la cama.

—Ya hay muchos fantasmas en la Academia —dijo, alzando la voz para que el sonido del viento y de las olas al romper contra los acantilados no la ahogara.

—Son viejos y están aburridos. Ni siquiera asustan a los de primer curso —repliqué—. Sabes muy bien que los que son arrancados de la muerte no se comportan igual.

Yo misma lo había visto cuando era una niña y espiaba a través de las inmensas puertas de Shadow Hill, la mansión de campo de la tía Hester. Me apretujaba junto a Liroy y a Kate, mis primos, y nos turnábamos para observar a través de las cerraduras. Todavía ninguno de los tres era capaz de encantar las puertas para que se volvieran transparentes o de preparar alguna poción alquímica que acentuara nuestros sentidos, así que esa era la única manera de ver las reuniones que se llevaban a cabo en el salón de té.

Solían ser reducidas, casi nadie hablaba, pero eran mucho más interesantes que los grandes bailes que celebraban mis tíos durante la Temporada, en los meses de marzo a julio o agosto, cuando se celebraban los mayores eventos sociales en Londres.

En esas reuniones íntimas la mayoría de los que acudían eran Sangre Roja. Nuestras leyes nos permitían relacionarnos con ellos, tener amistades, incluso íntimas (Kate había visto una vez a la señora Holford muy entretenida con un vizconde sin una sola gota de magia corriendo por sus venas), pero nos impedían casarnos con ellos, tener descendencia y mostrar nuestros poderes.

Las sesiones de espiritismo que se llevaban a cabo en el pequeño salón de té de mi tía Hester tanteaban un terreno peligroso, pero nunca llegaban a sobrepasar la línea de lo prohibido. Al fin y al cabo, los invitados nunca sabían que era mi tía la que convocaba a los muertos, creían que la culpable era la médium estafadora que habían contratado esa vez y que siempre terminaba tanto o más asustada que el resto de los Sangre Roja.

Solían ser juegos inocentes, pero a veces los espíritus que eran convocados de vuelta al mundo de los vivos no se sentían felices de regresar, estaban asustados, o simplemente, querían vengarse de aquellos que los habían convocado. A veces eran visibles, otras, solo podían verlos los Sangre Negra como nosotros. Las tazas de té salían volando y se estrellaban contra la pared. En numerosas ocasiones, unas manos invisibles arrastraban las sillas, casi a punto de arrojar al suelo a sus ocupantes. Una noche, un espíritu que en vida había sido un ladrón de poca monta sujetó a una pobre Sangre Roja y la alzó de la falda, tirando de ella hasta subirla hasta el techo. La sostuvo en alto durante al menos media hora, mientras la pobre mujer se desgañitaba y hacía lo posible por cubrirse, aunque las capas y capas blancas que escondía bajo su vestido ocultaban todo lo que había que ocultar.

Kate y Liroy estuvieron revolcándose por el suelo, muertos de risa, mientras yo seguía con el ojo clavado en la cerradura. Recuerdo que, en el instante en que la tía Hester devolvía al fantasma al lugar en donde debía estar y la pobre mujer caía sobre la mesa del té, el espíritu miró en mi dirección y me guiñó un ojo.

Por supuesto, mi tía y mi tío Horace se encargaron de borrar ese suceso de la mente de sus invitados y, desde entonces, redujeron mucho esas sesiones de espiritismo que a los Sangre Roja tanto les fascinaba.

Por esa razón, Kate creía que mi idea no era buena. Sabía que no me iba a limitar a convocar a una sola ánima. Nuestra invocación sería diferente a la que había utilizado mi tía Hester tantas veces antes, o a las que habíamos realizado algunas veces de niñas, para divertirnos, en los primeros años de la Academia.

Pensaba despertar a todo el cementerio de Little Hill, un pequeño camposanto que se asentaba en lo alto de la colina más cercana a la Academia Covenant. Devolver fantasma a fantasma al mundo al que pertenecía iba a provocar muchos quebraderos de cabeza a los profesores y a la directora Balzac.

No nos quedaba mucho para llegar. Habíamos rodeado el pequeño pueblo de Little Hill. Las casas eran de piedra gris y los tejados de pizarra tan negra, que no se podía percibir dónde comenzaba el cielo y dónde los hogares.

Si alzaba un poco la cabeza, podía ver los bajos muros del cementerio a lo lejos, que casi colindaban con el borde del acantilado. Las cruces, los ángeles de enormes alas, se recortaban en el horizonte. Sus ojos de piedra parecían observarnos, aunque yo sabía que quien verdaderamente nos vigilaba no se encontraba frente a nosotras, sino detrás.

Le había pedido a Trece que se quedara en la cama y fingiera dormir. Si alguna profesora rondaba por nuestros dormitorios y no me veía, podía pensar que había ido al baño, pero si él también estaba desaparecido, sospecharía y daría la voz de alarma. A pesar de ello, él me había desobedecido y nos seguía a una distancia considerable.

Al fin y al cabo, había sido una petición estúpida. Nadie podía separar a un Sangre Negra de su Centinela.

No escuchaba ningún siseo detrás de mí, pero podía sentir sus ojos dorados que nos observaban en la distancia. Después de tantos años, todavía me preguntaba por qué había decidido quedarse conmigo aquella horrible noche, en la que desperté en mitad de una estrella de cinco puntas sanguinolenta, cerca de los cadáveres de mis padres y de sus propios Centinelas.

Mi tía Hester siempre iba a cualquier lugar con su Centinela subido en su hombro o escondido en sus pequeños bolsos de terciopelo y encaje. Mi primo Liroy consiguió el suyo cuando solo tenía cuatro años. Se suponía que solo los Sangre Negra más poderosos eran capaces de conseguir uno.

Sabía que mis profesores también se preguntaban cómo yo había logrado atraer a uno cuando observaban a Trece, acurrucado en una esquina de la clase, fingiendo dormir bajo su apariencia de gato.

Aceleré el paso y Kate tuvo que correr para alcanzarme. No me detuve hasta que no llegué a la pequeña puerta del cementerio. Era de un metal herrumbroso y el fuerte viento que tronaba aquí, en la cima, la había abierto. El camposanto casi parecía darnos la bienvenida.

—¿Traes el atado? —me preguntó ella, con un hilo de voz.

Asentí y le mostré la pequeña madeja de muérdago, nuestra hierba protectora, que guardaba en el bolsillo de mi túnica. Sin él no podría entrar en un cementerio o en una iglesia; sentiría un dolor que, poco a poco, se volvería insoportable. Los Sangre Negra no éramos muy bien recibidos en los terrenos santos.

Devolví el muérdago al bolsillo de mi túnica y me adentré en el cementerio, mientras mi prima se apresuraba a seguirme.

Un ligero escalofrío me estremeció cuando traspasé la línea que separaba el mundo del terreno sagrado, pero nada más. Ni una punzada de dolor, ni un ligero malestar.

A pesar de que era de madrugada y de que no llevábamos luz alguna con nosotras, el cementerio resplandecía bajo la luz de la luna, que permanecía llena en el cielo, observándonos. El viento que rugía se encargaba de alejar todas las nubes de ella y de doblar los cipreses con violencia; sus ramas más bajas acariciaban las sepulturas. Los ángeles que velaban algunas de las tumbas nos seguían con la mirada. Sus ojos de piedra casi parecían fruncidos, como si supieran lo que estábamos a punto de hacer. Las alas blancas que se extendían en sus espaldas frías y rígidas no parecían proporcionar consuelo, sino amenaza.

—Hagámoslo aquí.

Me detuve en un pequeño claro, justo en el centro del cementerio. Cerca de las tumbas que nos rodeaban había un par de bancos de hierro y madera, y un pequeño pozo del que extraer agua para las flores de los difuntos.

Sin decir palabra, comencé a cavar. Aunque los caminos no estaban asfaltados, la tierra era dura, y sentí su frialdad a pesar de los gruesos guantes. Podríamos haber utilizado algún hechizo, pero la invocación que íbamos a realizar exigía que nosotras mismas removiéramos la tierra. La magia siempre necesitaba algún tipo de sacrificio.

Kate se colocó a mi lado y me ayudó, en un silencio concentrado.

—Creo que es suficiente —murmuré, dando un paso atrás.

Del bolsillo de mi capa extraje un pequeño bulto blanco y alargado, que no se movió cuando lo dejé en el agujero que acabábamos de crear. Era un hueso que había robado del despacho de la profesora Moore. Una falange. Algo muerto, necesario para lo que íbamos a hacer.

Desde ese pequeño agujero que contenía el hueso, Kate y yo comenzamos a esbozar unas líneas en el suelo utilizando el tacón de nuestras botas. Nos separamos, cada una dibujando un elemento distinto.

Kate se encargó de dibujar la tierra, un triángulo invertido, con una línea horizontal y recta que lo partía en dos mitades desiguales. Yo, la sal, una de las Tres Bases de todo ser que representaba el agua y el aire. Su dibujo correspondía con un círculo partido por la mitad.

El diagrama que habíamos esbozado nos separaba y abarcaba prácticamente todo el cementerio. Cuando terminamos, Kate se encontraba en un extremo, y yo en el otro, las dos sudorosas a pesar del viento frío que hacía revolotear el borde de nuestras faldas. Tomamos aire y regresamos al lugar en donde reposaba la pequeña falange.

Bajé la mirada hasta el hueso y me quité el guante de mi mano derecha. Lo guardé en el bolsillo de la túnica y extendí la mano para que la luz de la luna se reflejara en mi Anillo de Sangre. Parecía una joya que podría llevar cualquier Sangre Roja, al menos, si no se observaba de cerca. Era dorado, algo grueso, y siempre debía llevarse en el dedo índice. Había muchas piedras preciosas que podían ir insertas en él, pero yo llevaba una esmeralda. Tenía la forma de un rombo y la punta de sus aristas era tan afilada, que con una simple caricia podía arañar la piel.

Los Sangre Roja utilizaban sus anillos como un adorno, nosotros los utilizábamos para hacernos sangrar. Siempre hacía falta derramar sangre para realizar una invocación o un encantamiento. Si deseabas conseguir algo, tenías que ofrecer algo a cambio.

No dudé cuando me quité el otro guante y acerqué el anillo a mi mano desnuda.

—¿Estás segura, Eliza? —preguntó Kate, a mi espalda.

—Si tienes miedo, puedes echarte atrás. —Le dediqué una mirada burlona—. Sabes que nunca te delataría.

—No estoy asustada —replicó, con el ceño algo fruncido—. Aunque no creo que esto arregle nada.

—Eso ya lo sé, pero no quiero *arreglar* nada. Quiero que este año sea para los profesores y para todos esos alumnos estirados un terrible y largo dolor de cabeza. —Mis ojos emitieron un destello peligroso—. Quiero que odien este lugar tanto como lo odio yo.

Kate asintió, con los labios apretados. Se quitó los guantes y su mirada descendió hacia el anillo, idéntico al mío. Sabía lo difícil que sería para mí estar otro año más en la Academia Covenant, sobre todo, sin Liroy. El curso anterior debía haber acabado mi formación, pero no logré superar los exámenes. Había sido la única de la clase que tendría que repetir curso, con todo lo que eso conllevaba. Sobre todo, teniendo en cuenta la familia de la que procedía.

Ni siquiera la perspectiva de compartir curso con mi prima Kate, con mi mejor amiga, consiguió que la noticia fuera menos dura. Así que sí, me harían repetir, me obligarían a atravesar otra vez esos pasillos oscuros y soportar risitas, miradas y murmullos, pero yo me ocuparía de hacer que se arrepintiesen.

—Vamos a despertar bellas durmientes —susurré, mientras Kate se colocaba a mi lado.

A la vez, las dos clavamos la punta de la esmeralda en la yema del índice. Tuve que apretar un poco, la piel de mis dedos estaba algo endurecida después de agujerearla durante tantos años. La primera vez que lo hice, con apenas siete años, me eché a llorar, algo asustada y dolorida. Ahora apenas sentía nada.

Una gota carmesí, prácticamente negra bajo la luz de la luna, creció poco a poco y pendió de nuestro dedo. Con un movimiento brusco, agitamos la mano a la vez y las gotas cayeron hacia el hueso. No hubo fallo. El hueso atrajo la sangre como un imán al metal, y su blancura desapareció bajo las gotas oscuras.

Ojos que duermen, que esperan,
abríos.
Oíd mi voz, que os lo ordena.

Nuestras palabras hicieron eco por todo el cementerio. El viento que rugía, de pronto, guardó silencio, como si también deseara escuchar nuestra invocación. El frío aumentó y dilapidó la escasa calidez de los últimos días de ese septiembre de 1895. Yo miré a mi alrededor, esperando.

Pero no ocurrió nada.

Deberían haber aparecido decenas de figuras de piel gris y resplandeciente, que flotasen a medio palmo del suelo. Pero solo estábamos Kate, yo y las tumbas de piedra.

—No lo entiendo —murmuró ella; se inclinó hacia el hueso—. El dibujo es perfecto. Las palabras eran las correctas.

Asentí. Kate, al contrario que yo, era una alumna ejemplar en todas las ramas de la magia, pocas veces se equivocaba en algún hechizo o encantamiento que conocía. Había sido una de las pocas seleccionadas para aprender la rama de las maldiciones, que solo se reservaban para unos pocos (yo, por supuesto, no fui una de las elegidas). Los hechizos, los encantamientos, la alquimia, las invocaciones, todo ello lo aprendíamos durante los años que duraba la Academia, pero de las maldiciones solo se hablaba durante el último curso. Los alumnos que las aprendían eran seleccionados cuidadosamente por los profesores. Tenían su propio lenguaje, su propio idioma, el que se hablaba en el Tercer Infierno: el Infierno de la Ira. Kate, si quisiera, podía hacer arder el mundo con unas palabras y una gota de sangre. Pero su espíritu era demasiado bondadoso para ello. Las pocas tachaduras que había en su expediente eran sin duda por mi culpa.

No separé los labios mientras ella examinaba el suelo. Yo conocía el diagrama, lo había estado practicando desde que había pisado la Academia, hacía apenas una semana. Sabía que el trazo era aceptable. Yo tampoco entendía por qué no funcionaba.

Estaba a punto de reclinarme sobre el hueso para observarlo de cerca, cuando escuché algo. Al principio me pareció un susurro, el viento, que volvía a levantarse, pero entonces, lo oí de nuevo.

Un crujido.

Intercambié una mirada con Kate. Ella también lo había oído. A la vez, bajamos la mirada y, de pronto, sin que nada o nadie lo tocase, el pequeño hueso se partió en dos.

La boca se me secó de pronto.

—¿Esto debía suceder? —pregunté, con la voz ronca.

Su silencio fue suficiente respuesta.

Oh, oh… susurró una voz burlona en mi mente.

Me volví y descubrí a Trece subido en una de las lápidas cercanas. Tenía la cabeza inclinada hacia un lado y sus ojos brillaban con algo que parecía diversión. Las manchas blancas de su pelaje destacaban sobre el negro.

Di un paso atrás, pero de nuevo, otro crujido reverberó en todo el cementerio. Pero en esa ocasión fue tan intenso que repicó hasta en mis huesos.

Kate lanzó un aullido y se acercó abruptamente a mí; señaló con su dedo ensangrentado algo en la lejanía, en el límite del cementerio. Yo seguí su mirada y mis ojos se abrieron de par en par.

Frente a la lápida más cercana a la salida del recinto, había aparecido algo. Una mano. Brotaba del suelo, poco a poco. Apenas eran unos pocos huesos recubiertos con algo de músculo y tendón. Detrás de esa mano, apareció un brazo, y tras él, un cuerpo hecho pedazos. Parecía un hombre, a juzgar por las escasas ropas que todavía lo cubrían… si quedase algo que cubrir. Apenas era más que un esqueleto recubierto con un poco de carne. Ni un solo pelo envolvía su calavera. Lo que quedaba de sus ojos se clavó en nosotras, arrancándonos una exclamación. Nos observó durante un instante, algo confuso, para finalmente dedicarnos una rigurosa reverencia. Después, se incorporó y salió corriendo del cementerio.

Él no fue el único.

Bajo nuestros pies, el suelo pareció vibrar de pronto. El hueso roto y manchado de sangre tembló y repiqueteó en su agujero.

A menos de dos metros de distancia, una niña que había muerto hacía solo unos días, según la inscripción de su lápida, apartó la tierra a manotazos y su tronco asomó por el terreno removido. Gruñó con esfuerzo, en un siseo espeluznante, hasta que logró liberar sus piernas. No sabía cómo había podido escapar de su ataúd, pero no sentía ningún deseo de descubrirlo.

Aunque su cuerpo parecía estar entero, sus ojos eran opacos y traslúcidos, y su piel estaba recorrida por hematomas negros y morados. Los huesos y los músculos le crujían de forma extraña con cada movimiento que realizaba.

Se volvió hacia nosotras.

—Muchas gracias, señoritas —dijo con una voz gastada que no pertenecía en absoluto a alguien de su edad—. Mi madre se alegrará mucho de volver a verme.

La verdad era que lo dudaba bastante.

Alzó su falda blanca por encima de unos tobillos ennegrecidos y nos dedicó una pequeña inclinación de cabeza antes de alejarse de nosotras con pequeños saltitos que sacudían todas y cada una de sus articulaciones.

Poco a poco, sin descanso, más manos surgieron de la tierra, acompañadas de cuerpos a veces descompuestos, a veces enteros, a veces no más que unos pocos huesos que se desarmaban y empezaban a agitarse.

Frente a nuestros ojos atónitos, cada uno de los habitantes del cementerio de Little Hill escapó de su encierro y atravesó la barrera que lo conectaba con el mundo de los vivos.

Nosotras nos quedamos inmóviles, en el mismo centro de nuestro diagrama de invocación, incapaces de articular ni una sola palabra. Nos miramos cuando el primer grito rasgó la quietud de la noche.

Los labios se me doblaron en una extraña sonrisa cuando murmuré:

—Creo que esto va a ocasionar más que un terrible dolor de cabeza.

MALAS ALUMNAS

Jamás había pensado que el silencio fuera una tortura. Pero en ese momento, lo era.

Sentada en el despacho de la directora Balzac, con Kate a mi lado, los labios apretados y los ojos cansados de sueño y de mirar a todos los rincones, esperaba en silencio. Aunque, a decir verdad, era un silencio relativo. Desde que esa primera mano había escapado de la tierra, el silencio se había extinguido.

No todos los cadáveres que habíamos revivido se habían dirigido a Little Hill, donde habían vivido o, al menos, donde habían residido sus últimos días. Algunos habían interiorizado mi deseo y ahora caminaban libres por los pasillos de la Academia Covenant.

Detrás de la puerta cerrada del despacho, de vez en cuando se escuchaban chillidos, pasos que huían y voces agitadas que recitaban encantamientos y hechizos. A veces, también se escuchaban sonidos extraños, como de huesos cayendo al suelo.

Llevábamos más de tres horas así. Y así nos mantendríamos hasta que llegaran mis tíos. Y eso requería bastante tiempo. En septiembre solían estar alojados en Shadow Hill, la residencia de verano de la familia Saint Germain, cerca del pueblo de Groombridge. Sabía muy bien lo que tardarían en llegar hasta aquí. Nosotras mismas habíamos realizado el mismo trayecto hacía poco más de una semana, cuando habíamos llegado a la Academia después de las vacaciones.

Mi tía Hester adoraba Shadow Hill, su hogar cuando la Temporada en Londres no había comenzado. Le encantaba caminar por los interminables jardines, tomar té en el cenador repleto de flores, celebrar bailes que se extendían hasta el amanecer. Era como un sueño para ella, así que estaba segura de que habría montado en cólera cuando la hubiesen arrancado de la cama para comunicarle que su hija y su sobrina habían despertado a más de cien muertos. Que, por cierto, no se mostraban muy colaboradores de volver al lugar al que pertenecían.

El Centinela de la directora Balzac observaba acusadoramente al mío. Sus ojos de búho, redondos, se parecían mucho a los de la mujer. Trece, sin embargo, lo ignoraba con esa manera única que poseían los gatos. Aunque en el fondo, él no fuera un gato en absoluto.

Sus ojos amarillos parecían brillar tanto como las llamas que titilaban en los candelabros del despacho, y su pelaje negro y blanco, corto en la mayor parte del cuerpo y largo en sus patas, se fundía con las sombras negras que despedían las inmensas estanterías de caoba, repletas de libros y tratados de magia. Además de la repisa y la gran ventana que se encontraba detrás del escritorio, con los cristales temblando por el viento, las paredes del despacho estaban cubiertas por cuadros y fotografías de antiguos profesores y directores. No me gustaba mirarlas demasiado. Cada vez que lo hacía, tenía la sensación de que sonreían con burla y me devolvían la mirada.

De pronto, un súbito murmullo hizo levantar la mirada a la directora. Por encima de los gritos, se escuchaba un rumor lejano que aumentaba conforme se acercaba al despacho.

Kate se irguió un poco en el asiento, tensándose, y me lanzó una mirada en el instante en que la voz sinuosa de Trece resonaba en el interior de mi cabeza.

31

Y ahora es cuando comienza el espectáculo.

No tuve tiempo de responderle. De golpe, la puerta de la estancia se abrió de par en par y la tía Hester entró acalorada, con el sombrero mal puesto y sin un peinado correcto. Tras ella, intentando seguirle el paso, estaba la profesora Moore, nuestra tutora. El que cerraba la marcha era mi tío Horace. También daba muestras de haberse vestido apresuradamente, apenas podía seguir el paso de las dos mujeres. Por el rubor que coloreaba sus mejillas, imaginaba que hoy habían tenido una de sus cenas interminables.

Antes de que cerrara la puerta a su espalda, me pareció ver corriendo por el pasillo a uno de los alumnos de primero, perseguido por un cadáver sin cabeza. Cuando desapareció de mi vista, solo quedó su aullido estrangulado por las cuatro paredes.

—Señores Saint Germain… —comenzó la directora Balzac, mientras se reclinaba hacia adelante. Su voz sonaba extrañamente calmada.

—¡Esto es un escándalo! —exclamó mi tía, interrumpiéndola. Prácticamente se arrancó el sombrero de la cabeza y dejó tras él un manojo de cabellos a medio unir. Su pelo rojizo y ondulado era igual al de su hija. Sus ojos, al contrario de los claros de Kate, eran oscuros, y ahora brillaban en ellos las llamas de los Siete Infiernos juntos. Mi prima tenía una figura suave y menuda, pero mi tía era rígida y alta, más incluso que mi tío Horace, y parecía construida a base de acero.

La tía Hester siempre iba a la última moda. Sus vestidos eran la envidia de todo Londres y de Shadow Hill, aunque era reacia a abandonar el polisón, como sugerían las nuevas corrientes. En sus dos residencias tenía cuatro vestidores, cada uno destinado a las distintas épocas del año. Sus amigas lo visitaban durante las cenas o los bailes como si se tratase de otro salón más. Por eso, desaliñada como iba, sin maquillar, con un vestido arrugado y su capa de viaje, no parecía ella. Su Centinela, un murciélago que siempre viajaba en su hombro cuando no había Sangres Roja cerca, aleteaba a un metro de distancia, nervioso.

—¿Por qué no se sienta, señora Saint Germain? —preguntó la profesora Moore. Señaló la única silla negra que quedaba libre, entre Kate y yo.

—Como comprenderá, después de que me saquen de mi cama a horas intempestivas, de viajar por unos infernales caminos sin un carruaje adecuado, prefiero permanecer de pie —contestó, golpeando con el tacón de su bota el suelo de madera—. Jamás, en toda mi vida, había visto una urgencia semejante. ¡Ni siquiera me han permitido llamar a mi cochero!

Mi tío inspiró hondo y ocupó él mismo la silla. Nos dedicó una pequeña sonrisa reconfortante antes de que su mujer lo fulminara con la mirada. Ella ni siquiera nos había echado un solo vistazo.

—Siento los inconvenientes que le hayamos hecho pasar, señora Saint Germain —repuso la directora, con su voz lenta, calculada—. Pero supongo que habrá comprendido la gravedad de la situación cuando ha sido testigo de cómo se encuentran los alrededores de la Academia. Y créame, en Little Hill están mucho peor. Hemos tenido que convocar a guardias del Aquelarre.

—Supongo que tampoco les habrá gustado que los saquen de la cama de esta forma tan horrible, por un asunto sin importancia —replicó mi tía, resoplando con disgusto.

—Señora Saint Germain, creo que no es consciente de lo que ocurre —intervino la profesora Moore. Estaba tan furiosa que sentía cómo el aire vibraba en torno a ella—. Su hija y su sobrina han revivido a todo el cementerio de Little Hill. Exactamente, a ciento setenta y tres muertos. Algunos, enterrados hace más de cien años.

—¿Ciento setenta y tres? —repitió mi tío; paseó su mirada entre su hija y yo—. ¡Eso es asombroso! ¿Y hablamos de cuerpos completos o…?

No pudo terminar la frase porque mi tía le propinó un empujón nada disimulado. Kate tuvo que bajar la mirada para que las sombras ocultaran su pequeña sonrisa y yo fingí un súbito ataque de tos para esconder una carcajada.

—Ciento setenta y tres cuerpos, con sus mentes y recuerdos intactos. —La directora Balzac hundió sus ojos redondos en mí, consiguiendo que la tos se me atragantase—. Es una gran proeza, he de admitir. Creo que incluso algunos de nuestros graduados no podrían realizar una invocación semejante. Requiere de una destreza y de un gran conocimiento mágico. Sobre todo, si tenemos en cuenta que utilizaron un conjuro para despertar fantasmas, y no a cadáveres. Lo que me hace sospechar que esto no ha sido más que una invocación que se les ha ido de las manos, ¿no es así, señoritas?

Kate y yo mantuvimos los labios sellados.

Mi tía suspiró con fuerza y agitó la mano en el aire, cada vez más hastiada.

—No sirve de nada llevar a cabo una invocación poderosa si no se puede controlar. Nosotros controlamos la magia, la magia no es la que nos controla a nosotros —añadió la profesora Moore—. Es una de las primeras reglas que les inculcamos.

Era verdad. Pero a mí nunca se me había dado bien escuchar.

—Los guardias del Aquelarre deberán borrar la memoria a todo el pueblo de Little Hill. Uno por uno. Sin embargo, ni siquiera eso podrá asegurarnos de que todos los Sangre Roja olvidarán el episodio. Hay viajeros nocturnos. Puede que incluso alguno de los resucitados se haya acercado a otro pueblo cercano… no podremos saberlo hasta que no se devuelvan todos los cuerpos a sus sepulturas. —Mi tío carraspeó con turbación y mi tía bajó el ritmo de sus paseos, algo tensa. Su Centinela no dejaba de agitar con furia las alas—. Como comprenderán, es un atentado importante contra la seguridad de los Sangre Roja y contra nuestra propia seguridad.

Al escuchar esa última palabra, mi tía detuvo al instante sus pasos nerviosos y mi tío alzó la mirada. *Seguridad*. Era un término importante y peligroso, sobre todo para nosotros. Los Sangre Negra habíamos sufrido mucho desde nuestra misma creación. Siempre habíamos sido menos numerosos frente a los Sangre Roja, pero, aunque sí éramos más poderosos, a lo largo de la historia habíamos sido los perjudicados. ¿A cuántos habían quemado en la hoguera? ¿A cuántos habían colgado de la rama podrida de algún árbol? ¿Cuántos se habían marchitado entre las paredes de piedra de alguna cárcel, esperando un juicio injusto? Después de tanto tiempo se había conseguido crear un equilibrio. Mantenernos en secreto, unirnos a los Sangre Roja como el agua y el aceite, unos junto a otros, pero nunca mezclados. Nuestra seguridad era lo más importante. Y ponerla en riesgo era el mayor de los delitos.

El Aquelarre era nuestro órgano de gobierno y el encargado de mantener esa seguridad… y de castigar a los que la pusieran en riesgo. De una forma u otra. No había piedad para los que ponían las vidas de sus semejantes en peligro. Daba igual que se tratase de un par de enamorados o de unas jovencitas que habían ejecutado mal una invocación, como nosotras.

¿Y si alguien, incluso un niño, escapaba de los guardias del Aquelarre y contaba que había visto a los muertos caminar por la noche? ¿Y si alguien nos había espiado desde sus ventanas y nos había observado andar desde el cementerio? Solo hacía falta un rumor, un susurro. La chispa para que la hoguera se prendiera y el incendio se extendiera, y arrasara con todo.

—Señores Saint Germain. —La directora Balzac se dirigía a mis tíos, aunque tenía su mirada clavada en mí—. Deben retirar la matrícula de su hija y de su sobrina de la Academia Covenant. Esta misma noche.

La tía Hester abrió la boca de par en par, lista para protestar, pero la directora continuó:

—Están expulsadas, pero podemos fingir que todo esto ha sido decisión suya. Si no lo hace, deberemos hacer su expulsión pública, con todo lo que conllevará para ellas… y para su familia.

—*¿Expulsadas?* —repitió el tío Horace, lívido.

Kate me lanzó una mirada horrorizada, y yo, disimuladamente, deslicé la mano por nuestras faldas y le apreté con suavidad la muñeca. Estaba temblando, y no por el frío.

En toda la historia de la Academia Covenant, desde su fundación, hacía más de quinientos años, solo habían expulsado a un alumno por, como bien había señalado la directora Balzac, poner en peligro la seguridad del resto de Sangre Negra. Su nombre era Aleister Vale, el mejor amigo de mis padres. El mismo que terminó matándolos años más tarde.

Era una ironía cruel que su única hija corriera el mismo destino.

Trece dejó escapar un maullido desde su rincón al escuchar mis pensamientos. No sabía si aquello era una risa o un gemido. Tratándose de un demonio, nunca se sabía.

—No está hablando en serio —siseó la tía Hester; clavó las uñas en los hombros estrechos de su hija—. No puede expulsarlas.

—Les estoy ofreciendo la posibilidad de retirarlas de la Academia —corrigió la directora, sus ojos nos recorrieron uno a uno—. La señorita Kyteler, aunque no superó sus últimos estudios, sí los cursó. La señorita Saint Germain, por otro lado, podría recibir clases de una institutriz. Conozco a algunas de confianza, si les interesa.

Sabía que para la tía Hester, tan acostumbrada a que tanto los Sangre Negra como los Sangre Roja besaran el suelo que pisaba, esto era una gran afrenta. Casi un insulto. Los Saint Germain eran una de las familias más famosas en toda Inglaterra. Liroy, su primogénito, el hermano mayor de Kate y mi mejor amigo, había sido uno de los mejores alumnos de la Academia, se había graduado con honores. El propio Aquelarre estaba interesado en él, tal y como habían estado interesados en mis padres. Mi tía era muy poderosa; su hermana, mi madre, había sido la Sangre Negra más prometedora de toda su generación. Y Kate tampoco se quedaba atrás, era la alumna más sobresaliente de todo su curso.

Había demasiada magia contenida en ese pequeño espacio, demasiadas emociones. Los libros se sacudieron en sus estantes, un viento extraño empujaba los mechones de mi pelo oscuro, enredándolos, y las llamas de las velas oscilaban. El candelabro dorado que colgaba del techo se balanceaba de un lado a otro. Los Centinelas eran fieles reflejos de sus dueñas. El búho de la directora Balzac levantaba sus alas y el murciélago de la tía Hester enseñaba sus pequeños, pero afilados colmillos.

El único que parecía disfrutar con el espectáculo era Trece. Para variar.

—Sé lo importante que es para usted el decoro y las formas, señora Saint Germain —añadió la directora, aún calmada, aunque todo parecía vibrar a su alrededor—. Sabe lo que podría suponer un escándalo para una familia como la suya.

Claro que lo sabía. Todos los sabíamos, y yo estaba segura de que la tía Hester no permitiría que ocurriera.

Sus manos se separaron de los hombros de Kate, que se retorció un poco, dolorida, mientras su madre alzaba la barbilla, con los ojos fijos en la directora.

—Recoged vuestras cosas. Nos iremos ahora mismo.

Kate prácticamente saltó de la silla. Mi tío Horace dejó escapar un largo suspiro, se puso de pie e inclinó la cabeza frente a la directora y la profesora Moore. La tía Hester, por supuesto, ni siquiera les dedicó ni un solo parpadeo.

Yo me puse en pie, siguiendo a mi familia, que abandonaba con prisa el despacho.

—Eliza.

Me quedé helada. No sabía si la directora había susurrado algún tipo de hechizo a mi cuerpo para que me quedara paralizada, o lo que sentía derivaba de la sorpresa de escuchar mi nombre. Los profesores nunca se dirigían a los alumnos con sus nombres de pila.

—Parece que has conseguido lo que querías —dijo, con lentitud. Jamás la había oído tutear a nadie.

Traté de moverme, pero mi cuerpo no me respondió. Mis tíos y Kate ya habían salido del despacho. Los único que quedábamos éramos Trece y yo. Él había lanzado sus orejas hacia atrás, alerta al sentir la magia de la directora.

—Supe que este lugar no era para ti el mismo día en que tus tíos te trajeron a mi despacho. Sé que esta expulsión es como un regalo. La Academia te ha enseñado todo lo que ha podido. Es una pena que hayas arrastrado a alguien que sí necesitaba aprender mucho más —añadió mientras deslizaba los ojos por la espalda de Kate, que se alejaba por la galería.

Yo no separé los labios, y no porque su magia me impidiera moverlos. Ella me observó durante un instante más, antes de soltar un pequeño suspiro. Con un movimiento apenas perceptible de cabeza, me dejó libre.

Solté el aire de golpe. No me había percatado de que había estado conteniéndolo.

Hice una rápida y torpe reverencia y salí del despacho con prisa, en dirección al dormitorio que compartía con Kate para hacer el equipaje y no regresar jamás.

Mientras me alejaba con Trece pegado a mis talones, escuché a la profesora Moore suspirar:

—Por los Siete Infiernos, no se parece en nada a sus padres.

REVELACIÓN

Yo era famosa incluso antes de nacer.

Cualquier hijo de Marcus Kyteler y Sybil Saint Germain iba a serlo. Habría dado igual si hubiese sido niño, o si hubiese tenido el pelo rubio, a pesar de que era algo que los nuestros detestaban. Recordaba demasiado a los ángeles, solían decir. A veces, traía mala suerte.

Las comadronas Sangre Negra se habían peleado por acercar a mi madre a sus salas de nacimiento. Querían traer al mundo con sus propias manos a alguien al que ya muchos bautizaban como «el futuro de la magia».

Por desgracia, fui una decepción desde el principio. Después de un parto complicado, nací demasiado pequeña, demasiado débil, y mis padres tuvieron que contratar a cuidadoras para vigilarme día y noche, durante casi un mes. Cuando por fin el peligro pareció pasar y el mundo me conoció, seguí sin ser lo que se esperaba de mí. Los encantamientos, las pociones alquímicas y los ungüentos que habían extendido por mi pequeño cuerpo, me habían provocado manchas azules en la piel, y el poco pelo que había tenido al nacer, se me había caído por completo. Ni siquiera era risueña. Al parecer, el tiempo que no pasaba durmiendo, lloraba sin control, con unos chillidos tan agudos que espantaban a todas las visitas. Ni siquiera llegaban a terminarse la taza de té. Todos se sentían un poco desconcertados. Al parecer, las hijas de los héroes debían ser hermosas y tener cierto decoro, aunque solo supieran balbucear.

Con el tiempo, las manchas de mi piel desaparecieron y el pelo volvió a crecerme, pero seguí siendo una niña difícil. Cuando tenía cinco años, escuché por primera vez una frase que se repetiría a lo largo de toda mi vida y que me terminaría cansando de escuchar: «No se parece en nada a sus padres».

Tenían razón, no podía negarlo.

Físicamente, no me parecía a ellos. No había recibido el precioso pelo anaranjado de mi madre, abundante y lleno de rizos, ni el de mi padre, negro y liso, que resplandecía cada vez que los rayos de sol se reflejaban en él. Al contrario, mi larga melena era lacia y de un marrón opaco, que no reflejaba ni un solo rayo de luz, incluso en los días más luminosos. Mis padres tenían los ojos claros, grises y verdes, pero los míos eran de un azabache tan intenso que apenas se distinguía el iris y la pupila, lo que me hacía tener una expresión un tanto extraña.

Y luego, estaba el tema de la magia.

El mundo creía que, aunque no fuera esa niña preciosa y buena que se suponía que debía ser, sería un auténtico genio. Muchos pensaban que tendría mi Revelación, mi despertar como Sangre Negra, cuando no fuera más que un bebé.

Al fin y al cabo, mi padre la tuvo el mismo día que nació. Con un solo roce de sus dedos, convirtió la madera de la cuna en oro. Mi madre no fue tan precoz, pero, aun así, también tuvo una de las Revelaciones más prematuras registradas. El día que cumplió su primer año, apareció en el salón de mis abuelos, llorando y arrastrando un viejo oso de peluche, que se había vuelto rígido y pesado, recubierto por una gruesa capa dorada.

Los Sangre Negra solo podrían cubrir de oro lo que tocaban las primeras veces que manifestaban su magia. Después, nunca podrían volver a hacer nada parecido. A pesar de lo que creían los Sangre Roja y de las leyendas que circulaban sobre nosotros, con nuestra magia no podíamos conseguir bienes, solo realizar acciones.

Sin embargo, en mi caso, los meses fueron pasando y no di muestras de poseer ningún don particular. Cumplí el primer año, después el segundo, y más tarde el tercero. Y a pesar de que el tiempo seguía pasando, yo seguía sin poseer ni un ápice de magia corriendo por mis venas.

Mis padres empezaron a preocuparse cuando los hijos de sus amigos, mi primo Liroy o Kate, que tenía un año menos que yo, comenzaron a tener sus Revelaciones. Y cuando cumplí los cinco, a tan solo un año de comenzar con mi instrucción básica, decidieron que ya era hora de llevarme a un sanador.

Era muy extraño que dos Sangre Negra tuvieran un hijo sin el don de la magia. Pero lo era aún más cuando los padres eran prodigios. No solo habían tenido las Revelaciones más tempranas de la historia; habían sido grandes alumnos de la Academia y al graduarse, formaron parte de los Miembros Superiores del Aquelarre, el mayor órgano de gobierno de nuestro mundo. Además de ello, habían publicado varios códices relacionados con la alquimia y las maldiciones, y habían creado encantamientos e invocaciones. De no ser por ellos, además, no se habría capturado a Aleister Vale.

Aunque medio mundo me observaba, preocupado, yo disfrutaba de mi libertad. Era pequeña, pero ya tenía claro que no quería ser una Sangre Negra, una *bruja*, como nos llamaban los Sangre Roja. Comenzaba a entender lo que ello significaba. Lo veía en Liroy y Kate, mis primos. Cuando Liroy cumplió los seis años, lo enviaron a la Academia Covenant, un internado que se encontraba en Seven Sisters, en Sussex. Estaría fuera, alejado de todos nosotros, hasta las vacaciones de invierno.

Los niños Sangre Roja, como llamábamos a todos los mortales sin magia, recibían su educación en casa, junto a las institutrices, o bien en escuelas. Sabía que no sería divertido, pero prefería eso que pasar meses y meses lejos de mi hogar, perdida en un edificio monstruoso en la cima de un acantilado gigantesco. Por las noches, en mi casa, recordaba la cara pálida de Liroy, mientras su hermana Kate lloraba desconsolada y hacía lo posible por saltar al carruaje y marcharse con él.

El tiempo siguió pasando y a pesar de los esfuerzos de mis padres, y de la preocupación del resto de mi familia, no tuve ninguna Revelación. Seguí siendo tan vulgar como el resto de los Sangre Roja.

El día que cumplí los seis años, mis padres decidieron buscarme una institutriz. No era un asunto fácil, no había muchas institutrices Sangre Negra y, además, yo realmente no poseía ninguna magia que debiera controlar. Pero contratar una institutriz Sangre Roja era peligroso. Aunque éramos cuidadosos y pocas veces nos descubrían, había ocasiones en las que alguien era testigo de algún encantamiento, de algún hechizo, y entonces, se le debía borrar la memoria. Generalmente, era un encantamiento sencillo, pero se debía realizar rápido. Cuánto más se tardase en hacer desaparecer de sus mentes todo aquello relacionado con la magia, peor sería. Mi propia familia lo sabía muy bien. Pero ese no era el único problema, borrar la memoria muchas veces a un Sangre Roja también podría terminar afectando sus propios recuerdos.

Mis padres eran Miembros Superiores del Aquelarre, podían ejecutar ese encantamiento hasta dormidos, pero no creían que fuese buena idea que una institutriz Sangre Roja acudiera a nuestra mansión y tuvieran que borrarle la memoria cinco veces a la semana.

Por suerte, el asunto se resolvió gracias a lady Constance. Era una vieja amiga Sangre Roja de mi tía Hester, la hermana mayor de mi madre. Su hija, Charlotte, tenía mi misma edad, y había comenzado hacía poco a recibir clases por parte de una institutriz que le habían recomendado. Al parecer, se sentía sola. No tenía hermanos y quería compartir las clases con alguien más.

Fue la propia Lady Constance quien le ofreció a mis padres que yo acudiera cada mañana a su domicilio, que se encontraba a solo unos quince minutos andando. Sabía que, de ser yo como el resto de los Sangre Negra, nunca lo habrían permitido. Pero tenía la ligera sensación de que querían apartarme de su vista. Apenas pasaba tiempo con ellos; trabajaban mucho y, cuando no lo hacían, acudían a cenas o bailes hasta muy tarde. Muchas veces los esperaba despierta, a la espera de que cuando regresaran, me dieran un beso de buenas noches. Pero casi nunca lo hacían. Se limitaban a abrir un resquicio de la puerta de mi dormitorio, me observaban un instante mientras yo fingía dormir, y después volvían a cerrar la puerta. Para ellos, era una gran decepción.

Mientras todos se compadecían de mí y sentían lástima por mis padres y mi ilustre familia, yo sonreía más que nunca. Me veía por fin libre de ese lastre que me había perseguido desde el día de mi nacimiento. No tenía que ser una Sangre Negra. No tendría que ser como mis padres.

A pesar de que la señorita Grey, nuestra institutriz, era dura y apenas nos dejaba hablar durante las clases, Charlotte y yo en apenas una semana nos volvimos inseparables.

No podía sentirme más feliz durante las mañanas que compartía con ella, la señorita Grey y Lady Constance. Estaba dentro de un grupo que me aceptaba como una más, libre por fin de tantos recelos y rumores susurrados a los oídos. Cuando no tenía más remedio que soportar las reuniones y las cenas junto a otros Sangre Negra en la casa de mis padres, y me obligaban a estar con el resto de los niños, que ya conseguían hacer flotar algunos jarrones o invocaban sin querer el alma de algún muerto, ni siquiera movía los ojos para mirarlos.

Para mí ya no existían.

Ya no tenían que ver nada conmigo.

Por desgracia, todo cambió una noche, justo antes de envolverme entre las sábanas.

No duró ni un segundo, pero en el momento en que lo sentí, supe que todo se había acabado. Que acababa de tener mi Revelación.

Todo sucedió cuando toqué un cojín de terciopelo para dejarlo a un lado. Algo parecido a un escalofrío, pero más hondo y abrasador, me recorrió desde la raíz del pelo a la punta de los pies, y me dejó mareada y sin aliento.

Cuando parpadeé y bajé la mirada hasta las manos, el cojín se había cubierto de oro.

Lancé un grito desgarrador y me puse de pie. Retrocedí hasta darme contra la pared. El cojín de oro cayó al suelo y produjo un repiqueteo que la gruesa alfombra amortiguó en parte.

Era una Sangre Negra.

Era una *bruja*.

Como mi célebre madre.

Como mi famoso padre.

Me había equivocado. La pesadilla no había terminado. Acababa de comenzar.

Aunque el resto del mundo no tenía por qué enterarse.

Tragué saliva y, con el corazón latiendo en mis oídos, me acuclillé y empujé el cojín de oro. Lo escondí debajo de los encajes y doseles que colgaban de mi cama. Lo observé con fijeza y desvié la mirada hacia mis manos, pero nada parecía haber cambiado en ellas. Quizás no había sido más que un error. Otro más que había cometido la decepcionante Eliza Kyteler.

Sacudí la cabeza, soplé las llamas que oscilaban en las velas y me acosté. Aunque cerré los ojos, no dormí nada en toda la noche.

A la mañana siguiente, lo primero que hice fue arrodillarme junto a mi cama y mirar por debajo de ella. Por desgracia, el cojín seguía allí, resplandeciendo levemente entre las sombras.

—¿Señorita Eliza?

Me volví bruscamente hacia Lotte, una de nuestras doncellas, que me observaba con el ceño fruncido junto a la puerta de abierta. Entre sus manos llevaba una jarra de agua para asearme. No la había escuchado acercarse.

—¿Ocurre algo?

—No, nada —contesté, esbozando una sonrisa débil.

Aquella mañana apenas pude desayunar. Aunque mis padres no me prestaban mucha atención, mi madre me preguntó si me encontraba mal cuando me vio apartar el plato que apenas había tocado. Yo me limité a sacudir la cabeza, consiguiendo que ella frunciera el ceño tal y como Lotte había hecho.

Cuando llegué al hogar de Lady Constance, apenas pude sonreír. Estaba tan asustada que no me atrevía a tocar nada. Sabía que una vez que había tenido una Revelación, no dejaría de transformar objetos hasta que me inscribiesen en el registro de los Sangre Negra y me dieran la Panacea, que me arrebataría la capacidad de transformar cualquier cosa en oro, controlaría esa magia indómita que ahora corría desbocada por mis venas, y me daría la capacidad para controlar mis nuevos poderes.

Había estado tan distraída que había olvidado traer mi pluma.

—¿Qué sucede? —me preguntó la señorita Grey, cuando vio que no seguía sus órdenes y me limitaba a mantenerme quieta, observando la hoja en blanco de mi cuaderno.

—He… he olvidado mi pluma —murmuré, pálida.

—Yo puedo prestarte una —contestó Charlotte. Abrió su estuche y me la ofreció.

—No… no hace falta —me apresuré a decir, arrastrando la silla por el suelo para alejarme de ella.

—¿Qué tontería está diciendo? —La señorita Grey apretó los labios, impaciente—. Acepte la pluma y comience a escribir. No quiero que nos retrasemos.

Observé a Charlotte, aterrorizada, con el brazo firmemente pegado a mi cuerpo. ¿Qué ocurriría si transformaba sin querer su propia pluma en oro?

—¿Eliza? —preguntó, extrañada. Se acercó más a mí.

Me eché abruptamente hacia un lado, teniendo cuidado de no rozarla siquiera. Ella me miró durante un segundo, sorprendida, antes de resoplar con enfado y dejar la pluma sobre la mesa.

La observé, torturada, con las manos convertidas en puños, temblando en el aire, sin ser capaz de apoyarlas en ningún lado. Después, con mucha lentitud, fui desviando la mirada hacia la pluma que reposaba con inocencia sobre la mesa de madera, al lado del tintero.

No me atrevía a rozarla siquiera.

—Señorita, ¿a qué espera para comenzar a escribir?

La institutriz me fulminaba con los ojos, pero la mirada de Charlotte era la que más pesaba. Notaba las mejillas rojas y brillantes, y la espalda empapada de un sudor frío que mojaba la tela de mi pomposo vestido amarillo.

Con la mano temblando con violencia, la acerqué al suave pelaje gris de la pluma y la rocé apenas con las yemas de los dedos. Esperé, con el corazón en un puño, pero nada ocurrió. La pluma no se transformó, ni siquiera cuando la sujeté con fuerza.

La señorita Grey suspiró y volvió su atención al libro que sostenía entre las manos.

Yo seguía paralizada, con los dedos mojados de sudor, sintiendo cómo la pluma se iba resbalando poco a poco de ellos. No hubo ningún nuevo estremecimiento como el que había sentido la noche anterior, ni ningún escalofrío. Eso sí, tuve cuidado en no tocar

a nadie. Ni siquiera a Charlotte, que no dejó de observarme rece-
losa hasta el final de las clases.

Cuando terminamos, Lotte, la criada, todavía no había venido a por mí, a pesar de que siempre había sido puntual. Sabía que
no podía marcharme sola, aun cuando vivía a tan solo quince minutos de paseo, pero tampoco deseaba quedarme. Tenía miedo de
sufrir otra Revelación.

Lady Constance entró en la biblioteca donde recibíamos clase y
comenzó a hablar con la señorita Grey, que la informaba sobre el
progreso de Charlotte. Aprovechando que estaban distraídas, me
deslicé por mi silla y caminé hacia la ventana más próxima. Observé la calle. Deseaba ver la delgada cara de Lotte doblar la esquina.

Charlotte me siguió y se aproximó demasiado a mí. Sus ojos
marrones despidieron fuego cuando me miraron.

—¿Ya no quieres ser mi amiga? —preguntó, con los labios
apretados—. Hoy no has dejado que me acerque a ti.

El corazón se me detuvo cuando vi las primeras lágrimas aflo-
rar en sus ojos.

—Claro que quiero seguir siendo tu amiga —me apresuré a
decir.

Charlotte apartó la mirada y se llevó las manos a los ojos, se
limpió las lágrimas a manotazos. Su cara entera se había vuelto de
un rojo brillante y había atraído la atención de su madre y de la
señorita Grey, que habían dejado de hablar para observarnos sin
disimulo.

—Estás mintiendo —sollozó.

—Charlotte, nunca te mentiría. Eres muy importante para
mí, y...

Supe que había cometido un gran error cuando la tomé de la
mano. Lo supe en el preciso instante en que su piel tocó la mía y
me produjo un enorme escalofrío, el mayor que había sentido hasta entonces.

No sé si ella también lo percibió, pero sus ojos se abrieron de par en par y me observaron, con horror. Intentó separarse de mí, pero antes de conseguirlo ya se había convertido en una estatua de oro.

Me quedé paralizada, observándola con las pupilas dilatadas, incapaz siquiera de respirar.

El grito me llegó desde muy lejos, a pesar de que la señorita Grey estaba justo detrás de mí.

Me volví hacia ella, con lentitud, y la vi retroceder a toda velocidad para esconderse entre las estanterías de la biblioteca. Miraba primero la estatua dorada en la que había convertido a Charlotte, para después observarme a mí y gritar. Lady Constance se arrojó de rodillas contra su hija, pasando sus manos una y otra vez por esa carita que se había quedado congelada en un matiz dorado, con los labios entreabiertos por la sorpresa y la mirada velada por el pavor.

—¿Qué...? ¡¿Qué has hecho?!

Ellas no lo sabían, pero transformar accidentalmente a una persona en una Revelación era más normal de lo que parecía. Mi primo Liroy había cubierto de oro a su propio padre mientras tomaba el té.

Tendría que haberlas calmado; tendría que haberles asegurado que Charlotte no corría peligro, que no sería una estatua de oro para siempre. Pero no lo hice. Retrocedí abruptamente en dirección a la puerta de salida, sin mirar atrás, tirando algunas macetas, jarrones y libros. Todo lo que tocaban mis manos, aun sin querer, se recubría con un tono dorado.

Ahogué un gemido y eché a correr.

Atravesé el enorme pasillo y bajé la escalera principal; salté los peldaños de dos en dos. Cuando llegué al recibidor, me encontré al mayordomo de la familia. Pasé por su lado. Él consiguió sujetarme, pero al rozar mi piel corrió el mismo destino que Charlotte.

No agarré mi abrigo, a pesar del frío que hacía aquella mañana, y salí a la calle sin dejar de correr. Estuve a punto de arrollar a un par de viandantes, pero me detuve a tiempo, los esquivé y seguí corriendo sin parar, sin rumbo fijo. Solo deseaba desaparecer, me odiaba por lo que había hecho.

No sé cuánto tiempo estuve huyendo, pero, poco a poco, el Londres que conocía comenzó a desaparecer. Los edificios amplios y blancos, de elegantes enrejados y suelos limpios, comenzaron a transformarse en casas bajas, de color marrón, manchadas de hollín. Los suelos se llenaron de charcos sucios, orina y botellas rotas. Hasta el aire se volvió extraño. Pero a mí no me importó. Seguí corriendo hasta que mi pecho pareció estallar, hasta que mis rodillas se doblaron y suplicaron basta.

Me arrastré hacia una pequeña escalera ennegrecida, que comunicaba con un pequeño edificio cuya puerta de entrada estaba medio rota. La calle se encontraba vacía, a excepción de algunos hombres y una anciana, que tenían sus caras sucias clavadas en mí.

Uno de los hombres hizo amago de acercarse, pero la anciana negó con la cabeza.

—Será mejor que no lo intentes —graznó después de escupir algo negro y denso de su boca—. Esa niña está maldita.

El hombre se detuvo en el acto, gruñó algo y finalmente se apartó de mí. No supe si esa mujer había hablado para ayudarme o porque realmente sabía lo que yo era en realidad. De todas formas, me daba igual. Lo único que era capaz de hacer era recluirme en esa escalera, inclinarme sobre mí misma y abrazarme con brazos estremecidos. Dientes apretados, ojos cerrados y las uñas clavadas en mi piel.

Nadie se me acercó y yo permanecí con los labios sellados, temblando y asustada. Me odiaba más de lo que me había odiado nunca.

No supe cuánto tiempo pasó. Pero cuando sentí una presencia y levanté la cabeza para ver mejor, noté mi cuerpo agarrotado y la piel de mis brazos y piernas, helada por el frío ambiente.

A lo lejos, acercándose a pasos rápidos, cubierto por un elegante abrigo negro y aterciopelado, con su Centinela siguiendo sus pasos, estaba mi padre.

Me incorporé de golpe y retrocedí hasta que mi espalda dio contra la pared. Lo miré, sin saber si sentirme atemorizada o aliviada.

La gente, que había formado un enorme cerco a mi alrededor, sin atreverse a aproximarse después de lo que había dicho la anciana, volvió la mirada hacia él. Parecían cerillas apagadas junto a un candelabro deslumbrante. Se apartaban de su camino, como si a mi padre lo envolviera un viento invisible que no permitía a nadie acercarse lo suficiente.

Yo sabía que no se trataba de ningún viento, sino de su poder, que lo rodeaba como un manto protector y que afectaba por igual a los Sangre Roja y a los Sangre Negra.

Se acercó a mí y se detuvo al pie de la pequeña escalera. Sus zapatos recién lustrados contrastaban enormemente con la mugre que cubría las piedras del suelo.

La voz escapó de mi garganta antes de que pensara en qué decir.

—Lo siento mucho, papá. Debería haber hecho algo, debería…

—Si alguna vez hubieses mostrado algo de interés en nuestro mundo, sabrías que no podías hacer nada al respecto —me interrumpió, con una voz grave y aterciopelada—. El Aquelarre se está encargando de lo sucedido.

Se acercó a mí y extendió una de sus manos, impaciente. Yo no me moví, temiendo transformarlo en oro a él también, pero él frunció el ceño y me sujetó de la muñeca. Tiró de mí y me obligó a caminar.

—Es estúpido lo que has hecho, llegar sola hasta aquí… ahora que *él* ha escapado —musitó mi padre, para sí mismo. No dijo el nombre de la persona a la que se refería ni yo tuve la valentía de preguntar.

Poco a poco, fui siendo consciente de lo que me rodeaba. Atravesamos sin detenernos ese viejo barrio desconocido de Londres en el que me había adentrado. Nuestra ropa brillante llamaba tanto la atención como un copo de nieve en verano, pero, aun así, los peatones y los vendedores callejeros seguían sin mirarnos. Los que se atrevían a hacerlo, terminaban palideciendo cuando mi padre les devolvía la mirada.

—¿A dónde vamos? —me atreví a preguntar, con una voz que no parecía mía.

—Al Registro.

Fue lo único que me dijo en todo el camino.

Conseguimos un carruaje y recorrimos las calles empedradas del centro de la ciudad. A pesar de que las estrechas calles estaban abarrotadas de personas y de otros carruajes, carretas y diligencias, todos se apartaban del vehículo, como si sintieran quién viajaba en su interior.

El Registro era un edificio enorme que se encontraba en un extremo de Trafalgar Square. Su fachada era similar a las que lo rodeaban, al menos para los Sangre Roja. Amplia y gris, repleta de ventanas rectangulares y cubiertas por cortinas blancas. Yo, sin embargo, la veía de un color algo más oscuro, cuajada de figuras que representaban a históricos Sangre Negra y repleta de demonios que podían aparecer en tus peores pesadillas. Daba igual en qué parte de la plaza te encontraras, sus ojos de piedra siempre te juzgaban.

El interior resultaba tan recargado como el exterior. Estaba lleno de terciopelo, amplios sillones de cuero y muebles de caoba, que parecían rojos a la luz de las velas.

A mi padre no le hizo falta preguntar a dónde dirigirse. Subimos unas escaleras de caracol y nos internamos en un amplio pasillo que desembocaba en un pequeño despacho con la puerta cerrada. Junto a ella, en una placa dorada, podía leerse la siguiente inscripción:

REGISTRO DE NUEVOS SANGRE NEGRA

—Espera aquí —me indicó mi padre. Señaló la fila de sillas que se encontraba a mi izquierda.

En ellas, solo había un hombre esperando. No podía verle la cara, las solapas de su abrigo estaban alzadas y cubrían parte de su cara.

Mi padre ni siquiera le dedicó un vistazo antes de dirigirse hacia el pequeño despacho.

Con los dientes apretados, me derrumbé sobre el asiento más cercano. No quería llorar, pero los ojos se me llenaron irremediablemente de lágrimas. Y pronto, tenía un río goteando de mi barbilla temblorosa.

No tenía pañuelos, así que hice lo posible por frotarme la nariz disimuladamente con las mangas de mi vestido.

—¿No eres muy mayor para estar aquí?

Me sobresalté cuando escuché aquella voz masculina tan cerca de mí. Giré la cabeza y vi que el hombre que también esperaba sentado se había acercado hasta ocupar la silla contigua a la mía.

Aunque las solapas se mantenían alzadas, ahora que estaba más cerca de mí, podía ver parte de su cara: piel dorada, sin barba, cabello ondulado y claro y unos ojos muy azules, de un color que apenas se veía en el cielo neblinoso de Londres.

Abrí los ojos con sorpresa.

—Sé quién eres —murmuré.

Él me sonrió en el instante en que mi padre, en la otra estancia, se volvía hacia mí y gritaba mi nombre. Y de pronto, todo se volvió negro. Fue lo último que vi durante mucho tiempo.

Sin saber cómo, me sumí en un sueño largo y vacío. Y cuando desperté, me encontré en el centro de un diagrama de invocación, trazado con sangre coagulada. En uno de los vértices, estaban los cadáveres de mis padres, junto a los de sus Centinelas, y en el otro, inconsciente y herido, ese hombre que me habían sonreído en el Registro, el mismo que había reconocido.

Se llamaba Aleister Vale.

Hacía muchos años, había sido el mejor amigo de mis padres y, como yo, también había sido expulsado de la Academia Covenant.

LANSDOWNE HOUSE

Cuando nos detuvimos en la esquina suroeste de Berkeley Square, frente a Lansdowne House, nuestra mansión, el sol se había elevado en el cielo. No sabía cuántas horas habíamos pasado en ese maldito carruaje, pero cuando por fin el cochero nos abrió la puerta para que bajáramos, apenas podía mantenerme en pie.

No había podido dormir por el traqueteo del camino y por los gritos de la tía Hester, que no cesaron ni durante un maldito minuto. Cuando cruzamos Londres, ella estaba afónica y todos teníamos un dolor de cabeza terrible.

—Necesito dormir —masculé, mientras me cubría la cara con las manos enguantadas.

—¿Dormir? ¿Tú? —repitió la tía Hester, escandalizada—. ¿He podido dormir *yo* después de lo que habéis hecho? ¿Podré dormir *yo* después de la humillación que ha sufrido esta familia?

—No exageres, cariño —intervino el tío Horace, mientras se estiraba sin éxito el chaleco que se le había arrugado tras las horas de viaje.

—¿Exagerar? ¿*Exagerar?* —dijo ella, con afectación—. Querido, ¿puedo recordarte quién, aparte de estas dos jovencitas a las que no les importan mis pobres nervios, ha sido expulsado de la Academia Covenant? ¿Es necesario que diga su nombre en alto?

Mi tío palideció un poco.

—No. No será necesario.

Kate se encogió un poco y me lanzó una mirada preocupada, pero yo me limité a sacudir la cabeza. Esta vez, con un silencio que rebajaba un poco el martilleo de mi cabeza, atravesamos el camino empedrado hacia la entrada de la mansión.

Una vez que llegamos a la enorme puerta de entrada, construida con roble macizo, el cochero bajó los baúles y las maletas que Kate y yo habíamos llevado una semana antes, con todas nuestras pertenencias para un curso completo. La manga de encaje del uniforme que habíamos llevado durante tantos años asomaba de uno de los baúles que no había cerrado bien, y Trece jugaba con ella, arañándola.

Normalmente, nuestro mayordomo estaba atento a los visitantes, y pocas veces las manos de alguien llegaban a rozar la campanilla antes de que él abriera, pero esta vez, la puerta no se movió cuando mi tía se detuvo frente a ella. Con un resoplido, tiró con fuerza de la campanilla y esta hizo eco en el silencio.

Nosotros esperamos, mientras el cochero terminaba de bajar el equipaje y lo depositaba a un par de metros de donde nos encontrábamos. Seguimos esperando, mientras el hombre volvía a subirse al carruaje, azuzaba a los caballos y desaparecía por las puertas de hierro que cercaban la parcela de la mansión. Como no había nadie junto a ellas, el hombre tuvo que bajar del vehículo para cerrarlas él mismo.

Y nosotros seguíamos esperando.

—¿Dónde se ha metido el personal? —tronó la tía Hester—. Qué desvergonzados, ¿cómo se atreven a hacernos esperar?

La realidad era que, con un hechizo sencillo, ella podía abrir la puerta principal, pero era cuestión de principios. Mi tía Hester se negaba a realizar algo si otra persona podía hacerlo por ella.

Al cabo de un par de minutos interminables, escuchamos pasos lejanos que se acercaban con premura a nosotros. Y, de pronto, la puerta principal se abrió, mostrando a mi primo Liroy con su camisa de dormir y en ropa interior. Su Centinela no lo acompañaba.

Sus ojos se abrieron de par en par con una mezcla de horror y sorpresa.

—¿Qué estáis haciendo aquí?

—¿Cómo puedes abrirnos la puerta en este estado, hijo? ¡Alguien podría verte! —exclamó la tía Hester. Lo empujó hacia el interior mientras echaba un vistazo por encima de su hombro—. ¿Dónde está el servicio?

Nos adentramos en el enorme vestíbulo. El suelo, recubierto de azulejos, repletos de motivos geográficos negros y blancos, no se encontraba tan lustroso como solía estar, y al pisar sobre él, las suelas de mis botas se quedaron pegadas. Detrás de un banco de caoba oscuro, llegué a ver una copa, todavía rellena de un líquido amarillento. Champán, quizás. Las cortinas de color bermellón, pesadas y corridas, que cubrían las ventanas de guillotina, cargaban todavía más la estancia. Cuando inspiraba, el aire me sabía dulce y agrio a la vez. Desde las molduras, las caras de unos niños nos observaban con una sonrisa juguetona en los labios que, sin color ninguno, parecía un poco macabra. Habían sido ángeles en un inicio, pero mi tía ordenó que les arrancasen las alas de escayola.

Liroy esbozó una mueca, avergonzado, y se pasó la mano por su lustroso pelo negro, aunque en ese momento lo tenía hecho un desastre.

—Les di el día libre.

—¿Qué? —exclamó ella. Se llevó las manos al pecho—. ¿A todos?

—Se supone que os quedaríais en Shadow Hill hasta el inicio de la Temporada —respondió él, excusándose—. Yo no necesito tantas atenciones como tú, madre. Apenas salgo de mi cuarto, estudio durante todo el día.

Aunque parece que sus noches son más entretenidas, susurró Trece en mi cabeza.

Arqueé una ceja y clavé los ojos en las marcas rojizas que tenía por el cuello y parte del pecho que asomaba por su camisa desabrochada. Él captó mi expresión y movió los labios, deletreando un nombre que yo conocía muy bien. Cuando sus padres no lo miraron, señaló hacia los pisos superiores, hacia su habitación.

Casi tuve que contener una sonrisa. Vaya, parecía que yo no era la única Sangre Negra que había hecho cosas malas.

—Lo siento mucho, Horace —comentó mi tía, suspirando. Se giró hacia su marido—. Pero tendrás que encargarte tú mismo del equipaje.

Ni siquiera le dio tiempo a contestar. Se adentró un poco más en el vestíbulo y dobló hacia el pequeño salón donde solía recibir las visitas más breves. Su Centinela aleteaba en su hombro, contemplando todo con el mismo hastío que ella. Apenas transcurrieron un par de segundos antes de que su voz se alzara de nuevo.

—Por los Siete Infiernos, ¡¿qué clase de ritual satánico has organizado?!

Liroy alzó los ojos al techo, tan cansado como nosotras. Se aproximó lo justo para susurrarnos:

—La entretendré.

Estuve a punto de separar los labios para preguntarle por qué, cuando vi aparecer una cabellera rizada en lo alto de la escalera. Kate, a mi lado, se llevó las manos a la boca y enrojeció por debajo de sus dedos delgados.

Thomas St. Clair bajó los escalones de dos en dos, descalzo, con los zapatos en una mano y lo que quedaba de su pajarita, en la otra. De su sombrero y su abrigo no había ni rastro. Llevaba los rizos disparados en todas direcciones y los ojos brillantes por la excitación. No parecía avergonzado en absoluto.

De puntillas, corrió hacia nosotras y se detuvo solo para dedicarnos una ligera reverencia. Mi tía, en el salón de al lado, totalmente ajena al joven que pasaba frente a nosotras con la camisa abierta, seguía preguntándole escandalizada a Liroy cómo había acabado la mansión en ese estado.

—¿Una noche movidita, señoritas? —preguntó, con un guiño.

—Eso deberíamos preguntarle a usted, señor St. Clair —repliqué, arqueando una ceja, mientras el rubor de Kate se multiplicaba.

Él nos dedicó una sonrisa juguetona y atravesó el umbral en el momento en que mi tío Horace hacía flotar, con un hechizo, nuestros baúles, que se elevaron hasta la altura de su cadera. Aunque algunos Sangre Roja caminaban por Berkeley Square, los altos muros, la amplitud de la parcela y el follaje del jardín nos protegían de miradas indiscretas.

—Buenos días, señor —saludó Thomas, educado como siempre.

El hechizo de mi tío falló de pronto y mi baúl cayó al suelo a causa de la sorpresa. El ruido atrajo a mi tía, que se asomó desde el salón, sobresaltada por el estrépito.

—¿Y ahora qué ha ocurrido?

Mi tío desvió la mirada fugazmente hacia Liroy, que gesticulaba exageradamente tras mi tía Hester.

—Nada, querida —respondió mientras introducía con rapidez todo de vuelta al interior baúl—. Absolutamente nada.

—Eso espero —dijo ella, acercándose de nuevo a nosotras, sin ver la cabellera rizada que se alejaba con brío de la puerta principal—. Porque aquí no ha pasado *nada*. Este viaje en mitad de la noche no ha sido más que un capricho mío, y Kate y Eliza *no* han sido expulsadas de la Academia, *nosotros* hemos decidido que la formación de Kate no era la adecuada y hemos decidido que vuelvan a casa para recibir la mejor educación. En cuanto a Eliza...

—Sus ojos se clavaron con fuerza en mí, mientras Trece jugaba con mi ropa interior, alejándola de las manos de mi tío—. Hemos decidido que no era opción para ella repetir curso. Con su herencia natural, creemos que está perfectamente formada y que ya tiene la edad suficiente para presentarse en sociedad. ¿Estoy siendo clara?

Palidecí, comprendiendo de golpe lo que aquello significaba. Presentar a una joven en sociedad solo podía significar una cosa: *matrimonio*. Y si a Kate le encantaba espiar a través de los barrotes de las escaleras las fiestas que mis tíos llevaban a cabo tanto aquí como en Shadow Hill, a mí me aburrían soberanamente. Siempre terminaba quedándome dormida sobre los escalones mientras mi prima observaba las copas de champán, los bailes y los músicos con los ojos brillantes.

—Todavía quedan meses para que empiece la Temporada. Apenas estamos en septiembre —mascullé, con los dientes apretados.

—Nos tendremos que conformar con la Pequeña Temporada, entonces. Por supuesto, no habrá tantos eventos sociales y me temo que el tiempo no nos acompañará. Pero quién sabe, quizás algunos pretendientes decidan regresar del campo.

—Tengo solo diecisiete años.

—La edad perfecta para una presentación en sociedad —replicó mi tía de inmediato.

Noté la magia chispear entre mis dedos. Por encima de mi cabeza y la de mi tía, el enorme candelabro de bronce de la entrada se agitó, aunque ni una ligera brisa entraba por la puerta abierta.

—No me puedes hacer esto —murmuré.

—Querida sobrina —suspiró mi tío—. ¿Qué pensabas que sucedería cuando levantaste a todos esos pobres muertos del cementerio?

En primer lugar, sin duda, que no me expulsarían. Aunque claro, eso habría ocurrido si la invocación hubiese salido como la había planeado. Después, mientras las palabras de mi tía me acuchillaban la cabeza en el carruaje, creía que podría buscar algún trabajo o quizás regresar al campo donde siempre me había sentido en paz. Pero sin haber terminado la Academia, no me aceptarían en ningún puesto importante, ni siquiera podría tener un puesto menor en el Aquelarre. A mí no me importaba realmente, pero sí a mis tíos, por supuesto. Una Kyteler como yo debía alcanzar un puesto de prestigio y si no, como había decidido mi tía Hester en su momento, tendría que convertirse en una esposa ejemplar.

—Tienes la edad adecuada. No podrás quedarte eternamente con nosotros, a menos que quieras que la gente hable. Y ya sabes lo que le gusta hablar. —Arqueé las cejas, pero mi tía no captó la indirecta—. Necesitas buscar a alguien y un lugar para crear tu propia familia.

Era demasiado. Mucho más que demasiado. Kate me lanzó una mirada preocupada y Liroy alzó las manos, listo para poner paz, como siempre, pero yo fui más rápida. Sin pronunciar ni una sola palabra, comencé a andar en dirección a las escaleras.

—¿A dónde crees que vas? —preguntó mi tía.

—A dormir.

—He dicho que…

—Aquí no ha pasado *nada*, ¿no es cierto? —pregunté, repitiendo sus palabras—. Ya que así ha sido, voy a acostarme porque estoy agotada. No os molestéis en despertarme.

5

LOS VESTIDOS PARA EL BAILE

El suelo frío me provocó un escalofrío.

Abrí los ojos, confusa, y el resplandor de unas antorchas caídas en el suelo me deslumbró durante un instante. Pestañeé e intenté cubrirme la cara con las manos, pero estas me provocaron un latigazo de dolor cuando las flexioné. Bajé la mirada y observé, sorprendida, los dos largos y profundos tajos que me recorrían las palmas.

Ahogué un gemido de dolor, cada vez más confusa y asustada. Traté de incorporarme con los codos, pero apenas tenía fuerzas para girar la cabeza. Miré con más atención a mi alrededor. ¿Toda esta sangre me pertenecía? Mis heridas todavía sangraban, pero era imposible que ese charco rojo y gigantesco sobre el que yacía me perteneciera.

El olor agrio y metálico me quemaba los pulmones.

Solté un jadeo ahogado. Giré sobre mí misma y terminé de lado. Mis pupilas, enloquecidas, se alejaron de las antorchas y siguieron el ancho rastro de la sangre, que formaba arabescos, círculos y fórmulas geométricas. Nunca lo había estudiado, pero sabía sobre lo que estaba tumbada.

Un diagrama de invocación.

A un par de metros de distancia, cerca, pero inalcanzables para mí, estaban mis padres. Los dos tenían los ojos abiertos, pero ninguno me veía. Lo supe en cuanto descubrí la forma en la que se encontraban sus cuerpos. Sus ropas elegantes estaban hechas trizas, había quemaduras en sus manos; sus dedos estaban agujereados por sus propios anillos de diamante. Cerca de sus cuerpos estaban sus Centinelas. Muertos, como ellos.

No estábamos solos. En una esquina del diagrama, había otra persona. Un hombre. Podía ver cómo su pecho subía y bajaba, aunque parecía muy herido. Había tajos muy profundos en sus manos. Su cara estaba vuelta hacia mí. Tenía el pelo rubio, ondulado, y por la rendija de sus párpados, lograba vislumbrar un iris muy pálido, celeste.

A pesar de que habían pasado los años, lo reconocí. Había visto su cara en una vieja fotografía escondida entre los documentos de mis padres. El papel estaba doblado, faltaba una parte, pero en ella aparecían mis padres durante sus primeros años en la Academia Covenant. Llevaban el uniforme y sus Centinelas bien aferrados a sus hombros. Ambos sonreían, felices, aunque no estaban juntos. Un cuerpo se interponía entre ellos, el que había sido su mejor amigo durante toda la Academia: Aleister Vale.

Sabía quién era, por supuesto. Había escuchado los rumores. Sabía que el propio Aquelarre había sufrido mucho para atraparlo, que se había vuelto demente, que había hecho cosas horribles y que llevaban años persiguiéndolo hasta que finalmente consiguieron encerrarlo. Había escuchado a veces a mi tía Hester nombrarlo para amenazar a mis primos cuando no se portaban bien.

Jadeé, desviando una y otra vez la mirada de los ojos huecos de mi madre al cuerpo herido de Aleister Vale.

—Ma… ¿Ma… má? —susurré, a pesar de que sabía que nunca me podría contestar—. ¡Papá! —grité, con la voz quebrada.

Pero él no se movió. Permaneció boca arriba, con las manos sobre su estómago. Hasta muerto mantenía su dignidad, su elegancia. Parecía un rey de piedra que reposaba para siempre en una catedral Sangre Roja.

Escuché de golpe una inhalación brusca, como la de Liroy cuando mantenía la cabeza demasiado tiempo debajo del agua, en el lago de Shadow Hill, en el que nadábamos durante el verano. Volví la cabeza y, de pronto, unos ojos celestes me devolvieron la mirada.

Aleister Vale había recuperado la consciencia.

Intenté gritar, pero el propio pánico sofocó mi alarido en el fondo de mi garganta. Mi piel cubierta de sangre y costras secas comenzó a sudar profusamente cuando vi cómo hizo amago de incorporarse.

No entendía qué estaba ocurriendo. No sabía dónde estaba. Por qué estaba viva y mis padres, no. Pero lo que sí sabía era que ese hombre había intentado matarme.

Traté de incorporarme, pero los brazos me cedieron cuando apoyé mis palmas heridas sobre el suelo de piedra. Él tampoco consiguió ponerse en pie, pero sí rodó en mi dirección para acercarse a mí.

Miré a mi alrededor, espantada. No podía protegerme. Mi única muestra de magia había sido convertir en oro a mi mejor amiga. Mis padres no podían ayudarme y sus Centinelas estaban muertos.

Los ojos de Aleister brillaron cuando logró acercarse un centímetro más a mí.

De pronto, en mi cabeza apareció un súbito recuerdo de aquel mismo verano. En él, Kate estaba a mi lado, en la biblioteca de Shadow Hill, rodeada de libros. Se había cortado un dedo a propósito y había dibujado un círculo extraño en el suelo. Yo la había observado de soslayo, mientras fingía jugar.

«¿Qué estás haciendo?».

«Quiero invocar a mi Centinela», respondió, sin dejar de trazar líneas con su propia sangre. «Liroy consiguió el suyo antes de entrar en la Academia. Es su protector, y yo también quiero el mío».

Yo conocía a los Centinelas de mis padres desde que había nacido, pero nunca me había molestado en preguntarles cómo los habían conseguido. Ni siquiera sabía si me gustaban, ellos me despreciaban tanto como mis padres.

En ese momento, aunque no quisiera, Kate captó toda mi atención.

«Los Centinelas en su forma original dan bastante miedo», me advirtió, dedicándome una pequeña sonrisa. «No te asustes».

Yo negué con la cabeza, aunque aferré con fuerza el libro que tenía entre mis manos.

Kate se colocó a un lado del círculo y comenzó a dar vueltas en torno a él, recitando unas palabras una y otra vez. En esa ocasión, no ocurrió nada. Ella no paró de dar vueltas en torno a ese círculo hasta que la sangre se secó y una doncella nos llamó a almorzar. No consiguió invocar a ningún Centinela, pero yo no pude olvidar sus palabras.

Ahora, desesperada, a menos de dos metros de ese hombre que se arrastraba e intentaba llegar hasta mí, pinté el mismo dibujo que mi prima había realizado en el parqué brillante de la mansión de campo. Sabía que seguramente no estaba bien trazado, sabía que no serviría de nada, pero mi mano se movió sola, dibujando en el suelo, utilizando como tinta la sangre que brotaba de la palma de mi mano. Centinela. *Protector.* Era lo que necesitaba en ese momento.

Apreté los dientes, cerré los ojos y, con mis últimas fuerzas, conseguí mascullar las mismas palabras que Kate recitó un día. Mi primera invocación:

Demonio que me guarda,
eres mi terrible compañía.
Te ofrezco mi sangre, te ofrezco mi vida.
Acompáñame desde hoy, hasta siempre.
No me dejes sola ni de noche ni de día.

Cuando las palabras se extinguieron, me percaté de pronto del súbito silencio que había embargado la estancia. Ya no oía los siseos de esfuerzo que provocaba Aleister Vale cada vez que se arrastraba hacia mí ni el sonido que hacía su ropa rasgada contra el suelo cuando avanzaba un poco más.

Abrí los ojos, pero la oscuridad no cedió. Las antorchas se habían apagado, aunque todavía humeaban. Todo se había vuelto de un gris opaco, desde los cadáveres de mis padres hasta el cuerpo de su antiguo amigo, que, de pronto, se había quedado paralizado. Su mano, todavía alzada en mi dirección, sus ojos celestes muy abiertos y sus labios, separados en una bocanada que se había quedado interrumpida.

Era como si algo hubiera detenido el tiempo.

O *alguien*.

—Eliza Kyteler, ¿me has llamado?

La voz, si es que podía llamarse así a ese sonido gutural y penetrante, que sonaba como todo y como nada, provenía de algún lugar que se hallaba a mi espalda. Volví la cabeza a duras penas y, entre las penumbras, pude ver una sombra gigantesca agazapada en un rincón. Apenas cabía en la estancia, estaba doblada sobre sí misma para que los largos cuernos que escapaban de su cabeza no arañasen el techo. Si hubiera tenido fuerzas, habría gritado hasta desollarme los pulmones. No veía bien por el agotamiento y la penumbra, pero lo que mis ojos captaban era más que suficiente. Brazos y piernas extremadamente largos, recubiertos por algo que parecían escamas de serpientes. Un resplandor blanco. Una cara alargada, garras gigantescas, tan afiladas como puñales. Cuando se movió un poco hacia mí, me pareció escuchar el crujido de unas alas al plegarse.

Era demasiado horrible para cualquier mirada.

—¿Eres… mi Centinela? —susurré.

—Solo si lo deseas. Aunque conoces el precio: mi vida por la tuya —contestó, con esa voz que reverberaba hasta mi propia médula—. Tu muerte por la mía.

Algo así me había dicho Liroy cuando comencé a ver a su propio Centinela, un extraño perro, de pelaje gris oscuro y corto, seguirlo a todas partes. Si su Centinela moría, él también lo haría. A cambio, la protección sería eterna.

Él lo había convocado. Él lo había querido. Pero yo lo *necesitaba*. No había tenido opción.

Asentí con la mirada cada vez más borrosa.

—¿Cómo te llamas? —susurré.

—Mi nombre no pueden pronunciarlo los mortales, ni siquiera los Sangre Negra —contestó él.

Sentí cómo se acercaba a mí, cómo sus garras afiladas me rozaban el pelo con la misma curiosidad con la que un niño molesta a un insecto con un palito.

—¿Qué día es hoy? —musité. Mi voz era un hilo a punto de romperse.

—En el calendario mortal, trece de diciembre del año mil ochocientos ochenta y cuatro.

Fue absurdo, pero mis labios se doblaron un poco, lo suficiente para esbozar una pequeña sonrisa.

—Trece —repetí—. Es mi número favorito.

La sombra gigantesca que prácticamente se cernía sobre mí sonrió también, y lo último que vi antes de desmayarme fue una boca llena de dientes empapados de rojo.

Unas manos gentiles me apartaron el cabello de los ojos.

Cuando los abrí, descubrí a Kate inclinada en mi dirección, con una sonrisa contrita en sus labios. Trece, a mis pies, dormía enrollado.

—Parecías perdida en una pesadilla —observó.

—Más o menos. —Parpadeé y fruncí el ceño cuando mis pupilas la recorrieron de arriba abajo—. ¿Por qué estás vestida tan temprano?

—Mi madre quiere que estemos abajo en menos de quince minutos.

—Tienes que estar de broma —susurré.

En ese instante, toda la habitación se sacudió con advertencia y varios libros cayeron de las estanterías.

—Siento decir que no. *Impulsa*. —El hechizo apartó de golpe la colcha de mi cuerpo. Yo rezongué y Trece se despertó con un sobresalto—. Vamos, te ayudaré a vestirte.

—¿Y el servicio? —pregunté, mientras mi prima se dirigía hacia el armario.

—Disfrutando de las vacaciones más largas de su vida gracias a Liroy. Mi madre no deja de preguntarse qué pueden hacer unos Desterrados tanto tiempo, en vez de trabajar.

La carcajada se me entrecortó cuando escuché esa palabra. *Desterrados*. Siempre me había incomodado, aunque la primera vez que la escuché estaba ligada a Aleister Vale. A él lo desterraron. Lo separaron de su Centinela y le arrebataron toda su magia. Pero él había sido un asesino, al fin y al cabo. Aunque cada vez parecía más fácil que el Aquelarre decidiera desterrarte. Anne, una de nuestras criadas, solo intentó salvar la vida de un pequeño Sangre Roja después de un desafortunado accidente. Como utilizó la magia delante de personas que no pertenecían a nuestro mundo y no les borró la memoria, el Aquelarre la condenó con solo diecinueve años. Suponía que el no pertenecer a una familia importante también había ayudado. Al fin y al cabo, lo que habíamos hecho Kate y yo en el cementerio de Little Hill era mucho más peligroso y la palabra «destierro» ni siquiera había sido pronunciada por ningunos labios.

Mi expresión tensa terminó por romperse cuando vi el corsé entre las manos de mi prima. En la Academia no era obligatorio usarlo. Durante algunas prácticas necesitábamos libertad de movimientos, pero aquí, en la vida real, no había discusión. Por suerte, Kate no me lo apretó mucho. Quizás porque sabía cuánto lo odiaba, quizás porque no tenía tiempo de recolocar mis costillas y mover todos los órganos de mi cuerpo.

El dormitorio volvió a sacudirse en advertencia. Mi tía quería que bajáramos de una vez.

Kate me recogió mi largo pelo oscuro en un sencillo moño y sobre él colocó un sombrero de paseo que parecía tener un pájaro muerto encima. Cuando terminó, le echó un vistazo rápido a Trece.

—Mi madre dice que hoy no serán necesarios los Centinelas.

Trece no me contestó, pero me dedicó una mirada que era más que suficiente. Sabía que nunca me dejaría sola.

Bajé las escaleras con cierta torpeza, sujetándome de la barandilla. Hacía bastante que no tenía que vestirme así. Generalmente, en Shadow Hill, a excepción de las aburridas reuniones de té y algunos almuerzos, podía vestirme con ropas sueltas, sin corsé. No porque mi tía lo permitiera, pero la mansión era demasiado grande y estaba siempre llena de invitados como para que pudiese ocuparse de su sobrina desobediente.

Los dedos se me crisparon alrededor de la barandilla cuando vi a mi tía malhumorada, esperando en el umbral de entrada de la mansión. La mano que tenía libre se enroscó en la muñeca delgada de mi prima.

—No sabes cuánto me alegra que me acompañes —dije.

—Solo por hoy. Esta tarde me encargaré de contratar a una institutriz digna que se encargue de su formación hasta el mes de junio —contestó mi tía, antes de que Kate pudiera separar los labios. Suspiré y fruncí el ceño, desilusionada. Bajé los escalones que me quedaban y, cuando pisé el rellano, me volví hacia la puerta entreabierta que se hallaba a mi izquierda—. Eliza, ¿a dónde crees que vas?

—Tengo que desayunar —gruñí.

—No hay tiempo. He concertado una cita con nuestra modista en diez minutos —contestó mi tía mientras señalaba el reloj de pared del recibidor—. Vamos, queridas. Hoy hace un día maravilloso.

Pateé, más que caminé, y seguí a la tía Hester y a Kate al exterior. Tenía razón en algo: el sol brillaba con fuerza en un cielo completamente despejado de nubes y los árboles de Berkeley Square resplandecían con un verde intenso.

Pero eso no quitaba el hecho de que mi estómago rugiera con fuerza cuando abandoné la oscuridad de la entrada.

—Tranquila —me murmuró Kate; me sujetó la mano con disimulo—. Te he guardado algo de bizcocho.

Nuestro carruaje privado nos esperaba frente a la puerta de entrada. Antes de que mi tía diera otro paso más en su dirección, el conductor saltó de su asiento y nos ayudó a subir al vehículo.

—No entiendo a qué viene tanta prisa —suspiré, mientras me acomodaba en el interior.

—La señora Holford ha organizado un baile que se celebrará en tres días —contestó mi tía; me miraba con hastío, como si estuviera hablando sobre algo obvio—. Y ahora mismo, no tienes ningún vestido adecuado para ello.

Mis manos se convirtieron en puños. Por los Siete Infiernos, odiaba ese apellido, y no porque el señor y la señora Holford no me gustasen. Al fin y al cabo, eran como el resto de los amigos superficiales de la tía Hester. No, mi problema estaba relacionado con su única hija y heredera: Serena.

Serena Holford había estado en mi mismo curso, junto a Liroy, con el que curiosamente siempre había mantenido una buena relación. Interés, por supuesto. Ella, junto a algunos de sus amigos, se habían divertido a mi costa, sobre todo durante los primeros años en la Academia. Risas, cuchicheos, algún hechizo o encantamiento lanzado a traición. Siempre se emparejaba conmigo en asignaturas como Magia Defensiva Avanzada, cuando debíamos enfrentarnos entre nosotros. Por supuesto, ella siempre terminaba siendo la vencedora y yo acababa en el suelo, en una postura nada decorosa. Y, como nadie quería emparejarse conmigo porque siempre terminaba haciendo explotar alguna cosa o hería a alguien accidentalmente, y Liroy siempre tenía demasiados pretendientes con los que trabajar, acababa siempre a su lado.

Cuando los profesores me comunicaron que tendría que repetir curso, lo único bueno que encontré fue que no tendría que compartir clase con ella nunca más, ya que, al contrario que yo, se había graduado con honores.

Pero ahora mismo, todo acababa de irse al traste.

—¿Tres días? —repetí, boquiabierta—. Pensaba que los Holford seguían en el campo.

—Emily me necesita tanto como yo la necesito a ella —comentó la tía Hester, suspirando con exageración—. Cuando se enteró de que volveríamos a Londres tan pronto, ella decidió hacer lo mismo.

—Serena debe estar encantada. —Fruncí los labios, intentando buscar desesperadamente una escapatoria—. Será muy pronto, tía. Demasiado. Ni siquiera he sido presentada formalmente ante la reina Victoria. Podría ser un escándalo.

—No te preocupes por eso, querida. Está arreglado. Pasado mañana tendrás tu presentación. —Observé a la tía Hester boquiabierta, sin entender cómo lo había hecho. Aunque, conociéndola, sabía que podría conseguir cualquier cosa. La corona no era suya porque no le interesaba—. Cierra la boca, querida. Estarás preciosa. Llenarás tu carné de baile en los primeros minutos de la velada.

—*Maravilloso.*

Al cabo de unos minutos, nos detuvimos junto a un edificio de dos pisos, de ladrillo gris, cuyas puertas estaban entreabiertas. No era el taller al que había acudido durante toda mi vida; el lugar pertenecía a otra modista a la que normalmente acudíamos mi prima y yo, una tal «señora Curtis» que me proporcionaría los vestidos adecuados al momento en que me encontraba. «Ya no eres una niña», me advirtió mi tía antes de agitar la campanilla de la entrada como una Sangre Roja normal.

Debía tener la palabra «matrimonio» dibujada en mi frente, porque una vez en el taller, la modista no tardó en preguntarme:

—¿La señorita está comprometida?

—No es mi intención —repliqué, apretando los dientes.

—Lo estará pronto. Eliza tiene muchas de las cualidades que buscan los caballeros hoy en día.

Tuve que volverme y fingir interés por una tela de raso escarlata para no fulminarla con la mirada. Sabía cuáles eran esas cosas a las que la tía Hester se refería y se podían reducir a dos: herencia y apellido. Cuando mis padres murieron, me dejaron una suma tan considerable, que podría derrocharla durante toda una vida sin tener que preocuparme. Con semejantes *atributos*, dudaba seriamente que se me acercara algún joven que estuviera realmente interesado en mí.

Pasamos tanto tiempo dentro del taller, vi tantos patrones, que terminé con un horrible dolor de cabeza. Kate y mi tía Hester no hacían más que suspirar ante los diseños. Aunque la mayoría tendrían que hacérmelos, y tardarían aún varios días, mi tía decidió comprar varios vestidos que la hija de un marqués tuvo que dejar atrás después de que sus padres descubrieran que estaba embarazada. «Un escándalo», afirmó mi tía, mientras yo hacía todos los esfuerzos para no poner los ojos en blanco.

Por suerte, nuestro tiempo en el taller no se extendió mucho más. Terminó abruptamente cuando una de las ayudantes de la señora Curtis le informó que había visto cómo un gato infame se había colado por una ventana trasera al taller y estaba jugando con uno de los vestidos encargados. No me hizo falta preguntar cómo era el gato. Sentí lástima por la pobre joven que se hubiese gastado una fortuna en uno de los vestidos, pero empezaba a sentirme mareada entre tantas telas, colores, plumas, gasas y encajes. Tendría que darle las gracias a Trece más tarde.

No sabía qué hora era, pero cuando salimos a la calle, el sol había avanzado bastante en el cielo y los rayos de septiembre nos golpearon sin piedad.

En las pequeñas escaleras que comunicaban la entrada del taller con la calzada, había un hombre grueso, de espaldas a nosotras, apoyado sobre la verja que limitaba la calle de la propiedad. Su cuerpo entero se interponía en nuestro camino. Vestía de negro, llevaba un sombrero de hongo y, por el humo que lo rodeaba, debía estar fumando.

—Disculpe, señor… —La tía Hester carraspeó con fuerza, llamando su atención.

El hombre se sobresaltó y se giró hacia nosotras. Tenía una cara rolliza y unos ojos pequeños y escrutadores, que se deslizaron inmediatamente de mi tía a Kate y a mí. Su bigote plateado se retorció mientras se apartaba un puro humeante de sus finos labios.

Mi tía también pareció sorprendida.

—¿Señora... Saint Germain? —Su voz era grave, algo ruda, pero de una forma absurda, me resultó extrañamente reconfortante.

—¡Inspector Andrews! —exclamó ella, a su vez—. Oh, siento haberlo asustado.

Él correspondió con una media sonrisa a la expresión cálida que le brindó mi tía, como si compartieran una broma secreta.

—Discúlpeme usted por interponerme en su camino. ¿Cómo se encuentra? —La pregunta iba dirigida a mi tía, pero sus ojos se escaparon fugazmente hacia Kate y hacia mí.

Con una respuesta rápida podría haber bastado, pero mi tía comenzó a hablar de todos los inconvenientes de la vuelta a Londres antes del inicio de la Temporada, de cuánto echaba de menos las inmensas praderas de Shadow Hill, aunque ella apenas pisaba los exteriores de la mansión. El inspector Andrews cabeceaba con educación. No sabía si la estaba escuchando de verdad, pero al menos fingía hacerlo.

No hablaban de nada relevante, pero tuve la extraña sensación de que se conocían desde hacía bastante tiempo, lo que resultaba extraño. Estaba claro por su trabajo y, bueno, por su aspecto, que el inspector Andrews era más Sangre Roja que cualquiera de los que hubiera visto hasta ahora. Y, aunque mi tía se relacionaba con muchos de ellos, todos tenían un estatus alto o pertenecían a la nobleza. Y, aunque este hombre parecía bien alimentado y tenía buena educación, el traje que lo cubría estaba algo harapiento por el uso y la cadena dorada que asomaba del bolsillo de su pantalón, necesitaba un buen lustre. Desde luego, no era de oro.

Jamás había visto a mi tía hablar así con un Sangre Roja que no perteneciera a su círculo, a excepción de modistas como Ellen Curtis. Y la verdad, dudaba mucho de que el inspector Andrews se dedicase a bordar en sus horas libres.

Sus ojos volvieron a deslizarse hasta mi prima y hasta mí, pero esta vez, capturé su mirada y se la mantuve, a pesar de que sabía que no era adecuado hacerlo. La comisura de su boca se elevó un poco.

—Supongo que no las reconocerá, inspector, han pasado muchos años. Son mi hija, Katherine, y mi sobrina, Eliza —comentó mi tía, dándome un sutil tirón en la falda para que bajara de nuevo la mirada. Se volvió hacia nosotras, con una sonrisa más que ensayada—. El inspector Andrews os conoció cuando erais muy pequeñas.

—Es un placer que nos volvamos a encontrar, inspector —dijo Kate, bajando la cabeza.

Yo la imité, intentando recordar el momento en que conocí a este hombre rollizo. No lo hice. Y eso que estaba segura de que recordaría un bigote así.

—Es un placer hablar con usted, inspector, pero tenemos varias citas pendientes —dijo de nuevo mi tía, antes de que yo pudiera separar los labios—. Espero que nos volvamos a encontrar de nuevo.

—Ha sido un placer —dijo él, y parecía decirlo de verdad.

La tía Hester le dedicó una pequeña reverencia y esperó a que nosotras hiciéramos lo mismo. Después, nos dirigimos hacia el carruaje donde nos esperaba nuestro cochero con la puerta abierta. En cuanto la cerró, me volví hacia ella.

—¿Quién es ese hombre? Y no me digas que trabaja en la policía, porque ya lo sé.

—Por favor, Eliza, no seas tan impaciente. Así nunca encontrarás marido. —Reprimí un bufido exasperado y, en cuanto oí el chasquido del látigo, me incliné de nuevo hacia ella, lista para insistir—. Está bien, está bien. El inspector Andrews es el único policía de Londres que conoce nuestra existencia desde hace años. Es el punto de unión del Aquelarre con la Policía Metropolitana.

—¿Sabe que somos Sangre Negra? —preguntó Kate, boquiabierta.

—Es lo mismo que acabo de decir, querida. Fue un… accidente, más o menos. El Aquelarre le permitió que conservase los recuerdos por… su *labor*, imagino. Y porque en un futuro podría resultar útil, quizás. —Mi tía frunció los labios y se recostó sobre el incómodo asiento, desviando sus ojos de mí a la calle, que se deslizaba bajo las ruedas con un traqueteo irregular—. Me sorprende que no lo recuerdes, Eliza.

—¿Recordar? —repetí, frunciendo el ceño—. ¿Por qué iba a recordarlo?

La tía Hester suspiró y, cuando separó los labios para contestar, siguió sin mirarme.

—Porque fue quien te encontró en las catacumbas de Highgate el día que tus padres murieron.

EL PRIMER VALS

Siempre había oído que la presentación en sociedad ante la reina era uno de los momentos más importantes en la vida de una joven de alta alcurnia. «¡Incluso tan importante como el matrimonio!», había añadido mi tía, mientras observaba cómo me peinaba su doncella particular.

Eso quería creer, pero yo no sentí ninguna emoción de ser vestida como un maldito regalo y paseada como tal. Tampoco cuando me dirigí a la corte de St. James, acompañada por mis tíos y mi primo Liroy, vestidos con sus mejores galas. Kate no tuvo más remedio que quedarse en casa, con la aburrida institutriz Sangre Negra que mi tía había elegido para ella.

La ceremonia no fue como las usuales. Nada de grandes fiestas, bailes y jóvenes sospechosamente invitados y seleccionados. Apenas hubo testigos en el pequeño salón en donde la reina me recibió.

—No nos hacen falta bailes ni solteros —comentó mi tía, como si estuviera dando explicaciones a algo que yo no había preguntado—. Todos te adorarán, Eliza.

No le respondí, porque sabía que tenía razón. Tenía lo esencial para que todos me adorasen: un gran apellido y una enorme fortuna de la que nunca podría hacer uso libremente.

Así que no sentí miedo cuando hice una pronunciada reverencia frente a la reina Victoria y observé cómo extendía lánguidamente su mano enguantada hacia mí. Yo no podía comprobar si me estaba observando, estaba prohibido mirarla a los ojos, pero podía sentir sobre mi nuca el cuchillo de su mirada celeste. No, no sentía miedo, pero tampoco ilusión o fascinación por el entorno y la mujer que se encontraba delante de mí, la más importante de todo el imperio. El salón, lleno de rojo sangre y dorado, era asfixiante y hacía que las gotas de sudor se deslizasen bajo la cara tela del vestido. Y la dueña de esos ojos claros no parecía ninguna reina. Su rostro abotargado, cansado, pálido y algo triste, no destacaba a pesar de la enorme cantidad de joyas centelleantes que lo decoraban. Quizás estaba cansada de su propio nombre y apellido, como yo, o simplemente se había decepcionado al verme, tal y como lo habían hecho tantos antes que ella.

La reina Victoria sabía que yo era una Sangre Negra. Ella y solo unos pocos a su servicio conocían nuestra naturaleza. Era conveniente para ambos lados. No solo se trataba de un caso especial, como el del inspector Andrews. Nosotros podíamos conseguir privilegios reservados en ocasiones solo para la nobleza más elevada y ella podía hablar de vez en cuando con su difunto marido, Alberto.

—Majestad —susurré, mientras me inclinaba hacia ella.

Si hubiera podido, me habría levantado y huido por la ventana. Los Sangre Roja creían que los Sangre Negra podíamos volar, algo muy alejado de la realidad. Quién sabe por qué a algunos les gustaba dibujarnos con una escoba vieja entre las piernas. Aunque estaba tentada a intentarlo. Varios huesos rotos dolerían menos que las malditas sonrisas falsas que tendría que esbozar en los bailes.

Pero no tenía opción. Hasta la desobediente hija de Marcus Kyteler y Sybil Saint Germain a la que habían expulsado de la

Academia Covenant lo sabía. Así que mis labios terminaron por recorrer el camino y besé suavemente los guantes plateados de la reina.

Cuando me incorporé, escuché cómo le murmuraba al Lord Chambelán:

—Es una lástima. No se parece nada a sus padres.

La noche del baile en la mansión de los Holford llegó con demasiada prisa y, con él, el último día de septiembre.

Kate me sujetaba las manos en la entrada de la mansión, mientras mis tíos y Liroy esperaban junto a la puerta entreabierta. Ella era la única que no estaba vestida de gala. Sus ojos brillantes observaban la joyería que recubría mi escote, mientras los míos miraban con celo el traje cómodo y sencillo que vestía.

—¿Prometes contarme todo? —dijo, casi con un dejo de súplica.

—Ya sabes que sí. Sobre todo, los detalles horribles, que serán muchos —contesté, en voz baja.

Mi prima esbozó una sonrisa triste y se separó finalmente de mí, dejándome ir. Trece, junto a ella, hizo amago de avanzar en mi dirección.

—Esta será una fiesta mixta, habrá Sangre Roja —le advirtió mi tía antes de volverse hacia la puerta entreabierta—. El Centinela tendrá que quedarse.

Estaré alrededor de la mansión, vigilando, me susurró Trece en la cabeza, sin moverse del lado de Kate.

De acuerdo.

Sabía que era una norma siempre que acudían personas sin magia a algún evento determinado. Los Centinelas de mi tía y de mi primo Liroy estaban en el salón, sobre uno de los sofás, acostumbrados a momentos así. Pero Trece y yo nunca nos habíamos separado durante más de una hora, y no pensábamos hacerlo ahora.

Casi me pareció que sonreía.

—Querida —me llamó la tía Hester, con impaciencia—. Vamos, no quiero que lleguemos demasiado tarde.

Ahogué un suspiro, le di un apretón de manos a Kate y me dirigí hacia Liroy. Me ofreció su brazo derecho para sujetarme a él.

—Estás preciosa, prima —dijo, y parecía decirlo en serio, aunque yo me veía como una maldita tartaleta de fresa con tantas flores y gasa abultada en mi trasero—. Puede que hoy hechices al amor de tu vida, y sin utilizar magia.

Puse los ojos en blanco y le di un ligero empujón para que comenzase a caminar.

—¿De esta forma conquistas a los jóvenes? ¿También le susurras cosas así a Thomas St. Clair?

—Con una copa en la mano y unos botones de menos —contestó él, guiñándome un ojo—. Pero no se lo digas a mis padres.

—Soy una verdadera tumba.

El cochero nos esperaba fuera, con un abrigo delgado abotonado hasta el cuello. Aunque apenas había entrado el otoño, se había levantado un suave viento helado que me estremeció cuando pisé la calzada. Con un escalofrío, me arrebujé en el chal y acepté la mano del hombre para subir a nuestro carruaje.

Permanecí distraída, con los ojos clavados en el rectángulo de luz que escapaba de la puerta acristalada que dejábamos atrás. Podía imaginarme a Kate al pie de la escalera principal, con ojos tristes, durante mucho, mucho tiempo.

Suspiré y sacudí la cabeza, que la sentía dolorida por la tirantez del recogido. No sabía cuál de las dos echaría más de menos a la otra.

Con el chasquido del látigo, los caballos relincharon y se pusieron en movimiento. El carruaje traqueteó por las calles empedradas, pasando junto a viandantes que aceleraban el paso para llegar a sus hogares. La noche era oscura. Había nubes cubriendo las estrellas y la luna apenas asomaba entre ellas. Su luz amarillenta, unida a la de las farolas de gas, no era suficiente para iluminar todos los rincones oscuros.

A medida que nos acercábamos a Hyde Park, el tráfico comenzó a crecer y los peatones relajaron su paso, mostrando sus trajes de noche. Las telas relucían aun bajo una luz tan escasa. Diamantes escondidos entre las piedras de una mina.

El hogar de los Holford se encontraba en Park Lane, en una de las edificaciones de la larga calle. Dorchester House, la mansión de nuestros anfitriones, tenía algo especial. Quizás eran las formas de las ventanas, que parecían decenas de ojos curiosos, el follaje de la vegetación oscura que rodeaba la casa, el color hueso de la fachada, que recordaba a las lápidas recién colocadas de Highgate.

Por mucho que me costase admitirlo, los Holford eran una de las familias Sangre Negra más influyentes de los últimos tiempos. Muchos de sus miembros habían formado o formaban parte de las altas esferas del Aquelarre. Sanadores, jueces, consejeros, alcaides en Sacred Martyr… incluso, se rumoreaba que Serena, como Liroy, sería una de las próximas adquisiciones si conseguía superar el examen de ingreso, al que solo se accedía tras una invitación exclusiva de alguno de los Miembros Superiores.

El carruaje se detuvo justo en la entrada, donde se agolpaban varias parejas y grupos de jóvenes. Jamás había acudido a un evento así, a pesar de que había presenciado muchos encaramada en la escalera de nuestro hogar. No pude evitar sentirme nerviosa, casi vulnerable.

Hubiese preferido estar de nuevo en Little Hill, rodeada por un centenar de muertos recién resucitados.

Las rodillas me fallaron un poco cuando bajé del carruaje. Seguí a mis tíos, con la mirada gacha, bien sujeta a mi primo, como una buena dama debía hacer. No lo hacía por cuestión de decoro, estaba verdaderamente preocupada por la pomposidad de la falda. Temía tropezarme con ella y caer de bruces nada más pisar los suelos alfombrados de la mansión.

Mientras nos dirigíamos hacia la enorme puerta de entrada, escuché las palabras de un grupo de jóvenes de mi edad, que estaban apostados a un lado de la fachada.

—… siempre es necesario contenerse, con tantos ojos mirando.

—Ni siquiera sé para que los invitan. Todos conocemos el verdadero motivo de estos bailes, por los Siete Infiernos. Una Sangre Negra no se va a fijar en un Sangre Roja.

—Siempre es divertido hacer que algo se mueva frente a sus ojos estúpidos. Me encanta verlos temblar.

Miré por encima de mi hombro con el ceño fruncido. No era extraño escuchar hablar así a algunos Sangre Negra, comentarios de ese tipo se escuchaban todos los días en la Academia, pero así decían los rumores que había comenzado Aleister Vale. Unas pocas palabras, unos pocos hechizos para asustar a los Sangre Roja… Y en pocos años te transformas en el mayor criminal de ambos mundos.

Disimuladamente, extendí mi dedo enguantado y los apunté con él.

—*Impulsa*.

Una fuerte corriente de aire surgió de pronto y arrastró el sombrero de uno de los jóvenes. Aunque maldijo e intentó atraparlo, el sombrero llegó a la calzada y un carruaje le pasó por encima.

El joven agitó su cabellera rubia y se volvió hacia mí, como si hubiese sentido mi magia. Debería haber apartado la mirada, pero soporté el peso de sus ojos claros y le dediqué una mueca sarcástica antes de adentrarme en Dorchester House.

En la enorme entrada, un par de mayordomos (Desterrados Sangre Negra, sin duda) daban la bienvenida a los invitados. Mi tía y yo les dejamos nuestros chales y nos adentramos en el inmenso hall, repleto de flores y candelabros encendidos; el resplandor conseguía que las paredes parecieran recubiertas de oro.

Nos entregaron un par de carnés de baile. Uno de nácar para mí, otro de marfil para la tía Hester. Nácar para las solteras y marfil para las casadas. Yo observé el mío de pasada, comprobando con hastío la cantidad de piezas apuntadas. En él tendría que apuntar los nombres de mis futuras parejas de baile, era lo que indicaba el protocolo

Debía llevarlo colgado de la muñeca, pero en vez de eso, lo deslicé en el bolsillo de mi falda, donde guardaba mi Anillo de Sangre, como si así pudiera hacerlo desaparecer.

—Por favor, acompáñenme al Gran Salón.

Seguimos a uno de los mayordomos y subimos los peldaños con la lentitud calculada de los ricos, que caminaban despacio para ser admirados. En eso, mi tía Hester era una verdadera experta. Yo solo quería acelerar el paso porque los zapatos nuevos ya empezaban a dolerme.

A pesar de que las estancias que atravesábamos eran impresionantes, empezaba a sentirme asfixiada. Todo era muy recargado. Demasiadas molduras. Candelabros excesivamente grandes. Ángeles sonrientes que bien podían ser ángeles caídos. Cortinas pesadas. Exorbitantes cuadros con demasiadas caras que parecían seguirte a medida que avanzabas.

El mayordomo nos dejó en el umbral del Gran Salón, una estancia enorme, todavía más impresionante que todo lo que habíamos dejado atrás. Mi tía suspiró, maravillada, y le preguntó a mi tío por qué no podían tener ellos en su mansión unas molduras así. No logré escuchar la respuesta.

El lugar estaba atestado de gente. En mitad de la sala, varios criados pululaban con bandejas repletas de champán burbujeante. La tía Hester se había asegurado de que llegáramos tarde, como toda persona distinguida debía hacer, pero los bailes no habían empezado todavía, para mi disgusto. Así podría haberme ahorrado alguno.

Emily y Edward Holford se acercaron a nosotros en cuanto nos vieron. Mi tía Hester aferró las manos de la señora Holford con fuerza.

—¡Oh! Creí que no vendrías, querida.

—No me perdería esta fiesta por nada del mundo, ¿verdad, Eliza?

Me sobresalté y Liroy me empujó ligeramente hacia delante. Me quedé callada durante un instante. Pensé que tendría algo más de tiempo antes de empezar con toda esta actuación.

—Por supuesto que no, señores Holford. Llevo días *soñando* con este momento. —Mi sonrisa y mi voz no debían ser muy creíbles, porque los anfitriones intercambiaron una mirada.

Liroy, a mi lado, transformó una carcajada en tos.

—Serena está hablando con los invitados. ¿Podéis creer que ya tiene el carné completo? —preguntó la señora Holford, a nadie en particular—. Aunque, si me permitís la confidencia, creo que solo tiene interés en bailar con una persona.

No se me escapó la forma en la que sus ojos se resbalaron hacia Liroy. Y, para mi desagradable sorpresa, él no separó los labios para restar importancia al asunto.

—No me extraña nada —intervino mi tío Horace, sonriendo con sinceridad—. Serena es encantadora.

Mis dedos se clavaron con demasiada fuerza en el brazo de mi primo. *Encantadora*. Por supuesto que sí.

—¿Qué te parece compartir conmigo el primer baile, prima? —me preguntó Liroy.

—Será un placer —contesté, intentando que el alivio no fuera demasiado obvio.

Extraje el carné de baile y escribí el nombre completo de Liroy en la primera entrada. Un minué. Al menos, era una danza lo suficientemente sencilla como para no preocuparme en tropezarme con la falda.

—Si nos disculpan… —Liroy me apretó ligeramente la mano y caminó hacia los presentes, mientras los primeros compases comenzaban a flotar en el aire—. ¿Preparada?

Tragué saliva cuando decenas de ojos se volvieron y se clavaron en nosotros, *en mí*, desde mi falda abultada hasta las horquillas de perlas y flores que decoraban mi tocado. Estaba empezando a sudar y dudaba de que fuera algo decoroso, sobre todo cuando tuviera que alzar los brazos en algún estúpido baile.

«Ahí está la hija de las dos mayores leyendas de nuestro mundo», parecían decir unos.

«Es una lástima que sea tan rica y no tan agraciada», daba la sensación de que decían otros.

«No se parece en nada a sus padres»; así terminaban todos.

Soy una Sangre Negra. He vendido mi alma al diablo, pensé con la barbilla levantada. *Podré con esto*.

Fue como si arrojasen carnaza a los cuervos que vigilaban la Torre de Londres. En el momento en que el primer baile terminó, ya se había corrido la voz de que Eliza Kyteler había sido presentada ante la reina y era libre para contraer matrimonio (y compartir parte de la inmensa herencia de Marcus Kyteler y Sybil Saint Germain). Así que Liroy y yo nos vimos pronto rodeados por jóvenes (y no tan jóvenes) solteros que, de golpe, querían saber todo sobre mí.

Era gracioso, porque algunos habían sido antiguos compañeros de la Academia que solo me habían dirigido la palabra por curiosidad, para después alejarse de mí al darse cuenta de que nada tenía que ver con los maravillosos Marcus Kyteler y Sybil Saint Germain.

Sabía que mi sonrisa era falsa y que mis parpadeos no hacían más que evitar que pusiera los ojos en blanco, pero ellos no cesaban de hablar y hablar. Pocas veces preguntaban. Fue una suerte que Liroy estuviera conmigo en todo momento. Su presencia frenaba un poco al resto de los jóvenes. Se lo agradecía profundamente, aunque también sentía algo de lástima por él. Había visto merodeando por la pista de baile a Thomas St. Clair, que no dejaba de lanzarnos miradas socarronas. Cuando finalmente se acercó, me preguntó al oído, en broma, si le concedía el honor de bailar conmigo. Mientras movía los labios, yo veía por el rabillo del ojo cómo deslizaba su mano por debajo de la chaqueta de Liroy.

—Me debes un gran favor —siseó mi primo, cuando esa cabeza de rizos alborotados se perdió entre los invitados.

Apreté los labios, incómoda, y aparté la mirada. En muchas ocasiones, los Sangre Negra nos jactábamos de lo diferentes que éramos a los Sangre Roja, de lo arcaicos que eran en comparación con nosotros. Pero no tenías más que hurgar en la superficie para comprobar que nuestras similitudes eran más numerosas que las diferencias. Por lo menos, a ojos de la sociedad. En ella era impensable que dos personas del mismo sexo tuvieran una relación más estrecha que una amistad, así como que una joven en edad de casarse no contrajera matrimonio. No hacerlo por propia voluntad casi parecía un delito a ojos de los demás. Aunque, por supuesto, esa norma era mucho más exigente con las mujeres que con los hombres.

Apreté con cariño el brazo de Liroy mientras nos deshacíamos como podíamos de mis pretendientes y dábamos una vuelta en torno al salón. Yo miré preocupada mi carné de baile. Estaba prácticamente lleno, solo quedaba libre la pieza que vendría a continuación: el vals. Mi primo no había pedido ningún baile a nadie por deferencia a mí, pero sabía que no podría estar el resto de la noche aferrada a su brazo.

Me encontraba todavía observando con pesadumbre los nombres escritos en mi carné, cuando de pronto, una mata de rizos sangrientos me azotó el rostro.

—Oh, ¿te he asustado, querida Eliza? No sabes *cuánto* lo lamento.

Respiré hondo antes de volverme y enfrentarme a esa voz engañosamente dulce. Serena Holford. Espectacular, como siempre; una pesadilla vestida de sueño. Era esbelta de la forma adecuada, con una cintura diminuta que yo no podría (ni quería) conseguir con el corsé más apretado, y un pecho generoso en su justa medida. Tenía un rostro ovalado, la piel blanca, libre de marcas, y unos ojos verdes que recordaban a la manzana a la que había sucumbido Adán. Era muy parecida a Lilith, una de las primeras Sangre Negra registradas en la historia antigua. Hasta los Sangre Roja habían oído hablar de ella.

El vestido que llevaba era demasiado rojo. Estaba cuajado de pedrería y me recordaba demasiado a la sangre que brotaba de mis dedos cada vez que los pinchaba con mi anillo afilado.

—Estás preciosa, Eliza, pareces un… pastelito de fresa —continuó ella, ignorando mi mandíbula tensa y mis ojos entrecerrados—. Señor Saint Germain, siempre es un placer coincidir.

Estaba tan concentrada en fulminar a Serena Holford con la mirada, que tardé demasiado en darme cuenta de que ella también estaba acompañada. Su brazo se enlazaba al de un joven que intentaba mantenerse lo más alejado posible de ella.

Tenía la cabeza ligeramente inclinada hacia abajo, como si estuviera incómodo o descubriendo algo realmente fascinante en la punta de sus zapatos lustrados. Pero debió sentir el peso de mi mirada, porque de pronto, alzó la cabeza bruscamente y sus ojos cayeron sobre los míos.

Hubo algo en ellos que me hizo fruncir un poco el ceño. Vulnerabilidad, creo. Aunque desapareció con la velocidad de un destello cuando Serena volvió a hablar.

—Oh, imagino que debería presentarles a lord Andrei Báthory. Procede de la bella Hungría y llegó a Londres ayer.

Andrei Báthory era un tanto extraño. No era guapo, como sí podía serlo mi primo o el escandaloso Thomas St. Clair, pero definitivamente había algo en sus ojos castaños y en su cabello rubio oscuro que caía en un flequillo rebelde sobre su frente que lo hacían fascinante. Quizás era la expresión de su cara, de total indiferencia, o la rigidez de su mandíbula cuadrada. Parecía estar haciéndose añicos los dientes. Su ceño estaba firmemente fruncido.

Iba vestido con elegancia. La calidad de su levita, su chaleco gris y su pañuelo bordado, además del tratamiento especial que Serena había añadido a su nombre, indicaba que procedía de una importante familia noble.

Ella desvió la mirada hacia mí, burlona.

—Lord Báthory, estos son la señorita Eliza Kyteler y el señor Liroy Saint Germain. Son primos y amigos míos desde la infancia. La señorita Kyteler fue presentada en sociedad ayer mismo.

Era una indirecta asquerosa. Le habría echado un encantamiento de estar segura de que el señor Báthory era un Sangre Negra, como nosotros. Pero no lo estaba, y no podía romper de nuevo las normas después de haber sido expulsada de la Academia.

—Encantado —espetó él. Su voz era seca y susurrante al mismo tiempo, tan esquiva como su mirada, que se posaba en cualquier lugar del salón excepto en nosotros. Y era extraño, porque apenas se notaba un ligero acento en sus palabras.

—¿Báthory? —repitió mi primo, interesado—. Por casualidad, ¿es usted descendiente de Erzsébet Báthory?

Los labios del aludido se apretaron un poco, como si estuviera cansado de esa clase de preguntas.

—Así es —contestó lacónicamente.

—Lord Báthory tiene una familia muy interesante y pintoresca, pero me temo que no tiene nada que ver con la reputación que se atribuía a la condesa —intervino Serena.

Lo miré, algo desilusionada. La condesa Erzsébet Bháthory había sido una Sangre Negra muy poderosa, experta en las invocaciones y en la alquimia, de la que los Sangre Roja habían escrito leyendas espeluznantes. Por desgracia, la mayoría eran ciertas. Tras acusarla de brujería la habían encerrado en una torre, cuyas paredes cubrieron de cruces, para anularla, hasta que finalmente murió años después.

Pero la indirecta que se escondía en las palabras de Serena era clara. Andrei Báthory podía ser un descendiente lejano de la llamada «Condesa Sangrienta», pero no había magia corriendo por sus venas.

—Oh, ¿y qué lo trae a Londres, lord Báthory? —preguntó Liroy.

—Es el fin de mi *Grand Tour* —contestó, con evidente renuencia.

—Creía que esa clase de viajes estaban en desuso —intervine, ganándome una mirada de desagrado por parte del joven—. Y pensaba que solo era una excentricidad propia de los nobles ingleses.

Se produjo un instante incómodo de silencio. Andrei Báthory permaneció inmutable, aunque su mandíbula se tensó todavía más.

—Mi madre nació aquí, en Londres. Y siempre tuvo la ilusión de que llevara a cabo un viaje así. De todas formas —añadió, tras un carraspeo—, cuando mi estancia aquí termine, dentro de un mes, volveré a Hungría. Mi padre y mi hermanastro necesitan ayuda para ocuparse de nuestras tierras.

—Se lo he dicho anteriormente, ¿verdad, lord Báthory? Debería haber esperado a que comenzara la Temporada. Ahora mismo, todo es muy... aburrido —añadió Serena tras lanzarme una rápida mirada de soslayo.

—Precisamente ese ha sido el motivo por el que deseaba visitar la ciudad ahora —replicó él, sin pestañear.

Tuve que apretar los labios para que no se me escapara la risa, aunque la mirada que él me dedicó no era en absoluto divertida. Serena, a su lado, parecía sorprendida.

—Entonces, supongo que esta clase de fiestas no son de su agrado —comenté, soportando el peso de sus ojos.

Su respuesta no se hizo esperar.

—Las detesto.

Serena soltó un sonido estrangulado y, a nuestro lado, uno de los sillones finamente labrados en madera y seda, repiqueteó contra el suelo, como si hubiese alguien sentado sobre él, agitado. Un Sangre Roja que estaba cerca de él, abrió los ojos con miedo y se apresuró a apartarse.

Ella, incómoda, atisbó el carné de baile nacarado que todavía sujetaba en mi mano, y, con un movimiento rápido, me lo arrebató.

—Estás muy solicitada por lo que veo, querida Eliza —dijo, con una alegría que no podía ser verdadera—. Aunque observo que todavía no hay ningún nombre escrito junto al vals. Es la pieza más pasional de todas. Casi escandalosa. ¿La estás reservando para alguien especial?

Puse los ojos en blanco, pero, cuando estaba a punto de contestarle, una figura se acercó a nosotras. Los bajos de su chaqueta acariciaron la gasa de mi falda.

—Buenas noches, señorita Kyteler. ¿Le importaría concederme el próximo baile?

Me giré con brusquedad al oír esa voz. Pertenecía al joven al que había escuchado mientras me dirigía con mis tíos y mi primo a la entrada de la mansión, el mismo al que había hecho volar su sombrero. Al contrario que lord Báthory, era un Sangre Negra.

Me apresuré a quitarle el carné de baile a Serena de las manos y lo cerré con firmeza, para después deslizarlo en el bolsillo junto a mi Anillo de Sangre.

—Me encantaría complacerlo, señor...

—Tennyson —contestó él, sus ojos verdes buscaban los míos—. David Tennyson.

Debía ser unos años mayor que yo, porque no recordaba haberlo visto en la Academia. Era apuesto e iba bien vestido, y sus zapatos estaban tan encerados, que podía ver mi rostro distorsionado reflejado en ellos. Aunque no solía prestar atención a mis tíos cuando hablaban de sus amistades, ese apellido me sonaba, así que debía pertenecer a una familia Sangre Negra reconocida. La tía Hester nunca se molestaba en nombrar a donnadies. Era el pretendiente modelo, aunque todo de él, desde su mirada punzante hasta su pelo claro, perfectamente peinado, parecía empujarme hacia atrás.

—Bien, señor Tennyson. Como le he dicho, me encantaría complacerlo, pero tengo mi carné de baile absolutamente lleno —mentí, sin dudar ni un instante.

El ceño de él se frunció de inmediato.

—Me había parecido ver un hueco en la próxima pieza.

La sonrisa se me crispó un poco. Por el rabillo del ojo, miré a Serena, que parecía sumamente divertida con la escena. Liroy no podía bailar de nuevo conmigo, sería indecente para el resto de las jóvenes y, sobre todo, para el maldito Tennyson.

Andrei Báthory tenía la vista perdida en el techo, parecía mortalmente aburrido.

—Sí, un hueco. Pero lamento decirle que lord Báthory me lo ha pedido apenas unos segundos antes de que llegara usted.

El aludido se giró bruscamente hacia mí, con los rasgos cincelados por la sorpresa. Liroy se volvió a medias; intentaba ocultar la sonrisa que luchaba por escaparse de sus labios.

—Odio bailar —declaró el señor Báthory. Su voz era casi una amenaza.

Si hubiese estado en una fiesta rodeada solo por Sangre Negra, un poco de magia habría arreglado la situación. Mi Anillo de Sangre pareció palpitar en el fondo de mi bolsillo, pero sabía que no podía hacer otra cosa que descartarlo.

—Eso se puede arreglar con la práctica, mi querido señor —repliqué, con falsa alegría. Me desembaracé del agarre de Liroy y, cuando Serena me dejó paso, al parecer, genuinamente sorprendida, coloqué mis manos alrededor de su brazo izquierdo—. Oh, ¿escucha los acordes? El vals está a punto de comenzar. Si nos disculpan…

Ignoré por completo a Tennyson, y prácticamente tuve que hacer uso de toda mi fuerza para arrastrar a Báthory hasta la pista.

—No quisiera ser descortés, señorita Kyteler —dijo él, con la rabia palpitando en cada una de sus palabras—. Pero no le he pedido un baile, y, como le he dicho, detesto bailar. Siento si esto daña su reputación, pero no pienso hacerlo.

Nos detuvimos justo en el borde de la pista. Los invitados se hacían a un lado y dejaban paso a las parejas. El sonido de los instrumentos de cuerda buscando la afinación llenaba el aire cargado de la sala.

Apreté su brazo con las uñas. No con fuerza, pero sí con la insistencia suficiente como para que él entornara la mirada para observarme.

—Mire, *Báthory* —dije, olvidando su título a propósito. Mi voz había abandonado ese falso acento musical y delicado—. Yo tampoco quiero bailar con usted. Sé que es un noble y que posiblemente ha hecho durante su vida todo lo que le ha venido en gana, pero ahora me va a hacer este favor, quiera o no.

No sabía si estaba más enfadado o escandalizado.

—Señorita Kyteler, no puede…

—Créame, *sí* puedo —lo interrumpí. Oh, si estuviera al tanto de la cantidad de encantamientos que existían y que podían obligarlo a acatar mi voluntad, a seguir mis pasos, o simplemente, a bailar cabeza abajo—. Serán solo unos minutos y después usted y yo nos separaremos. Prometo dejarlo en paz para siempre.

Nuestras miradas se cruzaron de nuevo; sus ojos contenían una tormenta oscura. Pareció meditarlo durante un instante mientras las parejas ocupaban sus posiciones y los acordes de los instrumentos de cuerda finalizaban, listos para comenzar el vals.

—Me tomaré en serio su palabra, señorita Kyteler.

Esbocé una pequeña sonrisa y me dejé llevar cuando él se dirigió hacia la pista de baile, ocupando un extremo, unos de los pocos lugares libres que quedaban. El vals solía ser la pieza preferida de la noche, sobre todo para las jóvenes de mi edad. Era una de las pocas ocasiones en la que las parejas podían estar en público a una distancia tan reducida.

Lord Báthory se inclinó hacia mí, aunque apenas movió hacia abajo esa mandíbula tensa que parecía a punto de romperse de tanto apretarla. Cuando me tocó a mí, lo imité. Mantuve los ojos elevados y doblé imperceptiblemente mis rodillas.

Su expresión fría fue contestada por un simple arqueo de mis cejas.

El primer compás dio paso al segundo, y con él, a la melodía principal. El seis por ocho nos obligó a enlazarnos. Nuestras manos unidas, cubiertas por los guantes blancos, mis dedos aferrados en su hombro y su otra mano apenas rozando mi cintura.

Y entonces, comenzamos a girar.

Las faldas de todos los vestidos se abrieron como flores y, de pronto, el salón de baile estuvo repleto de colores satinados. No podía mirar a mi alrededor, la música era rápida y nosotros girábamos velozmente, lo que conseguía que las caras se convirtieran en un borrón confuso. No tenía más remedio que mirar al rostro inexpresivo del señor Báthory.

—Parece casi decepcionada —dijo de pronto, sobresaltándome.

—Creía que su renuencia a bailar se debía a una incapacidad de colocar un pie delante de otro sin tropezarse.

Dejó escapar un bufido que no supe si era un resoplido o una risa seca.

—Conozco todas las danzas que se llevan a cabo en una reunión social como esta, y soy capaz de ejecutarlas todas con cierta destreza.

—Ya veo que la humildad resalta en usted —comenté, con una mueca.

—Me limito a ser sincero.

Bajé durante un instante la mirada para que no pudiera ver mi expresión. Mi boca estaba apretada, pero sabía que mis ojos sonreían un poco.

—La sinceridad no es muy valorada en nuestro círculo, me temo.

—Lo acabo de comprobar —contestó, arqueando una de sus cejas oscuras.

—No era mi intención arrastrarlo a este pequeño teatro, pero no pensaba bailar con ese... *caballero* —repliqué, con firmeza. Los dientes casi me dolieron al pronunciar esa última palabra.

—¿Puedo preguntarle por qué?

La música llegó a su punto álgido, y el trino de los violines estalló mientras nosotros no dejábamos de dar vueltas. A nuestro alrededor, los bailarines estaban unos perdidos en los otros.

—Una cuestión de principios, nada más.

—¿Principios? —Pareció a punto de soltar una carcajada con desprecio.

—¿Le parece algo de lo que reírse?

—Me parece que es algo de lo que carece cada una de las personas que llenan esta sala.

—Oh, olvidaba que los nobles siempre destacan por ellos. —Recorté la distancia con él, ahora que el vals estaba a punto de terminar. Pude sentir su incomodidad, cómo luchaba por echarse hacia atrás y ampliar de nuevo el espacio que nos separaba—. Si muchos de los que estamos aquí no tuviésemos principios, usted estaría ahora mismo *muerto* de miedo.

Mis palabras no lo asustaron, pero su ceño se frunció aún más.

El fin del vals llegó hasta nosotros con un acorde suave que nos hizo separarnos. Esta vez, ninguno de los dos se inclinó, a pesar de que todos los que estaban a nuestro alrededor lo hicieron. Nos miramos fijamente y, en el instante en que las conversaciones, las risas y el entrechocar de las copas de cristal volvieron a llenar nuestros oídos, nos dimos la vuelta y nos dirigimos hacia partes opuestas del salón.

No volvimos a hablar en lo que restó de la fiesta y, cuando mi pareja para la siguiente danza me arrastró hacia la pista de baile, pude ver entre la multitud cómo Andrei Báthory se despedía de los señores Holford y abandonaba la fiesta mucho antes de lo que era correcto hacerlo.

Segunda parte

EL LADRÓN

DE ÓRGANOS

PRIMERA QUINCENA DE OCTUBRE. AÑO 1895.

Academia Covenant
Octubre, hace veintisiete años

Las cabezas volvieron a girarse a nuestro paso.

Quizás era por Leonard Shelby, o Leo, como nos había pedido que lo llamáramos ese primer día, cuando osó sentarse con nosotros en la misma mesa de comedor, a pesar de que su apellido no lo conocía nadie y el nuestro llevaba escuchándose durante generaciones. Pronto había descubierto que era más pobre que una rata, que sus padres solo tenían una casa diminuta (en serio, solo una), y que cuidaba sus códices porque sabía que algún día su hermano pequeño tendría que heredarlos. Pero también había descubierto que bajo esos rizos de color cobre siempre había demasiadas sonrisas y una mente demasiado aguda para alguien de su posición. Que alguien tan tierno e inocente como él decidiese hacerse nuestro amigo y despertase tanto en mí, siempre me supuso un completo misterio.

También podían mirarnos por culpa de Sybil Saint Germain. No era solo por su belleza, por supuesto, aunque sus ojos tuvieran el color de la plata y las ondas que siempre recogía en un elegante moño, el tono del infierno. La elegancia la empapaba de la misma manera que lo hacía su falta de sutileza. Cada vez que hablaba, de su boca escapaban dardos de hielo que ponían en apuros a más de un profesor. Su mirada siempre parecía estar perdida en algún libro, aunque sus oídos siempre escuchaban, atentos. Si algún secreto se escondía entre los muros de la Academia, ella siempre lo descubría.

Otra opción podía ser Marcus Kyteler, que parecía estar destinado a convertirse en una leyenda entre los Sangre Negra. Era demasiado brillante, apenas necesitaba estudiar, y con una práctica de lo más escasa era capaz de controlar hechizos o encantamientos que a los demás nos llevaban horas y, al resto de alumnos, semanas. Si Sybil hacía tartamudear a los profesores con sus réplicas, Marcus siempre los dejaba mudos. Cuando no lo hacía, se mantenía en silencio y sus ojos verdes se sumían en una expresión extraña, meditabunda. A veces sentía fascinación de lo que parecía ver tras ellos, pero otras, solo quería mantenerme lejos.

La última opción que quedaba era yo. Aleister Vale. Cuando nací, mi padre dijo que traería mala suerte porque tenía el cabello rubio como el sol y los ojos celestes como el cielo que veneraban los Sangre Roja, aunque a muchas de las chicas (y a Leo) que poblaban la Academia no parecían importarles demasiado. Les gustaban mis carcajadas, que siempre sonaban más altas que todas las demás; o la forma en que hacía rabiar a mis profesores, que no cesaban de repetir: «Vale, va por mal camino. Y el final del sendero no le traerá nada bueno».

No, no tenía ni idea de qué me traería el final del camino. Pero disfrutaba de él.

Y de que nos miraran. Eso, sobre todo.

Aunque no tuvieran ni idea de lo que realmente se encontraba debajo.

CHARLOTTE GREY

Había alguien sobre mí. Lo sentía, aunque estuviera medio dormida. Sus manos rozaban mi cuello y su aliento acariciaba mi mejilla. Era demasiado parecido a ese recuerdo, a cuando desperté y vi a Aleister Vale casi sobre mí.

Tanteé con las manos, buscando mi Anillo de Sangre. Las palabras de un encantamiento fueron formándose en mi lengua.

¿Vas a maldecir a tu propia prima?, me susurró la voz de Trece en mi cabeza.

Abrí los ojos de golpe. Kate estaba sentada en el borde de mi cama, todavía con el camisón puesto. Trece se encontraba a mis pies, fingiendo dormir, aunque yo sabía que estaba muy despierto. Mi mano se encontraba casi sobre la mesilla de noche, muy cerca de donde descansaba el pequeño joyero donde guardaba mi anillo. La aparté con brusquedad.

—¿Un mal sueño? —me preguntó Kate, preocupada.

—Algo así —respondí, algo somnolienta. Me senté en la cama y observé de soslayo la luminosidad que se colaba por las cortinas.

—Todavía es temprano —aclaró Kate, siguiendo mi mirada—. Pero quería despertarte antes de que mi madre lo hiciera. Si no estamos en el comedor en unos minutos, será ella la que te arrastre escaleras abajo.

—No sé cómo puede tener tanta energía —refunfuñé mientras me frotaba los ojos, intentando apartar a manotazos el sueño que todavía se aferraba a mí—. Ayer debió terminarse toda la bodega de los Holford.

—Yo creo que se habría quedado en la cama de no ser por un detalle. —Kate arqueó las cejas, divertida—. El abuelo Jones ha llegado hace una hora.

Ay, el abuelo Jones. Cómo adoraba a ese viejo. No era nuestro abuelo, en realidad. Ni siquiera era un Sangre Negra, pero había estado con la tía Hester y el tío Horace desde que tenía recuerdos. Una herencia de su madre, mi abuela Mary, que le borró defectuosamente la memoria.

El abuelo Jones había sido su mejor amigo durante su niñez y juventud; algunas malas lenguas, incluso, habían afirmado que había existido un romance entre ellos, pero cuando el Aquelarre lo sospechó y fue a interrogarlo, mi abuela decidió borrar su memoria. Lo que el resto de la comunidad sospechaba era cierto, no quizás el romance, pero sí el hecho de que el abuelo Jones sabía perfectamente lo que éramos nosotros y, aunque mi abuela intentó borrarle todos los recuerdos, habían pasado demasiados años, había conocido demasiados secretos que le estaban prohibidos. El resultado fue catastrófico. Lo hizo olvidar, al menos en parte, pero por otra le hizo perder por completo la cabeza. Lo volvió loco. Se sintió tan culpable por ello, que lo hizo pasar por un antiguo pariente lejano que vivía con los Saint Germain. Y, cuando la abuela Mary murió, mis tíos no tuvieron más remedio que hacerse cargo de él.

Ahora, el abuelo Jones era un anciano cascarrabias, que de vez en cuando gritaba: «¡Brujas!» y se lamentaba pensando que un día lo íbamos a maldecir y a descuartizarlo para hacer una especie de ritual satánico. Otras veces parecía perdido en sus pensamientos y no soltaba palabras en días, y otras era solo un viejo gruñón adorable que siempre decía lo que pensaba. Eso último era lo que más me gustaba de él. Precisamente, lo que mi tía Hester más odiaba.

Cuando mis tíos habían abandonado tan abruptamente Shadow Hill, tuvieron que dejarlo atrás. Se habían ocupado de que su viaje de vuelta hasta Londres fuera largo y tranquilo. Demasiado largo, quizás. Cuando el abuelo Jones regresaba del campo, su humor empeoraba notablemente. Y el de mi tía, también.

—Entonces seré buena y me vestiré deprisa —dije mientras hacía la colcha a un lado—. Hoy se van a hacer muchos tés relajantes bajo este techo.

—Alto ahí. —Kate me aferró por los brazos y me empujó contra el cabecero dorado de la cama—. Tienes que hablarme del baile. A quién viste. Con quién bailaste. Todo.

—Causó un pequeño escándalo —dijo Trece, en voz alta, sobresaltándonos a ambas.

Mi Centinela pocas veces podía quedarse callado, pero generalmente solo hablaba en mi cabeza. Cuando decidía comunicarse con alguien más y su verdadera voz flotaba en el ambiente, el propio aire parecía estremecerse.

—Rechazó a un joven y obligó a un Sangre Roja a bailar con ella. Fue una suerte que no hubiera una gota de magia corriendo por sus venas, porque estoy seguro de que te hubiera maldecido.

—Fue la única forma de librarme de ese tal Tennyson. Me limité a cambiar a un joven desagradable por otro un *poquito* menos desagradable.

—¿Tennyson? —repitió Kate, sorprendida. Su ceño se arrugó un poco—. Es una familia importante, Eliza.

—Y él parecía interesado en ella —añadió Trece.

Fulminé a mi Centinela con la mirada, pero él se limitó a bostezar antes de hacerse un ovillo en las sábanas revueltas.

—No en mí, sí en mi fortuna. Pero créeme, sería el último hombre de la Tierra con el que podría contraer matrimonio.

—Sacudí la cabeza, recordando las palabras que le había escuchado pronunciar antes de entrar en la mansión de los Holford—. Tendrías que haberlo oído. Parecía un seguidor de Vale.

Trece soltó algo parecido a un bufido y Kate abrió mucho los ojos.

—¿De Aleister Vale? —preguntó, casi aterrorizada.

—Sé que muchos de nosotros piensan así. Ya sabes, esclavizar a los Sangre Roja, hechizarlos, obligarlos a hacer cosas que no... —Callé y sacudí la cabeza—. No pienso tener nada que ver con alguien así.

Mi prima suspiró, asintiendo con la cabeza. Me acarició con suavidad el brazo mientras Trece nos observaba desde los pies de la cama, con un ojo abierto y otro cerrado. Pero de pronto, un grito se alzó hasta nosotras, una voz cascada y masculina que reconocí de inmediato.

—Parece que el abuelo Jones ha empezado a hacer de las suyas —dije, poniéndome en pie de un salto—. Será mejor que nos movamos.

Kate asintió y se dirigió con prisa hasta la puerta. Allí, sin embargo, se detuvo y se volvió hacia mí.

—¿Serena se encontraba allí?

Aparté la mirada, incómoda. Ella también la conocía desde antes de entrar en la Academia, mis tíos y los señores Holford habían celebrado juntos infinidades de reuniones de té, almuerzos y cenas. Al contrario que a mí, Serena siempre la había ignorado. Desde niña, le había entretenido más molestarme a mí que acercarse a mi prima.

—Por supuesto. Y estaba tan *encantadora* como siempre —dije, sin un solo pestañeo ante la mentira.

Si había alguien que también había llenado su carné de baile y no había dejado de reír y hablar, había sido Serena Holford.

Kate apretó los labios con pena.

—Solo serán unos meses. Cuando termine mi formación y sea presentada en sociedad, las dos podremos estar juntas en los bailes. Será más divertido.

Las fiestas para ella eran todo lo contrario que para mí. Pero Kate no sería presentada en sociedad hasta que llegara, por lo menos, junio, y para entonces, esperaba que Serena estuviese ya casada y amargada en un matrimonio, y yo hubiese encontrado una manera de escapar de esas aburridas reuniones.

Estoy deseando una nueva invitación a otro baile, susurró Trece en mi cabeza. *No tienes idea de lo que descubres cuando pareces un inocente gato callejero que observa a través de las ventanas.*

Solté un bufido y le arrojé la almohada, pero él la esquivó con facilidad.

—Vete al infierno —siseé.

—¡Sois todos unos hijos de Satanás! ¿Qué es este brebaje? ¿Qué clase de sangre habéis vertido en él? ¡Brujos! ¡Malditos!

Lo primero que vi cuando entré en el pequeño comedor que utilizábamos durante las ceremonias del té, recargado y cubierto de terciopelo rosado, como le gustaba a mi tía, fue al abuelo Jones en su silla de ruedas, arrimado a la mesa y alzando una taza por encima de su cabeza. El contenido se derramaba cada vez que la agitaba.

Era muy mayor, pero, aunque perdió la capacidad de andar después de que saltara desde el tejado de Shadow Hill, intentando huir de «la bruja malvada» (mi tía Hester), no era frágil en absoluto. Sus ojos, de un turquesa intenso, estaban llenos de vida, y sus manos nudosas aferraban con tanta fuerza el asa de la taza, que no sabía cómo no destrozaba la delicada porcelana pintada con semejante apretón. Su amplio bigote se sacudía arriba y abajo, como si tuviera vida propia.

Cuando tenía doce años, una neumonía había estado a punto de matarlo. Creo que mis tíos rezaron a escondidas a Satanás para que se lo llevara mientras yo me quedaba a su lado y le pedía que se curase. Me dijo que, con tal de llevarles la contraria, se recuperaría. Y eso fue lo que ocurrió. Un maldito milagro que, según mi tía, les envió el cielo para castigarlos por su naturaleza.

Anne, una de las doncellas que ya había regresado tras el retiro que les había proporcionado Liroy, estaba en una esquina del comedor, sin poder ocultar su terror. Nuestro mayordomo, George, parecía tan aburrido como de costumbre. No había ningún Centinela a la vista. Cuando él comenzaba a gritar, todos huían y se refugiaban en algún lugar donde los chillidos no llegaran.

Mi tía Hester estaba prácticamente desplomada sobre la silla de estilo imperio.

—No es un brebaje, abuelo Jones. Es solo té.

—¡Esta pócima no puede ser té! ¡Esta pócima huele a orín de vaca!

Kate le dedicó una rápida inclinación de cabeza antes de caminar con prisa al asiento contiguo al de su madre, justo al otro extremo de donde se encontraba el anciano. Yo, sin dudar, me dirigí hacia él.

—¿Es que has olido antes el orín de vaca, abuelo Jones? —le pregunté, dándole un beso rápido en su mejilla arrugada.

—¡Eliza! —exclamó la tía Hester, escandalizada.

—El abuelo Jones no está diciendo ninguna tontería —contesté, encogiéndome de hombros—. Algunas pociones llevan orina, aunque muy pocas. De todas formas, abuelo, esto solo es té. —Se lo quité de las manos y él no se resistió. Me observó con atención mientras me lo llevaba a los labios y daba un largo trago—. ¿Ves? Té, aunque un poco frío.

—Prepararé una tetera nueva —dijo de inmediato Anne, deseosa por salir de allí.

Intercambié una mirada burlona con el abuelo Jones y me senté a su lado tras acomodar la servilleta de lino que se había resbalado de sus rodillas.

—¿Dónde están el tío Horace y Liroy? —pregunté, mirando alrededor.

—En cuanto el abuelo llegó, decidieron que era hora de dar un paseo —contestó mi tía, con disgusto. Parecía tan agotada, que ni siquiera me amonestó cuando cogí tres *scones* de una sola vez.

Como invocados por un diagrama, escuchamos de pronto las voces de mi tío y mi primo, que llegaban desde el recibidor. Al parecer, habían llegado de su oportuno paseo. Preparé una pregunta artera, pero se desvaneció en mi lengua cuando los vi entrar en el pequeño salón.

Los dos estaban serios y mi tío Horace apretaba un periódico contra su costado.

—Buenos días, queridas mías —dijo, mientras Liroy prácticamente se dejaba caer en el asiento que se encontraba a mi lado.

—¿Qué ocurre? —pregunté.

El tío Horace torció el gesto. No parecía tener intención de contármelo, pero mi tía se irguió en su silla y pareció interesada. Cualquier cosa con tal de distraerse de los murmullos constantes del abuelo Jones.

—Han asesinado a una mujer en el East End —dijo, con gravedad.

La tía Hester alzó los ojos al techo y sacudió la cabeza, con cierto aburrimiento. Kate, sin embargo, se estremeció. Me lanzó una mirada nerviosa mientras yo se la devolvía con el ceño fruncido.

—Qué novedad —comentó mi tía—. Todas las noches muere alguien allí. Es un sumidero de ratas, borrachos y… en fin, cosas en las que ninguno de nosotros nos convertiremos.

Resoplé sonoramente mientras Liroy apretaba los labios y apartaba de sí los recipientes llenos de mermelada y mantequilla.

—No es cualquiera —murmuró—. Se trata de una Desterrada.

—¿Qué? —pregunté, alzando la voz. Eché un vistazo a mi alrededor, tensa, pero Anne no había vuelto con el té y George no había regresado tras abrir la puerta.

Mi tío suspiró y asintió con la cabeza. Sin embargo, no extendió el periódico para que pudiéramos ver por nosotras mismas la noticia.

—¿Estáis seguros, queridos? —preguntó mi tía, entornando la mirada.

—Charlotte Grey, ¿la recuerdas? Hace años vino alguna vez a una de nuestras fiestas, antes de que los niños nacieran.

Mi tía palideció. Su memoria para las caras y los chismorreos siempre había sido prodigiosa.

—Por los Siete Infiernos —susurró.

—No he hablado con nadie del Aquelarre, pero esto parece mano de un Sangre Roja —continuó mi primo—. No había diagramas en el suelo ni símbolos de sangre. Quizás fue un ajuste de cuentas.

No me hacía falta preguntar a qué era lo que se dedicaba Charlotte Grey. Lo podía adivinar. Cuando el Aquelarre desterraba a alguien, le arrebataban toda su magia, rompían el vínculo que existía con su Centinela, si es que tenía uno, y lo alejaban de nuestra sociedad. Lo convertían en alguien tan indefenso como cualquier Sangre Roja, que tenía que hacer lo necesario para sobrevivir. Si no tenía magia, no tenía nada. Muchas terminaban convirtiéndose en doncellas, como Anne, cocineras y mayordomos, como nuestro George, al servicio de otras familias Sangre Negra, pero otros se negaban a lo que consideraban una humillación.

—Quizás si la hubieran educado para algo más que para tomar el té, acudir a fiestas absurdas hasta el amanecer y buscar marido, podría haber sido algo más que una prostituta —solté de pronto, con la rabia aguijoneándome la lengua.

Todos en la mesa clavaron la mirada en mí. Mi tía, con severidad, como siempre.

—Tanto Liroy, como Kate y tú habéis recibido una educación portentosa. De no ser porque decidisteis despertar a todo un cementerio…

—¿De qué me vale realizar hechizos y encantamientos si después me pueden arrebatar la magia? Servir correctamente el té es muy útil cuando vives en una mansión como esta, pero no te vale de nada si vives en el East End.

—Si la señorita Grey se hubiera comportado correctamente, si no hubiera puesto en peligro nuestra sociedad, el Aquelarre no la habría expulsado, y ahora no estaría muerta —contestó mi tía, alzando un dedo acusador hacia mí—. Recuerdo que era una joven muy impulsiva. Como *otra* que conozco.

Volví la cabeza al captar la indirecta. El abuelo Jones, a mi lado, cogió el cuchillo de untar mantequilla y lo golpeó contra la mesa, haciendo que todo lo que estaba sobre ella se sacudiera.

—¡Maldita bruja del infierno! —gritó.

La tía Hester se llevó las manos al pecho, exasperada, y yo me levanté ruidosamente, haciendo caer la silla tras de mí.

—Voy a dar un paseo por Hyde Park —anuncié, antes de lanzar una mirada de advertencia a mis primos—. ¿Queréis venir?

—Absolutamente —contestó Liroy mientras se incorporaba de un salto.

Kate, sin embargo, se mantuvo pegada a su asiento y apretó los labios hasta convertirlos en una línea pálida.

—La institutriz… hoy empiezan mis clases.

Le dirigí una mirada triste y me sentí todavía peor. Le murmuré unas palabras de despedida y me dirigí con paso rápido hacia la escalera, en busca de mis guantes y mi sombrero. Liroy me alcanzó en el rellano.

—Eliza, espera. —Su mano se deslizó por mi muñeca y me detuvo. Mi pie se quedó flotando sobre el primer peldaño—. Sabes que mi madre no lo decía en serio. Solo se preocupa por ti. No quiere que te veas mezclada en… esas cosas.

—¿Qué pudo hacer esa pobre mujer para que la desterraran?

—No lo sé. Lo puedo averiguar, si quieres. Ahora tengo en mis manos muchos documentos del Aquelarre. Pero no te preocupes —añadió, mientras me daba un apretón reconfortante—, a ti no te desterrarán ni te ocurrirá nada parecido. Quizás solo ha sido un hecho aislado, una pobre mujer que intenta sobrevivir y muere asesinada por un cliente no muy satisfecho. Solo ha dado la casualidad de que era una Desterrada. No tiene por qué volver a ocurrir.

Yo asentí, aunque sus palabras no me tranquilizaron en absoluto.

8

EL TÉ DE LA TARDE

—*Ascenso* —dije, con firmeza, señalando con la mano al Centinela de Liroy.

Este no se movió, permaneció en el suelo, observándome con sus ojos azules eternamente tristes. Pobre demonio. No era la primera vez que practicábamos con él.

Yo resoplé y agité un puño en el aire, frustrada.

Liroy, Kate y Trece estaban en un rincón de la habitación, mi Centinela con aspecto aburrido, aunque sabía que en el fondo disfrutaba de ver al otro demonio convertirse en rata de laboratorio. Él, por supuesto, se había negado a ser objeto de algo así. Me susurró bien claro en la cabeza que a cualquiera que intentara utilizar la magia contra su cuerpo, le arrancaría la cabeza. Literalmente.

—Los hechizos nunca se me han dado bien —suspiré. Me dejé caer contra la pared—. Y este en particular, aún menos.

Estábamos en el dormitorio de Liroy, el más grande de toda la mansión, del tamaño suficiente como para contener una pequeña pista de baile. Por supuesto, él había recibido el mejor. Era el primogénito y era hombre. Y al parecer, eso era suficiente. Pero muchas veces nos había invitado a pasar tardes enteras con él, mientras Liroy estudiaba los códices del Aquelarre y Kate y yo leíamos, charlábamos, o, como ahora, practicábamos un poco.

En mi caso, con nefastos resultados.

Liroy dejó a un lado su pluma y se alejó de su estudio para dedicarme toda su atención.

—Siempre dices lo mismo —dijo—. Puedes ejecutar ese hechizo. Hasta un alumno de segundo en la Academia podría.

—Te recuerdo que soy la peor de todo mi curso.

—Pero pudiste devolver la vida a un cementerio entero —me recordó Kate, dándome un ligero empujón—. Hasta la directora Balzac se mostró impresionada.

—Fue una invocación que salió mal, solo quería despertar a los espíritus, no a los cadáveres.

—Da igual. Estoy seguro de que yo no podría haberlo conseguido. —Puse los ojos en blanco, aunque sabía que Liroy solo lo decía para hacerme sentir mejor.

—¿De qué sirve hacer cosas así, si después no eres capaz de ejecutar un hechizo sencillo? —repliqué—. Recuerda quién era famoso por causar desastres.

Liroy y Kate me dedicaron una mirada severa.

—Tú no eres Aleister Vale —dijo ella.

—Así que deja de decir tonterías, concéntrate y repite el hechizo —corroboró Liroy, volviendo a sus libros.

Respiré hondo y encaré de nuevo al Centinela de mi primo, que emitió un ligero quejido y se encogió un poco. Alcé el brazo y lo señalé, y esta vez, mi voz sonó fuerte y clara:

—*Ascenso*.

El Centinela de Liroy salió disparado hacia arriba con fuerza y se golpeó de lleno contra la araña que colgaba del techo. Hubo un crujido de cristales rotos y de no ser porque Kate murmuró un: «Detente», el pobre se habría estrellado contra el suelo.

—¡Lo siento! —Me abalancé sobre él, mientras Trece se revolcaba, roto por la risa, en el suelo.

—Estoy bien, estoy bien.

El Centinela de Liroy era particularmente silencioso y, cuando hablaba, su voz no se asemejaba nada a la de Trece. Parecía un anciano cansado.

Intenté acariciarle la cabeza, pero él se apresuró a trotar hacia mi primo y a dejarse a caer junto a sus pies. Al parecer, no quería seguir practicando con nosotras.

En ese momento, la puerta se abrió.

—¿Qué es este escándalo? —Era la tía Hester, recién peinada y maquillada.

Yo apreté los dientes y cambié el rumbo de mi mirada. Habían pasado tres días desde aquella maldita insinuación durante el desayuno y sus palabras todavía hacían eco en mi cabeza.

Sus ojos se movieron rápidamente por toda la habitación, clavándose en el cuerpo retorcido de Trece, que no dejaba de reír maliciosamente, a la falsa actitud inocente de Liroy, que fingía estar concentrado en sus estudios, y en Kate y en mí, que estábamos ligeramente ruborizadas después de llevar casi una hora practicando.

—¡Os habéis despeinado! —suspiró, con una mirada decepcionada despuntando en sus ojos claros—. La señora y la señorita Holford llegarán en apenas diez minutos. Arreglaos y bajad. Liroy, esta va a ser una reunión de damas, así que te recomiendo que permanezcas en tu habitación. Aunque apruebe el juego que te traes con la señorita Holford, no es el momento para llevarlo a cabo.

—Claro, madre. Seré tan silencioso como un muerto.

La tía Hester arqueó las cejas y me lanzó una mirada acusadora.

—Más silencioso, espero.

En cuanto salió del dormitorio y cerró la puerta, me volví hacia Liroy, con el entrecejo fruncido.

—¿A qué juego se refiere?

—Tengo la misma idea que tú —contestó él, antes de encogerse de hombros—. Ya sabes cómo es.

No contesté y lo seguí mirando con desconfianza. Su expresión no flaqueó, pero sabía que me estaba ocultando algo. Lo conocía demasiado bien.

—¿Bajamos? —me preguntó Kate; colocó una mano en mi hombro—. No quiero hacerla enfadar.

—Eso es complicado, prima —repliqué, pero me dejé llevar por su ligero empujón y me dirigí hacia el pasillo, con Trece caminando delante de mí. Tenía las orejas estiradas hacia atrás y la cola baja acariciaba el suelo alfombrado con su punta. A él le gustaba tan poco Serena Holford como a mí.

Mientras descendíamos por las escaleras principales, Kate me acomodó el pelo con su magia y después hizo lo mismo con el suyo. Se había esmerado con su aspecto teniendo en cuenta que solo sería una reunión de té. «Las apariencias son importantes», solía decir la tía Hester. Y eso era algo que Kate se tomaba muy en serio.

Apenas habíamos alcanzado los últimos escalones cuando llamaron a la puerta. Al instante, nuestro mayordomo, George, salió del pequeño salón de té anexo, donde habíamos desayunado hacía unos días y nos habíamos enterado del asesinato de esa pobre Sangre Negra Desterrada. Tras él caminaba mi tía Hester, que se colocó junto a las puertas de entrada, con las manos perfectamente unidas en el regazo y una sonrisa dulce en los labios.

Cuando nos observó, quietas a mitad de la escalera, su expresión se transformó en una mueca del demonio y nos ordenó que nos colocáramos junto a ella. Nuestro mayordomo no abrió la puerta hasta que no seguimos sus deseos al pie de la letra.

La señora Holford y Serena estaban tras la enorme puerta de madera y de cristal cuando esta se abrió por fin. Sus sonrisas, idénticas a las de mi tía. De las tres, no sabría decir cuál era más falsa.

—¡Querida mía! —exclamó mi tía, con voz afectada—. No sabes lo ansiosa que estaba por veros.

—Nosotras también, desde luego —respondió su amiga. Sus ojos nos dedicaron una mirada rápida, para pasar de largo y perderse en el pequeño salón que ocuparíamos—. ¿Cómo está el abuelo Jones? ¿Sigue tan… *vital* como siempre?

—Oh, su salud está intacta. —Mi tía pareció lamentarlo durante un instante—. Está dando un paseo junto a Horace por Mayfair. El aire fresco sienta bien a las personas de su edad.

Lo cierto era que los había obligado a salir en cuanto habían terminado de comer y, como siempre, mi tío no había protestado. El abuelo Jones, por supuesto, era otra cosa.

—Adoro a ese anciano —intervino Serena, dando un paso al frente para encararnos a Kate y a mí—. Me hace reír tanto como algunos miembros de su familia, señora Saint Germain.

Los Holford eran unos de los pocos que sabían perfectamente que el abuelo Jones no compartía nuestra sangre, así que sabía con qué intención iba el comentario. Me tensé, pero Kate deslizó una mano tras mi espalda y me rozó suavemente la parte interna del brazo. «Tranquilízate», parecía decir.

Si quieres, puedo orinarle en esa bonita falda de encaje que lleva, comentó por otra parte Trece, en el interior de mi cabeza. *O hacer cosas peores. La comida no me ha sentado bien.*

Serena bajó la mirada de inmediato hacia mi Centinela y le sonrió con falsedad. Me pareció que el bolso que llevaba colgando de su delgado brazo se agitaba.

—Pasemos al salón —dijo mi tía, después de lanzarme una mirada de advertencia—. He encargado unos pastelillos maravillosos.

Cuando George cerró la puerta principal y nos guio hasta el salón que, literalmente, no se encontraba a más de dos metros de distancia, las Holford dejaron sus bolsos sobre sus faldas y, de ellos, salieron sus Centinelas, prácticamente idénticos entre ellos.

Eran serpientes. La de la señora Holford era de un color verde claro, de grandes ojos amarillos, que no tardó en enroscarse entre los tobillos de su compañera. El Centinela de la tía Hester bajó de la estantería, en donde había estado, hasta el mismo suelo, cerca del reptil. Siempre parecían haberse llevado bien. Quizás esos demonios habían sido amigos en uno de los Infiernos, quién sabía. Sin embargo, esa amistad que parecía unirlos no tenía que ver nada con lo que sentía Trece por el Centinela de Serena.

Era una serpiente de cascabel, de escamas pardas y blanquecinas, que formaban una serie de manchas que se extendían desde la cabeza hasta su misma cola. Cuando lo miré, el Centinela agitó su cascabel y Trece se erizó, enseñando los dientes.

Anne se acercó con una enorme tetera de porcelana, humeante. Sus ojos, frenéticos, no se separaban del siseo continuo de las dos serpientes. Sirvió con manos temblorosas la bebida y, cuando terminó, prácticamente salió huyendo de la sala. Desde que la desterraron hacía un par de años, parecía que todo lo relacionado con la magia la repelía. La asustaba, realmente.

Kate y yo la vimos desaparecer por la puerta del pequeño salón, pero mi tía ni siquiera le dedicó ni una mirada.

—Oh, querida Serena. El otro día escuché, en ese baile tan espectacular que celebrasteis, que mi amigo Francis (seguro que lo conoces, es uno de mis Miembros Superiores) habló contigo sobre las posibilidades de tu entrada en el Aquelarre.

—Sí, al parecer están muy interesados —contestó la señora Holford, con evidente orgullo.

—Solo hay una plaza y sé que tendré que disputarla con su hijo, señora Saint Germain. El examen será duro —dijo Serena, sin acritud. Una sonrisa encantadora tiraba de sus labios suaves—. Pero no podría tener mejor adversario. Será más que un placer enfrentarme a él.

—Igual que cuando estabais en la Academia, disputando el primer puesto de la clase —intervino Kate, para mi sorpresa. Se esforzaba por sonreír, y eso solo hacía que pareciera una delicada presa de ojos dulces frente a su depredador natural.

Observé a Serena mientras se erguía en su silla y le dedicaba una larga mirada antes de esbozar una sonrisa.

—Sí, la Academia. Tengo grandes recuerdos junto a tu hermano, querida Kate. Allí aprendimos tantas, tantas cosas... —comentó con un suspiro nostálgico—. Es tan importante tener una educación *completa* hoy en día... sobre todo, después de ver lo que les ocurre a los Sangre Negra Desterrados.

Mi prima palideció al instante mientras la gentileza en la sonrisa de Serena se transformaba en sorna. Trece soltó un largo bufido como protesta y el Centinela de Serena serpenteó por el suelo y se alzó un poco. Parecía dispuesto a atacar en cualquier momento.

La señora Holford se llevó una mano al pecho con afectación, ignorando a los Centinelas por completo.

—Oh, pobre desgraciada. Leí la noticia la otra mañana —comentó mientras negaba con la cabeza—. Recuerdo a Charlotte. Compartimos curso en la Academia. Era una buena mujer, pero algo alocada, diría yo. Tenía demasiado interés en los Sangre Roja. Durante el último curso, estuvo a punto de fugarse con uno, un simple pueblerino de Little Hill. Fue una suerte que su madre la descubriera a tiempo. Pero cuando ella murió, ya no hubo nadie que pudiera controlarla...

—Eres demasiado indulgente, madre —intervino Serena, sin dejar de estirar los labios—. Esa mujer obtuvo lo que buscó. El Aquelarre solo hace cumplir la ley. Ella sabía a lo que se exponía si seguía jugando con fuego. —Sus ojos se deslizaron deliberadamente de Kate a mí, para después volver a mi prima. Yo hundí las uñas en la porcelana de la taza que sostenía.

La tía Hester dejó la taza de té intacta sobre la mesa, con evidente disgusto.

—Las relaciones entre nosotros y los Sangre Roja son necesarias. Pero nunca hay que olvidar que existe una línea que no podemos cruzar jamás. —Sacudió la cabeza y, con ese gesto, volvió su sonrisa de anfitriona perfecta—. Pero todas las que estamos aquí presentes sabremos cómo comportarnos en el próximo baile que celebraremos la semana que viene.

Yo tenía la taza de té bien sujeta entre los dedos, pero sus palabras me tomaron tan desprevenida que esta se resbaló de ellos y cayó sobre mi falda cuajada de volantes y flores.

—*Ascenso* —murmuró a tiempo Kate, evitando que el té manchara la tela.

—¡Es demasiado pronto! —exclamé, mientras la taza volvía diligentemente a la mesa, con el líquido oscuro ondulando en su interior.

—¿Demasiado pronto? —repitió Serena, sofocando una carcajada—. Nunca es demasiado pronto para un baile.

—Hubiera deseado que fuera esta misma semana, pero tus vestidos no estarían todavía listos —dijo mi tía, ignorándome por completo—. Habrá Sangre Roja, por supuesto. Después de lo que ha ocurrido con esa pobre Desterrada, estoy segura de que algunos sectores estarán un poco… nerviosos, si realmente se confirma que un Sangre Roja mató a una mujer que antes pertenecía a nuestro círculo. No hay mejor forma de olvidar un asesinato que con algo de música y champán.

—Eres una gran conciliadora, querida —comentó la señora Holford, llevándose un pastelillo a la boca—. Es una idea excelente.

—Si va a invitar a algunos Sangre Roja, debería invitar a lord Andrei Báthory, señora Saint Germain. Es hijo del conde Báthory, una familia noble muy reconocida. Por lo visto, posee tierras magníficas en Hungría, su país natal. De su madre no puedo decir lo mismo, por desgracia. Era una londinense de clase baja que no despertaba mucho cariño en la ciudad —intervino de pronto Serena, con su voz afilada—. Sin embargo, resulta un joven muy interesante, sin duda. Su sobrina bailó el vals muy *apasionadamente* con él en la fiesta que celebramos el otro día.

Kate me lanzó una mirada, sorprendida, mientras yo elevaba los ojos al techo. Todavía recordaba cómo tratábamos de mantenernos lo más alejados el uno del otro, estirando los brazos todo lo que podíamos. Una ciudad entera podría haber cabido entre nosotros.

—Deberías haber reservado un momento así para un Sangre Negra, Eliza —me reprochó mi tía, después de lanzarme una mirada severa—. Pensaba que ese joven pertenecía a nuestra comunidad.

—Desde luego, David Tennyson pareció muy triste cuando nuestra querida Eliza no pudo compartir ningún baile con él.

Giré la cabeza hacia Serena con la rapidez de una víbora. Un par de encantamientos se me pasaron por la cabeza, pero su Centinela extendió hacia mí su lengua bífida en aviso, como si pudiera leer mi mente.

—Los Tennyson son una gran familia —se lamentó la tía Hester. Me miraba como, si en vez de haber rechazado un baile, le hubiese escupido a la cara a ese muchacho—. No deberías declinar otra oportunidad.

Cerré los ojos con cansancio. *Otro baile*. Así que los Tennyson estarían invitados a nuestra fiesta, por supuesto. Asentí de mala gana y tuve cuidado en dedicarle a Serena todo el veneno que podía en una mirada.

Kate, disimuladamente, deslizó su mano hasta mi espalda y la frotó con cariño.

La reunión continuó con lo que serían los detalles de la próxima fiesta. La señora Holford le recomendó una nueva tienda de flores que se había abierto en Mayfair y Serena se dedicó a relatar las maravillas del vestido que tenía en mente para ese momento.

Yo solo deseaba que esta tortura terminara pronto.

Por suerte, el propio decoro exigía que las reuniones de té no se alargaran demasiado, así que, una hora después de la llegada de las Holford, el encuentro llegó a su final.

Yo me coloqué detrás de mi tía, casi empujándola hacia el vestíbulo de entrada, mientras George guiaba a la señora Holford a la puerta de salida. Tardé demasiado en darme cuenta de que Serena no nos seguía. Cuando miré por encima del hombro, la vi todavía en el pequeño salón, reteniendo a Kate. Su mano la sujetaba del brazo.

Trece trataba de acercarse a ellas, pero estaba a varios metros de distancia, rodeado por la serpiente de Serena, que se enroscaba a su alrededor, con advertencia, aunque sin llegar a tocarlo.

Me alcé la falda por encima de los tobillos y me apresuré a retroceder. Mi furia repentina hizo temblar la mesa. Los restos de los pastelillos temblaron sobre los platos.

Serena y Kate levantaron la mirada hacia mí. La de mi prima, incómoda. La de Serena, demasiado parecida a la de su serpiente.

Sin mi tía y la señora Holford delante, no había lugar para los modales. Hice un gesto rápido con la mano y una súbita brazada de viento zarandeó a Serena, echándola hacia atrás. Su Centinela silbó e intentó atrapar a Trece en los anillos de su cuerpo.

—¿Buscando a otra víctima a la que fastidiar? —pregunté con un siseo, mientras me colocaba entre Serena y Kate—. ¿No tienes suficiente con molestarme a mí?

—Solo le estaba comentando cuánto siento que no haya podido terminar su formación en la Academia —respondió ella, con frialdad—. Tenía oído que era una de las mejores de su curso… pero el Aquelarre nunca se interesará en alguien que ha sido expulsado, por muchas cualidades que posea. Es una lástima que las cosas se hayan dado así. Como una joven que tenía todo su futuro por delante… ha quedado reducida en nada.

A mi espalda, mi prima temblaba violentamente.

—La reunión de té se ha terminado —añadí, con los dientes apretados—. Será mejor que te marches. Tu madre te está esperando.

Ella pareció dudar por un momento, mientras deslizaba sus ojos verdes de Kate a mí. Finalmente, lanzó un largo suspiro y recompuso su expresión falsamente encantadora.

—Entonces, hasta la semana que viene —dijo, inclinándose para que su Centinela trepase por su brazo y terminara escurriéndose hacia el pequeño bolso de tela estampada—. Lo cierto es que me *muero* de ganas de volver a bailar. Las fiestas en esta mansión siempre han sido maravillosas.

Nos dedicó una última mirada que no fui capaz de descifrar y desapareció tras la puerta abierta que comunicaba con el vestíbulo.

En cuanto desapareció de nuestra vista, Kate se derrumbó sobre la silla que había ocupado hacía unos minutos. Seguía pálida y una pátina de sudor le cubría ahora el rostro. Trece se inclinó hacia ella y frotó suavemente su cabeza con la falda pálida del vestido de mi prima.

—Me gustaría ser mejor para poder replicarle —susurró Kate.

—*Eres* mejor que ella. Mil veces. No lo dudes nunca —le contesté, acercándome a ella para envolverla con mis brazos—. Y algún día nuestro mundo verá lo especial que eres.

Ella asintió, con la cara hundida en mi estómago.

—Algún día.

UNA FIESTA DE MUERTE

El dolor de pies me estaba destrozando.

Las varillas del corsé se clavaban en las caderas y me abraza-ban con más fuerza que mis propias costillas. Según la tía Hester, era por culpa de mi dieta, y no porque ella misma se ocupara de apretarme el corsé hasta casi dejarme sin aire.

El vestido que llevaba era más pesado que nunca. Capas y ca-pas de tela de un color mostaza penetrante, que resplandecía sua-vemente cuando la luz de los candelabros caía sobre ella. El moño que recogía mi pelo oscuro estaba tan apretado que sentía que, de un instante a otro, mi cabellera se separaría de la cabeza. Tenía arañazos por culpa de las decenas de horquillas que me habían puesto, y ahora, mi cabeza palpitaba casi tanto como mis pies en estos zapatos incómodos.

Era solo mi segundo baile y empezaba a considerar estas reu-niones como una forma de tortura personal.

A pesar de que estábamos en el mismo edificio, no podía subir las escaleras y llegar hasta los dormitorios, donde Kate dormía después de sus agotadoras clases con su institutriz, y donde habían recluido al abuelo Jones, prácticamente a la fuerza. La tía Hester había colocado una barrera mágica que impedía que cualquiera, Sangre Negra o Sangre Roja, cruzara esa escalera.

Ni siquiera me molestaba en sujetar una sonrisa en la cara, pero eso no había impedido que mi carné de baile estuviera prácticamente lleno. Y esta vez, no había tenido a Liroy para salvarme.

Por el rabillo del ojo, mientras me balanceaba entre los brazos del señor Smith, un Sangre Negra viudo de unos cuarenta años que estaba deseando encontrar una nueva esposa, me fijé en Serena y en mi primo, en cómo se deslizaban por toda la sala de baile de mis tíos. Por una vez, no era la hija de Marcus Kyteler y Sybil Saint Germain la que atraía todas las miradas. Decenas de ojos los seguían con interés y envidia, aunque ellos no parecían conscientes de ello. Por mucho que me doliese admitirlo, ahora mismo, con los violines restallando en las paredes, solo tenían ojos para su pareja de baile.

—Siempre quise tener un heredero. Varón, a ser posible —continuó hablando el señor Smith. Exasperada, volví a centrar mi atención en él—. Utilicé la alquimia, preparé numerosas pociones para mi mujer, pero ninguna sirvió.

—Siento escucharlo —comenté, con los dientes apretados.

—Pero no todo está perdido. Todavía tengo tiempo de engendrar a un varón y perpetuar el apellido de mi familia.

Sus ojos se deslizaron hasta mis caderas y tuve que controlar mis manos, situadas cerca de su cuello, para no clavarle las uñas en su piel. En ese momento, me sentía como un jarrón expuesto en un escaparate.

Podría ocasionar un accidente de carruaje durante su vuelta a casa, siseó de pronto una voz en mi cabeza. *Sería muy fácil.*

Giré la cabeza hacia uno de los inmensos ventanales del salón. Ahí fuera, en mitad de la oscuridad, apenas lograba distinguir la figura de Trece. Sus ojos amarillos y los trazos blancos que de vez en cuando salpicaban su pelaje eran los únicos puntos de luz entre tanta negrura.

No me tientes, respondí, esbozando durante un instante una media sonrisa.

Por suerte, el baile terminó con un par de acordes mayores. Antes de que la música se extinguiera por completo, mi cuerpo ya se había separado del señor Smith.

—Ha sido un placer —dije, sin darle tiempo a responder.

Me di la vuelta y prácticamente hui, quería disfrutar de los pocos minutos que tenía entre pieza y pieza. Revisé el carné de baile con disimulo, mientras me escurría entre cuerpos sudorosos, perfumes caros y copas de champán.

La siguiente danza sería un *Schottische*. Por suerte, nadie me había pedido bailar durante esa pieza ni durante la siguiente. Pero después, se extendía una nueva lista de nombres que me hizo soltar un bufido de hastío.

Solo disponía de dos bailes de paz.

Me deslicé hasta la biblioteca, que era una sala contigua al salón. Habían abierto el balcón que comunicaba con Berkeley Square, y por entre las cortinas, se colaba la brisa fresca de octubre. Había varias personas allí, invitados de mayor edad que me habían presentado, pero de los que había olvidado sus nombres.

Sin embargo, entre los hombres que fumaban puros y las mujeres que cuchicheaban entre sí, vi a alguien que no debería estar aquí, escondiéndose.

Como yo.

Lord Andrei Báthory.

Estaba de pie junto a una estantería y parecía ajeno a lo que lo rodeaba. Sus cinco sentidos estaban inmersos en el libro que tenía entre sus manos. *El castillo de Otranto*, de Horace Walpole.

—No sabía que le gustaban las historias de miedo, lord Báthory —dije, acercándome a él.

Él levantó la cabeza de las páginas y pareció pensárselo un momento antes de inclinarse ligeramente hacia mí.

—Y tampoco sabía que había aceptado la invitación de mi tía. No lo he visto en toda la noche —comenté mientras apoyaba mi espalda en la estantería, a un par de metros de distancia—. Pensaba que odiaba este tipo de fiestas.

—Prácticamente me han obligado a venir —respondió, con la mandíbula apretada. Bajó la mirada de nuevo hacia las páginas, aunque por el movimiento de sus ojos, supe que no había vuelto a la lectura—. ¿Esta vez no me llama Báthory, sin más? ¿No hay amenazas?

Dejé escapar un pequeño suspiro y me volví hacia los estantes, como si yo también buscara una buena lectura. Él, con la cabeza todavía inclinada hacia el libro, desvió sus ojos hacia mí.

—Solo fue cuestión de mala suerte. Necesitaba una ruta de escape y usted era el único que podía proporcionármela. Si le sirve de consuelo, yo tenía los mismos deseos de bailar con usted, que usted conmigo.

Parecía a punto de replicar, pero de pronto, levantó la barbilla y sus ojos se clavaron en algo que había detrás de mí.

—Espero que esta vez no me elija de nuevo.

Seguí el rumbo de su mirada y noté cómo la sangre resbalaba desde mi cara hasta los pies cuando vi a David Tennyson acercarse a nosotros. No era el único; lo seguía un matrimonio vestido con elegancia que se parecía demasiado a él como para no tratarse de sus padres.

—Por los Siete Infiernos —farfullé.

Andrei, a mi lado, se volvió para observarme con las cejas arqueadas, sorprendido por mi expresión.

Me llevé las manos a los bolsillos, pero los encontré vacíos. Me había dejado mi Anillo de Sangre escaleras arriba, en mi dormitorio. Al fin y al cabo, era ostentoso y mi tía me dijo que llamaría demasiado la atención de los Sangre Roja. Y supuestamente, no iba a necesitarlo. En ese momento, las yemas de los dedos me picaban. Con un encantamiento de invisibilidad, podría desaparecer, pero no había tiempo ni sangre, porque David Tennyson ya estaba a solo un suspiro de distancia.

—Señorita Kyteler —saludó, cuando se detuvo frente a mí—. Es un placer volver a encontrarla.

Yo estiré levemente los labios y me incliné hacia él lo mínimo que me permitía la educación. Desde luego, era apuesto como el maldito Lucifer, pero sus ojos brillaban con malicia, y la mirada que sus padres le dedicaban al estirado de Andrei Báthory me puso nerviosa.

—Permítame presentarle a mis padres, el señor y la señora Tennyson —continuó, sin dejarme tiempo para responder.

Su madre sonrió, aunque su expresión se crispó cuando sus ojos se desviaron de mí, al Sangre Roja. De pronto, me percaté de lo cerca que estábamos el uno del otro. El borde de mi falda casi rozaba el bajo de sus pantalones. Con disimulo, me hice a un lado.

—Supongo que conocen a lord Báthory. Se encuentra al final de su *Grand Tour* —expliqué. Fue lo primero que se me ocurrió para llenar el aire denso de la biblioteca.

—Imagino por qué Londres ha sido su última parada —comentó ella, entornando sus ojos azules—. Tuvimos el placer de coincidir en varias fiestas con su madre, ¿sabe?

—Una joven encantadora —añadió el señor Tennyson, aunque en su sonrisa había una sombra oscura—. Lo sentimos mucho cuando nos enteramos de su fallecimiento. Supongo que su padre debió sufrir mucho al perder a su segunda esposa.

Mis ojos se abrieron de par en par y miré disimuladamente a Andrei. Sus dedos, apretados contra las cubiertas de *El castillo de Otranto*, se habían puesto blancos.

—Sí, todos sintieron mucho su pérdida —contestó, al cabo de un par de segundos que parecieron eternos—. Fue una lástima que todo ese cariño y reconocimiento que recibimos mi padre, mi hermanastro y yo, no lo sintiera ella cuando aún estaba viva.

Me hubiese gustado tener una copa de champán en la mano para esconder mi expresión tras ella. Los Tennyson se quedaron durante un instante en blanco, antes de que la ira contrajera sus rasgos. Andrei, por otro lado, se limitó a volver a la lectura. Esta vez, de verdad.

En ese momento, escuché un murmullo y sentí cómo una fría corriente deslizaba algo fuera del bolsillo de mi falda. Con los dientes apretados por la furia, clavé la mirada en mi carné de baile, que ahora se encontraba abierto entre las manos de David Tennyson.

No podía creer que se hubiera atrevido a usar la magia a tan poca distancia de un Sangre Roja.

—Veo que la siguiente pieza la tiene todavía libre —comentó mientras me dedicaba una sonrisa artera—. ¿Me dejaría que la acompañara esta vez?

No podía negarme, tampoco inventarme una excusa, y menos con sus padres delante. Asentí, porque si abría la boca para hablar, estaba segura de que terminaría escupiéndole. En su lugar, miré hacia Andrei y pronuncié unas rápidas palabras de despedida.

Aunque él no respondió, sentí sus ojos clavados en mi nuca mientras caminaba del brazo de David Tennyson hasta la pista de baile, con sus padres resguardándonos.

Los primeros acordes flotaron en el salón. Resignada, no tuve más remedio que unir mis manos a las de David.

—Me siento algo decepcionado, señorita Kyteler, si le soy sincero —comentó, tras un par de compases—. Pensé que a esta fiesta solo estarían invitados Sangre Negra. Sobre todo, teniendo en cuenta el horrible asesinato que han cometido contra uno de los nuestros.

—Precisamente por ello era necesario que acudieran —repliqué, recordando las palabras de la tía Hester—. No podemos culpar a todos los Sangre Roja por lo que haga solo una persona.

—Bueno, ellos lo hicieron tiempo atrás, cuando decidieron quemarnos a muchos por el descuido de unos pocos.

Apreté los labios e intenté concentrarme en la música, pero ni siquiera esta me gustaba. Sonaba disonante en mis oídos.

—Aunque comprendo su deseo de conciliación, señorita Kyteler. Es mujer, al fin y al cabo. —Parpadeé con incredulidad—. Me hubiese gustado conocer la opinión de sus padres sobre este tema. Mi familia y yo los admirábamos mucho. En nuestra mansión guardamos muchas de las obras que publicaron.

Hice una mueca que escondí tras un giro en el baile. Qué novedad.

—Aunque creo que esta situación que vivimos ahora mismo no es demasiado justa para nosotros —continuó, ignorando, o sin percatarse de mi expresión.

—¿Es que quiere más? —pregunté, incapaz de permanecer más tiempo callada.

—¿Por qué no? Nosotros somos más poderosos que ellos.

—Y menos numerosos —añadí, frunciendo el ceño.

—Vivimos escondidos, tenemos que ocultar nuestra magia para evitar que se asusten. Es como vivir rodeado de ratas. Pueden hacer daño si deciden actuar, pero huyen despavoridas a sus inmundos agujeros al ver una simple chispa.

La rabia me hizo tropezar. Mi cuerpo se volvía rígido con cada palabra que pronunciaba.

—Vivimos en mansiones, ostentamos en ocasiones cargos públicos o pertenecemos a la nobleza simplemente por lo que somos. ¿Ha visto a algún Sangre Negra que no haya sido desterrado pasar hambre?

A mi cabeza volvió aquel barrio obrero, lleno de hollín y basura, en el que me escondí de niña, el día que se hizo pública mi Revelación y murieron mis padres. No había vuelto a pisarlo desde entonces, pero no podía olvidar las caras de los que me observaban, la forma en la que sus huesos sobresalían en sus rostros.

—Pero podríamos ser mucho más. No estoy diciendo nada descabellado, señorita Kyteler. Es la naturaleza. Gobierna el más fuerte. Y nosotros somos más fuertes —añadió, acercándose a mí.

Me detuve a mitad de una vuelta. Por los Siete Infiernos, cuánto odiaba esas palabras.

—¿Por qué está bailando conmigo, señor Tennyson? —pregunté, con la voz ronca.

—Ya sabe por qué —contestó, con esa sonrisa ladeada. Se acercó un poco más—. Las jóvenes que han sido presentadas ante la reina lo hacen por una sola razón.

Aparté las manos de golpe. De no haberlo hecho, le habría clavado las uñas en el cuello, aun con los guantes puestos.

—Déjeme ser clara con usted. He aceptado su baile porque, con sus padres presentes, no tenía otra opción —dije con lentitud, dejando que las palabras cayeran como piedras sobre él—. Pero no estoy interesada en el matrimonio, ni siquiera quiero ser cortejada o bailar en estas estúpidas fiestas. Y menos con usted.

Un tono rubicundo se había extendido por todo el rostro de David Tennyson. Su sonrisa seguía intacta, pero podía sentir su magia a mi alrededor, sofocándome, apretándome desde todos lados. Casi se me hacía difícil respirar.

—La otra noche la vi disfrutar de un baile junto a ese… *patético* Sangre Roja —contestó. Su brazo se agitó en dirección a la biblioteca.

—Bailaría con él mil veces antes que dar otro paso más a su lado —siseé.

Para alguien que detestaba a los que eran como Andrei, ese era un insulto feroz. Quizás había ido demasiado lejos. Pero, por ver su orgullo herido hasta el hueso, era una recompensa suficiente.

—No vuelva a invitarme a bailar —añadí, antes de darle la espalda.

No esperé a que me respondiera. Aún quedaban varios compases antes del final, pero, aun así, muchos interrumpieron su danza y se volvieron a mi paso cuando salí de la pista de baile con rapidez. Por suerte, había tanta gente a mi alrededor que no vi ni a mis tíos ni a Liroy. Me dirigí de nuevo hacia la biblioteca, pero cuando estaba a punto de alcanzar el umbral, un cuerpo chocó con el mío, haciéndome retroceder.

Alcé una mano, con un hechizo en los labios, antes de que un par de brazos rollizos se elevaran en un afán de defensa.

—Discúlpeme, señorita Kyteler. No quería asustarla.

Parpadeé y mi furia se relajó lo suficiente como para que consiguiera enfocar al hombre que tenía frente a mí. Tardé un par de segundos en reconocerlo.

Era algo más alto que yo, con un bigote abundante y de color blanco, un sombrero de hongo bajo el brazo y un traje que contrastaba con todos los que lo rodeaban.

—Inspector Andrews —murmuré, sorprendida.

Era el mismo hombre con el que nos habíamos encontrado a la salida del salón de modas de la señora Curtis. El mismo que, según la tía Hester, me había encontrado el día que mis padres habían muerto.

—¿Qué… qué está haciendo aquí? —pregunté, frunciendo el ceño. Porque, por las salpicaduras de barro que tenía en los bajos de sus pantalones y por la pátina de sudor que cubría su cara rolliza, estaba claro que no había acudido para bailar un vals.

—Siento mucho la intromisión, señorita Kyteler —dijo mientras se atusaba el bigote con cierto nerviosismo—. Pero necesito hablar con urgencia con sus tíos. Es sobre un asunto delicado.

Estuve a punto de preguntar algo más, pero entonces, una risa aguda se elevó desde el fondo del salón. Una carcajada tan escandalosa no podía pertenecer a otra persona que no fuera la tía Hester. Nos giramos y la vimos con una copa en la mano, riéndose de algo que debía haber dicho el señor Holford, el padre de Serena.

El inspector me dedicó una rápida inclinación de cabeza.

—Si me disculpa...

Lo vi escabullirse entre la multitud. Sin embargo, antes de llegar a donde se encontraban mis tíos, se detuvo cuando alguien se cruzó en su camino. Otro Sangre Roja.

Andrei Báthory.

Intenté avanzar hacia ellos, pero había demasiada gente y mi vestido abultaba tanto que se me hacía complicado dar un simple paso. Entre las cabezas de los invitados, vi cómo el inspector le susurraba algo a Andrei en el oído, y su expresión tensa se azotaba por algo parecido a la sorpresa. Sacudió la cabeza y se separó del otro hombre con rapidez.

Fruncí todavía más el ceño. ¿Cómo era posible que el hijo de un importante noble húngaro conociera a un policía londinense? No tenía ningún sentido.

Andrei Báthory no volvió a mirar a Andrews. Le dio la espalda y comenzó a caminar hacia la salida del salón, sin tener mucho cuidado con los invitados que le cerraban el paso.

No me lo pensé dos veces, me lancé hacia delante y me interpuse en su camino.

—¿Ya se va? ¿Tan pronto? —pregunté, con mi voz más encantadora.

Él parpadeó y su expresión volvió a esa tirantez drástica.

—Es bien entrada la madrugada —contestó, con frialdad—. Y mañana tengo compromisos que atender.

—No lo dudo —contesté, en una voz que ponía de manifiesto que lo dudaba por completo.

Su entrecejo desafió al mío y, tras un instante incómodo, él me dedicó una reverencia y continuó avanzando entre la multitud. No esperé a ver cómo salía entre las inmensas puertas abiertas del salón. Cambié de rumbo y me dirigí hacia el inspector Andrews, que ya había alcanzado a mis tíos.

Tenía los labios cubiertos con el dorso de la mano, pero no cesaba de hablar mientras desviaba la mirada de ellos al gentío.

Mi tía tenía su sonrisa intacta, pero había palidecido tanto que se parecía a las figuras del museo de cera de Madame Tussauds. El tío Horace se había quedado boquiabierto y sus ojos estaban clavados en un hombre achispado que se balanceaba torpemente en la pista de baile, junto a una joven que parecía hacer todo lo posible por alejarse de él. El señor Smith. El hombre con el que había bailado unas piezas atrás y estaba tan preocupado por su descendencia.

Mi tío sacudió la cabeza y comenzó a dirigirse hacia él, mientras mi tía señalaba la biblioteca.

Y yo no me lo pensé dos veces.

Avancé entre la gente, empujé a todo aquel que interpuso mi marcha y me introduje de nuevo en la biblioteca, cerrando las puertas a mi espalda. En ese momento, estaba vacía.

Maldije en voz alta mientras palpaba mis bolsillos. Ojalá me hubiese traído el Anillo de Sangre.

¿Qué estás haciendo?

Volví la cabeza hacia la derecha. Tras una ventana cerrada, podía distinguir los ojos amarillos de Trece.

Creo que ha ocurrido algo, contesté, mientras miraba a mi alrededor, frenética, buscando algo afilado.

Yo también lo creo, dijo él, volviendo su mirada hacia un lado. *Tengo algo que contarte.*

Ahora no, gruñí, desesperada. *No hay tiempo.*

La puerta podría abrirse en cualquier momento y, para cuando eso sucediera, yo no debía estar aquí.

Tanteé los cajones del escritorio, apostado en una esquina de la estancia. La mayoría estaban cerrados, excepto uno. Cuando conseguí abrirlo, no vi más que varias hojas blancas y un abre-cartas.

No lo dudé. Lo sujeté por la empuñadura y apreté el filo contra la palma de mi mano. En el momento en que comencé a sangrar, me pareció escuchar cómo la puerta de la biblioteca comenzaba a moverse a mi espalda.

Hundí el dedo en la herida y después lo apoyé sobre mi frente, dibujando el símbolo alquímico del aire: un triángulo equilátero atravesado por una línea recta. El aire tembló cuando pronuncié las palabras.

Que sea tan ligera como la brisa,
que tenga el color del viento.

En el momento en que me volví invisible, las puertas de la biblioteca terminaron de abrirse. Tras ellas se encontraba el inspector Andrews, acompañado por el señor Smith y mis tíos.

Los cuatro miraron en mi dirección, pero nadie me vio. Aunque con los hechizos fuera un verdadero desastre, había terminado por controlar los encantamientos. El de invisibilidad, sobre todo. Lo había utilizado en muchas ocasiones en la Academia, especialmente cuando decidía faltar a clase.

El señor Smith arqueó las cejas cuando observó cómo mi tía agitaba una mano en el aire y el cerrojo se corría en las puertas, atrancándolas para que nadie más pudiera entrar.

—Por los Siete Infiernos, ¿qué ocurre? —preguntó él, con una pequeña sonrisa dibujada en los labios.

—Primero, permítame presentarme, soy inspector de la Policía Metropolitana de Londres —dijo Andrews. La sonrisa del señor Smith terminó por desaparecer—. Disculpe las molestias, pero usted es el único familiar que hemos encontrado del señor Adam Smith.

Una idea palpitó en mi cabeza y me apreté contra la pared, con la mano todavía sangrando, aunque nadie pudiera verla.

—No me hable de ese… joven. No tengo nada que ver con él. El día que lo desterraron fue… —El señor Smith cerró la boca cuando vio la mirada angustiada que mi tía le dedicó al tío Horace—. Hable de una vez. ¿Qué es lo que ha ocurrido?

—Siento comunicarle, señor, que su hermano ha sido encontrado muerto hace un par de horas. —Sus dedos retorcieron la tela del sombrero que llevaba entre las manos—. Creemos que se trata de un asesinato.

UN ÓRGANO MENOS

Los aullidos de las *banshees* eran canciones de cuna comparados con los berridos del señor Smith.

Desde que el inspector Andrews le había comunicado la noticia, él no había dejado de llorar. Parte de culpa la tenía la conmoción, la otra, sin duda, las copas de champán.

—Mi Adam era un buen chico —decía, apartándose las lágrimas a manotazos—. Descarriado, sí… pero era tan divertido… siempre me hacía reír. ¿Quién… quién podría querer hacerle daño?

—Querido, el señor Smith vivía en un barrio complicado… —intervino mi tía, intentando sonar reconfortante, aunque solo consiguió que se multiplicaran los aullidos.

—Ciertamente, Whitechapel no es un lugar seguro para nadie —añadió el inspector, con gravedad.

El señor Smith no era capaz de responder, las lágrimas apenas le dejaban respirar. La tía Hester le alcanzó uno de sus finos pañuelos de encaje, que él usó para sonarse ruidosamente la nariz.

Mi tío Horace se dirigió hacia la pared sobre la que yo me encontraba apoyada, y le hizo una señal al inspector Andrews para que se acercara.

—¿Qué está ocurriendo? —preguntó, en voz baja, pero lo suficientemente cerca de mí como para que pudiera escucharlo. Miró hacia atrás, pero mi tía estaba demasiado ocupada en abrir las ventanas de la biblioteca porque el señor Smith parecía cada vez más falto de aire—. ¿Dos asesinatos de dos Desterrados en una semana?

—Lo sé —murmuró el inspector, con el sombrero prácticamente aplastado entre sus dedos—. No soy el inspector que lleva el caso, pero uno de mis hombres me ha dicho que lo abrieron prácticamente en canal. Al parecer… creen que le han extraído algún órgano.

—¿Qué? —jadeó mi tío, con las pupilas dilatadas por la sorpresa.

Me llevé la mano a mis labios y me los apreté con fuerza. A pesar de que no podía verla, sí sentí el sabor metálico de la herida.

—Sospechan que puede haber sido el hígado.

—Por los Siete Infiernos —escupió mi tío, sacudiendo la cabeza con incredulidad.

—Es un dato que no ha trascendido, por supuesto, nadie quiere asustar a la población. A *ninguna* —añadió el inspector, con intención—. Estoy intentando que me asignen la investigación. El inspector actual a cargo, el señor Edmund Reid, es un joven muy… entusiasta, pero no conoce la existencia de los Sangre Negra. Y, dadas las circunstancias, no sé si será capaz de manejar bien el asunto.

—Maldita sea, parece que hemos vuelto a los viejos tiempos de Vale.

—O a los del Destripador.

Tragué saliva. Yo había estado en la Academia durante aquellos fatídicos meses de 1888, por aquel entonces tenía diez años, pero aprendí que un Sangre Roja que estuviera lo suficientemente loco, podía extraer algún órgano después de asesinar a alguien. O hacer algo peor con los cadáveres. Sin embargo, los órganos no solo servían para colmar la satisfacción de un demente. En su época dorada, Aleister Vale había dejado en más de una ocasión algún cadáver sin un solo órgano en su interior.

Además, el hígado no era un órgano cualquiera. Para los Sangre Negra, tenía un significado especial, ya que pertenecía a la incompleta Teoría de los Humores. Algo que había estudiado en los últimos cursos en la Academia pero que nunca había terminado de aprenderme bien, ya que estaba inacabada.

—Puedo comunicarme con el Aquelarre, pero sé que su familia tiene una buena relación con algunos de los Miembros Superiores —continuó el inspector Andrews, a pesar de que mi tío parecía incapaz de escuchar nada más—. Aunque la policía investigue, necesitaremos su ayuda.

—No lo dude. Mi mujer es íntima amiga de Francis Yale.

El inspector Andrews asintió, como si conociera a la perfección ese nombre, que pertenecía a uno de los Miembros Superiores del Aquelarre: los Sangre Negra más poderosos de todo el Imperio Británico y los encargados de nuestro gobierno.

—Tendrán noticias mías. Le recomiendo que guarde silencio sobre la extracción de órganos. Después de lo que ocurrió hace años con el Destripador… podría agitar el ambiente.

Mi tío asintió y el inspector Andrews se despidió con un ligero movimiento de cabeza. Cuando abrió las puertas de la biblioteca, la melodía de los violines llegó hasta nosotros, cubriendo durante un instante los sollozos del señor Smith.

La tía Hester se separó momentáneamente de él y se acercó a mi tío. Una pronunciada arruga atravesaba la piel finamente maquillada de su frente.

—Por los Siete Infiernos, Horace, ¿qué está ocurriendo?

—Deberíamos hablar en privado —contestó él. Desvió la mirada hacia las ventanas abiertas, por las que se colaba la brisa nocturna de octubre—. Acompañaré al señor Smith a su casa. No sería bueno que cuando la policía acudiera a comunicarle oficialmente el asesinato de su hermano siguiera aquí. Hay demasiados ojos.

—Yo me ocuparé de terminar con el baile.

Los dos se alejaron de mí con premura. Mi tía se escabulló de la biblioteca mientras el tío Horace, como podía, ayudaba a levantar al señor Smith y lo arrastraba por una pequeña puerta lateral, algo escondida entre las estanterías, que solo utilizaba el servicio. Cuando los dos hombres desaparecieron tras ella, yo me dejé resbalar por la pared, hasta casi quedar sentada sobre mis propios talones. Con un movimiento brusco, apreté el dorso de la mano contra mi frente y froté con fuerza, borrando el símbolo del aire de mi piel. En el instante en que se emborronó, volví a ser visible.

Jadeé e intenté limpiar la sangre seca de mis manos con los volantes de la falda.

—Qué interesante —dijo de pronto una voz de ultratumba, que resonó en cada hueco de la biblioteca. Levanté la mirada y vi a Trece en el marco de la ventana abierta, antes de saltar al suelo alfombrado—. Ha sido como retroceder en el tiempo. Hacía mucho que no escuchaba hablar sobre órganos y asesinatos rituales.

Lo dijo con la misma ligereza con la que mi tía se quejaba del té cuando no estaba en su punto. Yo le dediqué una mirada oscura, pero él se limitó a ladear la cabeza con aburrimiento.

—Si no fueras un Centinela, no hablarías así —repliqué, enfadada—. ¿Sabes lo que podría provocar todo esto? Ni siquiera saben si se trata de un Sangre Negra o un Sangre Roja. Muchos de los humanos siguen creyendo en la magia y nos temen, y muchos de nosotros odian a los humanos. Si… si cualquiera de los dos bandos comenzase a sospechar del otro… sabes de sobra lo que podría ocurrir, eres muy viejo.

—Oh, recuerdo los Juicios de Salem, por supuesto. Cómo olvidarlos —comentó mientras se lamía cuidadosamente una de sus zarpas—. Pero no creas que solo los Sangre Negra fueron los afectados. Cuando Aleister Vale caminaba entre nosotros, los demonios también éramos objeto de su devoción. Le gustaba usarnos como objetos rituales para sus invocaciones.

—Pero Vale está preso. Lleva encerrado en Sacred Martyr casi doce años. Desde…

Desde que el inspector Andrews me encontró sobre un diagrama de invocación ensangrentado, en una catacumba de Highgate.

—Sí, pero no sus seguidores. Y sabes de sobra que no estoy hablando de Sangre Negra que se esconden en las sombras.

No, claro que no. Solo tenía que cerrar los ojos para ver de nuevo la sonrisa de David Tennyson y sus horribles palabras haciendo eco en mis oídos. Y sabía que no era el único.

—Quizás no sea un Sangre Negra —murmuré, casi para mí misma—. Tal vez se trate de un Sangre Roja que sabe que existimos y desee hacernos daño.

—Sangre Negra o Sangre Roja, da igual. Lo que está claro es que esto podría ser una chispa suficiente como para generar un gran incendio. Y todos sabemos lo poco que le gustan las llamas a los Sangre Negra. Eso los asusta. Tanto como la brujería asusta a los humanos. Y no hay nada tan peligroso como tener miedo.

Asentí y, de pronto, la brisa volvió a colarse por las ventanas abiertas y me acarició los brazos. Me estremecí, volviéndome hacia la oscuridad de la noche.

—*Clausura* —murmuré.

Pero el hechizo no funcionó y solo conseguí agitar los cristales inútilmente. Con un bufido, me levanté del suelo y cerré yo misma las malditas ventanas.

—¿Sigue ahí? —preguntó Trece, que había comenzado a lavarse sus cuartos traseros.

Me volví en su dirección, con el ceño fruncido.

—¿A qué te refieres?

—Al otro espía que escuchaba junto a la fachada —contestó, mirándome entre sus patas—. El muy imbécil me vio e intentó acariciarme. Por supuesto, no se lo permití y estuve a punto de arrancarle un dedo. Una lástima que tuviera buenos reflejos.

Sentí cómo la boca se me abría de par en par. Me acerqué a Trece con rapidez y me arrodillé a su lado. Sin miramientos, lo sujeté del lomo y lo alcé para que sus ojos amarillos estuvieran a la altura de los míos.

Él se quejó con un maullido, pero no lo solté.

—¿Había otra persona escuchando lo que decía el inspector Andrews? ¿Por qué demonios no me lo dijiste?

—Intenté hacerlo, pero me mandaste a callar. Y yo, como buen Centinela, obedecí.

—Trece…

—Está bien, está bien.

Lo dejé en el suelo, pero no habló inmediatamente. Antes, se lamió una pata y se atusó un poco los bigotes.

—Se trataba de ese joven noble al que obligaste a bailar. El húngaro.

Abrí los ojos de par en par. Si hubiera intentado adivinar quién, de todos a los que conocía, escucharía una conversación a escondidas, Andrei Báthory habría ocupado el último lugar.

—¿Por qué diablos haría algo así? —farfullé, confusa e indignada a partes iguales.

Trece me miró, con una expresión burlona titilando en sus pupilas verticales.

—Quizás también esté interesado en los asesinatos.

—¿Y por qué lo estaría?

Trece volvió a su lavado, como si simplemente estuviera lanzando comentarios al aire. Se centró mucho en una de sus patas traseras, mientras sus ojos no se separaban de los míos.

—Quién sabe. Es un Báthory. Aunque ahora mismo sea una familia Sangre Roja, es descendiente de una estirpe mágica muy poderosa. Yo serví a un Báthory una vez hace unos setecientos años. Un gran Sangre Negra, aunque apestaba... problemas de estar en la Edad Media, sin duda.

Carraspeé y mi ceño se frunció un poco más. Trece bajó con lentitud la pata y se sentó, encarándome.

—Lo que quiero decir es que quizás conoce la magia más de lo que creía Serena Holford cuando te lo presentó. Quizás no esté muy conforme de que por sus venas haya desaparecido algo que sigue corriendo por las de otras familias. Quizás quiera vengarse de alguna manera.

—Eso no tiene sentido —murmuré.

Estaba mintiéndome a mí misma. Claro que lo tenía. Había familias de Sangre Negra que terminaban por perder la magia con el paso de los años, y se transformaban en Sangre Roja. Nadie sabía por qué. A veces, sucedía lo contrario. El Aquelarre lo llevaba investigando los últimos cien años, y todavía no había hallado una respuesta.

¿Qué mejor manera que desquitarse con una antigua Sangre Negra a la que le habían *robado* sus poderes?

—Míralo por el lado bueno —dijo él, entornando sus ojos de demonio—. Puedes haberte convertido en la joven que obligó a bailar un vals al asesino de Desterrados.

—¿Ese es el lado bueno? —pregunté, con la voz medio rota.

—Hay otro lado, pero no sé si es el mejor o el malo. Depende de lo que la muerte de un Sangre Roja suponga para ti.

Cuando bajé la mirada hacia Trece, había palidecido con violencia. La sangre resaltaba más que nunca en mis manos.

—Cuando la conversación terminó y se alejó de la ventana, había unas figuras esperándolo. Él nos las vio, pero ellas a él, sí. Supongo que ahora lo estarán siguiendo por alguna calle oscura, listas para atacarlo.

—¿Qué figuras? —pregunté, levantando la voz—. ¿Quiénes eran?

—Tu querido señor David Tennyson y dos amigos más. Y por sus expresiones, creo que tenían todavía muchas ganas de bailar.

DUELO DE MADRUGADA

La sangre me resbalaba entre los dedos.

Mis pasos acelerados hacían eco en la madrugada de Londres.

Mis ojos no se separaban de Trece, que corría siguiendo el rastro.

Y la tía Hester me mataría si descubría lo que estaba haciendo.

Me había abierto de nuevo la herida de las manos y había dibujado de nuevo el símbolo alquímico del aire en mi frente. No podía subir a mis habitaciones en busca del Anillo de Sangre por culpa de la barrera mágica que creaba la tía Hester antes de cualquier baile para impedir que el tío Horace escapara antes de tiempo o Liroy se subiese a escondidas chicos a su dormitorio; así que me hice con el abrecartas, el mismo que ahora sentía que rebotaba contra mi muslo cada vez que corría.

Trece trotaba delante de mí, su pelaje oscuro se mezclaba con la negrura de la noche.

Estamos cerca, me susurró.

Apreté la empuñadura del abrecartas y, cuando doblamos la esquina, los vi.

Tuve que frenar en seco. Nadie podía verme, pero el sonido de mi calzado resbalando sobre los adoquines húmedos hizo que las tres cabezas que se hallaban a unos metros de distancia se volvieran en mi dirección.

Tal y como había dicho Trece, se trataba de David Tennyson y dos amigos suyos, los mismos con los que lo había visto hablar cerca de la mansión de los Holford, varias noches atrás. Los tres rodeaban a Andrei y conformaban los vértices de un triángulo equilátero perfecto.

El ceño del Sangre Roja estaba tan fruncido que sus ojos casi desaparecían bajo él. Sus manos se habían convertido en puños. Parecía una pantera negra, lista para defenderse o atacar en cualquier momento. Por desgracia, él no sabía que sus manos no podían hacer nada contra nuestra magia.

—Alguien podría vernos —dijo uno de los amigos de Tennyson.

—Cálmate. Esto terminará enseguida —replicó David mientras se volvía hacia el Sangre Roja.

Andrei movió un pie hacia la izquierda, proporcionándose más estabilidad. Sus ojos oscuros, atentos, iban y venían entre los tres Sangre Negra que lo rodeaban.

—Me gustaría saber qué ocurre aquí —dijo, con su voz más rasposa que nunca.

—Es fácil de entender, extranjero —replicó David, antes de avanzar un paso—. Los que son como tú deberían estarnos agradecidos por dejaros existir. Si quisiéramos, con solo un gesto de nuestros dedos, podríamos convertiros en nuestros esclavos.

—La esclavitud fue abolida hace algunos años, caballeros.

—Eres un Báthory, ¿de verdad que tu familia nunca te contó nada? —preguntó otro de los jóvenes, dedicándole una mirada exasperada.

Andrei no respondió. No movió ni un músculo.

—Los Sangre Roja tenéis demasiados privilegios —continuó David, ignorando el comentario de su amigo—, y llevaros a nuestras mujeres no es uno de ellos.

Trece enseñó sus blancos colmillos en la oscuridad. Parecía estar sujetándose una carcajada.

¿Nuestras mujeres?, repitió, burlón.

Oh, por los Siete Infiernos. Yo me mordí los labios para no soltar un bufido. *Dime que esto no trata de lo que creo.*

A mi cabeza volvieron las palabras que yo misma le había dedicado esa misma noche.

«Bailaría con él mil veces antes de dar otro paso más a su lado».

Con él. Con Andrei Báthory.

Definitivamente, no debería haberlo obligado a bailar aquel maldito vals.

—No sé muy bien qué quiere decir —dijo Andrei, flemático—, pero le aseguro que actualmente no estoy interesado en ninguna mu...

No escuché el final de su frase. La exclamación ahogada que soltó mi garganta sepultó la sílaba que quedaba cuando Tennyson sacudió las manos y murmuró una sola palabra que no llegué a escuchar debido a la distancia.

Las palmas de sus manos se cubrieron de fuego.

No puede ser tan estúpido para hacer esto aquí, pensé, con los dientes apretados. *Cualquier Sangre Roja podría verlo. Solo tiene que asomarse a una maldita ventana.*

Pues al parecer, sí lo es, contestó Trece.

Andrei separó los labios, pero no pronunció ni una palabra. Dio un paso atrás.

La sonrisa de David se profundizó mientras sus amigos observaban a su alrededor, nerviosos. Con la oscuridad de la madrugada, las farolas apenas alumbrando la calle, el fuego mágico iluminaba demasiado.

Pero a David no pareció importarle. Se metió la mano que no tenía en llamas en el bolsillo de su chaqueta y extrajo algo. A pesar de que no lograba verlo, sabía lo que era.

Hora de practicar tus queridos hechizos, ronroneó Trece en mi cabeza.

Me abalancé hacia delante en el momento en que David recitaba las palabras de un encantamiento que no fui capaz de escuchar. El fuego alumbró el rostro demudado de Andrei Báthory y yo extendí ambos brazos en su dirección.

—*¡Ascenso!* —exclamé.

Las llamas salieron despedidas hacia Andrei, pero antes de que estas rozasen su piel, el joven salió propulsado. No hacia arriba, como yo deseaba, sino hacia un lado. Salió volando entre dos de los amigos de Tennyson y se estrelló de lleno contra la pared de un edificio.

La exclamación ahogada de dolor que soltó Andrei hizo que Trece soltara una carcajada.

En vez de reírte, podrías ayudarme, chisté en mi cabeza.

Me pareció ver cómo inclinaba la cabeza, con una mueca burlona en su cara de gato, y de pronto, se convirtió en un borrón oscuro que salió disparado. Su grito resonó en mitad de la noche, pero no sonó como el aullido de un felino, sino como el de un demonio.

Los tres se volvieron en redondo, observando a su alrededor, mientras Andrei se llevaba las manos al estómago, doblado por el dolor.

—¿Qué es…?

El joven que habló ni siquiera pudo terminar la pregunta. Salió disparado por los aires cuando la sombra oscura de Trece impactó de lleno contra él.

—¡Un demonio!

Apreté el pulgar de mi mano derecha contra el abrecartas y sentí cómo la piel se abría bajo él. Con el dedo mojado de sangre, dibujé en la palma izquierda dos símbolos cruzados, el del aire y el del agua, un triángulo perfecto colocado boca abajo.

Aunque los encantamientos no se me daban tan mal como los hechizos, el dibujo era tan importante como las palabras, y yo sabía que los trazos no eran, ni mucho menos, perfectos, pero era todo lo que podía hacer mientras corría a toda velocidad y murmuraba:

El mundo es agua,
el mundo es aire.
Levántala y que baile.

En el instante en que la última palabra murió en mi lengua, el rocío de la madrugada que cubría los adoquines de la calle se alzó en miles de gotas de agua que me rodearon, rebelando mi posición.

—¡No es un demonio cualquiera, es un Centinela! —gritó David Tennyson, mientras esquivaba la sombra de Trece, que intentó derribarlo a él también—. ¡Hay un Sangre Negra escondido!

El agua no fue lo único que comenzó a caer. Empezó como una suave brisa, pero en cuestión de dos segundos adquirió fuerza y consiguió que la amplia falda de mi vestido se pegara en mis piernas. Me rodeó, como un tornado, atrayendo las gotas de agua. Después, salieron despedidas hacia Tennyson y sus amigos, que gritaron de inmediato un «Repele» para crear un escudo en torno a ellos.

Me acerqué a Andrei, que aún seguía en el suelo. Estaba mareado, con la espalda apoyada en la pared del edificio. Sin mucha ceremonia, lo sujeté por los hombros e intenté incorporarlo.

Él se sobresaltó bajo mis manos invisibles.

—¿Qué... qué es...?

—Soy Eliza, Eliza Kyteler —le contesté, a toda prisa, mientras sentía cómo a mi espalda, el encantamiento de viento y agua iba menguando.

Escuchaba los estragos que causaba Trece, pero ahora con los escudos levantados, no era tan fácil mantener entretenidos a Tennyson y a sus amigos.

—No… no la veo —farfulló él, mirando a su alrededor con los ojos a punto de saltar de sus órbitas—. El golpe…

—El golpe no lo ha dejado ciego. Soy yo la que es invisible —respondí, mientras conseguía ponerlo en pie de un fuerte tirón.

—Eso lo explica todo —murmuró. Si era capaz de utilizar el sarcasmo, es que el golpe que yo misma le había ocasionado no había sido tan grave.

No separé mis dedos manchados de rojo de su muñeca. Andrei observó la sangre que coloreaba su piel, pasmado, pero se dejó llevar cuando lo empujé para que comenzara a andar.

Apenas pudimos dar dos pasos antes de que una columna de fuego cayera sobre nosotros.

¡Eliza!, oí que aullaba Trece en el interior de mi cabeza.

—*¡Repele!* —grité.

Solo hice un ademán con la mano que tenía libre, la que no sujetaba a Andrei. Ni siquiera una gota de sangre mágica manchaba la piel de esa extremidad, pero el fuego, antes de tocarnos, se detuvo en el aire, vacilante, y se disgregó en todas direcciones, hacia los jóvenes y los edificios que nos rodeaban.

Escuché cristales romperse, gritos amortiguados en la noche, un resplandor que crecía a una velocidad inmensa.

—Por los Siete Infiernos —siseé.

Algunas ventanas se abrieron. Varios Sangre Roja se asomaron a la calle, con los ojos todavía nublados por el sueño.

—¡Eh! ¿Quién está ahí?

Uno de los amigos de David Tennyson echó a correr. Otro, murmuró un «Cúbrete» y, al instante, una niebla antinatural pareció surgir del suelo, envolviéndonos a todos.

David desapareció en ella, aunque sus ojos coléricos seguían acuchillando a Andrei.

Las llamas cobraron intensidad en los tejados y en el interior de las viviendas podía escuchar cómo lo gritos crecían. Tenía que arreglar lo que había causado Tennyson y lo que yo había incrementado.

Cerré los ojos, concentrándome. Solté la muñeca de Andrei y utilicé la sangre de la herida abierta de mi palma para pintar el símbolo alquímico del agua en la pared del edificio que se encontraba junto a nosotros. Después, realicé el mismo dibujo en uno de los adoquines del suelo.

Andrei observaba con los ojos muy abiertos cómo, para él, esos símbolos rojos aparecían de la nada, medio ocultos en la niebla espesa que nos envolvía.

Que las fuerzas del cielo
traigan las nubes cargadas.
Para que este fuego ardiente se apague,
para que calme el dolor de esta tierra caliente.

Sabía que este encantamiento saldría bien. Era uno de los pocos que había ejecutado a la perfección durante el examen final en junio pasado, en la Academia Covenant.

Volví a sujetar la muñeca de Andrei. Él se sobresaltó de nuevo, pero se dejó llevar cuando lo empujé hacia la calle más próxima.

—¡Espera! El fuego… los hogares…

—El incendio se extinguirá —respondí, tajante.

Los Sangre Roja se asustarían cuando comenzase a llover del techo de sus hogares. Posiblemente, algún miembro del Aquelarre los visitaría al día siguiente haciéndose pasar por personal del ayuntamiento, pero, después de lo que Tennyson y sus amigos habían creado con el fuego esta noche, no había arreglo.

Le di un nuevo empellón a Andrei. Teníamos que salir de aquí cuando antes.

Había empezado a llover como consecuencia de mi encantamiento. No era una lluvia débil, sino desesperada. Una cascada continua que nos empapó de pies a cabeza y, por los alaridos que escuché por encima de nosotros, también sobre las cabezas de los Sangre Roja.

Andrei se sobresaltó cuando me vio aparecer de golpe a su lado; el agua había borrado el símbolo que me hacía invisible.

—¿Ves? —dije al volverme hacia él—. Ahora debemos irnos de…

Pero no terminé la frase.

No sé si primero sentí el siseo o me cegó el resplandor. El aliento se me atragantó mientras un rayo de luz rojo, sangriento, voló hasta nosotros junto a una sola palabra.

Ahaash.

Una maldición.

Coloqué los brazos delante de nosotros, con un «Repele» en la punta de la lengua, pero sin saber si sería suficiente. Quizás la maldición destrozaría el escudo y a nosotros. Un hechizo no podía competir con ese tipo de magia.

Pero, a menos de medio metro de distancia de donde nos encontrábamos, una sombra saltó justo cuando el rayo estaba a punto de golpearnos.

Hubo un resplandor y la pequeña sombra, que tenía forma de gato, de pronto pareció difuminarse, expandirse y convertirse en una enorme figura de extremidades alargadas, repletas de garras y cuernos tan largos como el tronco de un hombre adulto.

Unos ojos infernales me miraron durante un instante, pero cuando cayó al suelo, Trece volvía a ser un gato.

Muy herido.

—¡No!

Me abalancé sobre él. Lo levanté del suelo y lo apreté contra mi pecho. Respiraba con dificultad, sentía una herida abierta entre mis dedos, notaba cómo mi vestido se manchaba con su sangre. Si hubiese sido un gato normal, ahora mismo estaría partido en dos.

—Dijiste que teníamos que irnos —murmuró Andrei, tocando suavemente mi hombro.

Me volví hacia él, hecha una furia. Tardé en percatarme por qué lo veía tan borroso. Tenía los ojos llenos de lágrimas.

—Viene alguien —añadió, con un tono de voz que no se parecía en nada a su timbre rasposo y seco—. Y creo que no querrías que te encontraran aquí.

Me miré la falda del vestido, empapada y sucia, y ahora manchada con sangre. No sabía si era de la herida de mi mano o de Trece.

Escuché voces y me incorporé, sin dejar de aferrar a mi Centinela. Andrei tenía razón. Teníamos que desaparecer de escena.

—Vamos —susurré.

Caminamos con premura entre la niebla del encantamiento, que ya comenzaba a desaparecer. Me dejé llevar por el joven, que se alejaba cada vez más de Berkeley y se internaba en otros barrios, de calles algo más estrechas y edificios menos señoriales. Estuvimos caminando por lo que parecía una eternidad, yo con Trece pegado a mí, sintiendo cómo, a cada paso que daba, me sentía más débil.

—Necesito detenerme —acerté a murmurar, antes de dar el primer traspié.

Andrei me sujetó del brazo y, tras mirar a su alrededor, me llevó a un pequeño callejón. Mientras me dejaba arrastrar por él, no pude evitar recordar las palabras de Trece en esa misma noche.

¿Y si era el asesino de los Sangre Negra desterrados? ¿Y si solo me estaba llevando a algún rincón oscuro para asesinarme y extraerme algún órgano?

—Estoy agotada —logré decir—. Pero si intentas atacarme y hacerme lo mismo que a esas personas, te juro que seré yo quien te asesine. Todavía tengo fuerza para hacerlo.

Era mentira, por supuesto.

—¿De qué estás hablando? —siseó, olvidando, como yo, el decoro.

Aunque bueno, a juzgar cómo nos veíamos, lo habíamos perdido hacía ya un buen rato.

Andrei respiró hondo mientras yo me dejaba caer sobre una caja de madera que en algún momento debía haber contenido alimentos y que alguien había dejado olvidada contra la pared. Apoyé la espalda en ella y separé a Trece de mí. Tenía los ojos cerrados, pero…

—Su herida —musitó Andrei, sin poder creerlo—. Ha desaparecido. ¿Se… se trata de alguna clase de conjuro?

Estuve a punto de responder, pero otra voz, tan profunda como el mismísimo infierno, respondió en mi lugar.

—Mi vida por la tuya. Tu muerte por la mía. Estoy bien, Eliza. —Clavé la mirada en Trece. Había abierto un único ojo y me observaba—. Me curaré.

Andrei se echó abruptamente hacia atrás, con los ojos muy abiertos clavados en mi Centinela, que se aovilló en mi regazo, de nuevo con los ojos cerrados. Por encima del cansancio, le dediqué una mirada aburrida.

—Nosotros *no* hacemos conjuros —resoplé.

—Pero lo que ese joven hizo antes… lo que ha herido a… a… —Andrei calló con los ojos fijos en Trece, sin tener ni idea de cómo denominarlo.

Yo miré con fijeza sus ojos castaños durante unos segundos, pero él no apartó la mirada. No supe por qué, pero eso hizo que separara los labios y comenzase a hablar.

—Lo que te lanzó ese imbécil de Tennyson era una maldición. Las maldiciones son una de las cinco artes que componen la magia. Cinco, como el pentagrama invertido. Es una clase de magia tan peligrosa que solo unos pocos son seleccionados para estudiarla. Yo, por suerte o por desgracia, no fui una de ellos. —Trece levantó las orejas y me dirigió una mirada de soslayo. Parecía decirme: «¿Estás segura de lo que estás haciendo?». Pero yo continué hablando—. Hay cuatro ramas más: la alquimia, donde las palabras, los elementos alquímicos y la sangre se mezclan en el fondo de un caldero. Los encantamientos, oraciones mágicas completas, a veces poemas cortos. Para realizarlos, es necesario derramar sangre y, a menudo, dibujar los símbolos alquímicos que acompañan al encantamiento. Las invocaciones suponen magia compleja, que generalmente necesita algo más que sangre para llevarse a cabo. Cuanto más das de ti, más obtienes. Y por último tenemos los hechizos: órdenes muy sencillas que ni siquiera necesitan sangre para ejecutarse.

La piel de Andrei se había vuelto tan pálida, que hasta parecía resplandecer. Sin embargo, lo que parecía perturbarle más era la presencia de Trece. Sus ojos no cesaban de balancearse de su cuerpo peludo a mis brazos, que lo sujetaban con firmeza. No pude evitar que se me escapase una sonrisa burlona.

—Después de todo lo que te he contado, de haber visto a un joven crear fuego de la nada y de ver cómo me he vuelto invisible... ¿te sorprende que un gato hable?

—*Eso* no es un gato —contestó, sin acercarse de nuevo.

—No, no lo es. De hecho, podría adoptar la forma de cualquier animal. —Suspiré, ¿qué más daba contar algo más?

—Me gustan los gatos —intervino Trece, con su voz de ultratumba—. Son elegantes.

—Es un demonio que hizo un pacto conmigo. Pero no un demonio de los que hablan los párrocos en vuestras iglesias —expliqué—. Hace muchos, muchos años, él era un Sangre Negra como yo, y al morir, los Siete Infiernos lo juzgaron por sus malos actos y decidieron convertirlo en lo que es hoy. Ahora está condenado durante siglos a ser un Centinela, un compañero demonio.

—¿E... e hiciste un pacto con algo así?

—Con *alguien* —corregí, mientras Trece soltaba un bufido de advertencia—. *Te ofrezco mi sangre, te ofrezco mi vida...* Cuando haces un pacto con un demonio, unes tu vida a la suya. Para que él se recuperara, yo he tenido que debilitarme.

Andrei pareció a punto de decir algo más, pero de pronto me miró de arriba abajo, deteniéndose en mi espalda flexionada, en mis piernas encogidas. Con un movimiento rápido, se quitó el abrigo que llevaba puesto y lo acercó a mí, a punto de colocarlo sobre mis hombros. Me observó, dudando, pero yo asentí y él terminó de colocar la prenda sobre mí.

—Esto... esto es una locura, no tiene ningún sentido —dijo, tras tragar saliva. Su flequillo rebelde cubría su mirada confusa—. Pero... pero si hay algo que quiero dejar claro es que yo no soy el hombre que está detrás de los asesinatos.

—No esperaba una confesión, desde luego —contesté, con los dedos aferrados a su abrigo.

Sus cejas se fruncieron un poco. Casi parecía más indignado que asustado.

—Los asesinatos se llevaron a cabo en dos noches en las que tú me viste. Y en ambas estaba atrapado en esos bailes horribles.

—En la noche que te conocí, te marchaste muy pronto, antes de que asesinaran a la señora Grey —repliqué con dureza.

—¿Y esta noche?

—Un Homúnculo.

—¿Qué? —Andrei frunció el ceño, confundido.

Un joven tan idiota no puede ser el asesino, Eliza, comentó la voz de Trece en mi cabeza, más suave que de costumbre. Yo lo ignoré.

—Un *Homúnculo*. Mediante el uso de la alquimia se puede crear una copia exacta de uno mismo. Este reflejo tiene tu aspecto, se comporta como tú. Es imposible de diferenciar a no ser que lo hieras, porque sus heridas no sangrarán. —Andrei parpadeó, de pronto boquiabierto. El pánico había vuelto a sus rasgos—. Podrías haber dejado a tu Homúnculo en la fiesta, matar a esa Desterrada, y después regresar antes de que descubrieran el cadáver.

—¿Crees que yo sería capaz de hacer algo así? ¿Crees que si yo hubiera sido capaz de… crear fuego, o agua, habría dejado que…? —Sacudió la cabeza y se obligó a respirar hondo. Las manos le temblaban un poco, pero no se molestaba en esconderlas—. Yo no soy como tú.

—Ersbeth Báthory fue una de las Sangre Negra más importantes de su generación.

—Ersbeth Báthory fue una antepasada mía de la que solo conozco leyendas y habladurías. No muy buenas, por cierto. No era una mujer demasiado querida en mis tierras —añadió, con la voz entrecortada—. No conocí a mis abuelos, pero te aseguro que nadie de mi familia puede hacerse invisible, tener tratos con demonios o volar en escoba.

—*Volar en escoba* —repetí, poniendo los ojos en blanco.

—Es lo que se dice de… —Carraspeó, como si la palabra se le atragantara—. Las *brujas*.

—Nosotros preferimos que nos llamen Sangre Negra.

De pronto, unas voces nos sobresaltaron. Me puse en pie y Andrei se acercó a mí, con los ojos clavados en el extremo del callejón. Por la esquina vimos pasar a dos hombres. Charlaban entre bostezos y llevaban una carreta llena de algo que no acertaba a ver. Quizás no eran más que tenderos.

Levanté la mirada hacia el cielo, bajo unas nubes oscuras, había un ligero resplandor. Debía volver cuanto antes. Los bailes de la tía Hester en muchas ocasiones se extendían hasta el propio amanecer, pero después de lo que había ocurrido, quizás la fiesta había terminado justo después de que yo saliera corriendo tras Andrei; en ese entonces ya era muy tarde.

—Tengo que irme —murmuré.

Me quité el abrigo y se lo devolví. Él dudó, pero finalmente terminó aceptándolo. El pánico y otra emoción que no lograba desentrañar parecían estar llevando a cabo una lucha feroz en su interior. Y, aunque su ceño seguía fruncido, su voz no sonó tan entrecortada cuando retomó sus modales de caballero.

—La acompañaré a casa —dijo.

No me contuve ni un poco cuando le lancé una mirada de exasperación. Trece, entre mis brazos, soltó una pequeña risa.

—Debería ser ella la que te acompañase a ti, niño.

La voz profunda de Trece hizo que Andrei se apartase, pero sus ojos oscuros le dedicaron una rápida mirada fulminante, muy parecida a la que él me regaló a mí cuando lo obligué a bailar una semana atrás.

—Lo haría, pero no creo que Tennyson y sus amigos sigan en la calle, y debo regresar antes de que se den cuenta de que no estoy en casa —contesté.

Lancé un nuevo vistazo a nuestro alrededor, pero no vi ni escuché a nadie. Debería irme, pero antes tenía un asunto pendiente que tenía que ver con la cabeza del señor Báthory y con sus recuerdos.

Si no lo haces, tendrás problemas, susurró Trece.

Realmente, si se hacía pronto, no era un encantamiento complejo. Era uno de los primeros que se enseñaban en la Academia. Era vital para todos los Sangre Negra saberlo, incluso desde que eran jóvenes. Si algún Sangre Roja nos descubría por casualidad, su memoria debía borrarse. Los problemas con ese encantamiento comenzaban cuando la memoria se multiplicaba y el tiempo transcurría.

Era una de las órdenes más claras del Aquelarre. Así que no sabía muy bien en qué pensaba cuando le repliqué a mi Centinela con cierta brusquedad:

Estoy demasiado cansada. No sería capaz de llevarlo a cabo. Le destrozaría la memoria.

Trece no respondió.

—Bueno, señor Báthory —dije, mientras en mi bolsillo, apretaba la yema del dedo corazón contra el filo del abrecartas—. Imagino que volveremos a encontrarnos.

Levanté el dedo manchado de sangre seca y nueva, y dibujé en mi frente y en el pelaje de Trece el símbolo alquímico del aire.

Andrei nos observaba con las pupilas dilatadas. Estaba a punto de pronunciar el encantamiento, cuando su voz me hizo volver la mirada hacia él.

—No… no se lo diré a nadie.

No respondí, no era algo que le hubiera pedido. Asentí tras un instante y recité las palabras entre dientes, en voz suficientemente baja para que él no pudiera oírlas. Al instante, desaparecí frente a él.

—*A fenébe!* —maldijo él, retrocediendo de un salto.

Apreté los labios para impedir que una risita escapara de ellos. Tenía que moverme, pero me quedé quieta en el lugar, observándolo.

Él se separó lentamente de la pared y avanzó un par de pasos, acercándose a mí sin saberlo. Frunció el ceño y giró la cabeza, mirando a su alrededor.

—¿Señorita Kyteler?

Esta vez me llevé los dedos a la boca y me la apreté para sofocar una pequeña carcajada. Me pareció ver cómo Trece sacudía la cabeza con desconcierto.

Andrei dio otro paso más y, esta vez, se aproximó demasiado, dejándome paralizada. Intenté echarme hacia atrás, pero mis huesos se habían congelado.

—¿Eliza? —murmuró.

Escuchar mi nombre en sus labios causó en mí un efecto extraño. Me quedé inmóvil, casi sin respirar, hasta que él finalmente soltó un suspiro, se colocó el abrigo sobre los hombros y salió del callejón a pasos rápidos, esta vez sin mirar ni una sola vez hacia atrás.

Yo me quedé allí, inmóvil, oyendo cada vez más lejos el sonido de sus pisadas que se alejaban de mí.

Tercera parte

Sangre Negra,
Sangre Roja

SEGUNDA QUINCENA DE OCTUBRE. AÑO 1895.

Hogar de Leonard Shelby, número diecisiete de Fenchurch Street, Londres Diciembre, hace veintisiete años

La puerta del dormitorio se abrió a mi espalda y, durante un momento, la melodía de una viola llenó el lugar y me hizo cerrar los ojos.

—¿Demasiada música para ti? —El colchón de la vieja cama de Leo crujió cuando él se sentó en ella, a mi lado.

—Nunca hay demasiada música —repliqué, mientras me volvía en su dirección con una sonrisa plantada en mis labios. Por la forma en la que me miró Leo, no se la creyó.

—Entonces, ¿qué haces aquí? Mi madre quiere volver a sacarte a bailar.

—Sería ya la cuarta vez. No sé cómo se lo tomaría tu padre, no quiero que me eche una maldición —comenté, aunque estaba seguro de que el padre de Leo jamás había pronunciado ninguna—. Mi padre me mataría si descubriese que estoy aquí, contigo, celebrando la... *Navidad*. Por los Siete Infiernos, Leo. Somos Sangre Negra, no celebramos esa fiesta.

—Mi familia sí lo hace —contestó él mientras se encogía de hombros—. Siempre hemos estado rodeados de Sangre Roja. No vivimos en algún lugar alejado y exclusivo, lejos de bocas chismosas y ojos que espían, como Marcus, Sybil o tú. Al principio lo hacíamos para pasar desapercibidos, pero luego... bueno. Supongo que no está tan mal, ¿no?

Me quedé en silencio y observé a mi alrededor. El dormitorio de Leo era apenas una cuarta parte del mío. Había humedad en las paredes (como en el resto de toda la vivienda) y las cortinas estaban viejas y raídas. Hacía un frío horrible con el que no podía combatir la única chimenea de la casa que se encontraba en el salón. Solo en la sala de baile de la mansión de campo de los Kyteler había tres chimeneas gigantescas que llenaban la estancia de calor... aunque de un calor diferente del que invadía el hogar de los Shelby. A través de la puerta, se escuchaban los saltitos que daba el hermano pequeño de Leo al ritmo de la música, las palmas de su madre, las carcajadas de los Sangre Roja que habían invitado a la cena (aunque apenas cabían en una habitación tan pequeña) y el sonido de la viola que tocaba su padre, que cambió drásticamente de melodía y comenzó otra más lenta, más intensa y arrolladora.

El colchón volvió a crujir cuando Leo se levantó. Me rodeó y se colocó delante de mí, con una mano extendida en mi dirección. Yo arqueé una ceja.

—¿Le gustaría compartir este vals conmigo, señor Vale?

—Odio el vals —repliqué.

—Mentiroso.

Leo me agarró de la muñeca y tiró de mí. Me acercó mucho más de lo que lo haría cualquier pareja de baile. El aire quedó atrapado en mi garganta y, aunque era un gran bailarín, sentí las piernas pesadas por el plomo cuando comenzamos a dar vueltas.

Sus ojos castaños se clavaron en los míos.

—¿Qué crees que nos deparará este año nuevo? —susurró.

—No lo sé —contesté, antes de atraerlo hacia mí—. Pero estoy ansioso por descubrirlo.

LA MAÑANA DESPUÉS

Pum.

¡Pum!

¡PUM!

Alguien había ignorado la campana y golpeaba desaforadamente la puerta de entrada que la tía Hester había mandado a diseñar.

Salté de la cama, todavía mareada por el sueño, y abrí la puerta de mi dormitorio. Ni siquiera sabía cómo había conseguido cambiarme la noche anterior antes de caer rendida en la cama.

Había sido una suerte que llegase a tiempo a Lansdowne House antes de que nadie se diera cuenta. El último invitado salía por la puerta cuando yo aproveché para entrar, todavía invisible.

Por si acaso, la próxima vez debería crear un Homúnculo.

No era la única que se había despertado por culpa de los golpes. El abuelo Jones estaba gritando desde el otro extremo del pasillo, Kate se asomaba en camisón, bostezando, y mis tíos salían apresuradamente de su habitación, con las batas a medio atar. Liroy era el único que seguía con la puerta cerrada. A juzgar por lo que bailó, bebió, y quién sabe qué más, debía estar agotado.

—Seguid durmiendo —dijo la tía Hester, después de echarnos una ojeada a su hija y a mí—. Nosotros nos ocuparemos de esto.

Kate me observó confusa, pero yo tenía una ligera idea de lo que estaba pasando. Salí al pasillo, descalza, en cuanto mis tíos desaparecieron escaleras abajo.

Ahora sí que se va a montar una buena fiesta, ronroneó Trece en mi cabeza, mientras se estiraba perezosamente entre las sábanas de mi cama.

—Eliza. —Mi prima se acercó a mí, mientras los golpes en la puerta se incrementaban. Un sonoro «¡Policía!» resonó por toda la mansión—. ¿Qué ocurre?

Me llevé el dedo a los labios y la arrastré hasta la barandilla de las escaleras, que comunicaba con el vestíbulo de entrada. Me arrodillé tras los barrotes, tal y como hacía de pequeña cuando espiaba a mis tíos en sus bailes. Kate me imitó, cada vez más confusa.

—Ayer asesinaron a otro Desterrado —susurré a toda prisa, mientras observaba cómo mis tíos daban un último retoque a su aspecto mientras nuestro mayordomo, George, también en bata, se apresuraba a abrir la puerta—. Creen que le extrajeron el hígado.

—¡¿Qué?!

Kate se llevó las manos a la boca, pero no fue ese gesto el que ocultó su alarido e impidió que nuestros tíos la escucharan. Fue un nuevo golpe contra la puerta, que esta vez pareció estar a punto de echarla abajo. Nunca lo hubiera conseguido, por supuesto. El hombre que sacudía los puños contra ella no podía saber que una barrera mágica rodeaba toda la mansión. Sobre todo, un policía Sangre Roja.

Cuando George abrió la puerta, varios hombres entraron en tropel. Dos iban vestidos con uniforme de policías, con el sombrero reglamentario todavía puesto. El tercero vestía con levita y un sombrero de hongo parecido al que llevaba el inspector Andrews. Tenía la tez rojiza y un pelo castaño que cubría su cabeza y su cara con una barba abundante. Apenas le dedicó una seca inclinación de cabeza a mis tíos.

—Soy el inspector Edmund Reid. Siento haberlos molestado tan temprano, pero el asunto que me trae hasta aquí es grave.

Después de lo que le había dicho, Kate parecía desencajada. Le aferré la mano con fuerza y ella solo fue capaz de responderme con un débil asentimiento.

—¿Es sobre el asesinato de anoche? —preguntó mi tío Horace, sin vacilar.

Fue como si abofeteara al inspector Reid. El hombre dio un paso atrás y observó a sus hombres, que se lanzaron una mirada alarmada.

—¿Cómo es posible que conozcan esa información? Ni siquiera han traído todavía el periódico del día de hoy —exclamó el hombre, colérico.

—Su colega, el inspector Andrews… —comenzó mi tío, sin éxito.

—¡Andrews! Cómo no… —El hombre sacudió la cabeza, mascullando un insulto que hizo carraspear con incomodidad a mi tía—. No sé qué clase de relación los une al inspector, pero he venido para preguntar sobre el señor Edward Smith. He estado anteriormente en su domicilio para preguntar dónde pasó la noche de ayer, y ha confesado que estuvo hasta las cuatro y media de la madrugada aquí, en Lansdowne. ¿Pueden confirmar su coartada?

—Por supuesto que sí —contestó mi tía—. El señor Smith fue un invitado al baile que celebramos ayer.

—Ya veo.

El inspector Reid sacudió la cabeza y, accidentalmente, sus ojos se encontraron con los míos. Kate se echó hacia atrás, escondiéndose tras la pared, pero yo me quedé quieta, con la cabeza apretada contra los barrotes, devolviéndole la mirada.

—También me gustaría preguntarle si estuvieron al tanto de los disturbios que se produjeron de madrugada.

Cuando tragué saliva, fue como si una piedra afilada se deslizara por mi garganta.

—¿Dis… disturbios? —repitió mi tío.

—Se produjeron a varias calles de aquí. Algo extraño, han comentado los testigos. Hay gente que ha afirmado ver a hombres rodeados de fuego, niebla que surgía del suelo y lluvia que caía del techo y de un cielo sin nubes.

—¡Qué tontería! —exclamó la tía Hester.

Sin embargo, ni a mí ni al inspector Reid se nos escapó la rápida mirada que le dedicó a mi tío.

—Estábamos en mitad de una fiesta, inspector —dijo el tío Horace, con una pequeña sonrisa—. Aunque hubiesen explotado fuegos artificiales encima de nuestro tejado, no habría escuchado más que el sonido de los violines.

—Muy conveniente —comentó el inspector Reid, antes de mirar de soslayo a sus dos compañeros—. En cualquier caso, les recomiendo no hablar sobre lo que les comentó ayer mi… colega. En ocasiones parece olvidarse de que esta investigación me pertenece, así que puede que no les haya ofrecido datos fidedignos.

—Entonces, ¿no es cierto que al señor Smith le arrancaron el hígado? —preguntó mi tío, frunciendo el ceño.

El inspector enrojeció de enojo y se colocó el sombrero sobre su cabeza, en un claro gesto de despedida. Los policías se movieron a su espalda, aproximándose a la puerta.

—Lo único que tienen permitido conocer es que un borracho ha sido asesinado en Whitechapel, nada más. No pregunten, no extiendan rumores y dejen trabajar a la policía. —Hizo un seco asentimiento con la cabeza y, durante un segundo, su mirada volvió a desviarse hacia el lugar en que Kate y yo nos escondíamos—. Que tengan un buen día.

Mis tíos ni siquiera tuvieron tiempo de responder. Les dio la espalda y salió de la mansión a paso airoso.

—¡Cómo se atreve…! —exclamó mi tía, antes de que el tío Horace pasara el brazo por sus hombros, tratando de calmarla un poco.

Yo retrocedí hasta el pasillo y me puse en pie cuando la pared me ocultó por completo. Kate, a mi lado, todavía temblaba un poco.

—Eliza, ¿qué diablos está ocurriendo?

—Te lo contaré —dije mientras la agarraba por la muñeca—. Pero en la habitación de Liroy.

—¿La habitación de Liroy? —repitió ella, perpleja.

Con los labios sellados, me limité a arrastrarla por el pasillo.

No era adecuado que entráramos así, sin más, en el dormitorio de un hombre adulto, a pesar de que perteneciera a nuestra familia. Sobre todo, tratándose de Liroy. Nunca sabías a quién podías encontrarte en su cama.

Pero lo único que hallamos cuando abrimos la puerta y nos adentramos en su penumbrosa habitación fue el fuerte hedor del alcohol rancio. Por suerte, solo había una figura semidesnuda enredada entre las sábanas.

Su Centinela, al vernos, soltó un largo suspiro por lo bajo y se removió en la alfombra donde dormía antes de darnos la espalda.

Sin molestarme en utilizar un hechizo, me acerqué a la ventana principal y descorrí de un tirón las cortinas. Aunque la luz que entró por la ventana era todavía brumosa y débil, hizo gemir a Liroy desde la cama.

—¿Qué… qué pasa? —farfulló, antes de cubrirse la cabeza con la almohada.

Murmuró un «Clausura» y las cortinas se movieron entre mis manos, impulsadas por la magia, pero yo clavé los talones en el suelo y tiré de ellas en dirección contraria para dejarlas donde estaban.

—Es importante que te levantes, Liroy —dije, luchando contra la pesada tela—. Tengo algo que contaros.

—La policía ha estado aquí —añadió Kate, en un murmullo frágil.

—¿Qué?

Esa última palabra lo hizo parpadear un poco. Las cortinas se quedaron quietas y él se sentó sobre el colchón, frotándose el rostro con las manos. Su Centinela también se espabiló. Sacudió un poco la cabeza y se sentó sobre la alfombra, todavía adormilado.

—Ayer mataron a un hombre en Whitechapel. —Y añadí, antes de que él pudiera decir nada—: Otro Desterrado.

—¿Cómo lo sabes?

—Oí al inspector Andrews anoche, durante el baile.

—¿Un inspector de la policía Sangre Roja estuvo ayer en la fiesta?

—Tú también lo habrías visto si no hubieses estado tan borracho —repliqué. *Y si no hubieses estado tan pendiente de la maldita Serena Holford.*

—Estudio durante el día, las noches están para emborracharse y delirar un poco, querida prima —contestó él. Parecía a punto de añadir algo más, pero entornó la mirada y un asomo de sonrisa amenazó con tirar de sus labios—. ¿Y cómo pudiste escuchar a ese inspector? Porque imagino que no fue a ti a quien le habló del asesinato.

—Realicé un encantamiento de invisibilidad y me escondí en la biblioteca, así que pude escuchar la conversación que mantuvo con los tíos.

—¡Eliza! —exclamó Kate, escandalizada—. ¿Y si te hubiesen visto?

—Se me da bastante bien ese encantamiento. ¿Cómo crees si no que podía saltarme tantas clases en la Academia? —añadí, encogiéndome de hombros—. Pero no se trata solo de los asesinatos. Hay algo más, y aquí es donde entras tú —dije, mirando a mi primo—. Al señor Adam Smith, el hombre que asesinaron de madrugada, le extrajeron el hígado.

Liroy se dejó caer de nuevo en la cama, esta vez con los ojos muy abiertos.

—Por los Siete Infiernos —murmuró.

—Necesito saber si a la primera víctima le quitaron también un órgano.

El Centinela de Liroy murmuró algo sobre que éramos demasiado jóvenes e inexpertos para llevar esa clase de asuntos. Por supuesto, todos lo ignoramos.

Mi primo se pasó las manos por la cara y se volvió hacia mí. Había seguido el hilo de mis pensamientos.

—¿Por qué alguien haría algo así? —musitó Kate, negando con la cabeza.

—Era una práctica común que realizaba Aleister Vale. Lo he estudiado —murmuró Liroy, con voz oscura—. Para realizar sus invocaciones… utilizaba todo, y cuando digo todo, es *todo*. ¿Crees que pueda tratarse de él?

—No lo sé —respondí.

—Aleister Vale está encerrado en la cárcel de Sacred Martyr. Lo desterraron, le arrebataron a su Centinela —replicó Kate, con voz temblorosa—. No puede crear un Homúnculo para fingir que sigue encerrado.

Era cierto. Para crear una réplica se necesitaba usar la alquimia, y para poder usar la alquimia era necesaria la magia. Cuando desterraban a un Sangre Negra, se la arrebataban toda.

167

No, era imposible. Ni siquiera él podría hacer eso.

—Quizás sea un seguidor —murmuré.

—O un imitador —propuso Liroy.

—Entonces, ¿podrías averiguar si a la primera víctima también le sustrajeron un órgano? Por lo que pude oír ayer, esta información pasará al Aquelarre, y estoy segura de que ellos también investigarán por su cuenta.

Mi primo asintió, serio.

—¿Y los disturbios? —preguntó entonces Kate, sobresaltándome.

—¿Qué disturbios? —suspiró Liroy.

—El inspector ha dicho que se produjeron unos disturbios a unas calles de aquí. Hablaba de… *fuego que rodeaba a hombres y de agua que caía de un cielo sin nubes.*

Palidecí un poco y tuve cuidado en desviar la mirada hacia un rincón de la habitación.

—Suena a Sangre Roja soñando despiertos.

—O a Sangre Negra usando la magia en mitad de la noche —dijo Liroy, antes de clavar los ojos en mí. Sus cejas se fruncieron un poco—. Tú no tienes que ver nada con eso, ¿verdad?

—¿Por qué iba a tenerlo? —exclamé, fingiendo indignación—. Que me echaran de la Academia no significa que sea una delincuente a la que le guste usar su magia sin cuidado ninguno.

O sí, recitó una parte oscura de mi mente.

—Si quieres que investigue en el Aquelarre, ellos me investigarán a mí. Siempre funciona de esa manera. Y si estás haciendo algo que ellos no consideran apropiado…

—¡No estoy haciendo nada! —exclamé mientras le daba la espalda. En mi cabeza restalló la imagen en la que desaparecía frente a los ojos de un atónito Andrei Báthory.

—De acuerdo. Solo quería…

—Está bien —dije, cortándolo—. Iré a mi habitación a cambiarme.

Kate intentó detenerme, pero yo sorteé sus manos y salí del dormitorio de Liroy. Había perdido la cuenta de las veces que había mentido, pero esta sería una más.

13

EL AQUELARRE

El graznido de los cuervos de la Torre de Londres nos dio la bienvenida.

Apenas había alguna antorcha encendida aquí y allá, y eso hacía que los caminos que recorríamos parecieran directos a cualquiera de los Siete Infiernos. Las llamas apenas lograban iluminar parte de las construcciones de piedra, que nos rodeaban como manos gigantes, aprisionándonos, asfixiándonos. El sonido que producía nuestro calzado al rozar algunas zonas de hierba era como siseos arrancados de espíritus que nos perseguían. Y los malditos cuervos no cesaban de graznar.

Trece bufó entre mis brazos y mostró sus dientes afilados. Los pájaros, tan grandes y negros como él, contestaron abriendo su gran pico naranja y agitando las alas.

—Odio este lugar —susurró Kate mientras se acercaba a mí.

Estaba de acuerdo, pero no contesté. Era la primera vez que acudía a la Torre de Londres, al menos, convocada por el Aquelarre. Oficialmente, no podías adentrarte en sus terrenos hasta que no terminaras la formación en la Academia, pero como Kate y yo habíamos sido expulsadas, las dos habíamos recibido también los sobres negros con nuestros nombres escritos en letras doradas.

La tía Hester y el tío Horace caminaban delante de nosotros, y Liroy cerraba la marcha. No éramos los únicos convocados. Cada familia de Sangre Negra, medianamente reconocida en Londres y alrededores, había sido llamada a la reunión. Éramos una masa negra, cubierta por abrigos oscuros, sombreros y faldas opulentas, que se deslizaban por el interior de los caminos de la fortaleza. La gravilla chascaba bajo las suelas de mis botas.

Habíamos recibido la invitación ese mismo día, 18 de octubre, a primera hora de la mañana, junto al correo habitual. Cinco sobres idénticos, más pequeños que la palma de mi mano, del mismo color que los pájaros que no dejaban de graznar.

Al principio, me asusté y arrastré a Liroy y a Kate hacia la misma biblioteca en la que había escuchado a escondidas hacía apenas una semana al inspector Andrews. Le pregunté a mi primo si esto podía tratarse de sus investigaciones en el Aquelarre. Efectivamente, estaba al tanto de los asesinatos contra Desterrados, y pudo descubrir que, a la primera víctima del asesino, la señorita Charlotte Grey, también le habían sustraído un órgano: el bazo.

Pero él había negado con la cabeza y me había tranquilizado. Esa información había corrido como la pólvora un par de días después. En una de esas irritantes visitas de té y pastelitos, escuché cómo la señora Holford hablaba del tema con mi tía entre susurros.

Después, pensé que el Aquelarre había descubierto que le había mostrado mis poderes a Andrei Báthory y me había mandado a llamar para desterrarme. Al fin y al cabo, había pasado una semana desde aquella extraña madrugada y no había vuelto a verlo. Él no se había puesto en contacto conmigo para pedir explicaciones ni yo había intentado encontrarme con él para borrarle la memoria, como debía hacer. En menos de dos semanas, Andrei abandonaría Londres y volvería a su castillo perdido en los Cárpatos. Si es que vivía en un castillo, y si es que se encontraba en los Cárpatos.

Al ver ese maldito sobre negro pensé que mis intenciones me habían condenado, que no habría salvación, que, igual que me habían expulsado de la Academia, me expulsarían de mi propio mundo. Pero cuando atravesé junto a mi familia las grandes puertas de madera de la Torre de Londres y me vi tan rodeada de tantos Sangre Negra, supe que la convocatoria del Aquelarre no tenía relación conmigo.

Las ceremonias de destierro, como se las llamaba, solían ocurrir en la intimidad, con el Sangre Negra condenado y un Miembro Superior del Aquelarre que llevaría a cabo la ceremonia. El encantamiento que se utilizaba para ello era secreto y solo lo conocían los Miembros Superiores, los únicos autorizados a realizar una ceremonia así.

Para no llamar la atención de los Sangre Roja, habíamos acudido bajo el encantamiento de invisibilidad, pero en cuanto pisamos los jardines y los caminos de guijarros de la Torre, nos limpiamos la sangre y nos miramos a los ojos.

—Tienen una biblioteca estupenda. Siete niveles de profundidad, y solo unos pocos pueden pasar del segundo —intervino Liroy, que miraba a su alrededor casi risueño—. A veces, Ana Bolena te distrae un poco...

—¿Ana Bolena? —repitió Kate, boquiabierta.

—Bueno, el fantasma de Ana Bolena. Le gusta rondar por el Primer Nivel de la biblioteca y hablar de vez en cuando. El otro día me dijo que esperaba de corazón que fuera admitido por el Aquelarre —añadió, sonriendo como un bobo—. Aunque verla siempre con la cabeza entre las manos es un poco incómodo. Por costumbre, siempre acabo alzando la mirada y me encuentro con su cuello cercenado.

—Qué agradable —gruñí.

Miré a mi alrededor, pero había tantos Sangre Negra que dudaba de que ningún fantasma se hubiese molestado en salir a dar ni un mísero paseo. Si había algo que querían los difuntos, era tranquilidad.

O al menos, eso creía.

Me volví en redondo cuando oí unas risas infantiles. Fruncí el ceño, extrañada. Los niños no estaban invitados a esta clase de reuniones.

—Los Príncipes de la Torre —explicó mi tío, mirando hacia atrás. El Centinela de mi tía Hester estaba tranquilamente posado en su hombro. Ante mi expresión confusa, continuó—: Edward y Richard, de la familia York. Tenían doce y nueve años cuando *desaparecieron* en la Torre de Londres. Millais pintó un cuadro encantador de ellos. Son a los únicos que les gusta ver a tanta gente en la Torre de Londres.

No estuve segura, pero más adelante, me pareció ver a dos figuras de un gris perla, tan sólidas como yo, correr entre la marea de Sangre Negra.

Desde luego, el Aquelarre no podría haber escogido un lugar mejor para establecer su sede. Cumplía con todos los estúpidos tópicos de los Sangre Roja. Era un sitio siniestro, poderoso, antiguo y cuajado de leyendas y de fantasmas. Quizás era así porque había sido precisamente un Sangre Roja el que les había cedido el lugar. A veces, los reyes y reinas de Inglaterra tenían un sentido del humor muy irónico.

La multitud se dirigió a la Torre Blanca. Había unas escaleras de madera que nos obligó a formar una fila de uno y entrar poco a poco en el interior del recinto. Cuando por fin traspasamos la estrecha puerta, nos encontramos en una sala de reuniones, tan grande como la planta de una catedral. Sabía que esta era la torre más espaciosa de todo el castillo, pero era imposible que este espacio interior se correspondiera con el aspecto exterior.

Las ventajas de la magia.

Unos candelabros colgaban del techo e iluminaban la estancia con llamas titilantes, que hacía que las sombras temblasen y se alargaran más de lo que era natural. Había más de una decena de filas de sillas de madera, correctamente ordenadas, que formaban entre ellas dos pasillos centrales. Se extendían de lado a lado de la estancia y dejaban hueco solo para un estrado, en el que se hallaba una mesa enorme y larga, de madera, tras la que se encontraban siete sillones vacíos. No obstante, no era el lugar que ocuparían los Miembros Superiores del Aquelarre lo que llamaba a todo el mundo la atención.

En el extremo derecho de la sala, sin sillas, había varias mujeres y algunos hombres de pie. Todos vestían con ropas sencillas, algunos incluso harapientas. No pude evitar que mi ceño se frunciera. Adiviné que eran Desterrados mucho antes de que la señora Holford se lo susurrara (en un murmullo más que audible) a mi tía. Pero no Desterrados como George o Anne, que trabajaban en mi casa, sino Desterrados que habían decidido alejarse por completo de nuestro mundo… aunque la sociedad de los Sangre Roja tampoco los tratara mejor.

Me hubiese gustado sentarme en una de las últimas filas, pero mi tía consiguió abrirse paso y se sentó en la primera. Yo la seguí a regañadientes, sintiendo cómo los ojos de la multitud dejaban de observar a los Desterrados para clavarse en nosotros, en *mí*. Fue como entrar de nuevo en un salón de baile o pisar por primera vez los suelos de la Academia. Pupilas que me contemplaban con una mezcla de morbosidad, interés y desilusión.

—¿Esa no es Eliza Kyteler?

—Pues vaya, no se parece nada a…

Giré la cabeza hacia el lado contrario de donde provenía la voz, exasperada, y mi mirada captó un rostro conocido a pocos metros de mí, a punto de sentarse en la segunda hilera.

—Espero que te disculpes con el señor Tennyson —me susurró mi tía, que caminaba justo delante de mí—. Conozco el desplante que le hiciste en mitad de nuestro baile.

David Tennyson tenía una sonrisa arrogante pintada en sus labios, que nada tenía que ver con esa expresión que había esbozado hacía siete noches, cuando decidió acorralar a un indefenso Sangre Negra.

—Jamás me disculparé. —Aparté la mirada de golpe cuando sus ojos coincidieron con los míos.

—¡Eliza…!

No pudo más que dedicarme una mirada fulminante. Había demasiada gente rodeándonos. En su lugar, se dejó caer en una de las sillas y yo tuve buen cuidado en dejar pasar a Liroy para que se sentara al lado de su madre. Ocupé el sitio que se encontraba junto al de él, pero, cuando Kate estaba a punto de dejarse caer en una silla contigua a la mía, una cascada de rizos especialmente cuidados apareció entre nosotras, y los ojos verdes de Serena Holford me sonrieron.

—¿Me dejáis sentarme entre vosotras, queridas amigas? Así me sentiré bien protegida.

—Tú no necesitas que te protejan —chisté; sentía el veneno palpitar en mis pupilas.

Su sonrisa fue radiante.

—En eso tienes razón.

Suspiré y miré por encima de su hombro. Kate estaba muy tiesa, con la espalda bien pegada al respaldo y el cuerpo ligeramente inclinado hacia la derecha, poniendo la mayor distancia entre Serena y ella. La otra joven, aunque sonreía, tenía los ojos desviados hacia mi prima, y en ellos solo había frialdad. Me hubiese encantado lanzarle uno de mis desastrosos «Asciende» y enviarla al otro extremo de la torre.

Pronto, una marea de ropas negras ocupó todos los asientos del salón, mientras una gran ola de susurros, expectantes, llenaba toda la estancia. Muchos ojos se desviaban hacia la esquina derecha, donde los Desterrados se encontraban en completo silencio.

Cuando no quedó nadie de pie, una puerta lateral de madera y hierro negro se abrió, sin que ninguna mano la tocase. El eco reverberó en las gruesas paredes de piedra.

Al instante, la marea viva de susurros se calmó y solo quedó el silencio.

Seis hombres y una mujer la atravesaron. A pesar de que era medianoche y que estábamos cansados, ellos parecían unos recién llegados a un baile importante. Los Miembros Superiores del Aquelarre, nuestro órgano de gobierno. Siete, como los siete pecados capitales. Y todos poseían Centinelas.

Francis Yale, el primero de todos ellos, caminaba con una paloma blanca posada en el hombro. Además de ser Miembro Superior, gestionaba la cárcel de Sacred Martyr, así como también se encargaba de los presos que eran encerrados en la Torre de Londres a espera de juicio, lo cual chocaba con su figura menuda y su expresión nerviosa. Le dedicó una sonrisita a mi tía Hester cuando ella alzó pomposamente la mano para saludarlo.

Matthew Bishop, el miembro de mayor edad, y al que Serena o Liroy sustituirían en un futuro no muy lejano, andaba con lentitud, apoyado en un bastón. Sobre su puño estaba posada una mariposa Atlas, la mayor en todo el mundo. Su tamaño era tal que, con las alas extendidas, era más grande que mi propia mano.

Tatiana Isaev iba cubierta con pieles. Como si fuera un broche insertado en la tela, había un escorpión negro y brillante, cuya cola aguda se movía de un lado a otro, nerviosa.

Los Centinelas de Nicolas Coleman, Amery Reed y Calev Gates no eran tan pequeños. Tras ellos, caminaban tres perros oscuros que parecían lobos.

Ezra Campbell fue el último en entrar. Entre sus brazos llevaba un gato blanco, que me recordó, con un pinchazo en el estómago, al antiguo Centinela de mi madre.

Uno a uno, cada Miembro Superior ocupó su butaca, encarando a la multitud nerviosa y silenciosa que se encontraba frente a ellos. Yo tragué saliva. Me sentía demasiado cerca de ellos (de hecho, lo estaba), demasiado expuesta. Había cometido delitos suficientes como para que se considerara mi destierro.

Matthew Bishop, descendiente de la primera bruja que quemaron durante los juicios de Salem, se puso en pie. Su Centinela abrió las alas y voló hasta posarse en su hombro.

—Queridos amigos y compañeros, en nombre de todo el Aquelarre les doy las gracias por acudir a esta reunión. —En la pausa entre una oración y otra, no se escuchó ni el siseo de una respiración—. Como estoy seguro de que sabrán, la ciudad de Londres ha sufrido dos terribles ataques en estos últimos días. No solo se ha causado la muerte a dos antiguos miembros de esta comunidad… también se ha comprobado que ha habido una sustracción de órganos de ambos cadáveres.

Mi familia se mantuvo en silencio, pero un coro de voces comenzó a elevarse poco a poco. Al principio con desconcierto, después con miedo. El ruido finalizó con una sola mirada de advertencia de Matthew Bishop.

—Esto podría ser un acontecimiento fortuito. Una extraña locura cometida por un Sangre Roja, pero los órganos que fueron sustraídos eran un bazo y un hígado.

Más susurros y alaridos. Esta vez, hizo falta más de una mirada para acallar a la multitud.

—El cuerpo humano contiene una gran variedad de órganos. Pero para nosotros, cuatro son esenciales: el bazo, el hígado, el corazón y los pulmones. Sabiendo que alguien, un Sangre Negra, quizás, ha obtenido ya dos, sospechamos que quizás la finalidad de estas muertes sea realizar algún tipo de invocación que...

—¿Eso es lo que le preocupa, señor Bishop? ¿Una invocación? —preguntó de pronto una voz femenina, fuerte y clara—. ¿Para eso se nos ha *ordenado* que acudiésemos a esta reunión? ¿Para que así escucháramos el uso que se les daría en un futuro a nuestros órganos extirpados?

Todas las cabezas se volvieron a la vez. Una mujer del grupo de los Desterrados había dado un paso al frente y observaba a Matthew Bishop con los ojos en llamas.

—¡¿Cómo se atreve...?! —exclamó la señora Tennyson, sentada justo detrás de mí.

No fue el único comentario indignado que se escuchó. Yo apreté los dientes y me removí en el asiento, incómoda.

—Señora Williams —dijo el señor Bishop, con una expresión severa clavada en sus ojos—. Se les ha *invitado* a venir porque es un asunto que les atañe a ustedes, aunque el Aquelarre no tenía por qué hacerlo. Le recuerdo que, una vez que han sido desterrados, la mayor parte de sus lazos con esta comunidad se cortan.

—¿De veras? No me había percatado de ello. —Uno de los hombres desterrados, vestido con un traje harapiento, le murmuró algo al oído y tiró de su brazo—. No, no, déjame, Tom. Por una vez, deben escucharnos.

Los murmullos se habían convertido en conversaciones, hasta los miembros del Aquelarre cuchicheaban entre sí.

Matthew Bishop suspiró, chasqueó los dedos y su Centinela sacudió las alas y dejó escapar un potente rugido que hizo eco por cada recoveco de piedra, haciéndonos guardar silencio de nuevo.

De todos los Desterrados, la señora Williams era la única que no había dado un paso atrás.

—Bien —dijo el señor Bishop, sacudiendo la cabeza—. Si tiene algo más que decir, dígalo.

—Me gustaría saber si Aleister Vale sigue en prisión —contestó ella, con lentitud, consiguiendo que cada una de sus palabras salieran despedidas como puñales.

Esta vez no hubo murmullos, pero sí muchas miradas, la mayoría, clavadas en mí y en mi familia. Yo apreté los dientes y Trece, sentado en mi falda, lanzó una mirada en derredor y bufó con rabia.

—Esa es una pregunta estúpida, señora Williams —comentó Francis Yale, el amigo de la tía Hester.

—No lo es. No sería la primera vez que se escapa, ¿o debo recordar lo que sucedió hace once años? Consiguió huir de Sacred Martyr. Supongo que no hace falta recordar a quiénes asesinó. Ustedes lo saben muy bien.

Más ojos, esta vez únicamente clavados en mí. No pude evitar estremecerme.

—Ahora mismo, ese hombre que tanto hemos temido años atrás se encuentra esposado en su celda de Sacred Martyr, sin magia y sin su Centinela, al que separamos de por vida en su primera detención —explicó Francis Yale, alzando un poco la voz—. Créame, si lo viera como yo lo he visto últimamente, no temería su reaparición.

—Pero no negará que los crímenes que están ocurriendo tienen el *modus operandi* de Aleister Vale.

Mis tíos, Kate y yo volvimos la cabeza como un rayo hacia Liroy, que era el que había hablado. La tía Hester se llevó una mano a la boca, horrorizada. A mi lado, escuché cómo Serena soltaba una risita entre dientes.

—Señor Saint Germain —dijo Matthew Bishop, tan impactado como los demás por su intervención.

El Centinela de Liroy colocó la cabeza entre sus patas y miró a su compañero. Me imaginaba que le estaba susurrando en la cabeza decenas de razones por las que no continuar, pero mi primo lo hizo de todas maneras. Y yo no pude evitar sentirme orgullosa.

—Quizás se trate de un antiguo seguidor o un imitador.

—Si es verdad que un imitador de Aleister Vale camina libre por ahí, necesitamos protección —intervino otro de los Desterrados.

—¡Perdisteis todo vuestro derecho cuando traicionasteis a los vuestros! —exclamó David Tennyson, a mi espalda.

—Bien dicho, hijo. —Escuché perfectamente la palmada afectuosa que le propinaba su padre.

Mis dedos se retorcieron sobre mi falda, arrugando la tela entre ellos. Serena me dedicó una mirada divertida, mientras mi prima Kate, a su lado, negaba con lentitud.

—¡No podéis ponernos en peligro y pedir que os protejamos! —exclamó alguien del fondo.

—¡Deberíais haceros cargo de vuestros actos! —gritó una voz femenina, desde el otro lado de la sala.

—Los Sangre Roja crearon hace años un comité de vigilancia cuando sus autoridades no hicieron nada por ellos —dijo otra de las Desterradas, una mujer joven, algo mayor que yo, con una larga melena pelirroja que llegaba hasta el final de su espalda—. Nosotros deberíamos tomar ejemplo.

—¿De *ellos*? ¿De los Sangre Roja?—tronó David Tennyson, alzando todavía más la voz—. Nunca nos podrán dar ejemplo en nada.

Mis manos habían abandonado la falda y se habían aferrado a los bordes de la silla, como si así pudiera contenerme mejor y no saltar sobre él para despedazarlo yo misma.

Si quieres, siempre puedo atacarle la entrepierna, murmuró Trece en mi cabeza. *Tengo las uñas muy afiladas.*

No me tientes.

La joven pelirroja no se amilanó. Respiró hondo y levantó la voz para que todos pudieran escucharla, incluso los que parecían negarse a hacerlo.

—Esto no se trata solo de Desterrados y de los Sangre Roja, es un asunto que nos atañe a todos. Si el culpable de estos asesinatos en un Sangre Negra, todos estamos en peligro. ¿Y si el asesino decide cambiar el perfil de sus víctimas?

—Eso, señorita Evans, solo son suposiciones —intervino el señor Bishop, con un suspiro. Les dedicó una última mirada y dio la espalda a los Desterrados—. Sabemos, queridos amigos y compañeros, que la situación puede llegar a ser crispada. Pero se están llevando a cabo las investigaciones necesarias junto a un inspector de policía, el señor Andrews que, por circunstancias especiales, y dado que necesitamos un enlace con la policía de los Sangre Roja, sabe qué somos.

Se escucharon algunos resoplidos. El más sonoro, el de David Tennyson.

—Estamos al tanto de que ha habido disturbios, ocasionados principalmente por Sangre Negra —continuó el señor Bishop, dedicándonos a todos una mirada de reproche—. Es cierto que se sospecha que la autoría de esos asesinatos podría tratarse de uno de los nuestros, pero puede también que no, y que se trate de un Sangre Roja desequilibrado que le gusta jugar a matar gente. Si ese es el caso, les pido, por favor, que no se tomen la justicia por su mano. Los Sangre Roja no están indefensos, como aparentan y como muchos creen, y nuestro deber es ser discretos ante ellos. No creo necesario añadir lo que podría suponer para un Sangre Negra que un humano lo descubriera practicando magia. Nuestra comunidad se vería expuesta.

Tragué saliva y hundí la espalda en el respaldo de mi asiento. Kate y yo estábamos pálidas como la cera que se derramaba de los candelabros. No nos hacía falta mirarnos para recordar lo que había ocurrido en el cementerio de Little Hill. Miré disimuladamente por encima de mi hombro, pero David Tennyson no parecía nada preocupado. Era más, su sonrisa arrogante no se había recortado ni un maldito ápice.

—Por lo tanto, los Miembros Superiores del Aquelarre recomendamos ser cautos. Nadie más que nosotros y el resto de los miembros están capacitados para llevar a cabo una investigación adecuada. —Mantuve los ojos elevados, ignorando la mirada intencionada que me dedicó Liroy durante un instante—. Y recomendamos encarecidamente a los Desterrados que se mantengan en sus hogares hasta que los asesinatos hayan cesado definitivamente.

—¿Y cómo vamos a hacerlo? —intervino la señora Williams, desesperada—. ¿Cómo vamos a escondernos si no tenemos dinero para pagar un lugar en el que guarecernos?

—Ese no es problema del Aquelarre —terció Matthew Bishop, esta vez sin mirarla—. Si ven algo sospechoso, si en algún momento creen encontrarse delante del asesino, convóquennos, y algún miembro del Aquelarre acudirá en su ayuda.

Me mordí el labio y miré hacia los Desterrados. ¿Cómo iban a convocarlos si ya no tenían magia para ello?

Era una petición absurda.

Hubo murmullos aislados y, antes de que ningún otro miembro del Aquelarre pudiera decir algo más, los Desterrados se movieron: se deslizaron a paso rápido por una de las hileras que conformaban las sillas y se dirigieron hacia la salida. Algunos con la cabeza alta; otros con las manos unidas, asustados. Miradas y murmullos los perseguían. Uno a uno, fueron saliendo. La única que quedó fue la joven pelirroja, la que había intentado hacer entrar en razón al Aquelarre, sin conseguirlo en absoluto. Miró por encima de su hombro y yo me estremecí cuando su mirada se encontró fugazmente con la mía.

No supe si estaba esperando algo, que algún Sangre Negra se levantase e intercediera en su favor. Mis piernas temblaban bajo la falda, pero no me levanté.

Nadie lo hizo.

Finalmente, apretó los labios, frunció el ceño con ira y siguió a los Desterrados.

El aire escapó de golpe de mis pulmones.

Yo podía ser esa joven.

Yo podía estar viéndome a mí misma en un futuro no muy lejano.

La curiosidad mató al Sangre Roja

Soñé toda la noche con la joven Desterrada pelirroja. No cesaba de mirarme con tristeza, suplicándome ayuda, pero cuando parpadeaba, su cabello se alisaba, se oscurecía, sus ojos se hacían más negros, y de pronto, se convertía en mí.

Al despertar, sentí ganas de acostarme de nuevo. Ayer nos habíamos dormido de madrugada, después de la reunión del Aquelarre y, aunque el sol brillaba con fuerza tras las cortinas, me hubiese gustado poder estar entre las sábanas unas horas más. Sin embargo, Trece se removía sobre el colchón, despierto desde hacía rato.

Bostecé y, cuando me incorporé, miré a mi alrededor. Muchos libros habían caído de la estantería, los joyeros de mi tocador estaban abiertos y la silla de madera lustrada que se encontraba junto a él, estaba tumbada en el suelo, boca abajo.

Fruncí el ceño cuando miré a Trece.

—Sí, has tenido una noche agitada —contestó él mientras se atusaba los bigotes—. No hace falta que lo digas.

—¿Por qué la tía Hester no me ha despertado? —suspiré, observando los rayos del sol que iluminaban las cortinas.

—Se fue junto a Horace cuando amaneció. Creo que oí algo sobre Francis Yale.

—El Aquelarre —murmuré, sacudiendo la cabeza.

En ese momento, Anne llamó a la puerta y me preguntó si quería vestirme para dar un paseo. No tenía idea de qué podría hacer hoy, pero quedarme en casa no era una opción. Aunque la mansión era enorme, permanecer aquí dentro significaría recordar la noche anterior, todo lo que se había dicho y, más importante, todo lo que *no*. Así que la dejé vestirme. Elegí un vestido gris y negro, que parecía más un atuendo de tarde que de mañana, pero, a pesar de que Anne me sugirió otro, sacudí la cabeza por toda respuesta. No tenía ánimo ni para flores ni para volantes. Elegí un sombrero discreto, también de color oscuro, y unos guantes blancos.

El Anillo de Sangre lo guardé en el bolsillo de la falda que siempre ordenábamos hacer a nuestras modistas.

Con Trece a mi lado, bajé las escaleras y llegué al pequeño comedor. La mesa estaba puesta, aunque apenas quedaba té, tostadas y dulces. Cuando la tía Hester no estaba, Kate aprovechaba para comer todo lo que no la dejaba en su presencia. No solo estaban ella y Liroy sentados a la mesa. En un extremo, huraño, aplastando un merengue con el tenedor, se encontraba el abuelo Jones.

—Buenos días —saludé, con la voz ronca.

—Vaya, por fin te has despertado. —Liroy arqueó las cejas y observó mi cara demacrada, antes de bajar hacia la falda del vestido—. ¿Vas a algún entierro?

Me dejé caer en el asiento libre junto al abuelo Jones. Él me miró de soslayo.

—Déjala en paz, Liroy. ¿No has visto sus ojeras? —le reprochó Kate. Al contrario que yo, iba vestida como una buena señorita de nuestra clase. Su vestido era idéntico al pastelillo de fresa que se estaba comiendo—. ¿Te encuentras bien?

Me encogí de hombros, un gesto que la tía Hester odiaba, y decidí ahogar mis pensamientos en los tres pasteles que me coloqué sobre el plato.

El abuelo Jones soltó una risita y colocó algo pequeño y rectangular en mi falda. Era un sobre cerrado y en él podía leerse con una caligrafía elegante mi nombre escrito.

—Un regalo para animar a la bruja buena —dijo, volviendo a su merengue destrozado—. Lo he robado de la bandeja de correo.

Debería decirle que no podía hacer esas cosas, pero no pude evitar sonreírle y darle un beso en la mejilla.

—¿Qué es eso? —preguntó Kate, inclinándose en mi dirección.

Abrí el sobre y saqué una pequeña nota escrita a mano. La leí con rapidez, mientras mi corazón aceleraba su ritmo en el interior de mi pecho apretado por el corsé. Tuve que hacerlo un par de veces antes de dejarla sobre la mesa.

Lord Andrei Báthory solicita el placer de la compañía de la señorita Kyteler y la familia Saint Germain el miércoles 22 de octubre, durante la hora del té.

Eso era dentro de dos días, pero no sabía si el miércoles a esa hora podría escaparme de casa porque, si tenía algo claro era que, aunque estaban invitados, mis tíos no podían acudir a semejante reunión. La tía Hester perdería la cabeza si se enteraba de que un Sangre Roja extranjero conocía nuestro secreto.

No.

Agradecía mucho a Andrei la invitación que seguía el decoro y las normas, pero yo no podía permitírmelas. No después de lo que había ocurrido.

—Abuelo Jones, ¿te gustaría dar un paseo? —pregunté, con los ojos clavados en la dirección anexa que había apuntada en la tarjeta.

—¡Mataría por salir de esta mansión encantada! —contestó él, dando un puñetazo a la mesa que hizo retemblar toda la vajilla.

—Maravilloso —dije, sin aclararle por décima vez que nuestra casa no estaba encantada. Levanté la vista hacia mis primos, los dos tenían el ceño fruncido—. ¿Nos acompañáis?

—Mi institutriz no llegará hasta la tarde —dijo mi prima, pletórica, volviendo a dar otro mordisco a su pastel.

—Me gustaría, porque tengo la sensación de que vas a hacer de todo, excepto dar un paseo. Pero tengo que acudir sin remedio a la Torre de Londres, necesito estudiar para el ingreso en el Aquelarre. Voy muy retrasado y el examen será a final de año. Pero por los Siete Infiernos, Eliza —refunfuñó Liroy, lanzándome una mirada exasperada—. ¿Qué vas a hacer ahora?

Kate me miró de soslayo, con una mezcla de preocupación y diversión en sus ojos claros, mientras yo me limitaba a sonreír como uno de esos ángeles de escayola a los que mi tía había ordenado que arrancaran las alas.

—Solo dar un largo paseo por Hyde Park.

—Esto no es Hyde Park —suspiró Kate, ladeando la cabeza frente al edificio en el que nos habíamos detenido—. Ni siquiera estamos en un barrio que mi madre aprobaría.

—Si fuera por la tía Hester, no podríamos visitar otra cosa que no fuera Mayfair, Berkeley o Belgravia. Tranquila, no estamos en el East End.

—A mí me gusta —comentó el abuelo Jones, desde su silla de ruedas—. Aquí no hay brujas que desean mi muerte.

—¿Ves? Al abuelo Jones le gusta. —Y la verdad era que a mí, también.

Habíamos tardado algo más de cuarenta minutos en llegar hasta aquí. Obviamente, si hubiésemos empujado sin más la silla de ruedas, habríamos tardado el doble, pero Liroy aceptó encantarla antes de que saliéramos de casa, así que ahora, entre mis dedos, no era más pesada que un libro.

Trece, que simulaba ser un gato callejero (aunque uno muy bien alimentado) caminaba unos pasos por delante de nosotras. Giró su cabeza peluda para mirarme y susurró en mi cabeza: *No parece un lugar donde viva un noble.*

Levanté los ojos y observé la puerta cerrada del edificio que se encontraba frente a mí. No se asemejaba en nada a las mansiones que estaba acostumbrada a visitar y a ver. Era un edificio de apenas dos plantas, de ladrillo encarnado. La madera pintada de las ventanas estaba un poco astillada y a la campanilla que colgaba junto a la puerta le hacía falta un buen lustre. Estábamos en Seven Dials, un barrio que jamás había pisado. Aunque parecía un lugar de clase media, despertábamos muchas miradas con nuestras faldas opulentas. Sobre todo, la de Kate, que parecía contener todo el jardín botánico entre los volantes.

—No sé si esto es buena idea —susurró ella, con los ojos clavados en los peatones—. Si nos llega a ver alguien…

—No creo que los amigos de la tía Hester se muevan mucho por aquí —contesté, después de echar un vistazo a mi alrededor—. Además, el abuelo Jones es nuestra carabina. Estoy segura de que protegerá nuestra virtud.

—Paparruchas —gruñó él.

—En eso estamos de acuerdo —contesté yo, antes de tirar de la campanilla.

Durante un instante no escuchamos nada y, conforme los segundos pasaban, me pregunté si había sido un error venir hasta aquí. Al fin y al cabo, podía ser que Andrei no estuviera en casa. Pero entonces, escuché que unos pasos se acercaban a la puerta principal.

El pomo se movió y la puerta de madera se abrió con cierta brusquedad. Andrei Báthory apareció despeinado, con una camisa medio desabrochada y un chaleco abierto. Por supuesto, no llevaba pañuelo ni pajarita.

Sus ojos se abrieron de golpe.

—¡Eliz…! —Sus ojos se desviaron hacia Kate, que esperaba junto a la puerta con la mirada gacha, y el abuelo Jones, que le dedicó una sonrisa tan enorme que Andrei dio un paso atrás. Carraspeó más de lo necesario—. Señorita Kyteler.

—Buenos días —dije, empujando la silla de ruedas hacia el interior de la vivienda, sin esperar a que nos invitara a entrar. Lo obligué a echarse a un lado.

—¿Qué… qué está haciendo…? —Sus ojos se abrieron todavía más cuando Trece entró detrás de Kate.

—Sé que me había invitado el miércoles, no hoy, pero me temo que ese día no me venía nada bien. Sobre todo, teniendo en cuenta que mis tíos estarían disponibles. ¿Puede recibirme ahora?

Tampoco le estaba dando muchas alternativas. Él frunció un poco las cejas, sus ojos se deslizaron por la palma de mi mano, que descansaba en el manillar de la silla de ruedas. Aunque llevaba los guantes puestos, en mi piel todavía era visible la cicatriz de la herida que me había hecho con el abrecartas de la biblioteca.

Tras vacilar un momento, Andrei extendió la mano hacia un pequeño salón contiguo mientras que, con la otra, intentaba ordenarse un poco el pelo. No lo consiguió. Su flequillo rebelde siguió cayendo entre sus ojos.

Miré a mi alrededor sin disimulo, mientras Trece tomaba asiento en el mejor sofá. No parecía el hogar de un noble. Había estado en varios y, por lo que había escuchado, además, Andrei Báthory vivía en Hungría en un maldito castillo. Este hogar pertenecía a alguien acomodado, pero poco más. El papel pintado de las paredes era bonito, pero viejo. Los candelabros eran pequeños y la chimenea, que estaba apagada, tenía cenizas en su interior.

Había estanterías llenas de libros, atisbé títulos como *La piedra lunar* y *La dama de blanco*, de Wilkie Collins, o *Las flores del mal*, de Charles Baudelaire. Cubriendo las paredes, pude ver algunos cuadros al óleo, que mostraban paisajes verdes y sombríos. El único retrato que había se encontraba sobre la chimenea. Mostraba a una joven hermosa, algo mayor que yo, que sonreía con tristeza. Llevaba un vestido celeste, con una falda demasiado amplia como para estar a la moda.

—¿Y el servicio? —pregunté, mientras tomaba asiento.

—Haciendo recados. No disponemos de mucho personal —se excusó él. No se me escapó el plural.

Entre el sofá y los sillones había una mesa baja, de hierro oscuro y mármol. Sobre ella reposaban varios libros abiertos, un tintero, una pluma y varias hojas manuscritas. Andrei prácticamente se abalanzó sobre todo ello. Sin embargo, pude agarrar a tiempo un libro antes de que lo cerrase como los demás. En la página abierta se mostraba un cuadro.

—*Brujas yendo al Sabbath* —leí en voz alta. Kate, al instante, se sobresaltó y se volvió con brusquedad hacia mí. Andrei me observó con los labios apretados, con las páginas manuscritas y los libros bien sujetos entre sus brazos—. Es bonito. Y mira, hasta sales tú, Trece —añadí, señalando el gato erizado que se encontraba sobre la espalda de una vieja bruja—. Si le interesa saberlo, no solemos acudir desnudos a nuestras reuniones en el Aquelarre. Nos moriríamos de frío.

—¡Eliza! —exclamó Kate, horrorizada.

—Oh, es cierto, no os he presentado. —Con un suspiro, dejé el libro abierto sobre la mesa de té—. Señor Báthory, esta es mi prima Kate, un año menor que yo. Por suerte, todavía no ha sido presentada en sociedad. —Ella inclinó la cabeza, incapaz de esbozar una sonrisa, mientras él correspondía al gesto—. Ya veo que ha estado informándose sobre nuestro... *mundo*.

Andrei frunció el ceño y se sentó en el sillón que se encontraba frente a nosotras, dejó los libros y los papeles en un extremo de la mesa, creando una alta columna. No había disculpa en sus ojos cuando me miró.

—Después de lo que vi, necesitaba respuestas.

—¿A qué se refiere? —susurró Kate, enervada, paseando la mirada de él a mí. Una llama de pánico ondeaba en sus ojos claros—. ¿De qué está hablando, Eliza?

—¿Recuerdas el incidente que nombró ayer Matthew Bishop? ¿El de la semana pasada? Yo estuve en él. Y no, no lo provoqué *yo*, antes de que preguntes. Al menos, no todo.

—Por los Siete Infiernos, Eliza —musitó mi prima, boquiabierta.

—Fue culpa de David Tennyson. Con un par de amigos suyos, decidió buscar al señor Báthory para... hacerle daño. No quería asustarlo, sin más. Quería verlo sangrar —dije, con los dientes apretados, recordando la maldición que había flotado en el aire durante un instante.

—¿Por qué? —preguntó Kate, confundida.

Las palabras se me enredaron en la boca y mi mirada se desvió hacia Andrei, que esperaba mi respuesta. Sus ojos me sondearon con intensidad y me vi reflejada en ellos tan vulnerable como lo vi a él la primera vez que mis ojos lo encontraron en la mansión de los Holford.

«La otra noche la vi disfrutar de un baile junto a ese patético Sangre Roja».

«Bailaría con él mil veces antes de dar otro paso más a su lado».

—Por un comentario sin importancia —repliqué, apartando la vista—. No a todos los Sangre Negra les gusta esconder su poder.

—Eliza —saltó Kate, levantando un poco la voz—. Recuerda frente a quién estás...

—Él lo sabe.

—¿Qué? —jadeó mi prima; se llevó las manos enguantadas a los labios.

—Pobre chico —comentó el abuelo Jones, sacudiendo la cabeza—. Ya está condenado.

—No se lo he dicho a nadie —replicó Andrei con rapidez—. Creo adivinar lo que implicaría para ustedes… y para mí. —Estuve a punto de asentir, pero lo que él dijo a continuación interrumpió el movimiento en seco—. Aunque sé que no soy el único miembro de mi familia que lo sabe.

—¿Cómo? —Esta vez fui yo quien boqueé.

—Realmente… no he sido sincero del todo con usted —dijo, mientras se pasaba la mano por la cabeza, revolviéndose aún más su pelo rubio oscuro—. Pero no estuve seguro hasta el otro día.

—¿Seguro? —susurré—. ¿Seguro de qué?

—La mujer del cuadro era mi madre. Este es el hogar donde se crio, y ahora pertenece a mi tío. Su nombre es Walter Andrews.

Mi prima y yo intercambiamos una larga mirada mientras Trece, junto a mí, dejaba escapar lo que parecía un largo silbido. El abuelo Jones ni siquiera levantó la mirada, había empezado a dar palmas suaves mientras tarareaba una canción infantil.

—¿El inspector Andrews es su tío? —murmuró Kate, con lentitud.

Los ojos de Andrei se clavaron en mí cuando respondió.

—*Igen* —asintió—. No es la primera vez que visito Londres. Hace muchos años, cuando solo era un niño y mi madre acababa de morir, mi padre me envió aquí. Supongo que… no podía verme por entonces, me parecía demasiado a ella. O eso es lo que decían.

Desvié los ojos hacia el cuadro de la chimenea. No sabía realmente si el retrato era certero, pero ahora que me fijaba, sí encontraba bastante parecido entre el pelo rubio de la mujer y el de

Andrei, y sus ojos grandes y oscuros, extrañamente vulnerables. Sin embargo, la chispa de tristeza que podía intuirse en esas pupilas de óleo era tensión en las del joven.

—Fui un chico complicado en esa época. No entendía qué había ocurrido —continuó, con la vista clavada en la pintura—. A veces me escapaba de casa. Volvía locos a mis tíos. En una de mis excursiones llegué al cementerio de Highgate. Había anochecido y estaba cerrado, pero escuché… ruidos. Gritos, más bien.

Trece se irguió con rapidez y dejó de tener interés en lo limpia que estaba quedando su pata izquierda. Sus ojos amarillos se clavaron en Andrei.

—No estaba muy asustado. A mi madre siempre le había gustado hacer sesiones de espiritismo y en mi tierra cuentan historias sobre criaturas mucho peores que los fantasmas —añadió, con el ceño fruncido—. Así que salté el muro y me adentré en el cementerio. Los gritos me llevaron hasta las catacumbas y allí, entre varios nichos destrozados, vi algo. No lo recuerdo bien, todo estaba demasiado oscuro, pero a la vez era demasiado claro. Había rayos, como si una tormenta estallase bajo el suelo de Highgate, palabras pronunciadas en un idioma que no conocía, dibujos extraños, sangre, muchísima sangre y… una niña en mitad de todo ese caos. En el centro de un extraño círculo lleno de símbolos de sangre y huesos y palabras que desconocía.

Un escalofrío me recorrió con lentitud la columna y me sacudió con cada centímetro que ascendía hasta mi cuello. A Trece se le había erizado el pelo del lomo y Kate observaba a Andrei boquiabierta, sin emitir ningún solo sonido.

—Salí corriendo. Sabía que esa niña estaba en peligro, así que volví a casa y avisé a mi tío. No me dejó acompañarlo a Highgate. Tardó mucho en volver —añadió; lanzó una mirada desolada a sus páginas manuscritas—. Pero cuando lo hizo, llevaba a esa niña en los brazos. Me dijo que no le contara a nadie lo que había visto, lo que había encontrado. Pensó que podía ser peligroso para mí, él quiso cargar con toda la responsabilidad.

«Me sorprende que no lo recuerdes, Eliza».

«¿Recordar? ¿Por qué iba a recordarlo?».

«Porque fue quien te encontró el día que tus padres murieron».

Pero no había sido el inspector Andrews, me había encontrado un niño desobediente que había escapado de casa. Que un Sangre Roja engañara al Aquelarre y a toda la comunidad de los Sangre Negra me hizo esbozar una pequeña sonrisa.

—Así que sí, la otra noche no fue la única vez que presencié magia —dijo Andrei mientras se recostaba sobre el sofá—. Esa palabra que dijo ese joven, el mismo que me atacó, en un idioma extraño... la llamaste *maldición*. —Yo asentí, ignorando la mirada de advertencia de mi prima Kate—. El día que encontré a esa niña, escuché muchas palabras parecidas en las catacumbas.

El inspector Andrews no había sido el único que había ocultado un secreto al Aquelarre, también lo había hecho con su propio sobrino. Andrei no tenía ni idea de que esa niña a la que había encontrado era yo.

Quizás, aparte de Aleister Vale, él había sido el último en ver a mis padres con vida.

—Hay una canción infantil de los Sangre Negra que no solo habla de las maldiciones, también de todo lo que podemos hacer... y de todo lo que no —continué, con los ojos fijos en Andrei. Así no tenía que ver cómo mi prima negaba con la cabeza sin cesar.

Cinco puntas tiene la magia,
como una estrella maldita.
Una para las maldiciones.
Otra para los hechizos.
Una tercera para la alquimia.

Una cuarta para los encantamientos
y una última para las invocaciones.

Cinco puntas tiene la magia,
afiladas como puñales.
Que dañan y nos hacen daño,
que nunca deben cruzarse,
si no quieres que el fuego te alcance.

Andrei abrió la boca de par en par, incapaz de pronunciar palabra.

—Es ridículo que sigamos con esto —exclamó Kate. De golpe había alzado la voz—. Con todos mis respetos, señor Báthory, usted no debe estar al corriente de semejante información. Si el Aquelarre nos descubre… Ayer mismo viste a los Desterrados, Eliza. Nosotras podríamos convertirnos en ellos, y no hace falta que te recuerde lo que últimamente está ocurriendo con los que antes formaban parte de la sociedad de los Sangre Negra, ¿verdad?

—Pero nadie sabrá nada porque ninguno hablará, ¿verdad? —contesté mientras miraba a mi prima con fijeza.

—Yo prometo no decir nada —dijo el abuelo Jones, guiñándome un ojo—. Soy más discreto que una tumba —añadió, y empezó a reírse en voz alta, como si disfrutase de una especie de broma secreta.

—El señor Báthory abandonará Londres cuando finalice este mes —añadí, alzando la voz por encima de las carcajadas. Lo miré de soslayo y él tardó más de lo necesario en asentir—. Y dado que odia los bailes y las reuniones sociales, y Londres es famoso por ello, imagino que tardará mucho en visitarnos de nuevo, ¿no es así, señor?

Andrei apretó la mandíbula y desvió la mirada hacia el cuadro de su madre, que nos observaba a todos con su triste sonrisa. No contestó, se limitó a sacudir la cabeza.

—Imagino que la magia le causa fascinación, pero por su bien, sería mejor que dejase de espiar bajo ventanas abiertas y leer libros que no cuentan más que mentiras sobre nosotros —dije, antes de esbozar una pequeña sonrisa que me produjo una punzada en el estómago—. Un Sangre Negra ya ha intentado matarlo, no se busque más problemas.

Me levanté del sofá. Kate me imitó de inmediato, pero Andrei tardó un par de segundos más en moverse, como si no entendiera que la visita había llegado a su fin. El abuelo Jones soltó un suspiro triste.

—Ha sido un placer conocerlo —dije, con la voz arañando mi garganta. Hice una rápida reverencia, sin mirarlo a los ojos—. Siento mucho haberlo hecho bailar aquella noche.

—*Nekem is öröm volt*—contestó él y, antes de que pudiese preguntarle qué significaba, añadió—: Lo cierto es que el baile no fue tan horrible.

Esbozó una pequeña sonrisa.

La primera.

Kate quería marcharse lo antes posible. Le dedicó una reverencia más cuidada que la mía y siguió a Andrei hasta la entrada de su hogar, impaciente. Trece, que caminaba muy cerca de mi falda, no apartaba sus ojos amarillos de mi tensa expresión.

Andrei apoyó la mano en el picaporte, pero no abrió. Sus ojos oscuros se quedaron atascados durante un instante en los míos y pareció a punto de decir algo más, pero entonces, el picaporte se movió solo, como empujado por un hechizo, y la puerta se abrió con cierta brusquedad y nos obligó a apartarnos.

Tras ella, estaba el inspector Andrews. De su brazo sujeta, había una mujer de su edad, con un cabello que comenzaba a encanecer, vestida con ropas sencillas. Su esposa, imaginé.

Los siete, contando a Trece, nos quedamos paralizados, observándonos unos a otros. El único que parecía tranquilo era el abuelo

Jones, que había comenzado a tararear la canción que yo había recitado minutos antes.

—*Cinco puntas tiene la magia, como una estrella maldita. Una para...*

—Señores... —Kate bajó la cabeza a modo de saludo y empujó la silla de ruedas hacia el exterior, con prisa. Mi Centinela la siguió, medio oculto por su falda.

Les dediqué una rápida reverencia al señor y a la señora Andrews y me quedé durante un instante más en el recibidor. Y, de pronto, como si me llevara por una pulsión mágica inconsciente, que no podía controlar, me volví hacia Andrei Báthory y lo miré por última vez antes de abandonar la vivienda. Mi voz fue un susurro:

—Yo soy la niña que encontraste en las catacumbas de Highgate. —Sus ojos se abrieron de par en par, pero solo me permití mirarlos un segundo—. Buen viaje de vuelta a Hungría.

15

UNA NOCHE EN LA ÓPERA

El 21 de octubre amaneció gris y oscuro, y no solo por la niebla que flotaba en el exterior, tan densa que obligaba a caminar con los brazos extendidos.

—¿Otro asesinato? —pregunté, con voz rota, sentándome junto a Kate, que también acababa de bajar de su dormitorio.

Ella, a mi lado, se tensó cuando desvió la vista hacia el periódico que sostenía Liroy.

—No sé si es algo peor o mejor —musitó mi primo, con el ceño fruncido.

Se inclinó para pasarnos los papeles, pero el carraspeo de mi tía lo detuvo a medio camino, sobre la tetera que humeaba.

—No es adecuado que jóvenes de su edad…

—Déjalo estar por una vez, Hester —suspiró mi tío Horace mientras apartaba el plato de sí. Apenas había tocado la comida—. Ellas también merecen estar informadas.

Liroy me entregó el periódico y yo lo extendí frente a nosotras. Una fotografía de una carta manuscrita ocupaba la primera plana. Era una caligrafía tosca, varias manchas de tinta emborronaban algunas palabras, pero el mensaje era claro.

Mientras leía, el hambre que me azotaba el estómago fue desapareciendo poco a poco.

Querido señor:

Espero que esté disfrutando de los últimos acontecimientos, dado que llenan las páginas de su periódico. Supongo que esta misiva hará que muchos se detengan en un puesto y gasten unos pocos peniques a su salud y a la mía.

He escuchado muchos rumores sobre quién podría ser, incluso de si soy el mismísimo Jack el Destripador, que ha vuelto tras un largo descanso. No, no lo soy. Para mí, Jacky solo es como un tío muy querido del que tengo mucho que aprender.

No les daré mi nombre, nadie necesita saberlo. Solo espero que se sienta admirado por mis obras. Esté tranquilo, todavía quedan más.

Suyo afectuosamente,

El Forense

Se produjo un minuto de completo silencio.

—Entonces, ¿es una especie de imitador? —farfulló Kate, pálida. Había apartado la vista del periódico—. ¿Un Sangre Roja?

—Quizás —murmuró Liroy, antes de dar un golpe contra la mesa. No fue lo único que tembló. Como si un fuerte viento las agitara, las cortinas se sacudieron—. No entiendo por qué el Aquelarre no se ha enterado antes de que publicaran una carta así. Esto creará pánico.

—Quizás los medios quieran hacer las cosas diferentes esta vez —suspiró el tío Horace. Se pasó las manos por su pelo castaño—. Todo lo que se hizo para capturar a ese… Destripador, no sirvió de nada. Si realmente se trata de un seguidor…

—Pero ¿y los órganos? ¿Por qué sustraer órganos? —musité, con los ojos todavía clavados en la letra manuscrita.

—Quizás sea solo casualidad —contestó Kate, casi para sí.

—Iré a la Torre de Londres —anunció Liroy, levantándose súbitamente—. Intentaré enterarme de algo.

—Deberías centrarte en tus estudios —replicó la tía Hester. Tenía el ceño fruncido por el enojo—. El examen será dentro de poco. Tienes que estar preparado. La señorita Holford…

—Conozco a Serena —contestó Liroy. Me percaté de cómo la llamaba por su nombre, y no por el apellido—. Conozco muy bien a mi rival; sé lo que tengo que hacer.

No dio tiempo a nadie para que le contestara. Nos dedicó una seca inclinación de cabeza y salió a paso rápido del salón. Ni siquiera le dio tiempo a George a que le abriera la puerta.

—Lo que está claro es que no parece tener intención de parar —murmuré, dejando el periódico a un lado.

—Siento pena por esas pobres Desterradas —añadió Kate, mientras negaba con la cabeza—. Espero, de verdad, que no hayan podido leer el periódico.

Sabía que eso era imposible. Era algo tan sensacionalista, que la primera plana que tenía frente a mí estaría ahora en todos los hogares, desde el más rico hasta el más pobre. Incluso todos aquellos que no supieran leer sostendrían esa carta frente a sus ojos, verían las letras alargadas y retorcidas. No había forma de que los Desterrados no se enterasen.

—Ahora solo nos queda esperar y protegernos —dijo mi tío Horace, que había recuperado la fuerza en su voz—. Estos eventos tan desafortunados han sucedido muy cercanos en el tiempo. Las autoridades estarán más atentas que nunca, incluso las de los Sangre Roja.

Cerré los ojos, recordando a la señora Williams y sus palabras frente al Aquelarre, a la joven desconocida de largo pelo rojo, que miró hacia nosotros una última vez, pidiendo una ayuda que no había llegado todavía y que dudaba mucho que llegara jamás.

No fue la única noticia que llenó las portadas esa semana. Días después, otra noticia fue la conversación durante el desayuno: habían arrestado a Thomas Bond, un médico forense que había sido el encargado de realizar algunas de las autopsias de las víctimas de Jack el Destripador, años antes.

Se decía que, tras haber trabajado con los cadáveres, había perdido la cabeza y había comenzado a sentir fascinación por el trabajo del asesino en serie. Al parecer, lo habían encarcelado y esperaba ser juzgado. A pesar de que para muchos era una buena noticia, el acusado aseguraba que no era culpable. Y no sería la primera vez que, llevándose por el sensacionalismo y la urgencia, se encarcelara a un inocente.

Yo creía lo mismo. Había estado en la Academia mientras habían asesinado a esas pobres mujeres en Whitechapel, pero supe que había habido decenas y decenas de arrestos, sin éxito ninguno. Muchos decían que el asesino se había suicidado; algunos, que pertenecía a la realeza y que eso lo hacía intocable; otros, que había huido a América. A los sospechosos fueron dejándolos libres poco a poco, hasta que, de pronto, después de su asesinato más cruel, ese hombre alto que siempre vestía con una gabardina desapareció de golpe, se fundió con la nada de la forma en que la niebla lo hace con las calles sin asfaltar de los barrios bajos.

Sin embargo, en esta ocasión, la semana terminó sin otra muerte violenta. Y la siguiente, igual. Poco a poco, esa renuencia de considerar a Thomas Bond como un inocente fue desapareciendo.

Pronto, se dejó de oír noticias sobre ese asesino de Desterrados y yo volví a ser esa *bruja* que iba de vals en vals, en busca de un pretendiente que nunca deseaba. No volví a ver a Andrei Báthory. Tampoco lo esperaba, en realidad. Pero a veces me quedaba mirando a ningún lugar, e intentaba recordar los momentos posteriores al secuestro de Aleister Vale, cuando Trece se convirtió en mi Centinela y me salvó la vida. No recordaba a ningún niño mientras yo yacía en mitad de un círculo de sangre, mientras mis padres y su antiguo amigo luchaban a muerte. No obstante, podía imaginarlo escondido tras los restos de algún sepulcro hecho pedazos por la pelea. Algo mayor que yo, con el pelo rubio oscuro revuelto, sus ojos tan abiertos como cuando dejé de ser invisible frente a él, los dientes y las manos apretadas.

A veces me maldecía por haberle confesado que esa niña que había encontrado había sido yo. ¿Para qué diablos se lo había dicho? ¿Qué quería conseguir con ello?

Estaba pensado en la última mirada que me había dirigido cuando Anne llamó a la puerta del dormitorio, recordándome que mis tíos me esperaban.

Regresé a la realidad con un suspiro. Era 31 de octubre, el día de los Sangre Negra y de la magia, y mi tía Hester había decidido acudir a la ópera para celebrarlo. La obra que representarían esa noche no podía ser más adecuada: *Don Giovanni*.

Por desgracia, no solo Kate se quedaría en casa. Mientras bajaba la escalera, mis ojos fulminaron a Liroy, que se encontraba junto a mis tíos con ropa cómoda, de estar en casa. Mi prima se había acostado hacía poco.

—No puedo creer que me abandones —le susurré, mientras me estiraba para darle de mala gana un beso en la mejilla.

—Llevo todo el día estudiando y necesito dormir —contestó, fingiendo un bostezo—. Estoy muy cansado.

—Liroy Saint Germain nunca está muy cansado cuando cae la noche —resoplé mientras le daba la espalda.

—Disfruta de la ópera, prima. —Me giré para dedicarle una nueva mirada enfadada, pero él se limitó a guiñarme el ojo—. Hoy estás particularmente preciosa. Espero que los parloteos de los pretendientes te dejen escuchar al tenor.

Le hubiese lanzado un hechizo si George no hubiese estado con la puerta abierta, y nuestro cochero, en la entrada, esperando para ayudarnos a subir a nuestro carruaje.

Lo cierto era que el vestido me gustaba. Era uno de los pocos cuyo diseño había elegido yo, aunque mi tía Hester había insistido en añadirle una cola que recordaba al polisón que había dejado de estar de moda y que mi tía aún adoraba. Era de terciopelo negro, el cuello y las mangas eran de un dorado que resplandecía bajo las lámparas de gas del recibidor, y los detalles de color oro cubrían el vestido desde el bajo de la falda hasta el pecho, creando unas enredaderas de flores y hojas que me envolvían la cintura. Por primera vez en un acto público, no parecía un maldito pastel.

El murciélago Centinela de la tía Hester se quedó en el umbral, aleteando entre las sombras, pero yo sabía que Trece estaba en algún lugar del exterior, vigilándonos con sus ojos dorados, listo para seguir el rumbo.

El cochero y el tío Horace nos ayudaron a subir a la tía Hester y a mí tras varios intentos por culpa de las amplias faldas, pero cuando por fin agitó el látigo y las ruedas comenzaron a rodar, aceleró y nos deslizamos por las calles de un Londres que estaba a punto de sumergirse en el mes de noviembre. El cielo estaba encapotado, no se veía ni una sola estrella, y en el viento frío comenzaba a flotar el inconfundible olor de las chimeneas.

El paseo duró unos veinte minutos. Yo miraba por la ventana, observaba los atuendos elegantes que llevaban las mujeres, las joyas que resplandecían bajo las lámparas de gas. Tras los cristales de las grandes casas se escuchaba música y se veía una mezcla de faldas de terciopelo, hermosos tocados y levitas oscuras.

Aparté la vista con un resoplido y me pregunté qué estaría haciendo la señora Williams y el resto de Desterrados que vi en la reunión del Aquelarre. Desde luego, no estarían yendo a la maldita ópera a escuchar al maldito *Don Giovanni*.

El carruaje se detuvo frente a las innumerables puertas del Teatro Real. Decenas de luces alumbraban las columnas blancas y las inmensas cristaleras. El vidrio espejado hacía brillar el gigantesco edificio en la oscuridad, convirtiendo los edificios adyacentes en sombras oscuras y cenicientas.

—Hemos llegado en el momento oportuno —canturreó la tía Hester, cuando el cochero detuvo el vehículo junto a las puertas principales.

Eso significaba que habíamos llegado cuando caminar era una tarea imposible. Acababan de abrir las puertas y apenas habían comenzado a entrar las primeras personas. Con evidente regocijo, la tía Hester sonrió cuando bajó del carruaje y decenas de ojos se clavaron en la tela brillante de su falda y en la piel de armiño que le cubría los hombros. Yo, sin embargo, contuve un bufido y tuve buen cuidado en clavar solo la vista en los pequeños escalones del carruaje para no acabar con la cara pegada a los adoquines.

Solo cuando nos acercamos a la entrada, alcé los ojos para buscar a Trece. Sabía que, de una forma u otra, nos habría seguido. Se me escapó una sonrisa cuando me pareció ver una cola negra colándose por el resquicio de una ventana entreabierta.

Por suerte para mí y para desgracia de mis tíos, no parecían encontrar a ninguno de sus amigos. Intercambiaron un par de saludos aquí y allá, pero no tuvieron más remedio que adentrarse en el edificio tras estar un par de minutos escudriñando con incomodidad su alrededor.

El interior del Teatro Real era tan magnífico como su exterior. Todo era de un dorado cegador. Las arañas que colgaban del techo, los apliques de las paredes, las amplias cortinas de terciopelo. Era tan suntuoso que hasta mareaba.

Un acomodador se acercó a nosotros y nos llevó hasta el palco de butacas. Estábamos en una de las primeras filas y, aunque todo estaba lleno, a mi lado había dos butacas sin ocupar. Alcé la mirada al techo, observando las ornamentadas molduras doradas, el dibujo que creaban. Casi parecía un círculo de invocación.

Pocos minutos después apagaron la luz y la orquesta que se encontraba a solo un par de metros de nosotros tocó su primer acorde. Fue oscuro, prolongado y reverberó en el interior de todo el Teatro Real.

Las dos butacas seguían vacías a mi lado.

Cuando la obertura de *Don Giovanni* adquirió un ritmo más acelerado, con una melodía que parecía casi alegre, escuché la voz del mismo acomodador que nos había conducido a mis tíos y a mí hasta las butacas. En este caso, acompañaba a un hombre y una mujer que se deslizaron como pudieron hasta sus asientos, susurrando disculpas.

—Qué descaro —farfulló la tía Hester, arrellanándose en su sillón.

Clavé los ojos en la orquesta mientras el hombre se sentaba a mi lado. Algo siseó y, por el rabillo del ojo, vi cómo unos zapatos relucientes se colocaban a centímetros del borde de mi falda.

—Buenas noches.

Aunque la obertura llegaba a su máximo apogeo, creciendo en acordes ascendentes, reconocí esa voz. Me giré con brusquedad y clavé los ojos en Andrei Báthory. A su lado, con los ojos centrados en el telón cerrado del Teatro, estaba la señora Andrews. Al parecer, no me había visto.

—¿Qué haces aquí? —susurré, en el preciso instante en que la obertura llegaba a su fin. No me preocupé por utilizar el grado de educación correcto. Al fin y al cabo, no era la primera vez que nos tuteábamos.

—Mi tía nunca ha estado en este teatro y es una gran admiradora de Mozart —contestó él, mientras aplaudía—. Quería regalarle dos buenos asientos.

—Deberías estar haciendo el equipaje —continué, elevando un poco la voz para que él pudiera escucharme por encima del rugido ensordecedor de las palmas—. Imagino que habrá mucho que guardar después de un *Grand Tour*.

Él se mantuvo durante un momento en silencio, mientras los aplausos disminuían y el telón del escenario comenzaba a descorrerse con lentitud, mostrando una escena oscura, en la que un hombre parecía esperar algo en la estancia de una mansión.

—He decidido prolongar mi estadía en Londres —contestó. Volvió la cabeza para mirarme. Quería preguntarle por qué, pero las palabras se me quedaron atascadas en la garganta. Él también parecía estar esperando algo, pero como yo seguía con los labios apretados, frunció el ceño y se inclinó hacia mí—. ¿Crees que podía marcharme sin más después de lo que me dijiste?

Apreté los dientes y me obligué a no mirarlo mientras le respondía. Y el no hacerlo consiguió que se me retorciera la boca del estómago.

—Tú y yo solo somos un par de conocidos que nos hemos encontrado en un par de bailes, nada más. No tenías por qué…

—¿Desconocidos? —repitió. Arqueó las cejas mientras la voz profunda de un tenor hizo eco en mis oídos. Los violines que acompañaban sus palabras y la oscuridad que reinaba en todo el patio de butacas nos ocultaba de todos—. Te conocí cuando tenía ocho años. No pude quitarme tu imagen de la cabeza en meses.

En esa ocasión sí lo miré, pero con el ceño cubriendo mis ojos. De no ser por los guantes, tendría las palmas de las manos marcadas por mis uñas

—Vaya, lo siento mucho —siseé.

—*Nem* —contestó Andrei, acercándose de pronto a mí. Mi cuerpo se congeló, o se carbonizó, no estaba del todo segura—. *Yo soy* el que lo siente mucho. Esas personas que estaban allí... eran tus padres, ¿verdad?

Aparté la vista y volví a clavarla en el escenario, aunque era incapaz de ver nada.

—Los asesinaron —murmuré.

Podía haberme preguntado más. Todos lo habían hecho. En los días posteriores a la muerte, al funeral, cuando empecé en la Academia, cuando mis tíos retomaron las fiestas tras el periodo de luto... no porque se preocuparan por mí, sino porque todo el mundo quería saber todos los detalles sobre Marcus Kyteler y Sybil Saint Germain. Aunque fuera sobre algo tan horrible como su muerte. Sin embargo, él asintió, volvió a apoyarse en el respaldo de su asiento y, tras un minuto de silencio y un carraspeo, me dijo:

—Vi la carta.

—¿La de El Forense? —susurré, aunque me hubiese encantado gritar.

—Creo que es un nombre un tanto mediocre para un asesino en serie —contestó, antes de añadir—: Mi tío la consiguió la misma mañana en que la publicaron. Estaba furioso con los periodistas. Hubo algunos detenidos, incluso.

—¿Él cree que es verdaderamente un imitador de Jack el Destripador? ¿Que solo es un Sangre Roja al que le gusta sacar órganos?

—Mi tío cree que ese Forense no es Thomas Bond. Lo encarceló un colega suyo, el antiguo encargado del caso: Edmund Reid.

—Sé quién es. —Recordé esos ojos que se habían cruzado con los míos mientras yo observaba escondida tras los barrotes de la escalera—. Interrogó a mis tíos tras el asesinato de Adam Smith.

—Le está dando muchos problemas a mi tío —murmuró él, con el ceño fruncido—. No hace más que entrometerse en la investigación.

—Siempre puedo maldecirlo. —Andrei giró la cabeza hacia mí, con los ojos muy abiertos—. Por los Siete Infiernos, es solo una broma. Nunca he pronunciado ninguna maldición.

—¿Por qué *Siete Infiernos*?

—¿Qué?

—¿Por qué *Siete Infiernos*? —repitió él, con interés. No sabía si se había dado cuenta, pero se había acercado a mí más de lo que permitía el decoro. La manga de su chaqueta estaba a un suspiro de acariciar mis guantes—. ¿Por qué no uno?

Miré durante un instante al escenario. Dos hombres se estaban batiendo en duelo. El sonido de las espadas y de sus voces volvió a ocultar mi voz.

—Para nosotros, el siete es muy importante —expliqué—. Hay gente que cree que el seis es el número maldito, el relacionado con el Diablo, pero siempre ha sido el siete. El número mágico es sagrado para muchas culturas y, recuerda, además, que es el número de los siete pecados capitales.

—El Diablo —repitió él, con voz ronca—. ¿Vosotros descendéis de él?

—No se sabe con exactitud. ¿De dónde provenís los Sangre Roja? ¿Alguien conoce la respuesta verdadera? —le pregunté con una pequeña sonrisa burlona—. La Biblia dice que vosotros descendéis de Adán y Eva. Nosotros no tenemos una Biblia, pero algunas leyendas afirman que descendemos de Adán y Lilith.

Andrei asintió. No había miedo en su rostro, solo fascinación. Y cautela.

—Entonces, si ese Forense es un Sangre Negra, ¿también matará a siete personas?

Me deslicé un poco hacia la derecha, intentando alejarme todo lo posible de mi tío Horace, aunque él estaba completamente sumergido en la ópera.

—No tiene por qué. No conozco mucho sobre maldiciones e invocaciones prohibidas, pero... sí conozco una. Una que necesitaba cadáveres, aunque desconozco el objetivo final. —Tragué saliva y clavé los ojos en el escenario, intentando alejarme todo lo posible de ese recuerdo—. Tú la viste cuando eras un niño, aunque no tenías idea de lo que veías. Esa noche en la que me encontraste me dijiste que viste un dibujo en el suelo. Era un diagrama de invocación.

—*Behívás*. Invocación—repitió él, recordando—. *Cinco puntas tiene la magia, como una estrella maldita.*

—Sí, la invocación es una de las vertientes. La mayoría de las veces lo único que invocamos son espíritus, muchas por puro entretenimiento. —Andrei cabeceó, perplejo—. Pero hubo un Sangre Negra, un antiguo amigo de mis padres... decían que era un genio. Y que estaba loco. Se llama Aleister Vale. Llegó a asesinar a muchos Sangre Roja, Sangre Negra, e incluso a demonios y Centinelas, como Trece. Si estuviste esa noche en las Catacumbas de Highgate, tuviste que verlo. Él fue quien me llevó hasta allí y asesinó a mis padres.

Andrei se tomó un tiempo para tragar saliva.

—¿Y crees que él puede ser el asesino?

—Lleva encerrado en Sacred Martyr, una cárcel especial para la gente como nosotros, desde hace casi doce años. Lo separaron de su Centinela, le arrebataron su magia...

—De? —Al ver mi cara de incomprensión, se apresuró a añadir—: ¿Pero?

Su mano había terminado rozando mi muñeca. Los guantes nos cubrían, pero yo sentí un calor extraño en el lugar en donde entrábamos en contacto. Parpadeé, intentando centrarme.

—Pero están robando los órganos que él robaba a los cadáveres. Órganos relacionados con una importante teoría que, aunque no está completa, es muy importante para la alquimia. La Teoría de los Humores. Relaciona a algunos órganos del cuerpo humano con los elementos principales de la naturaleza. Algunos Sangre Roja la conocen, se estudia en medicina. ¿Has oído hablar de ella?

Él negó y dijo:

—A la primera víctima le extrajeron el bazo, a la segunda, el hígado. ¿Cuáles son los que quedan?

—Pulmones y corazón. —No añadí que faltaba otro más; al fin y al cabo, nadie sabía de cuál se trataba. De ahí el motivo por el que la teoría llevaba incompleta siglos.

—¿Y para qué diablos necesita todos esos órganos?

—No lo sé, quizás algo relacionado con la alquimia, pero Aleister Vale era famoso por sus invocaciones. Si todo lo que está pasando tiene que ver con él, esos órganos sustraídos deben ser necesarios para conseguir algo a través de una invocación.

—¿El qué?

—No lo sé —contesté, negando con la cabeza—. Nadie sabía qué pretendía conseguir Aleister Vale con sus asesinatos y sus invocaciones. O al menos, el Aquelarre se ha encargado de que sea así.

—No es la primera vez que mencionas esa palabra. —Se detuvo un momento para pronunciarla despacio, como si quisiera grabarla a fuego en su cabeza—. *Aquelarre.*

—Es nuestro órgano de gobierno —expliqué—. Hay decenas de ramas que se encargan de diversos sectores de nuestra sociedad, pero el más importante es el que conforman los Miembros Superiores, los mejores Sangre Negra de este país. O eso se supone, al menos, porque no son elegidos mediante votos.

—*Látom.* Entiendo. —Andrei se recostó en su butaca y me dedicó una pequeña sonrisa que me pareció un espejismo, antes de añadir con cierta complicidad—: Siempre que se habla sobre puestos de gobierno y de poder, las diferencias entre culturas y países, entre vosotros y nosotros, casi desaparecen.

—Sí. Así es. —contesté, tras unos segundos, en los que las voces de un tenor y una soprano se entremezclaban en la bóveda del teatro—. Supongo que somos más parecidos de lo que creemos.

Mis ojos bajaron irremediablemente hacia nuestras manos, que se tocaban a través de los guantes. Él siguió mi mirada y sus ojos se abrieron cuando se percató de lo cerca que estábamos. Los mechones ondulados que escapaban de mi recogido estaban a punto de acariciar sus mejillas.

Debía apartarme. Debía echarme hacia atrás, fingir vergüenza y susurrar palabras de disculpa si no las susurraba él. Pero no lo hice. Y él tampoco. Sus labios se entreabrieron, quizás para decir algo, pero entonces, una salva de aplausos nos sobresaltó.

Temí que encendieran las luces, porque sentía la piel del rostro tirante y enrojecida. Sin embargo, el teatro continuó a oscuras mientras otra escena comenzaba. La música volvió a alzarse, pero yo solo sentía el silencio palpitante de Andrei.

—¿Por qué te interesan tanto esos asesinatos? —pregunté, tras varios minutos sin pronunciar palabra—. Todo lo que está ocurriendo no tiene nada que ver contigo.

—Mi madre nació en el East End —contestó, girando su cabeza en mi dirección. Noté cómo la boca se me secaba, pero continué mirando hacia el escenario—. Si su familia no hubiese sido capaz de salir de allí… quién sabe, podría haber sido esa mujer al que El Forense asesinó.

Recordé el cuadro del hogar del inspector Andrews, la joven que sonreía pero que tenía la mirada llena de tristeza. Una vulnerabilidad que había visto por primera vez en los ojos de Andrei Báthory cuando lo había conocido.

La oscuridad nos protegió durante toda la velada y, cuando se encendieron las luces en el descanso entre actos y en el fin de la función, los dos intercambiamos una reverencia rápida y empujamos a nuestros familiares en direcciones opuestas.

Mientras me deslizaba entre las filas de butacas, sentí los ojos de Andrei en el pequeño fragmento de espalda que mi vestido dejaba al aire. Me estremecí y sacudí la mano que él antes había rozado, y tuve que controlarme para no mirar hacia atrás también. Quizás era la magia que temblaba en mis venas. Quizás era solo un presentimiento. Pero estaba segura de que volvería a ver a Andrei Báthory muy pronto.

Era tarde cuando llegamos por fin a casa. Las luces de las habitaciones de Liroy y Kate estaban apagadas, y mis tíos se arrastraron somnolientos hacia su dormitorio. Yo, sin embargo, estaba extrañamente alerta, y estaba segura de que no era por el espectro de Don Giovanni. Había visto fantasmas mucho peores. Y reales, además.

Trece me esperaba a los pies de la cama. Me preguntó qué me había parecido la ópera, aunque yo sabía muy bien que me había estado observando toda la velada desde algún rincón.

Di muchas vueltas entre las sábanas hasta que me sumí en un profundo sueño oscuro donde me encontraba de nuevo en las catacumbas de Highgate. Sin embargo, en esa ocasión, era yo la que espiaba detrás de un arco de piedra mientras que era un Andrei Báthory, de niño, inconsciente o muerto, el que reposaba en mitad de un sangriento diagrama de invocación.

Me desperté sobresaltada y, aunque era temprano, supe que sería imposible volver a dormirme. Mis primos ni siquiera habían salido de su dormitorio, aunque mis tíos sí se encontraban en el pequeño salón de té, desayunando.

Supe que algo había ocurrido cuando apenas levantaron la mirada cuando entré en la estancia.

George, nuestro mayordomo, se acercó a mí y me tendió un pequeño sobre.

—Ha llegado esto a primera hora para usted, señorita Kyteler.

Sí, definitivamente había ocurrido algo. La tía Hester no me pidió que le enseñara la misiva, ni siquiera pareció interesada en ella.

El nombre de Andrei Báthory estaba escrito en la parte de atrás. El corazón me dolió cuando golpeó con fiereza mis costillas. Pero, en esta ocasión, no se trataba de ninguna invitación a tomar el té, sino de una nota apresurada escrita de su propio puño y letra.

Han encontrado muerto a Thomas Bond en su celda.
Aunque no tenía ninguna incisión, le faltaban el hígado
y el bazo.
Descubrieron su cadáver cuando un par de policías se
dirigieron a su celda para liberarlo. No era el culpable.

Al parecer, el poder del Aquelarre no había sido suficiente para que los Sangre Negra no tomaran cartas en el asunto. Le habían robado los mismos órganos que les había arrancado El Forense a sus dos primeras víctimas.

Retrocedí hasta que mi espalda se apoyó en una de las paredes del salón. Solo había una razón por la que dejasen libre a un hombre sospechoso de asesinato.

Mi tío me ha contado que ha habido otra víctima.
Esta vez han sido los pulmones.

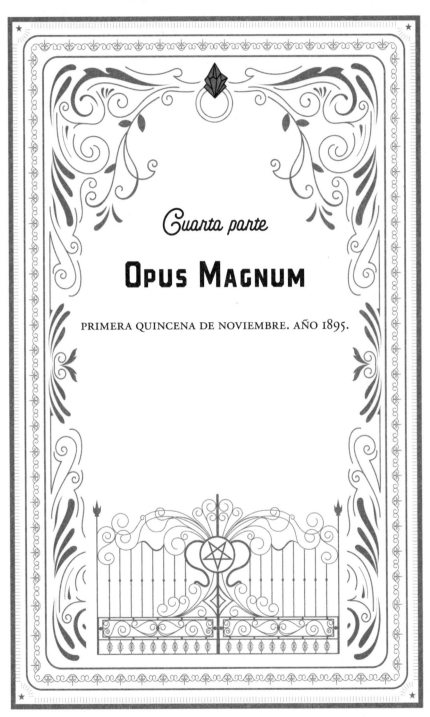

Cuarta parte

Opus Magnum

PRIMERA QUINCENA DE NOVIEMBRE. AÑO 1895.

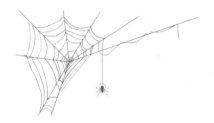

Terrenos de la Academia Covenant
Febrero, hace veintiséis años

Nos encontrábamos casi fuera de los límites de la Academia y la nieve mordía nuestras rodillas. No había nadie a nuestro alrededor. Solo el vaho que escapaba de nuestras bocas, los árboles blancos y el cadáver del cuervo que se encontraba sobre un complejo diagrama de invocación. Bajo este, Marcus había enterrado varias palomas de las que solo asomaban las cabezas grises. Eran las puntas de las estrellas de nuestro diagrama.

Cuando le pregunté a Marcus cómo había conseguido tantas palomas muertas, a él se le escapó una sonrisa y dijo: «¿Quién te ha dicho que las encontré muertas?».

Nuestros Centinelas permanecían algo más apartados, casi molestos. Al fin y al cabo, el animal que habíamos elegido para la invocación era el cuerpo que tomaban muchos demonios cuando se hacían compañeros de algún Sangre Negra. Un cuervo negro.

—Deberías hacerlo tú —dije, antes de propinarle un ligero empujón a Leo.

—¿Qué? —preguntó él con una risa nerviosa—. ¿Por qué?

—Porque eres el mejor de todos nosotros. Al menos, en términos humanos —contestó Sybil, con los ojos en blanco, como si acabase de decir una obviedad—. Siempre sufres cuando ponemos a los profesores en un apuro.

—Solo intentan hacer su trabajo. Y a vosotros os encanta hacerlos sufrir —replicó él, incómodo, aunque se echó hacia delante, cerca del cadáver del animal.

Dejó la capa a un lado y se remangó hasta el codo el jersey grueso y la camisa. Con un movimiento brusco, hundió la punta de su Anillo de Sangre en su piel y la arrastró por todo su antebrazo. Su quejido de dolor me estremeció, pero él lo soportó y tuvo buen cuidado en que su sangre cayera sobre el cuervo muerto y el diagrama dibujado en la nieve.

Cuando su herida dejó de sangrar y la última gota cayó sobre la nieve, pronunció las palabras que habíamos creado días antes. Magia nueva.

Tú, que ya no respiras ni sangras,
que ya no caminas entre los vivos.
Levántate y anda.

Al principio, no ocurrió nada. Yo estaba a punto de soltar un suspiro, decepcionado, cuando de pronto, la nieve absorbió la sangre.

Los cuatro intercambiamos una mirada en silencio.

Las cabezas de las cuatro palomas comenzaron a descomponerse. Las pequeñas plumas se deshicieron, los picos grises cayeron y desaparecieron entre los copos, los pequeños ojos sin vida se hundieron en las cuencas. Todos los tejidos degeneraron, se disolvieron, desaparecieron hasta solo dejar pequeñas calaveras.

—Por los Siete Infiernos… —jadeó Leo.

En ese momento, el cuervo se agitó. Menos Marcus, todos nos echamos ligeramente hacia atrás.

—¿Lo… lo hemos resucitado? —murmuró Sybil.

—No exactamente —contestó Marcus, con una sonrisa que era todo dientes y encías.

Fruncí el ceño y desvié la mirada del pájaro negro, cuyas plumas no tenían brillo, ni sus ojos parecían despiertos, hasta Leo, que lo observaba paralizado.

—Tus manos —musité.

Él movió los dedos, y un brillo sutil, tan delgado como un hilo, resplandeció. Pero no eran solo sus manos, de todo su cuerpo brotaban cientos, miles de hilos apenas visibles que lo unían al pájaro muerto que, sin embargo, parecía muy vivo.

—Todavía podemos mejorar el encantamiento. Podríamos conseguir que esos hilos desaparecieran —dijo Marcus. Sus pupilas estaban tan dilatadas, que apenas quedaba verde en su iris—. Ordénale algo. Lo que sea.

Leo asintió y, tras pensarlo durante un instante, murmuró:

—Vuela.

Y el cuervo lo hizo.

16

SACRED MARTYR

—Esto es una locura, Eliza. Nos descubrirán.

Sacudí la cabeza y me obligué a no mirar a la puerta cerrada de mi dormitorio. Todavía era de madrugada, el amanecer estaba lejos y mis tíos y Liroy todavía dormían. Hasta el servicio seguía en sus dependencias.

Kate era la única que podía ayudarme. Confiaba en mi primo, pero la última semana no hacía más que estudiar y acudir a la Torre de Londres, incluso a deshoras. Estaba tan ocupado con su examen del Aquelarre, y mi tía Hester lo vigilaba tanto que, si lo involucraba en esto, sabía que mis escasas posibilidades terminarían por desaparecer.

Al fin y al cabo, necesitaba ayuda. Nunca había sido capaz de crear un Homúnculo en condiciones.

—Es la única forma —repliqué, mientras desviaba los ojos hacia el caldero que burbujeaba a nuestros pies—. Tus padres nunca me autorizarían a entrar en Sacred Martyr.

—Nadie en su sano juicio lo haría.

—Kate, es el lugar más seguro de toda Inglaterra. Solo quiero hacer unas preguntas.

—Al hombre que asesinó a tus padres y que estuvo a punto de utilizarte para una invocación —remató ella, casi con ira.

Suspiré, con los ojos quietos en el líquido negro que temblaba en el interior del caldero. Sí, hasta la parte más salvaje de mí sabía que era una locura visitar a Aleister Vale, pero tenía que hacerlo. Sobre todo, después de que encontraran muerta a la señora Williams, la misma que había increpado al Aquelarre, abierta en canal, con los pulmones extirpados, en mitad de una calle solitaria de las afueras de Londres.

Después de eso, había habido otra convocatoria en la Torre de Londres en la que, esta vez, no habían acudido los Desterrados. Había sido horrible. Hubo acusaciones entre familias, culpándose por haber asesinado erróneamente a Thomas Bond, a un hombre inocente. Algunos creían que, efectivamente, El Forense era un imitador del asesino en serie más famoso de Reino Unido, otros creían que se trataba de un Sangre Roja que nos había descubierto y que deseaba atacarnos, asesinando a los eslabones más débiles de la cadena. Los Tennyson eran fervorosos defensores de esa teoría. Hablaban de caza de brujas y de venganza. Otros pensaban que era un Sangre Negra, un antiguo seguidor de Aleister Vale.

Yo no tenía ni idea de a qué grupo podía pertenecer El Forense, pero conocía a alguien que podía darme algo de información. Bueno, eso si conseguía llegar hasta la cárcel de Sacred Martyr, si me permitían verlo y si él, finalmente, deseaba hablar.

—¿Qué es lo que falta? —pregunté, desviando la vista hacia mi prima.

Kate suspiró y extrajo de una bolsa de tela una raíz gruesa y retorcida. Con el extremo, rozó el caldero y dio tres vueltas sobre él.

—Hemos utilizado el carbón, mercurio, siete gotas de tu sangre y un mechón de tu pelo. Solo falta la mandrágora.

Echó la raíz al pequeño caldero y el líquido negro se agitó una sola vez. Después, se quedó tan liso y quieto como la superficie de un charco.

—No sabía que hubieras fabricado Homúnculos antes —comenté, mientras veía cómo agitaba diestramente el contenido oscuro—. No es algo que se enseñe en la Academia.

—Tú no eres la única rebelde de la familia, querida prima. —Extrajo un pequeño vaso de cristal de la arpillera que yacía en mi cama y lo metió en el caldero, llenándolo hasta arriba. Una sonrisa incipiente asomó en sus labios—. A veces creaba uno y escapaba de clases —añadió, antes de tenderme la bebida negra. Yo la observé con las cejas arqueadas, aunque ella no añadió nada más.

Sostuve la bebida con ambas manos, mientras la saliva se espesaba en el interior de mi boca.

—¿Tengo que escupirlo? —pregunté, observando el contenido grumoso. El olor me estaba provocando náuseas.

—No, no hará falta —contestó Kate, dejando escapar una risita.

Fruncí un poco el ceño, pero de un largo trago me bebí el contenido del vaso. En cuanto la poción me quemó las papilas gustativas, me llevé las manos a la boca e intenté controlar las arcadas. No sirvió de mucho, un par de segundos después, vomité el contenido entre mis pies.

—Maldita sea —farfullé, con la frente perlada de sudor.

—No, mira. —Kate sonrió, su índice señalaba el charco negro—. Ha funcionado.

Con los ojos muy abiertos observé el contenido negro que se había negado a soportar mi estómago. Burbujeaba, se movía y, poco a poco, comenzó a levantarse del suelo. A medida que ascendía, su forma se alargó. Dos largos pegotes cayeron a ambos lados de la masa nagra y formaron unos brazos, algo similar ocurrió con las piernas. La masa negra se estiró aún más y se retorció entre sí, creando una cabeza, un cuerpo, un pelo encrespado que llegaba hasta la cintura y unos ojos, que de pronto se abrieron y me observaron.

Me acerqué al Homúnculo, dando vueltas a su alrededor. El cuerpo seguía cubierto de esa sustancia negra, pero poco a poco, esta iba cayendo al suelo y desaparecía, dejando a su paso una piel como la mía, con los mismos lunares y las mismas pecas. Cuando solo quedó un cuerpo desnudo, el Homúnculo me enfrentó, frunciendo el ceño de la misma forma en que lo hacía yo.

Era extraño, como estar delante de un espejo desobediente.

—¿Qué estás mirando? —preguntó, con la mirada entornada.

—Es perfecta —murmuré, maravillada, mientras me volvía hacia Kate. Ella observaba orgullosa su trabajo—. Tendrás que quedarte en la cama hasta que yo regrese, fingir que estás enferma.

—Menuda tortura —bufó el Homúnculo, sacudiendo la cabeza.

Kate le entregó el camisón que yo había utilizado unas pocas horas esa noche y el Homúnculo se lo pasó por la cabeza. Me dedicó una mirada de enfado, pero se fue obedientemente a la cama deshecha y se cubrió con las mantas hasta la barbilla.

Mi prima se volvió hacia mí. En el exterior, todavía estaba oscuro.

—¿Tendrás cuidado?

—No me ocurrirá nada —contesté, mientras me colocaba el Anillo de Sangre en el dedo índice—. Intentaré regresar lo antes posible.

Ella asintió y observó en silencio cómo pinchaba uno de mis dedos y extendía el fino hilo de sangre por mi frente, dibujando el símbolo alquímico del aire.

Que sea tan ligera como la brisa,
que tenga el color del viento.

Me hice invisible ante sus ojos. Ella parecía a punto de decir algo más, pero en ese momento, la puerta del dormitorio crujió, y las dos nos volvimos sobresaltadas hacia ella. El Homúnculo, sin embargo, fingió dormir sepultado entre las mantas.

Era Trece.

—Empiezo a escuchar ruidos. El personal se levantará dentro de poco. Tenemos que irnos. —Se dirigió hacia la ventana abierta del dormitorio y, antes de desaparecer por ella, dijo—: Te seguiré desde la distancia.

Asentí y le di un ligero abrazo a Kate antes de abandonar mi dormitorio a paso rápido. Mientras bajaba las escaleras a la planta baja escuché algún susurro, pero no me crucé con nadie del servicio. Tuve cuidado en abrir la puerta y salí a las frías calles de Londres, donde una neblina intensa difuminaba las farolas de gas de la plaza.

Berkeley Square debía estar vacía a estas horas, pero no era así. En el parque que se encontraba en el centro de la plaza había un par de policías. Uno de ellos llamó mi atención. Estaba apoyado en unos de los gruesos troncos y fumaba una pipa, sorbiendo el tabaco con calma. Sus ojos estaban quietos en mi dirección, en la puerta que yo acababa de abrir, pero, para sus ojos de Sangre Roja, solo habría visto cómo se había abierto y cerrado sola.

Era el inspector Edmund Reid, el mismo al que había visto hablar con mis tíos mientras estaba escondida junto a mi prima Kate en el hueco de la escalera. ¿Qué diablos hacía aquí?

No podía perder el tiempo. Aunque era muy temprano, el primer tren que salía hacia Chesterfield lo haría dentro de una hora, y yo me encontraba a casi cuarenta y cinco minutos a pie de la estación de St. Pancras. No podía arriesgarme a coger un carruaje. Una joven como yo, sola, a estas horas de la madrugada, atraería muchos rumores, sobre todo teniendo en cuenta los acontecimientos recientes.

Me arrebujé en la capa que llevaba y, sin perder más el tiempo, eché a andar en mitad de la niebla. Apenas me encontré con alguien de camino. Algunos comerciantes, que empujaban carretas repletas de sacos y cajas, algún que otro policía, pero nadie más.

Pero cuando estaba a solo unos minutos de la estación, al final de la calle Euston, que comunicaba con la calle Midland, me detuve en seco. No me lo podía creer.

Andrei Báthory. Caminaba distraídamente, con los ojos vueltos hacia las copas de los árboles, que apenas se distinguían del cielo por culpa de la densidad de la niebla. Giró la cabeza y yo di un paso atrás, hasta darme cuenta de que era imposible que pudiera verme. Seguía siendo invisible, al fin y al cabo.

Sacudí los hombros e intenté calmar mi respiración, que se había desacompasado de pronto. Con rapidez, retomé el paso, dirigiéndome directamente hacia él. Éramos los únicos en la calle desierta.

A pesar de que tenía la mirada gacha, la alcé cuando pasé por su lado. Estaba tan cerca, que la tela de su abrigo estuvo a punto de rozar mi capa. No pude evitarlo, mi cabeza regresó a ese corto instante de la ópera, en el que habíamos estado a la distancia de un susurro.

Fue un error. Debería haber estado mirando el suelo y no sus ojos oscuros. Metí de lleno la bota en un charco que se había formado entre los adoquines. El agua se agitó, hizo ruido y salpicó los bajos del pantalón de Andrei.

Estaba tan próximo a él, que vi cómo sus pupilas se dilataron justo antes de que sus dedos se aferraran a mi brazo y me acercara a él con brusquedad.

—¿Eliza? —murmuró.

Dejé escapar una exclamación ahogada que agitó su flequillo rebelde. Se tuvo que percatar de nuestra cercanía, a pesar de que no podía verme, porque se echó abruptamente hacia atrás, esta vez sin que la oscuridad de un teatro pudiese ocultar su incómodo sonrojo. Había estado tan pegado a mí, que me preguntaba si no había sentido los latidos de mi corazón contra su abrigo.

Con un movimiento rápido, pasé mi mano sin guantes por mi frente, limpiándome la sangre seca. Al instante, reaparecí frente a él.

—*Tudtam!* Lo sabía. —exclamó, sobresaltado.

—¿Sabes que podría haberse tratado de otro Sangre Negra? —le pregunté, con el ceño arrugado—. No solo yo utilizo encantamientos de invisibilidad.

—¿Qué estás haciendo aquí? —preguntó, ignorando por completo mi comentario.

—Si vas a decir que no es adecuado que una joven como yo camine sola por las calles porque corro peligro, puedes…

—Creo que, en este momento, yo estoy mucho más indefenso —contestó él, y parecía decirlo de verdad—. Pero me imagino que no querías dar simplemente un paseo. Estás lejos de Berkeley Square. —Sus ojos se movieron hacia la gigantesca estación de St. Pancras, cuyo ladrillo rojo contrastaba con el cielo tapizado en gris oscuro—. ¿A dónde te diriges?

—Eso no es de su incumbencia, *lord* Báthory —repuse, frunciendo el ceño.

Me separé con cierta brusquedad y lo esquivé, dirigiéndome hacia las puertas del enorme edificio. Sin embargo, él me siguió y se colocó delante de mí, interponiéndose en mi camino.

—Pensaba que ese paso ya lo habíamos superado, *señorita* Kyteler. Sobre todo, después de que casi me echara una maldición para que bailara con usted.

—No existe una maldición así. Además, ya te he dicho que yo jamás he pronunciado ninguna —repuse. Intenté apartarme de él, pero Andrei siguió mis pasos y volvió a colocarse delante de mí, esta vez con una expresión burlona en la cara. Por primera vez, parecía totalmente relajado. Casi divertido—. ¿Sabes que ahora mismo podría encantarte y obligarte a alejarte de mí, o simplemente hacerme invisible de nuevo?

—Pero sería aburrido —recalcó Andrei mientras extendía un poco los brazos. Desde mi perspectiva, casi parecía una invitación a un vals—. Y sé que no eres aburrida en absoluto. ¿A dónde vas, Eliza? Este paseo tiene que ver con la nota que te envié el otro día, ¿cierto?

Giré la cara, incapaz de seguir mirándolo a los ojos.

—No puedes pretender que me quede sentada, bebiendo té.

Andrei frunció el ceño y se acercó un paso más a mí. Si alguien miraba por alguna ventana y nos veía, pensaría que éramos dos enamorados que se despedían tras pasar una noche juntos. Aparté ese pensamiento con una sacudida de cabeza.

—¿Todo esto lo haces por venganza? —preguntó en un murmullo—. ¿Por lo que les hicieron a tus padres?

—Por supuesto que no —repliqué de inmediato.

—Pero crees que la persona que está detrás de todo esto es la misma que los asesinó.

Movió la cabeza calculadamente, con cuidado de que sus ojos no se separaran de los míos. Yo torcí el gesto, pero en esa ocasión no pude responder con tanta vehemencia:

—No sé si Aleister Vale es el autor, pero creo que podría proporcionar información útil.

—Me dijiste que estaba encerrado en una cárcel especial —dijo Andrei, confuso.

—Sacred Martyr. Sí, es ahí adonde me dirijo.

—*Mit?* —farfulló él, con la boca abierta de par en par—. ¿Estás loca?

—Sacred Martyr está en Chesterfield, serán unas horas en tren. Estaré de vuelta al anochecer.

—Como si estuviera a la vuelta de la maldita esquina —bufó él—. ¿Qué pretendes conseguir hablando con un asesino en serie?

Aleister Vale había sido mucho más que un asesino en serie, pero sabía que no era el mejor momento para aclararle ese punto.

—Ya te lo he dicho: información.

Me moví, decidida. Esta vez, él no se interpuso en mi camino, aunque me siguió muy de cerca.

—No sé qué clases de normas existen en tu... *sociedad*, pero estoy seguro de que no te dejarán verlo. A nadie se le ocurriría permitir...

—Lo harán —lo interrumpí, sin vacilar. Clavé mis ojos en los suyos durante un instante para dedicarle una mirada agridulce—. Soy Eliza Kyteler. Mi nombre en mi mundo, para bien o para mal, tiene unos privilegios que nadie me puede negar.

Estaba a punto de cruzar las puertas abiertas, pero entonces, los dedos de Andrei envolvieron mi muñeca, dejándome helada y clavada en el lugar.

—Entonces, te acompañaré —susurró.

—¿Qué? ¿Estás loco? Eres un Sangre Roja. No puedes entrar allí, está completamente prohibido.

—Hazme invisible, entonces.

—¡Eso es una...!

—Gran idea, sin duda —contestó una voz grave a nuestra espalda. Andrei se dio la vuelta, asustado, y dejó escapar una exclamación ahogada cuando vio a Trece sentado sobre los adoquines, moviendo su cola peluda de un lado a otro—. Me encanta dar sorpresas.

—¿Cuánto tiempo llevas ahí? —murmuró Andrei, con la voz temblorosa.

—La pregunta correcta sería: cuánto tiempo *no* lleva ahí. —Me giré hacia Trece, mientras agitaba la muñeca que Andrei había sujetado hacía apenas un instante—. No puedes estar hablando en serio. Es una locura, incluso para ti.

—El Sangre Roja podría serte de ayuda.

Y añadió, con un murmullo que resonó en el mismo centro de mi cabeza: *En ocasiones, no solo es necesaria la magia.*

No hubo problemas para comprar los billetes del tren, aunque el hombre que se encontraba en la taquilla no dejó de observarnos con el ceño fruncido.

El tren se encontraba bastante vacío. Era entre semana y el tiempo, últimamente, con sus nieblas, sus cielos nublados y su frío no invitaba a visitar al campo, así que conseguimos un compartimento en primera clase para nosotros solos. Trece nos siguió en todo momento, escondiéndose entre las faldas de las pocas mujeres que allí se encontraban y los mozos de la estación, que acarreaban grandes baúles.

El viaje duró unas dos horas. Intenté no dormirme, pero estaba cansada y el traqueteo de las vías bajo las ruedas del ferrocarril producía un continuo balanceo. Trece se durmió a mi lado, en mitad de un ronroneo suave, y yo terminé sucumbiendo al sueño mientras observaba a escondidas el perfil de Andrei, que no hacía más que mirar pensativo por la ventana.

No me desperté hasta que la locomotora a vapor no silbó, anunciando su llegada a la estación. Me sobresalté, mientras Trece se sacudía a mi lado y yo sentía cómo algo cálido y suave se resbalaba de mi cuerpo.

Conseguí sujetarlo antes de que cayera al suelo. Era un abrigo.

—Me pareció que tenías frío —dijo Andrei, cuando mi mirada se encontró con la de él.

Asentí, sin decir palabra, y le extendí la prenda para que él pudiera ponérsela.

Volver la cara no va a esconder tu sonrojo, comentó Trece en mi cabeza. *Pareces una lámpara de gas a punto de estallar.*

Cállate, siseé.

Chesterfield era un pequeño pueblo de edificios en su mayoría blancos, enmarcados con listones de madera y tejados de pizarra, que apenas resaltaban con el cielo que amenazaba lluvia. Lo que más destacaba en su centro era una iglesia de piedra parda, de vidrieras oscuras y una torre que se alzaba en espiral, muchos metros por encima del tejado más alto del pueblo.

Sin embargo, aunque era una iglesia grande para una localidad así, no podía compararse con el gigantesco edificio que se elevaba a un par de kilómetros del pueblo.

Mis ojos se abrieron de par en par mientras recorrían las altísimas torres, que casi parecían apuñalar las nubes con sus afilados acabados, la gigantesca bóveda, las finas ventanas, que apenas podrían dejar pasar la luz. Era como ver una catedral construida en distintas épocas, mezclando los elementos más famosos de cada corriente. La única diferencia con cualquier edificio religioso que hubiera visto hasta ahora era que las piedras que la construían eran completamente negras. Y que no había ninguna cruz, por supuesto.

—¿Qué estás mirando? —preguntó Andrei, con el ceño fruncido.

—Sacred Martyr. Está justo ahí —contesté, señalando al edificio con la mano enguantada.

Él dio un paso adelante, desviando los ojos de mi cara al punto que yo señalaba.

—Yo… yo solo veo un abismo. Como si el espacio entre las laderas se hubiera hundido.

—Un encantamiento para que los Sangre Roja no se acerquen —dije, desviando la mirada de nuevo hacia el edificio—. Si quieres acompañarme, tendrás que confiar en mí.

Andrei había palidecido un poco, pero asintió y no dudó ni un instante en seguirme cuando comencé a caminar. Era curioso porque, cuando salimos del pueblo, encontré un camino despejado que conducía directamente hacia las puertas de la prisión, pero Andrei no hacía más que levantar los pies y sortear cosas que yo no podía ver.

Trece soltaba unas risas oscuras de vez en cuando.

—Es como si estuvieras escogiendo el camino más complicado —gruñó Andrei.

—Es solo una ilusión —contesté.

—¿Y se supone que eso debería tranquilizarme?

Nos detuvimos unos metros más adelante. Estábamos ya cerca, podía ver las puertas principales desde donde nos encontrábamos, así que eso significaba que los guardias también podrían vernos a nosotros.

—Tengo que hacerte invisible —dije. Mis ojos se hundieron en Andrei.

Él asintió y me observó en silencio mientras apretaba mi Anillo de Sangre contra una de las yemas de mis manos. Con la sangre brotando de mi piel, me volví hacia él. Sentía los ojos burlones de Trece clavados en mi mano, que temblaba ligeramente.

—Voy a… —Pero mi voz se extinguió cuando, con la otra mano, le aparté el flequillo rubio de la frente a Andrei y comencé a dibujar el símbolo alquímico del aire en su piel.

Era extraño, porque sus pupilas se movían, como si quisieran escapar, pero siempre regresaban a mis ojos. La sentí de nuevo, esa vulnerabilidad que vi la noche en que lo conocí. Por entonces solo llamó mi atención, pero ahora sentí cómo se me escapaba el aliento.

Nunca había probado a encantar a un Sangre Roja, así que no estaba muy segura de si funcionaría. Sin embargo, cuando murmuré las palabras correctas entre susurros, vi cómo poco a poco Andrei desaparecía frente a mí, no dejando más que las huellas de su calzado marcadas en el terreno húmedo.

—*Csodálatos!* Es increíble —oí que decía, mientras su mano se apoyaba en mi hombro. Lo escuché carraspear muy cerca de mí, antes de que sus dedos me abandonaran—. Lo siento. Es… marea un poco.

—Te acostumbrarás —dije. Intenté que mi voz sonara segura—. Por ahora, mantén la vista en el frente.

No me contestó, pero sentí el sonido de sus pisadas mientras me acercaba a la prisión aparentemente sola, con Trece a mi izquierda. Sin embargo, cuando estábamos a unos cien metros, lo escuché jadear.

—¿Qué ocurre?

—Estás al borde de un precipicio —musitó, casi en un quejido.

Desvié la vista desde el lugar en donde Andrei debía estar, hasta mis botas, que pisaban terreno firme y plano.

—Es solo una ilusión —dijo Trece, avanzando hacia delante—. Ignóralo.

—No es tan fácil —replicó él, podía imaginar su ceño fruncido.

Apreté los labios y, tras dudar un instante, extendí mi mano hacia atrás, en la dirección en donde él se encontraba. En mitad del silencio me escuché tragar saliva con dificultad.

—Sujeta mi mano.

Si la tía Hester estuviera aquí, me lanzaría una mirada horrorizada. Pero su imagen desapareció de golpe de mi cabeza cuando sentí la piel fría de Andrei apretarse contra la mía. Le había ofrecido la mano sin el guante, y aunque no sabía por qué, él debía haberse quitado el suyo antes de estrechármela.

Por los Siete Infiernos, ¿cómo una simple caricia podía estar a punto de matarme?

—No me sueltes— susurró Andrei.

Su voz baja no sabía si era por el miedo o por la misma sensación que me atenazaba la garganta. Asentí y, con lentitud, comencé a andar hacia la puerta de la prisión.

No había nadie en los alrededores, solo un par de diligencias y de carruajes aparcados a un lado del edificio, aunque Andrei no parecía ser capaz de verlos. Tampoco podía ver ni una sola cara asomada a las estrechas ventanas.

—¿Cómo estás? —logré preguntar.

—Tú solo sigue caminando —respondió Andrei, sin aliento.

Para él debía ser como caminar por el aire. Sin darme cuenta, apreté con más fuerza su mano y tiré de él, acercándolo a las puertas cerradas de la prisión. Andrei tropezó y escuché el golpe que produjo su cuerpo al impactar contra la madera oscura.

Él ahogó un grito y esta vez retrocedió, sin miedo a ese abismo que él solo veía. Su mano todavía no había soltado a la mía.

—Es… parece una catedral.

Parece que hasta los encantamientos tienen sus límites con los Sangre Roja, comentó Trece.

Asentí, mientras recorría con la mirada la madera oscura, buscando algún llamador o campana. Lo único que había junto a la puerta era una pequeña placa dorada, con una manivela para hacerla a un lado. Apoyé un par de dedos sobre ella y, al instante, esta se movió, dejando un hueco redondo y profundo, del que sobresalía el extremo de una larguísima aguja.

—Tengo que ofrecer mi sangre para poder entrar —murmuré, mirando hacia atrás, donde sabía que se encontraba Andrei—. En el momento que las puertas se abran, no te separes de mí.

Él no respondió, pero dejó ir mi mano cuando yo tiré de ella y la acerqué al extremo afilado. Apreté una de las yemas y cerré los ojos ante el pinchazo de dolor.

Y entonces, las puertas comenzaron a moverse.

ALEISTER VALE

La prisión de Sacred Martyr nos dio la bienvenida con un golpe de humedad, frío y ecos entre sus altísimas paredes de piedra.

Me olvidé de cómo respirar mientras volvía la cabeza hacia arriba, observando los gigantescos candelabros que colgaban del techo, pero que no eran suficientes para iluminar la bóveda de estrella, cuyas sombras formaban dedos oscuros y gigantescos que ansiaban por alcanzarnos.

La enorme planta conformaba la figura de una cruz invertida, los capiteles mostraban figuras en altorrelieve que no eran humanas. Demonios, Sangre Negra, Sangre Roja sin cabeza o terriblemente heridos. A mi espalda, sentí cómo a Andrei se le entrecortaba la respiración.

En el otro extremo, rodeada por esas extrañas ventanas que parecían cuchilladas, se hallaba la única vidriera. Estaba conformada por vidrios de colores oscuros, que al unirse unos con otros mostraban los Siete Infiernos de los Sangre Negra, todos relacionados con los siete Pecados Capitales.

Ya no estaba sola. Delante de mí, numerosos hombres y mujeres iban de un lado a otro. Aquí no había corsés, faldas abultadas o chaqués incómodos. Los que guardaban la prisión vestían por igual, todos llevaban una túnica corta, de color negro, bien ceñida por un cinturón del que colgaban pequeños frascos. Entre ellos había tachuelas puntiagudas, manchadas de sangre. Bajo la túnica, llevaban pantalones oscuros y resistentes, bien remetidos en unas botas de cuero. En el cuello todos portaban una insignia dorada que mostraba claramente el pentáculo invertido, el símbolo de los miembros del Aquelarre.

Un carraspeo me hizo dar la vuelta. Junto a unas escaleras inmensas que se adentraban bajo tierra, había un guardia vestido de manera similar a los que ya había visto. Frunció el ceño cuando me observó de arriba abajo.

Reprimí el escalofrío que quería subir por mi espalda y me acerqué a él a pasos rápidos, rogando por que Andrei estuviera cerca de mí y no llamara la atención. Trece se colocó a mi lado y comenzó a lamerse una pata distraídamente.

—Soy Eliza Kyteler, hija de Marcus Kyteler y de Sybil Saint Germain —dije, sin más preámbulos—. Estoy aquí para visitar al reo Aleister Vale.

El joven parpadeó y se tambaleó hacia atrás, como si la información le hubiese propinado una bofetada.

—Se… señorita Kyteler, me temo que eso es imposible. El prisionero por el que pregunta no recibe visitas. Desde que ingresó, se encuentra en un régimen especial.

—Puedo hacerme la idea. Pero es de suma importancia que lo vea —contesté, con los dientes apretados. No había venido hasta aquí por nada—. *Necesito* hablar con él.

—Lo entiendo, señorita Kyteler, pero…

—No, es evidente que *no* lo entiende —lo interrumpí, alzando un poco la voz.

Algunos de los miembros del Aquelarre que se encontraban a nuestro alrededor volvieron la vista hacia nosotros, y el joven que tenía frente a mí se sonrojó con rabia.

—Si desea hablar con ese prisionero, tendrá que escribir una petición formal a los Miembros Superiores y esperar su respuesta. Ahora, tengo que pedirle que abandone el recinto de inmediato.

Trece se colocó delante de mí, con todo el pelaje erizado, mostrando unos dientes afilados que relucían bajo las luces de los candelabros. Sentí cómo los dedos invisibles de Andrei tiraban con suavidad de mi capa de viaje, pero no me amilané y separé los labios, lista para contestar, antes de que una voz conocida llegara hasta mí.

—¿Señorita Kyteler?

Me volví en redondo, con los ojos clavados en la figura delgada y nervuda que se acercaba a mí a pasos agigantados. Lo reconocí al instante. Era Francis Yale, el amigo de la tía Hester, uno de los Miembros Superiores. Las luces doradas de los candelabros iluminaban su calva incipiente y sus ojos lechosos. Su Centinela reposaba en su hombro y su cabeza no dejaba de moverse en pálpitos nerviosos.

Tragué saliva, sin saber si este encuentro me salvaría o terminaría por condenarme.

—Buenos días, señor Yale —dije, haciendo una pequeña reverencia. A mi lado, el soldado me imitó con exageración.

Francis Yale me la devolvió, dubitativo, mientras sus ojos redondos se deslizaban por mi ropa de viaje, por mis manos sin guantes en las que todavía podía verse la sangre que había tenido que donar para entrar en el edificio. Su Centinela había dejado de mover la cabeza y sus ojos redondos de paloma parecían ahora quietos en un solo punto. Tragué saliva y miré con disimulo hacia atrás, pero Andrei seguía siendo invisible.

—¿Qué está haciendo aquí? —preguntó, frunciendo el ceño—. ¿Sabe su tía…?

—Temo decirle que no sabe nada y debo suplicarle que me guarde el secreto —contesté, interrumpiéndolo. Quizás un poco de verdad podría esconder la mentira completa—. He venido aquí a ver a Aleister Vale.

—¿Sola? —dijo el hombre, cada vez más atónito.

—No he venido sola —repliqué, mientras Trece dejaba escapar un largo bufido—. Sé que puede que esto no tenga ningún sentido para usted, pero, con todo lo que está pasando, con el asesinato de esos pobres Desterrados… he recordado la muerte de mis padres, todo lo que Vale les hizo y… necesito respuestas, ahora que ya no soy una niña y puedo soportarlas.

Una sombra de comprensión cruzó el rostro de Francis Yale, pero enseguida se recompuso.

—Señorita Kyteler, puedo entender lo que…

—¿De verdad puede? —lo interrumpí. Di un paso adelante y hundí en él una mirada afilada—. Porque si hay alguien que tiene derecho a ver a ese asesino, soy yo. Él me arrebató a mis padres, estuvo a punto de acabar conmigo, y creo que me merezco saber el porqué.

Francis Yale pareció dudar, pero tras un instante que supo a años, sacudió la cabeza y me hizo un gesto con la mano para que me acercara a él.

—Venga conmigo. Apártese, guardia —añadió, con los ojos hundidos en el joven que me había detenido.

Él no tuvo más remedio que hacerlo, aunque me dedicó un vistazo iracundo. Lo ignoré y seguí a Francis Yale, que había comenzado a andar. Trece, sin embargo, sí le dedicó un maullido bajo y amenazador.

No obstante, apenas llevábamos unos pasos cuando escuché el repiqueteo de algo metálico arañando el suelo. Me volví, observando cómo un soporte de hierro, que sujetaba velas votivas, oscilaba ligeramente, como si alguien o algo hubiese chocado con él. El Centinela de Francis Yale también había vuelto la cabeza hacia el sonido.

Andrei, pensé, con pánico.

El ceño del guardia se frunció un poco más y desvió la mirada del soporte al espacio vacío que se encontraba entre las velas y yo.

Y, aunque vi cómo apretaba las manos, no dijo nada. El Centinela también volvió a mirar hacia delante.

—Antes de descender a las mazmorras, será mejor que guarde esto —dijo Francis Yale a la vez que me ofrecía un atado de muérdago que yo guardé con prisa en el bolsillo—. Los presos se encuentran bajo suelo sagrado.

Asentí en silencio. Nunca había pisado o me había acercado lo suficiente a suelo sagrado sin un atado de muérdago escondido, así que no sabía qué sentiría sin él. Apenas habíamos bajado unos escalones, internándonos poco a poco en la oscuridad, cuando empecé a escuchar jadeos y arcadas.

—¿Todos los presos están sin protección? —pregunté.

—Solo los que no siguen las normas de la institución —contestó Francis Yale, sin parpadear.

Unos metros más adelante nos sumergimos en una oscuridad casi absoluta, apenas enturbiada por algunas antorchas que estaban clavadas en las paredes de piedra. Aquí no había lámparas de gas ni ventilación. El aire era casi irrespirable.

Las celdas comenzaban al final del largo pasillo que recorríamos. Solo tenían barrotes gruesos y herrumbrosos, tras los cuales, los presos —hombres y mujeres— yacían en sus camastros. Algunos parecían dormitar, otros se agitaban y vomitaban en el suelo, pidiendo entre escupitajos que le entregaran de una maldita vez un atado de muérdago.

Quién sabía. Si Francis Yale descubría que detrás de nosotros caminaba un Sangre Roja al que yo había encantado para volverlo invisible, en un futuro, yo también podía convertirme en uno de ellos.

Había algunos guardias apostados cada pocos metros. Todos realizaban una reverencia cuando el Miembro Superior pasaba junto a ellos, pero nos dedicaban miradas ambiguas a Trece y a mí. A veces, incluso, observaban el espacio que se encontraba tras nosotros, y un escalofrío me sacudía.

Sacred Martyr era un verdadero laberinto. Daría igual que un preso intentase escapar, era imposible no perderse en sus pasillos idénticos. Estar aquí dentro podía enloquecer a cualquiera.

Quizás sí que había sido una locura venir. La mayoría de los presos no parecían estar en sus cabales, y Aleister Vale llevaba encerrado casi doce años.

Después de que perdiera la noción del tiempo, llegamos hasta el final de una galería. Había un ascensor, que más bien parecía un montacargas, esperándonos con sus puertas abiertas. Francis Yale entró con rapidez en él, y los demás (incluido Andrei) lo seguimos.

—*Descenso* —dijo, mientras levantaba la mano.

El hechizo cobró vida y, al instante, el ascensor comenzó a moverse vertiginosamente hacia abajo. Me aferré a la pequeña baranda, con el estómago alzado hasta mi boca. Casi parecía que caíamos sin frenos.

—Aleister Vale se encuentra en nuestra celda más segura, a cien metros bajo tierra.

Varios segundos después, el ascensor se detuvo bruscamente y yo jadeé, sin que mi estómago volviera de nuevo a su lugar.

El pasillo al que habíamos llegado estaba lleno de soldados, todos uniformados, con el cinturón repleto de tachuelas afiladas y pequeñas pociones y frascos de elementos alquímicos, listos para ser usados. Ni siquiera pestañearon cuando pasamos frente a ellos.

Al final, había una puerta de hierro, con una rendija alargada y fina por la que apenas podía caber un plato. En vez de picaporte, había algo parecido a un puñal poco afilado.

Francis Yale apoyó la punta del índice contra él.

—La puerta solo se abre con la sangre de un Miembro Superior del Aquelarre —informó, antes de presionar el dedo.

Unas pequeñas gotas de sangre fluyeron de su piel y, de pronto, una serie de chasquidos y siseos me sobresaltaron. Parecían decenas, cientos de cerrojos descorriéndose a la vez.

Francis Yale, con el dedo todavía sangrando, abrió la puerta con brusquedad y siseó:

Kaahish.

Una maldición. Una luz roja escapó de sus manos e impactó de lleno con un cuerpo que se encontraba en un rincón de la celda, muy parecida a la que habíamos visto en pisos superiores. El preso que se encontraba en ella salió despedido contra la pared y se quedó hundido en ella, con los brazos y las piernas cruzados. Su pelo sucio y desgreñado, que le llegaba a la altura de los hombros, le ocultaba el rostro.

Pude sentir cómo Andrei se estremecía a mi espalda.

—Señor Vale, como ve, tiene una visita muy especial —dijo Francis Yale, con la voz helada que había escuchado en las reuniones del Aquelarre—. Sé que hace varios años que no se encuentra frente a otro Sangre Negra, así que le ruego que se comporte y no trate de hacer nada que disguste a la señorita ni a su Centinela. Porque no le gustaría pasar otro mes a oscuras, ¿cierto?

Aleister Vale giró la cabeza hacia la pequeña antorcha que colgaba en la pared contraria, la única fuente de luz en esa asfixiante estancia.

—No. Le prometo que me comportaré civilizadamente —respondió, con una voz rota y desafinada. ¿Cuánto tiempo hacía que no hablaba con nadie?

Francis Yale contestó con un asentimiento seco y se giró hacia mí.

—No podrá tocarla, no se preocupe. La maldición le impedirá moverse. —Se dirigió hacia la puerta y miró al hombre por encima de su hombro—. Le daré unos minutos, no más.

—Muchas gracias —murmuré, antes de que la gigantesca puerta se cerrara.

Me volví hacia Aleister Vale, con el corazón tronando en mis oídos, pero en el momento en que mis ojos cayeron sobre él, retrocedí abruptamente hacia atrás. Me golpeé de lleno con Andrei, que me aferró entre sus brazos mientras Trece se colocaba delante de nosotros, enseñando los dientes y con el pelaje completamente erizado.

Aleister Vale ya no estaba clavado en la pared, como una de esas figuras de las iglesias católicas a las que de vez en cuando debíamos acudir para guardar las apariencias. De hecho, estaba sentado cómodamente en su camastro, como si nunca hubiese existido ninguna maldición. Con un movimiento fluido, se apartó el pelo de la cara.

—Sabía que este momento llegaría tarde o temprano, señorita Kyteler.

Había sido guapo cuando tenía mi edad. Lo había visto en la fotografía que escondían mis padres. Una piel suave, un pelo de color miel, unos ojos celestes y grandes, pecas. Ahora seguía siendo atractivo, a pesar de la capa de mugre que volvía gris su piel y negro su pelo. Su ropa de preso consistía en una vieja túnica que llegaba hasta sus tobillos, y que parecía a punto de deshacerse de un momento a otro. Era extraño, porque parecía casi cómodo, como si nos estuviera recibiendo en el vestíbulo de entrada de su hogar y no en la celda de mayor seguridad de Sacred Martyr.

—Lo que no me imaginaba es que lo haría junto a un Sangre Roja invisible. —Extendió un dedo que prácticamente se había vuelto negro y señaló un espacio vacío de la celda—. Hagamos un trato. Usted no le cuenta a ese maldito viejo que me he deshecho de la maldición, y yo no le diré que ha metido a un Sangre Roja en su prisión.

—Te separaron de tu Centinela —jadeé, dando otro paso atrás—. Te desterraron, te arrebataron toda tu magia, ¿cómo es posible…?

—Así que vamos a tutearnos, ¿eh? Quizás los tiempos han cambiado o usted es una joven muy maleducada.

Apreté los puños con fuerza y un súbito viento escapó de mí, azotando la puerta contra sus bisagras, amenazando con apagar la única luz con la que contaba la mazmorra.

—¿Qué respeto merece un asesino?

Aleister Vale alzó las manos, como pidiendo paz, y se recostó contra la fría pared.

—Cuidado, señorita Kyteler, yo no atraería mucha atención si realmente pretende hablar conmigo. —Una sonrisa socarrona tironeó de sus comisuras—. A no ser que haya venido a matarme, claro.

—No soy estúpida —siseé, relajando mis manos. Al instante, el viento cedió.

—No. Por supuesto que no —contestó el hombre; amplió aún más su sonrisa—. ¿Por qué ha venido exactamente, entonces?

—Quiero que contestes a unas preguntas.

—Si va a preguntarme si soy el responsable de las muertes de esos pobres Desterrados, le aseguro que no. Aunque no lo parezca, estoy atado de pies y manos. —Intercambié una mirada rápida con Trece que, por primera vez en mucho tiempo, ni siquiera murmuraba en mi cabeza. Estaba tan perplejo como yo—. No me mire así, esto es una prisión. Aquí las noticias vuelan.

—Entonces sabes lo que ha ocurrido. Lo que le han hecho a sus cuerpos —dije sin vacilar. Mis ojos no parpadeaban, no se separaban de él, aunque el corazón parecía hacer todo lo posible por romper mi caja torácica.

—Podría decirse que tengo una idea, sí —contestó. Por los Siete Infiernos, ¿por qué seguía sonriendo?

—Si no eres tú, hay un asesino que está siguiendo tus prácticas, tus rituales. Algunos creen que se trata de un Sangre Roja, otros creen que es uno de los nuestros. —Tragué saliva, intentando controlar el errático golpeteo de mi pulso—. Si es un Sangre Negra, quiero saber qué es lo que pretende conseguir.

Aleister Vale arqueó las cejas y separó la mirada de mí para clavarla en el techo. Movió distraídamente sus piernas mientras los segundos me golpeaban como mazos.

—¿Quiere que un preso le ayude a atrapar a un asesino?

—Nadie ha utilizado nunca prácticas así. Solo tú. Sé que ha habido más asesinos Sangre Negra, pero ninguno robaba órganos para realizar invocaciones.

—En primer lugar, ese asesino de Desterrados *no* utiliza mis técnicas. *Nadie* las ha utilizado nunca. Además, yo jamás utilicé un cuchillo. Hay maldiciones más rápidas y letales que ensucian menos —añadió, mientras yo luchaba por no esbozar una mueca de asco—. Y, en segundo lugar, se pueden conseguir muchas cosas en las invocaciones. Cuanto más entregas, más recibes.

—No son órganos cualesquiera —repliqué, con fiereza—. Todos están relacionados con la Teoría de los Humores. Bazo, hígado, pulmón. Falta un corazón y…

Otro más. Siempre faltaba uno. Esa teoría llevaba incompleta siglos. El aire estaba relacionado con el corazón, el fuego con el hígado, la tierra con el bazo, el agua con el pulmón, pero el elemento más importante, el éter… nadie había descubierto con qué órgano en especial estaba relacionado.

—Ay, esa última punta de la estrella. Siempre da problemas —suspiró Aleister Vale, meneando la cabeza—. Hay tantas teorías sobre ella… ¿podría ser el cerebro? ¿Podría ser otro corazón? ¿Los huesos? ¿La piel?

—No lo sé, tú eres el experto. Yo fui uno de tus sacrificios cuando era una niña. ¿Qué pensabas sacarme?

—No, querida, ahí se equivoca. —Una sombra oscura veló los ojos celestes del hombre—. No pretendía realizar una invocación, ni siquiera pensaba matarla. Solo quería venganza.

—La venganza no sirve de nada —susurró la voz de Andrei, sobresaltándome.

Aleister Vale guiñó los ojos, risueños, y los clavó en un espacio donde no había nada.

—Eso lo dicen quienes no la han experimentado de verdad. Te aseguro, Sangre Roja, que lo vale. Lo vale *muchísimo*.

Quería preguntarle más al respecto, quería saber si realmente eso era verdad, si ese era el motivo por el que quería vengarse de mis padres, porque sabía que se refería a ellos. Aunque no entendía por qué. Fue él quien los traicionó, no ellos. Pero sabía que tenía poco tiempo. Habían pasado varios minutos y Francis Yale, de un momento a otro, acudiría a la celda y terminaría con la entrevista.

Sacudí la cabeza y me obligué a centrarme.

—Tuviste seguidores —dije, antes de avanzar un paso cauteloso hacia él—. ¿Crees que se podría tratar de alguno de ellos?

—Tuve seguidores, pero yo nunca los quise —replicó él, esbozando una expresión de fastidio—. Quizás sea un seguidor, pero no precisamente mío.

—¿De quién, entonces? —pregunté, frunciendo el ceño.

—De sus padres.

Pestañeé y me quedé durante unos instantes en blanco. Había escuchado mal. *Tenía* que haber escuchado mal. No supe cuánto tiempo me quedé quieta, incapaz de reaccionar, hasta que el sonido de unas voces cercanas me hizo volver a la realidad.

—Mis padres no fueron más que tus víctimas —siseé, con rabia.

—Sí, pero también fueron otras cosas. Junto a mí, eran unos de los alumnos más brillantes de la Academia. Y, como yo, estaban muy interesados en las invocaciones, en lo que podían conseguir a través de ellas. De hecho, cuando estaban en la Academia, escribimos un libro juntos sobre la Teoría de los Humores, de lo que se podría obtener con ella.

—Eso es mentira. —El corazón me hacía de pronto daño en el pecho. Parecía que deseaba romperme las costillas y huir de allí.

Mis padres eran unos héroes, habían sido aceptados como aprendices de los Miembros Superiores recién graduados de la Academia, algo que no había conseguido nadie. Habían sido unos Sangre Negra magníficos, muy poderosos, admirados. No habían sido buenos padres, pero jamás había escuchado ni una sola mala palabra sobre ellos. Nunca.

—Quizás ese libro lo encontrara alguien, quién sabe, y viera algo interesante entre sus páginas —comentó Aleister Vale, con los hombros encogidos—. Quizás ese asesino al leerlo encontró lo que buscaba.

—Eso no tiene ningún sentido —susurré.

Trece apretó su cuerpo peludo contra mi falda, como si intentara darme sostén. También sentí un susurro a mi lado, Andrei se había acercado a mí. Noté su presencia, aunque no pudiera verlo.

—Podría buscarlo. Quién sabe, a lo mejor está más cerca de lo que cree, señorita Kyteler —dijo él, su sonrisa era más horrible que nunca—. O bien, si no me cree, podría preguntarles a ellos directamente. Sabe de sobra cómo hacerlo.

—¿A qué diablos se refiere? —musitó Andrei detrás de mí.

Trece y yo nos miramos. Mi piel estaba erizada por completo. Los dos sabíamos muy bien qué quería decir.

Deseaba replicarle, decirle algo, lo que fuera, pero las palabras se me habían disuelto en la lengua. La tormenta de emociones no me ayudaba, solo anudaba aún más mis cuerdas vocales y retorcía mi estómago con dedos de hierro. No sabía si Aleister Vale era un mentiroso o no, pero lo veía muy seguro de sus palabras, su mirada era casi retadora. Casi daba la sensación de que, antes de que yo aceptase su desafío, sabía que iba a perder.

El ligero murmullo de voces que antes me había parecido escuchar creció, y unos pasos rápidos se dirigieron a la puerta de la celda, haciendo eco en las paredes de piedra.

—Déjeme decirle algo más, señorita Kyteler. Los vencedores siempre son los buenos. Y siempre han sido los que han escrito la historia —continuó él. Esta vez, sus palabras estuvieron empapadas por un regusto agridulce—. Eso convierte a los narradores en unos mentirosos.

Separé los labios, aunque no sabía si realmente hubiese sido capaz de contestar cuando la puerta de hierro se abrió con brusquedad. Tan rápido como un parpadeo, el cuerpo de Aleister Vale flotó y se clavó en la pared, y sus piernas y sus brazos se cruzaron, como si siempre hubiera estado así.

Francis Yale y uno de los soldados del Aquelarre entraron en la estancia. Los ojos del primero se desviaron del prisionero a mí. Frunció el ceño y se acercó. No me había dado cuenta de que estaba temblando.

—¿Se encuentra bien, señorita Kyteler?

Tragué saliva y asentí, aunque mi mirada se desvió hacia el hombre que colgaba de la pared. Nuestros ojos se encontraron en un silencio tenso.

Francis Yale carraspeó.

—Venga, la acompañaré.

Acepté el brazo que me ofrecía y, justo cuando estaba a punto de volverme hacia la puerta, escuché de nuevo la voz de Aleister Vale.

—Quizás se lo hayan dicho, pero no se parece en nada a sus padres, señorita Kyteler. —Y entonces, sonrió con algo que parecía de verdad—. Y no sabe cuánto me alegro.

Francis Yale murmuró algo entre dientes y, al instante, el rostro del preso cambió y se retorció por el dolor. Yo aparté la mirada con rapidez.

—Espero que este sea nuestro secreto, señor Yale —le murmuré al Miembro Superior, con la voz todavía débil, mientras caminábamos por el pasillo de piedra.

—Su tía me retiraría la palabra si descubre que la he dejado sola con ese... —Suspiró—. Pero dígame, ¿ha valido la pena?

Tragué saliva y hundí los ojos en la galería oscura que se extendía frente a nosotros. A mi espalda, sentía el susurro de los pasos de Andrei y Trece, caminando cerca de mí.

—Venía buscando unas respuestas. —No pude evitar que mis ojos se desviaran por encima de mi hombro, hacia la celda de Aleister, que cada vez se hundía más y más en la negrura—. Pero creo que he encontrado otras más interesantes.

18

WILDGARDEN HOUSE

Podría preguntarles a ellos directamente. Sabe de sobra cómo hacerlo.

En la magia existían varias prohibiciones.

No podías conseguir dinero de la nada. Existían encantamientos prohibidos para ello, claro, pero en el momento en que se pronunciaban las palabras y una gota de sangre escapaba de la piel, la noticia llegaba hasta el Aquelarre y sus mejores guardias podían encontrar al Sangre Negra y atraparlo en menos de un parpadeo.

… a ellos directamente. Sabe de sobra cómo hacerlo.

Tampoco se podía doblegar la voluntad de nadie. Aunque simplemente fuera para librarse de acudir a un estúpido baile. No era tan fácil de descubrir, pero si se demostraba que se había utilizado algún encantamiento de ese tipo, podías pasar años encerrado en Sacred Martyr.

Sabe de sobra cómo hacerlo.

Luego, estaban los temas más controvertidos, que no estaban realmente prohibidos, pero que sí podían ser inmorales o llegar incluso a convertirse en tabús.

… cómo hacerlo.

Y un buen ejemplo de ello era realizar una sesión de espiritismo para invocar a tus familiares muertos.

En primer lugar, porque hacer que sus fantasmas volvieran al lugar que habían abandonado era molesto para ellos, incluso cruel. Ellos vivían, por así decirlo, en el pasado, no se podía hablar del presente ni del futuro próximo, jamás podrían entenderlo. Sus mentes habían quedado atrapadas en el período de tiempo en el que habían vivido. Y ahí estaba realmente el problema, corrías el riesgo de ahogarte en los recuerdos, en lo que viviste con esas personas a las que tanto echas de menos.

A veces ese no era el único problema. Existían Sangre Negra curiosos que habían preguntado a sus seres queridos, ya muertos, dónde se encontraban realmente, qué sentían al morir, si existían los Siete Infiernos. Los que habían recibido una respuesta se habían vuelto locos.

Yo misma había tanteado ese terreno peligroso hacía unos años. Nunca le había hablado a nadie sobre ello, ni siquiera a Liroy o a Kate, pero en varias ocasiones intenté invocar a mis padres, traerlos de vuelta al mundo de los vivos solo por unos minutos. Lo había hecho por distintos motivos: a veces porque creía echarlos de menos, a veces porque los odiaba, a veces porque me sentía muy sola… pero jamás contestaron a mis llamadas. No quisieron tener contacto conmigo.

Así que no estaba segura de si esta vez sí se aparecerían ante mí.

Había pasado algo más de una semana desde la visita a Aleister Vale. Desde entonces, no se había producido ningún asesinato, pero yo no había podido olvidar aquellas odiosas palabras que había dicho sobre mis padres. No esperaba que los recordara con cariño, habían sido enemigos y él los había asesinado. Pero había habido algo en sus ojos, en esa falta de miedo, y en un atisbo de lástima, que me había sacudido hasta la médula de mis propios huesos.

Había estado sumida en mis propios pensamientos desde entonces, vagando por mi hogar como lo hicieron algunos de los muertos que Kate y yo resucitamos hacía un par de meses en Little Hill.

Se había celebrado una fiesta en la mansión de los Tennyson, pero yo me había negado a ir. Fingí estar enferma y observé desde lo alto de la escalera cómo mis tíos y mi primo de Liroy se marchaban. Cuando estuvieron de vuelta, mi tía Hester me dijo con cierto rencor que Serena Holford me enviaba saludos, y que esperaba que nos encontráramos dentro de poco. Eso solo hizo que el dolor de cabeza que fingía me sacudiera de verdad.

Kate estaba preocupada por mí y Liroy casi parecía enfadado, molesto. Al día siguiente del baile me preguntó, entre siseos, si podía hablar conmigo sobre algo importante. Yo asentí con la cabeza, pero nunca acudí a él, nunca le pregunté si le ocurría algo, porque, a partir de ese momento, aparecieron largas ojeras bajo sus ojos.

Un par de días antes lo había decidido. Realizaría una sesión de espiritismo y hablaría con mis padres. Pero desde luego, no podría ser en Lansdowne House. Fue Andrei quien encontró la solución. Como no podíamos enviarnos continuamente tarjetas de visita o cartas (la tía Hester sospecharía), Trece comenzó a ejercer de mensajero. No le gustó en absoluto, pero no le quedó más remedio que aceptar.

Conoce un lugar donde estaremos solos. Pero dice que, para eso, tendrás que estar a medianoche en la esquina de Berkeley Square. Él nos recogerá.

Ni siquiera dudé en aceptar su propuesta. Siguiendo las indicaciones de Kate, cuando todos se fueron a acostar poco después de las diez, creé a mi propio Homúnculo. No fue tan fuerte como el que me hizo ella. Se tambaleaba a cada paso de que daba y, cuando conseguí tumbarlo finalmente en la cama, pareció como si su piel se aplastara un poco, se derritiera. Parecía que le faltaban los huesos.

A la hora acordada, escuché el sonido solitario de unos cascos de caballo. Abrí la ventana, dejando que el aire helado de noviembre se colara en el dormitorio e hiciera estremecer al Homúnculo, que se cubrió con las mantas hasta el cuello.

Era un carruaje pequeño. Solo había un asiento largo para el conductor y un acompañante, y un par de caballos que resoplaban, nerviosos. Sus alientos se transformaban en vaho denso. Andrei era el que tiraba de las riendas.

Trece saltó por la ventana y yo, sin dudarlo, lo seguí, colocando mis pies sobre la cornisa. Varios metros por debajo de mí, estaba el amplio balcón del primer piso, donde se hallaba nuestra amplia sala de baile, ahora a oscuras. Otro piso por debajo estaban los adoquines fríos y la verja lustrada que separaba el recinto de la mansión de la plaza.

Me incliné, pero, de pronto, la puerta de mi dormitorio se abrió con un chasquido. Me volví con brusquedad, pálida, con las manos apretadas en torno al marco de mi ventana.

Era Liroy; todavía llevaba puesta la ropa que había llevado durante ese día, aunque ahora estaba completamente arrugada. Sus ojos se abrieron de par en par y se deslizaron de mi cuerpo, cuya mitad estaba colgando en el vacío, a mi Homúnculo, que parecía extrañamente plano contra el colchón.

—¿Eliza? ¿Qué…? —Su mirada se deslizó por mi atuendo—. ¿Esos pantalones son míos?

—¡Shh! —chisté, moviendo las manos para que guardara silencio—. Si haces ruido, tus padres se despertarán. ¿Qué haces aquí? Es medianoche, Liroy.

—Debía ser yo el que hiciera las preguntas —contestó él, cerrando la puerta y entrando en mi dormitorio—. ¿Cómo has creado… *eso*?

Mis ojos se deslizaron hacia mi pobre imitación que yacía en la cama.

—Kate me enseñó a crear un Homúnculo. Más o menos.

—¿Kate? ¿Kate sabe crear Homúnculos? —repitió él, boquiabierto. Sacudió la cabeza, sin entender nada de lo que estaba ocurriendo frente a sus ojos, y frunció el ceño, acercándose a mí—. ¿Qué estás haciendo, Eliza?

—No, ¿qué estás haciendo *tú*, Liroy? —repliqué. Miré con nerviosismo el carruaje que me esperaba en la calle—. ¿Qué quieres?

—Hablar contigo —susurró él. Casi parecía deseoso de derrumbarse—. Te lo dije hace varios días, pero llevas huyendo de mí toda la semana.

Lo cierto era que había estado huyendo de todos por culpa de esas malditas palabras de Aleister Vale, no solo de él.

—Tengo… tengo que hacer algo. No puedo hablar ahora.

—Pero yo también tengo que hacer algo —musitó Liroy. Jamás lo había visto tan pequeño, tan perdido—. Y te necesito.

—Mañana —repliqué, obligándome a sonreír. Las comisuras de los labios me dolieron cuando tiré de ellas—. Mañana hablaremos sin falta.

Él parecía a punto de replicar, pero se lo pensó mejor, porque se limitó a bajar la cabeza.

—Te ayudaré a descender —dijo. Antes de que pudiera replicar, acercó su Anillo de Sangre a su mano y hundió el rubí afilado en su piel. Con la yema del dedo índice ensangrentada, dibujó algo en mi mejilla que no pude ver.

Viento que meces, hazla flotar como una hoja,
como una pluma, como un copo de nieve.

Liroy se enderezó, esbozando una pequeña sonrisa

—Ahora puedes saltar. No te ocurrirá nada. —Suspiró y se giró para echar un vistazo a mi Homúnculo—. Intentaré arreglarlo un poco.

—¿Ahora eres un experto en ellos? —le pregunté, guiñándole un ojo.

Liroy resopló, una mezcla de risa y suspiro.

—No tienes ni idea.

Lo miré durante un instante, sorprendida. Liroy, junto a Serena Holford, había sido el mejor de la Academia, pero su especialidad siempre habían sido los encantamientos y los hechizos, no la alquimia. Quizás la había reforzado en el estudio para el examen de ingreso al Aquelarre.

Le dediqué una sonrisa de agradecimiento y, sin dudar, salté por la ventana. Había tres pisos hasta el suelo, pero no me precipité en ningún momento. Fue como si el aire me abrazara las piernas y me hiciera bajar suavemente hasta los adoquines. Cuando pisé el suelo miré a mi alrededor. Andrei seguía esperándome con el pequeño carruaje en un extremo de la calle, Trece también estaba allí, esperando junto a una de las grandes ruedas de madera. En el otro lado, cerca de la verja que tapiaba la mansión, me pareció ver algo moverse entre las sombras. Un abrigo, un sombrero de hongo, pero se fundió tan rápido en la negrura, que creí que solo se trataba de un engaño de mis ojos.

Había demasiadas sombras, demasiada oscuridad.

Sin perder más tiempo, me dirigí al carruaje. Andrei sonrió cuando me vio llegar y me ayudó a subir. Cuando Trece saltó a mi regazo y se arrellanó en él, sus ojos se detuvieron durante un instante en los pantalones que le había robado a Liroy. Después, ascendieron lentamente hasta el sombrero que había tomado prestado a mi tío.

—Tenía que pasar desapercibida —dije, casi a la defensiva—. Si vieran a una joven de mi edad, descolgándose de la ventana en mitad de la noche, subiendo a un carruaje junto a otro joven…

—No iba a preguntar —me interrumpió Andrei, con un carraspeo. Aun así, sus ojos se deslizaron de nuevo hasta mí, aunque hacia un punto diferente—. ¿Los restos de un hechizo?

Alcé una esquina de mi abrigo y me froté la mejilla con fuerza, limpiando la sangre de mi primo.

—No realmente. Los hechizos son una de las pocas vertientes de la magia que no necesitan sangre. Son órdenes sencillas, directas.

—¿Qué otra vertiente no necesita sangre?

—Las maldiciones —respondí en voz baja, mirando antes de doblar la esquina a las sombras que antes había creído ver moverse—. No hace falta sangrar porque dicen que, cada vez que pronuncias una, pierdes parte de tu humanidad.

—¿Por qué nunca las has utilizado? —preguntó él, al cabo de unos segundos.

—Yo nunca fui seleccionada para aprenderlas. Era la peor alumna de mi curso.

—¿De verdad? Nunca lo hubiera imaginado —dijo, y no había sarcasmo o diversión en su voz. Solo verdad.

Andrei se relajó un poco, aunque su postura, de por sí, ya lo era. Casi parecía disfrutar con el paseo nocturno. Apenas quedaba nada de esa posición rígida, de esa mandíbula apretada que había visto cuando lo había conocido por primera vez.

—¿Qué? —preguntó él, desviando la mirada momentáneamente hacia mí.

—Nada —me apresuré a contestar, girando la cara hacia el lado contrario.

Esto comienza a ser ridículo, chistó Trece en mi cabeza.

Cállate.

Salimos de Londres en mitad de traqueteos y niebla espesa, pero en el momento en que dejamos la ciudad atrás, las nubes desaparecieron y la luna llena brilló en el cielo, iluminando el sendero de tierra que recorríamos.

—¿A dónde vamos?

—A una de las propiedades de mi padre, donde él cree que estoy viviendo mientras me encuentro en Londres —repuso. Su voz se había enfriado un poco.

No contesté y me limité a observarlo de reojo. Andrei me devolvió una larga mirada, pero como yo, tampoco despegó los labios.

El camino entre las sombras y la luz plateada que nos regalaba la luna se prolongó durante casi una hora, antes de que nos detuviéramos junto a una alambrada gigantesca, digna del mismo palacio de Buckingham. Él se bajó y abrió la inmensa puerta. Yo podría haber utilizado un hechizo para ello, pero no quería destrozar esas preciosas puertas de metal, no estaba segura de si al padre de Andrei le haría mucha gracia.

—Bienvenida a Wildgarden House —susurró él, cuando doblamos un recodo del camino y nos encontramos de frente a una gigantesca sombra.

Miré a mi alrededor mientras Andrei acercaba el carruaje a unas escaleras enormes, que resplandecían como el nácar bajo la luz de la noche. La mansión, que tenía prácticamente la dimensión de un auténtico palacio, solo estaba rodeada por unas praderas infinitas, de césped perfectamente recortado. No había un solo árbol, un solo matorral, una sola flor.

—Sí, desde luego esto parece una verdadera jungla —comentó Trece, en voz alta, con su cavernosa voz de demonio.

—El edificio estaba rodeado de un jardín enorme —replicó Andrei, mientras detenía a los caballos con un tirón de las riendas—. Había plantas de todas las clases, flores que solo podrías ver al otro lado del océano, árboles extraños, que requerían muchos cuidados para resistir al clima de Londres, pero mi padre ordenó arrasar con todo cuando mi madre murió.

—Lo siento —murmuré, pero él no contestó.

Bajamos del pequeño carruaje y subimos las escaleras. Wildgarden House era tan magnífica que hasta mareaba mirarla. Desde luego, parecía construida y dedicada a reyes, aunque Andrei caminaba sobre sus suelos de mármol como si estuviera pisando la calle más hedionda del East End. Parecía odiar cada rincón que sus ojos contemplaban.

En el umbral, repleto de bajorrelieves y arcos, se encontraba una puerta de robusta madera, decorada con arabescos dorados. Andrei hurgó en los bolsillos de su abrigo y extrajo una enorme llave de hierro, que introdujo en la cerradura. Con un crujido que pareció retumbar hasta en el infierno, la puerta se abrió. Tuvo que empujar con todo su cuerpo para que se abriera lo suficiente y pudiéramos pasar.

El interior pertenecía a un castillo encantado. Mi tía se moriría por pisar un lugar así, tan majestuoso, que dejaba en nada a la famosa mansión de los Holford. Sin embargo, aparte de los frescos de las paredes, todo estaba cubierto. Desde algo que parecía una gigantesca araña, hasta los cuadros y los muebles. Las cortinas solo dejaban traspasar algo de la luz de la luna.

—Ven —susurró Andrei, sobresaltándome.

Habla en singular, Sangre Roja, como si el Centinela no estuviera aquí, gruñó Trece en mi cabeza. Yo lo ignoré cuando los dedos de Andrei me envolvieron suavemente el codo y me empujaron a través de la oscuridad.

No tuvimos que andar mucho. Él me condujo a una sala cercana, demasiado pequeña como para pertenecer al dueño de una mansión semejante. Nuestra sala de té en Lansdowne House era mayor.

—Es una pequeña sala de estar del servicio —explicó Andrei, arrodillándose junto a la chimenea apagada. En ella, se apelmazaban varios troncos, piñas y hojarasca seca, que algún criado debía haber dejado preparada antes de cerrar la mansión—. Era donde me escondía mientras mis padres celebraban esos bailes que tanto odio.

Asentí y fijé los ojos en los troncos que esperaban prenderse en el interior de la gigantesca chimenea. Hacía tanto frío que mi aliento se transformaba en vaho en mis labios.

—Déjame a mí —dije, al ver que intentaba encender inútilmente unos fósforos que se habían quedado blandos e inservibles por culpa de la humedad—. Y aléjate, por si acaso.

—Yo obedecería —añadió Trece, mientras se dirigía hacia el otro extremo de la estancia.

Andrei se colocó detrás de mí y yo intenté concentrarme. Levanté una mano en dirección a la chimenea. Tomé aire y pronuncié la palabra lo más claramente que pude:

—*Enciende*.

Un enorme torrente de fuego estalló en el interior de la chimenea, una columna de llamas que fue demasiado grande y ascendió hasta el mismo techo de la habitación para después volver a su lugar, entre los ladrillos.

El crepitar de la madera y el estallido de los piñones me hizo suspirar.

Andrei me miró boquiabierto, mientras Trece volvía a acercarse, meneando su peluda cola de un lado a otro.

—Podría haber sido peor —comentó.

Le dediqué una mirada asesina antes de volverme hacia Andrei.

—¿Has conseguido lo que te pedí?

Él asintió y se abrió el abrigo. De uno de los amplios bolsillos interiores, extrajo un total de siete velas nuevas. Yo las sostuve y comencé a colocarlas en el suelo. Había una mesa con sillas de madera a un extremo de la sala, pero hacía demasiado frío y, cuando mis padres aparecieran, haría todavía más.

—¿Podrías traer unas mantas? —le pregunté a Andrei—. Quizás las necesitemos.

Él asintió y desapareció en la oscuridad del pasillo que comunicaba con el resto de la mansión. Esta vez, no me arriesgué a encender las velas con un hechizo de fuego, y las prendí una a una en la chimenea, colocándolas separadas unas de otras, creando una especie de círculo amplio, donde cupiéramos los dos.

Podría haber realizado la sesión de espiritismo yo sola, como las veces anteriores, pero cuando uno se enfrentaba a la muerte, era mejor no hacerlo solo. Y esta sesión no iba a ser una cualquiera. No trataba de levantar los espíritus de todo un cementerio, como había hecho en Little Hill ni tampoco era como una de esas sesiones que organizaba mi tía con alguna de sus amigas Sangre Roja, en las que convocaba un fantasma al azar.

Cuando coloqué la última vela, Andrei apareció con varias mantas gruesas entre sus brazos. Sin mucha ceremonia, las dejó a un lado, sobre el suelo lleno de polvo, y se acercó a mí.

—Tenemos que colocarnos dentro del círculo —le informé.

Él pasó por encima de las velas y se ubicó frente a mí. Quizás había hecho el círculo demasiado pequeño, porque estábamos a poca distancia. El vaho que escapaba de sus labios rozaba mi frente.

Apreté los labios, intentando centrarme.

—Necesito tu sangre, solo un poco —añadí, con nerviosismo.

—De acuerdo.

Andrei se quitó los guantes, los guardó en su abrigo y no dudó en ofrecerme las palmas abiertas de sus manos. Acerqué mi Anillo de Sangre y hundí la esmeralda afilada en el mismo centro de las dos. Cuando aparecieron dos gotas carmesíes, yo acerqué el anillo a mi piel.

—Puedo… puedo hacerlo yo —susurró de pronto Andrei, con la voz extrañamente ronca—. Así será más fácil para ti.

En realidad, no. Estaba acostumbrada a hacerme sangrar a mí misma desde que había entrado en la Academia, cuando aprendí los primeros encantamientos. No me provocaba más molestia que el ligero pinchazo de dolor, él mismo lo había visto, pero Andrei permanecía quieto, cerca de mí, y sus ojos no se apartaban de los míos. Esperaba.

Dejé escapar un suspiro tembloroso y, con lentitud, le ofrecí mis manos. Andrei me extrajo con cuidado el Anillo de Sangre del índice y hundió el borde afilado de la piedra preciosa con rapidez en mis dos palmas. Apartó los ojos cuando la sangre empezó a brotar de ellas.

—Tenemos que sujetarnos las manos —dije. El frío que nos rodeaba dejó de morderme con tanta fuerza—. Para que nuestra sangre se mezcle.

Él cabeceó y unió poco a poco sus manos con las mías. Su piel, al igual que la mía, estaba ardiendo. Tenía mi mirada fija en la suya, pero podía sentir los ojos felinos de Trece, observándonos con curiosidad.

—Gracias —balbuceé de pronto—. Por ayudarme.

Él me dedicó una mirada nerviosa y sus dedos se entrelazaron con los míos con más fuerza.

—¿Has hecho esto antes? —musitó.

—Hace años intenté invocar a mis padres, pero nunca acudieron.

—¿Y crees que esta vez sí aparecerán? —me preguntó él, preocupado.

—Los espíritus responden o no según la intención que pretendes con esa llamada. Quizás pensaron que mis motivos eran egoístas, no lo sé. No fueron unos padres particularmente cariñosos. En esta ocasión quiero que vengan por algo completamente diferente; no deseo palabras de amor ni muestras de afecto. —Los ojos de Andrei se abrieron de par en par, y sus manos apretaron con más fuerza las mías. Parecía a punto de decir algo, pero yo me adelanté. No necesitaba consuelo. No quería sentir lástima. Si mis padres aparecían, deseaba que me vieran calmada y fuerte, y no al borde de las lágrimas—. De todas formas, invocar espíritus es algo común en nuestro mundo. Muchos pequeños lo hacen incluso para jugar.

—Los niños Sangre Negra sois un poco macabros.

—Es algo que corre por nuestras venas —contesté, conteniendo una carcajada.

Nos quedamos en silencio, con la respiración de Trece y el crepitar de las llamas como únicos sonidos.

—¿Estás listo? —murmuré.

Él asintió y cerró los ojos. Yo lo imité y dejé que mi boca se llenara con ese encantamiento que había recitado hacía mucho tiempo y que tantas veces mi tía había murmurado durante las sesiones de espiritismo, mientras la falsa médium gritaba y alzaba los brazos al aire.

En mi cabeza, brillaban nítidos los pocos recuerdos que conservaba de mis padres.

Yo os invoco a vosotros, fantasmas,
que vagáis por los Siete Infiernos,
para que acudáis a mi llamada
en este día, en esta noche, en este lugar.

Respiré hondo y, cuando abrí los ojos, Marcus Kyteler y Sybil Saint Germain me devolvieron la mirada.

MÉDIUM

La temperatura había bajado de golpe unos diez grados. El fuego que ardía en la chimenea se redujo visiblemente y apenas pudo hacer nada contra ese súbito frío, que había convertido nuestras respiraciones en pequeñas oleadas de niebla. Las manos de Andrei comenzaron a temblar en contacto con las mías.

—¿Quién eres? —preguntó el hombre—. ¿Cómo te atreves a traernos de vuelta?

Era alto, fornido y tenía un brillante pelo negro que enmarcaba sus grandes ojos verdes. Vestía con un traje elegante y oscuro, y sus rasgos, angulosos y duros, no tenían nada que ver con los míos.

Andrei abrió los ojos al escuchar la voz de mi padre, y estuvo a punto de soltarme las manos cuando vio a las dos figuras a apenas dos pasos de distancia. Era extraño, porque casi parecían estar vivos, casi parecían reales. Solo el contorno borroso de sus cuerpos recordaba lo que realmente eran.

Mi madre, Sybil Saint Germain, frunció su fino ceño y ladeó la cabeza, dejando que un par de mechones anaranjados se escaparan de su intrincado recogido, que ahora me parecía anticuado. Sus ojos grises se hundieron en los míos. Era la imagen más fría y hermosa de mi tía Hester.

Yo me estremecí, pero le devolví la mirada con firmeza.

—Marcus —dijo ella, con lentitud—. Creo que es nuestra hija.

Las pupilas del hombre se dilataron de golpe y engulleron parte de su iris verde. Dio un paso al frente, dejando la punta de su zapato a milímetros del círculo invisible que trazaban las velas.

—¿Eliza? —musitó.

—Hola, papá —saludé. No conseguí que mi voz sonase clara—. Hola, mamá.

Andrei me dio un suave apretón con sus manos, como si me regalara un ligero empujón para continuar. Sin embargo, al instante, los ojos de Marcus Kyteler se clavaron en nuestras manos unidas, como si él también pudiera sentir el tacto.

—¿Qué hace este Sangre Roja aquí? —espetó. Dio una vuelta al círculo de velas y se colocó más cerca de Andrei.

—Buenas noches, señor Kyteler —contestó él, con esa mandíbula rígida que tantas veces le había visto.

—No te atrevas a dirigirte a mí, muchacho —contestó él, fulminándolo con la mirada.

Apreté los dientes y a mi cabeza volvieron esos recuerdos de mis padres, en los que me observaban, decepcionados, mientras yo jugaba con muñecas, mientras mi prima Kate las hacía flotar a mi lado. Las pocas veces que acudía mi madre a mi cama para darme un beso de buenas noches. La mirada de mi padre, después de que huyera tras convertir a Charlotte, mi antigua amiga Sangre Roja, en una estatua de oro.

Sí, mis padres habían sido grandes Sangre Negra. Pero no por ello habían sido grandes padres, eso era algo que había sabido desde pequeña.

—Me encantan las reuniones familiares —comentó Trece, apareciendo en escena. Sin ningún pudor, se paseó entre los fantasmas de mis padres y los atravesó con su pequeño cuerpo peludo.

—¿Este es tu Centinela? —preguntó mi padre, observando con el ceño fruncido a Trece, que parecía estar colocándose en la postura típica para realizar sus necesidades... sobre los zapatos semitransparentes de Marcus Kyteler.

Hice un ruido con la garganta y negué con la cabeza. Trece me dedicó una mirada exasperada y se alejó un poco para lamerse sin ningún pudor. Tuvo buen cuidado en orientar su trasero en dirección a mis padres.

Ellos lo siguieron con la mirada. Mi madre había tenido un gato blanco, y mi padre también había tenido un Centinela gato, negro, de pelo largo y brillante. Y aunque Trece aunaba esos dos colores, no podía haber sido más diferente a ellos, con esas manchas salpicadas a lo largo del lomo, esos rasgos angulosos de gato callejero, con el pelo demasiado largo en la cabeza y en la cola, y demasiado corto en la zona del lomo y las patas.

—¿Qué está ocurriendo, Eliza? —dijo mi madre, mirándome de frente.

—No os he llamado para daros explicaciones —repliqué, con firmeza—. Quiero que me habléis del libro que escribisteis con Aleister Vale.

Ni siquiera sonó como una pregunta. Me cuestionaba su existencia, por supuesto, Aleister Vale podía ser un mentiroso que solo quería desestabilizarme, pero cuando mis padres intercambiaron una mirada y vi cómo sus expresiones cambiaban, me di cuenta de que nunca se había tratado de una mentira.

—¿Cómo... quién...?

Suponía que era un hito histórico que Marcus Kyteler se quedara sin palabras.

—Él mismo me lo dijo —contesté, encogiéndome de hombros.

—¿Aleister? ¿Sigue vivo? —susurró mi madre—. ¿Por qué... hablarías con alguien como él?

—Están asesinando a Desterrados —dije, tras una pausa—. Hay quienes creen que se trata de un Sangre Roja. —Andrei soportó la mirada fulminante de mis padres sin pestañear—. Otros, que es un Sangre Negra. Están extrayendo órganos, órganos que están estrechamente relacionados con la Teoría de los Humores y con ese libro que escribisteis, según me dijo Aleister Vale. Sé que trataba sobre invocaciones.

Mi madre tenía los puños apretados contra la amplia falda de su antiguo vestido. Sus ojos intentaban encontrar los de mi padre, pero él los esquivaba, incómodo.

—¿Qué intentabais invocar? —insistí.

—Nada que necesites saber —replicó mi padre.

—¡Puede que estén matando a personas por ese motivo!

—Pero son Desterrados, alienados de nuestra comunidad. No es algo que te atañe en absoluto.

—Yo podría ser ahora mismo una Desterrada —repliqué, con ira. Los ojos de mi padre se estrecharon cuando se volvieron hacia mí. La expresión de mi madre se desfiguró por la sorpresa—. Devolví a la vida a cientos de cadáveres, me expulsaron de la Academia, le hablé sobre la magia a un Sangre Roja, se la mostré. Si no hubiera tenido suerte, yo también podría haber sido una víctima más.

—¿Te han expulsado? —repitió mi madre, boquiabierta.

—Después de repetir el último curso —contesté, mirando de soslayo a Andrei, que me observaba con una media sonrisa estirando sus labios—. Odiaba la Academia. Odiaba a la mayoría de sus alumnos. Nunca fui feliz allí.

—Por los Siete Infiernos —farfulló mi padre, con los ojos clavados en el techo.

—Vosotros no fuisteis mejor que yo —dije, balanceando la mirada de uno a otro—. Si ese libro lo escribisteis junto a Aleister Vale, debíais estar todavía en la Academia. Por ese entonces, él todavía no había sido expulsado. ¿Fue ese el motivo por el que lo echaron? ¿Fue por culpa de ese libro?

Al fin y al cabo, era algo que no se sabía. La Academia siempre había mantenido sus asuntos, buenos y horribles, en completo silencio. Para mantener la reputación, como siempre. Mi expulsión era un buen ejemplo.

Mis padres seguían en silencio.

—¿Qué es eso tan horrible que puede contener, para que os dé tanto miedo contármelo? —pregunté, con voz ronca.

—Casi todas las personas que estuvieron relacionadas con él están muertas —murmuró de pronto mi madre, apartando la vista.

—¡Sybil! —exclamó mi padre.

—Fue un error empezarlo. Los dos lo sabíamos —contestó ella, encarándole también—. Y aun así lo hicimos.

—¿Por qué? —jadeé.

Mi padre negó con la cabeza, pero ella apretó los dientes y se volvió de nuevo hacia mí. Sus ojos fantasmales titilaban por culpa de las velas.

—Ni siquiera era un libro, de por sí. Más bien se trataba de un cuaderno viejo, que un compañero nos prestó y nunca le devolvimos. —Mi madre hizo una pausa y su ceño se frunció profundamente—. Solo conocimos su existencia los que lo escribimos. No hay nombres de los autores, solo de nuestras iniciales. Si… si algún profesor lo encontraba, no queríamos que nos relacionaran con él.

Tomé aliento, atónita.

Marcus Kyteler y Sybil Saint Germain no habían sido esos brillantes alumnos, esos genios que todo el mundo admiraba. Desde luego, habían sido algo más, y ellos lo sabían.

—En el libro describimos diversas invocaciones, pero… la principal, la más complicada, fue la última. Estaba basada en la Teoría de los Humores.

Asentí, con el corazón atronando en mi cabeza y la garganta seca por la tensión.

—Sybil… —le advirtió mi padre, pero ella lo ignoró.

—Comprobamos el vínculo que existía con cada órgano y su elemento alquímico, el poder que se podía conseguir si se relacionaban entre sí. Utilizándolo en invocaciones, podíamos conseguir… muchas cosas.

Un escalofrío me recorrió la columna.

—Pero esa teoría está incompleta. Lleva cientos de años así —susurré.

—Así es. Nos faltaba el éter.

—¿Éter? —preguntó Andrei de pronto. Su voz nos sobresaltó a todos.

—Es nuestra quintaesencia, lo que nos hace ser lo que somos, lo que nos hace mágicos. Los Sangre Roja lo llamáis el alma —expliqué—. Para vosotros, esta teoría solo posee cuatro elementos. Para nosotros, el éter es el quinto elemento de la Teoría de los Humores.

—¿Y a qué órgano corresponde?

—Por ese motivo es una teoría incompleta. No lo sé, nadie lo sabe… —Mi mirada se hundió en los ojos de mi madre, que resplandecían—. O lo *sabía*.

—Al principio creímos que se trataba del cerebro. Era el que contenía nuestro intelecto, pero nos equivocamos. Después, creímos que quizás no era necesario un quinto elemento, que podíamos conseguirlo con un círculo de invocación de cuatro… y nos volvimos a equivocar. —Sacudió la cabeza, como si se enfrentara de nuevo a esa situación—. Pero entonces… creímos que quizás el éter no podía corresponder con un órgano, porque no era algo que pudiera encerrarse. Era algo cuya esencia estaba ligada a la vida. Entonces, comprendimos que, si queríamos llevar a cabo la invocación, junto a los cuatro órganos que correspondían a los cuatro símbolos alquímicos, teníamos que sacrificar una vida para ofrecer el éter, para poder completar la teoría.

Trece lanzó un maullido bajo, amenazador, y yo sentí cómo las palmas de Andrei sudaban junto a las mías. Había dejado de respirar varias frases atrás.

—¿Lo… lo llevasteis a cabo? —musité.

—Por supuesto que no —replicó mi padre, aunque sus ojos se mantuvieron bajos, en las llamas ondulantes de las velas.

Sacudí la cabeza, intentando reordenar mis ideas. Las figuras de mis padres que brillaban como el oro en los recuerdos de tantos Sangre Negra, para mí ahora no eran más que sombras densas y pegajosas.

—¿Y qué esperabais conseguir con esa invocación? —pregunté, al cabo de un minuto eterno.

Esa vez, sorprendentemente, fue mi padre quien contestó.

—La Piedra Filosofal.

—¿Qué? —exclamé, levantando la voz. Se me escapó una risa nerviosa que atrajo miradas heladas por parte de mis padres.

Andrei también abrió la boca de par en par. Sabía que conocía esa palabra, era un término conocido también entre los Sangre Roja, aunque para ellos no fuera lo mismo que para nosotros. En lo único que coincidíamos era en que se trataba de una maldita leyenda.

Casi estuve a punto de echarme a reír.

—Estáis… *estabais* locos —musité con estupor, negando con la cabeza—. La Piedra Filosofal no existe, nadie ha sido capaz de crearla.

—Nosotros averiguamos cómo —contestó mi madre, en voz baja.

Mis labios esta vez sí se doblaron en una sonrisa burlona, pero la carcajada se quedó alojada en mi garganta cuando observé sus expresiones. Hablaban en serio. No era una broma descabellada, había verdad en sus ojos y algo de arrepentimiento.

La Piedra Filosofal era para los Sangre Negra el mayor símbolo de poder, magia pura, sin controlar, sin necesidad de ofrecer sangre, ni pociones ni encantamientos. Con ella no hacían falta atados de muérdago para poder entrar en terreno sagrado, no hacía falta conocer un idioma extraño para escupir maldiciones. La Piedra Filosofal convertía a quien la tuviera en un dios.

Yo había escuchado historias sobre ella cuando era pequeña. Recuerdo incluso una ocasión, junto a mis primos, poco después del asesinato de mis padres, en que yo misma había querido crearla para devolverlos a la vida. Fue la única vez que la tía Hester nos dejó trastear con cacerolas y mejunjes en la cocina. En ese momento no era consciente de lo que significaría, pero ahora sí. Una corriente fría me recorrió de la cabeza a los pies.

—¿Y algo tan… peligroso, decidisteis recogerlo en un maldito libro? —aullé, sin poder creérmelo todavía—. ¿Al alcance de cualquiera?

—Lo teníamos bien guardado —repuso mi padre, con dureza—. No teníamos pensado morir tan pronto.

—Para ser unos genios, fuisteis bastante torpes —comentó Trece.

Por un momento, dejé de ver a mis padres, me alejé de esa estancia de Wildgarden House para hundirme en mis recuerdos. Cuando mis padres fueron asesinados, mis tíos vendieron la mansión cercana a Hyde Park donde vivíamos y yo me mudé con ellos. Sabía que parte de las pertenencias fueron vendidas o llevadas a Shadow Hill, la mansión de campo de los Saint Germain, pero un cuaderno escrito a mano, un cuaderno que había pertenecido a mis padres… mi tía lo guardaría, sería un orgullo para ella, aunque ni siquiera se molestara en ver lo que contenía su interior. Si realmente no lo había vendido, podría estar en la biblioteca, en cualquiera de las decenas de estanterías de la mansión. En las fiestas que había dado, ahora o en años anteriores, cualquier persona, un Sangre Roja o un Sangre Negra, podía haberlo encontrado y podía haberlo leído. Si alguna vez había estado en casa, ya nunca podría saberlo.

Suspiré y dejé caer los brazos. Andrei imitó mi movimiento y dejó sus manos sujetas a las mías. Si una persona era capaz de sacrificar a tres inocentes por una maldita teoría sobre algo que ni siquiera debería existir, ¿qué sería capaz de hacer con una Piedra Filosofal en su poder? El aire pesaba a mi alrededor, casi sentía como si unos dedos gigantescos e invisibles me empujaran hacia abajo, hacia los infiernos.

—No sabéis lo que habéis hecho —musité, alzando la mirada hacia mis padres.

—Puede que sí lo sepamos, Eliza —contestó mi madre, con una sonrisa amarga en sus labios—. Y por eso estamos fuera del círculo.

Fruncí el ceño, observándolos atentamente, y durante un instante los vi como habían sido con mi edad, con el uniforme de la Academia, brillantes, arrogantes y hermosos, con secretos escondidos tras sus sonrisas.

Unos perfectos farsantes.

Sin que pudiera evitarlo, unas malditas lágrimas se escaparon de mis ojos. Andrei me lanzó una mirada de preocupación y se acercó un poco más, aunque su pecho estaba solo a centímetros del mío. Mis padres intentaron avanzar hacia mí, pero el círculo de las velas soltó un chasquido, el fuego creció, y los obligó a retroceder.

—Espero que estas respuestas puedan ayudarte —dijo mi madre. Levantó una mano en un gesto que parecía una despedida.

—No pierdas el tiempo en odiarnos por lo que hicimos o por lo que no hicimos —añadió mi padre mientras me abarcaba con sus grandes ojos verdes—. Demuéstranos que eres mejor que nosotros.

Era el momento de la despedida. Jamás nos hubiéramos podido abrazar o besar, pero otros padres me habrían dicho que me querían, que se acordarían de mí estuvieran donde estuviesen.

Pero eran Marcus Kyteler y Sybil Saint Germain, y eso siempre los haría diferentes.

Tomé aire y recité el encantamiento que los devolvería a alguno de los Siete Infiernos:

Yo os doy permiso para marcharos,
fantasmas, que habéis acudido a mi llamada,
para que descanséis en los Siete Infiernos
en este momento, en este día, para siempre.

Fue apenas un parpadeo. Los bordes de los cuerpos de mis padres se difuminaron y, como un suspiro que se disolvía en el aire, desaparecieron frente a nuestros ojos.

Las velas se apagaron de golpe y yo caí de rodillas en el suelo, en mitad del círculo humeante, con más frío que nunca. Mi cuerpo se sacudía con violencia por culpa de los corcoveos.

Andrei se movió de inmediato. Salió del círculo para recoger las mantas que había dejado a un lado y, con ellas entre los brazos, volvió a mí. Me empujó ligeramente hacia la chimenea y separó una de ellas del resto para cubrirme por completo. Otra la cogió para sí mientras Trece, en un ronroneo bajo y continuo, agarraba con los dientes el extremo de la que quedaba, se acercaba a mí y se escondía debajo ella, dejando solo visible su rabo negro.

Como tenía las manos libres, me aparté las lágrimas que todavía corrían por mis mejillas. El agua se mezcló con la sangre seca de mis palmas.

—Lo siento —musité.

—No tienes que sentir nada —contestó con rapidez Andrei. Sentí sus ojos sobre mí, aunque mi mirada seguía perdida en mis manos—. Nunca he entendido por qué tenemos que disculparnos si lloramos.

—Sociedad, apariencias —musité. Respiré hondo y clavé los ojos en el fuego de la chimenea, que crepitaba con furia—. Sabía que mis padres no eran como todo el mundo los recordaba. Tengo memorias de ellos. Apenas estaban en casa, apenas me hacían caso... tardé mucho en mostrar que había magia corriendo por mis venas, ¿sabes? Pero cuando por fin apareció, cuando me di cuenta de que era tan Sangre Negra como ellos, lo rechacé. Porque yo no quería parecerme a ellos, ni a mis primos ni a ningún otro que perteneciera a esa sociedad.

—*Megértem*. Tenemos algo en común, entonces —suspiró Andrei, echándose hacia atrás para apoyarse en las palmas de las manos—. Yo tampoco quise pertenecer al mundo de la nobleza. Nunca me gustó lo que vi. Las apariencias, los rumores, la riqueza obtenida siempre porque se arrebató a otro... Destruyó a mi madre. Y creo que algún día destruirá a mucha más gente.

Volví la cabeza hacia él, con los ojos muy abiertos.

—¿La destruyó?

—Como te dije esa noche en la ópera, mi madre nació en el seno de una familia humilde. Mi tío trabajó mucho para entrar en la policía y ascender en la jerarquía, pero mi madre tampoco se conformó. Mis abuelos tenían un dinero limitado, así que no pudieron pagarle una institutriz durante los años que eran necesarios. Sin embargo, ella buscó cómo formarse sola. Mi tío le conseguía los libros que ella le pedía. Era muy inteligente y trabajadora. Quería abrir una escuela para los niños del East End, ofrecerles oportunidades que no tuvieran que ver con las fábricas, con las minas o con la calle. —Andrei desvió la mirada hacia lo alto de la chimenea, pero esta vez en ella no había un cuadro que mostrase a una joven de sonrisa triste—. Mi padre la conoció por casualidad, después de que su primera mujer muriera dando a luz a su primogénito, mi hermanastro Laszlo. Fue también durante una noche en la ópera, aquí en Londres.

Aparté la vista, sintiendo cómo mis mejillas se acaloraban, y no por el fuego que vibraba en la chimenea.

—Al principio fue como un cuento de hadas. Pero solo duró los primeros meses. Una vez que el compromiso se hizo público, mi madre tuvo que lidiar con los problemas de no ser suficiente a ojos de la nobleza y de la sociedad, tanto de Inglaterra como de Hungría. Ella se esforzó tanto por encajar, que se perdió a sí misma en el proceso. El mundo le decía que no era suficiente, que nunca lo sería, simplemente porque había nacido en la familia equivocada, en la calle y el número equivocado.

Me mordí los labios y, sin poder evitarlo, busqué su mano con la mía y se la apreté con fuerza. Cuando sus ojos se alzaron hasta los míos, los sentí más oscuros y profundos que nunca, a pesar de que las llamas de la chimenea se reflejaban en ellos.

—Te dije que, cuando te encontré en las catacumbas de Highgate, mi padre me había enviado a Londres por la muerte de mi madre. Ella no murió por enfermedad o por un incidente. Simplemente… no lo soportó más y se quitó la vida.

—Lo siento, Andrei —susurré, con la voz entrecortada—. Lo siento muchísimo.

Él sacudió la cabeza y su mandíbula rígida se relajó un poco, lo suficiente como para mostrar una pequeña sonrisa.

—Ahora ya sabes por qué odio bailar y realizar toda clase de actividad… protocolaria, en fiestas así, atestadas de nobles y ricos. —Su sonrisa se desvaneció, aunque la súbita seriedad que se unió a sus rasgos hizo que sus siguientes palabras reverberaran en mi interior—. Aunque si tengo que ser sincero, no fue tan horrible bailar contigo.

No era la primera vez que me lo decía, pero me quedé en blanco y, hasta que la pata de Trece, disimuladamente, no me golpeó en la pierna, no fui capaz de reaccionar.

—Yo tampoco me lo pasé mal —comenté, con una mueca temblorosa.

—Si coincidimos en alguna otra fiesta, podrías obligarme de nuevo a hacerlo.

Sus ojos se hundieron en nuestras manos unidas y, cuando intenté tragar saliva, me pareció el trabajo más complicado del mundo.

—Tendré que buscarte hueco en mi carné de baile. Siempre lo tengo lleno.

Él no respondió, aunque sus ojos castaños se mantuvieron hundidos en los míos, desafiándome a algo que me fascinaba y me aterrorizaba por igual. Estábamos cerca, muy cerca, y nuestras manos continuaban entrelazadas. Debíamos apartarnos, él o yo, y debíamos hacerlo ya. Sin embargo, yo ladeé la cabeza y Andrei alzó su mano libre, rozándome la mejilla con las yemas de los dedos, como si quisiera apartarme un mechón rebelde que había escapado de mi recogido. Pero no había cabello, solo piel.

Podía apartarme.

Debía apartarme.

Pero no lo hice y, cuando el aliento cálido de Andrei llegó hasta mis labios, yo cerré los ojos.

Y unos inmensos golpes hicieron eco por toda la mansión.

Él se echó abruptamente hacia atrás mientras yo me ponía de pie. Trece asomó la cabeza debajo del montón de mantas y enseñó los dientes al lugar de donde procedía el ruido.

La puerta principal.

—¿Sabe alguien que no estás en casa? —murmuró Andrei; se puso en pie a mi lado.

—Solo Liroy, pero él no me delataría jamás —contesté, con firmeza—. Además, creé un Homúnculo. No es posible que…

Una idea me golpeó con la fuerza de una bofetada. ¿Y si se trataba del Aquelarre? ¿Y si descubrían lo que acababa de mostrarle a un Sangre Roja?

Me desterrarían.

Me arrebatarían mi magia.

—¡Espera! —grité, pero Andrei ya estaba junto a la puerta, a punto de abrirla.

Escuché una exclamación ahogada, el sonido del inmenso picaporte al impactar de lleno contra la pared, y acerqué mi Anillo de Sangre a mi piel. Acababa de hundir la piedra afilada en la palma de mi mano para realizar el encantamiento de invisibilidad, cuando una figura, seguida de dos más, entró en la estancia a paso rápido.

Unos ojos fríos me observaron durante un instante antes de que yo los reconociera. No era la primera vez que me encontraba con ellos. Los había observado a escondidas desde el hueco de la escalera, mientras hablaba con mis tíos. Los había visto vigilando el número cuatro de Berkeley Square el día que visité a Aleister Vale, y creía haberlos visto esa misma noche, envuelto entre las sombras.

Era el inspector Edmund Reid.

20

Virtud y adversidad

—No hay nadie más en la mansión, señor —dijo uno de los policías—. Tampoco hemos hallado nada sospechoso.

El inspector Edmund Reid sacudió la cabeza y comenzó a andar a un lado y a otro, con las manos unidas con fuerza tras la espalda.

—Ya se lo había dicho —intervino Andrei. Junto a mí, observaba al hombre con los brazos cruzados y el ceño ásperamente fruncido.

—¿Y qué hacen ustedes dos aquí? ¿Qué hacen con todas esas velas en círculo? —preguntó el hombre, sin amilanarse. Sus ojos volaron hacia mí—. Sé que hay algo extraño en su familia, señorita Kyteler. Los llevo observando desde hace un tiempo.

No parpadeé cuando su mirada se hundió todavía más en la mía, desafiándome. Sin embargo, no pude evitar que un escalofrío me recorriera.

—Puertas que se abren solas, jóvenes que saltan desde la ventana y parecen volar, ventanas que se abren como empujadas por el viento… su primo tampoco pierde el tiempo por las noches. —Mi expresión se descontroló un poco. ¿Liroy? ¿Liroy también había escapado en mitad de la noche?—. Pero ¿sabe qué es lo más interesante? Que esas escapadas coinciden con los días de los asesinatos.

—Eso es ridículo —murmuré.

Mis tíos habían estado junto a mí las noches que habían asesinado a los tres Desterrados y, exceptuando la noche en la ópera, en la que Liroy se había quedado estudiando para su examen, me había acompañado en las diversas fiestas. Y no había mentido. Kate me había dicho que, efectivamente, había escuchado a Liroy en su dormitorio, repasando encantamientos y hechizos en voz alta, hasta casi el amanecer. Se había quejado entre bostezos que apenas la había dejado dormir.

—Suena como un desquiciado, inspector Reid —dijo Andrei. Avanzó un paso para colocarse a mi lado.

—Oh, sé bien lo que dicen de mí en la comisaría, señor Báthory, imagino también lo que su tío le cuenta, pero sé que estos asesinatos tienen una razón. Y creo que esa razón tiene que ver con todo esto.
—Con la mano, señaló el círculo de velas apagadas.

—Pero no tiene nada —repliqué, con seguridad—. Y yo deseo regresar a casa.

Una sonrisa fría como el hielo se instaló en los finos labios de Edmund Reid.

—Por supuesto, señorita Kyteler. Imagino que estará agotada. —Su condescendencia me hizo fruncir aún más el entrecejo—. Yo mismo la acompañaré, y después haré lo mismo con el señor Báthory.

—No tiene por qué —contesté, con rapidez—. No soy una niña, puedo regresar sin necesidad del acompañamiento de la policía.

—No lo creo —replicó—. ¿Recuerda los asesinatos? Suelen llevarse a cabo durante estas horas. No me gustaría encontrarme con su cadáver en el depósito.

Apreté los puños contra la falda, mientras Andrei me lanzaba una mirada de preocupación. Mis ojos se dirigieron hacia un rincón oscuro de la estancia, en donde estaba escondido Trece entre las sábanas polvorientas que cubrían un mueble.

Será mejor que les avises, dije, mientras unos ojos amarillos me devolvían la mirada.

Me preguntarán, ¿qué quieres que les diga?

Me mordí el labio y observé de soslayo a Andrei, que había empezado a discutir con el inspector Reid, intentando inútilmente hacerlo entrar en razón.

Lo que sea más escandaloso.

En mi cabeza había sido una buena idea, y en cierta parte lo fue, porque cuando el inspector Reid llamó a la puerta de nuestra mansión de Berkeley Square, mis tíos ya estaban esperando en el recibidor, con sus caros batines sobre su ropa de dormir.

El inspector habló sobre los extraños comportamientos de mi familia, sobre las ventanas y puertas que se abrían solas, sobre las incursiones de Liroy y las mías por la noche, pero la tía Hester ni siquiera le prestaba atención. Sus ojos claros fulminaban sin piedad a Andrei. Sin embargo, él no se amilanó, y cuando el inspector Reid se despidió, sus dedos se cerraron un instante en mi muñeca y la apretaron suavemente, antes de dejarla ir.

Intenté controlar el escalofrío que me recorrió, pero por la expresión que me dedicó mi tía, no supe fingir muy bien.

Entré en la mansión, donde todas las luces estaban encendidas, a pesar de que era muy tarde. En la sala de té, sentados a la mesa, medio adormilados, estaban Kate y Liroy. No había rastro del servicio, ni de los Centinelas.

En cuanto traspasé el umbral de la estancia, el aullido de la tía Hester me desolló los oídos.

—¡Amantes! —gritó, dejándose caer penosamente en una de las sillas—. Oh, por los Siete Infiernos. Al final mis pobres nervios me van a matar.

—No deberías haber huido con ese joven, Eliza —dijo mi tío Horace, serio, pero más comedido—. Alguien podría haberte visto y eso te hubiera puesto en un muy mal lugar.

Apreté los labios y volví la mirada. Mis ojos se encontraron con los de Kate, intenté buscar algo de apoyo, pero ella frunció el ceño y clavó la mirada en la falda de su camisón. Sus manos se habían convertido en dos puños apretados. Mis ojos se abrieron de par en par, sorprendida. ¿Qué le ocurría?

—Si has perdido tu virtud, ningún Sangre Negra querrá casarse contigo —dijo la tía Hester; meneó la cabeza con pesar. Sus ojos se habían vuelto vidriosos—. No valdrás nada.

—¡Mi virtud está intacta! —exclamé, dando un golpe contra la mesa. Mis tíos se miraron e intercambiaron una mirada de alivio, pero eso solo me exasperó más—. ¿Tanto vale? ¿Es más importante de quién soy? ¿Y la de Liroy? —exclamé, echando un vistazo a mi primo, que se encogió un poco—. ¿La suya no tiene el mismo valor?

Por los Siete Infiernos, estaba harta de esa estupidez. ¿Con cuántas personas se había acostado mi primo? En la Academia lo había visto escabullirse decenas de veces, con una sonrisa divertida retorciendo sus labios, porque sabía que, hiciera lo que hiciera, no pasaría nada. Nunca pasaría nada.

Era verdad que una vez que nos casábamos, las mujeres Sangre Negra teníamos mucha más libertad que las Sangre Roja. Una vez que su... *virtud* había sido entregada a su marido. Pero en las aventuras, que en muchas ocasiones había por ambas partes, las femeninas eran las que siempre destacaban. De las que siempre se hablaba.

—Por supuesto que no tiene el mismo valor —replicó mi tía, observándome con perplejidad.

Cerré los ojos. Ni siquiera sabía de qué me sorprendía, qué esperaba de esta conversación. La forma en la que mi prima y la tía

Hester me observaban, las mejillas enrojecidas y las expresiones incómodas de Liroy y mi tío. Quizás tendría que haberles dicho la verdad, quizás debería haberle contado lo que estaba haciendo realmente en esa mansión a las afueras de Londres. Eso los hubiera escandalizado menos.

—No he hecho nada —murmuré, abriendo los ojos con lentitud—. Pero por los Siete Infiernos, ojalá lo hubiera hecho.

Les di la espalda e hice amago de salir del salón de té, cuando la voz de mi tía me detuvo.

—Te prohíbo ver de nuevo a ese joven —dijo, con una voz que no daba lugar a la réplica—. Por Satán, Eliza, tus padres ahora se sentirían muy decepcionados.

La observé por encima del hombro y, para su sorpresa y para la mía, se me escapó una sonrisa amarga.

—Tú no conocías a mis padres —susurré, antes de echar a andar—. Nadie los conocía.

Junto a la puerta de la estancia, me encontré de golpe con los Centinelas de mi tía y de Liroy, que giraron la cabeza hacia otro lado cuando mis ojos se encontraron con los de ellos, como si también estuvieran enfadados conmigo.

A mitad de la escalera, Trece me esperaba sentado en uno de los peldaños alfombrados.

Si te sirve de consuelo, no creo que tu virtud sea tan importante, dijo en mi cabeza, mientras su boca se abría y adoptaba algo parecido a una sonrisa. *Para los Centinelas es tan normal como respirar. Algún día te hablaré sobre ello.*

Vaya, gracias. Aunque no sé si me interesa mucho escucharlo.

Estaba a punto de subir al tercer piso, donde se encontraban todos los dormitorios, cuando escuché pasos acelerados a mi espalda. Me volví, con la esperanza de que fuera Kate, pero no.

Era Liroy.

—Lo siento —dijo, en cuanto llegó a mi altura.

Yo resoplé y me adentré en mi dormitorio. Él me siguió, esperó a que Trece entrara también y cerró la puerta a su espalda. El Homúnculo se había deshecho entre las sábanas y ahora solo quedaba una mancha oscura y pringosa, que tenía forma humana. De un tirón, quité las mantas, las sábanas y la almohada, y las arrojé al suelo. Me senté en el colchón desnudo, sintiéndome terriblemente exhausta.

—Sabes que para mí esas cosas son unas estupideces, ¿verdad? Es absurdo que no podamos... experimentar, antes de atarnos para siempre a una persona —soltó, y casi parecía triste por decirlo.

—*Liroy* —carraspeé, interrumpiéndolo—. Andrei Báthory no es mi amante. Ni siquiera nos hemos besado.

Aunque una parte de mí, oscura y enterrada, había deseado hacerlo. El recuerdo de sus dedos en mi mejilla me arrancó un estremecimiento.

Liroy pareció sorprendido y, de pronto, frunció el ceño y se sentó en la cama, a mi lado.

—Entonces, ¿qué hacías con él a mitad de la noche?

Apreté los labios y desvié la vista hacia Trece, que me devolvió la mirada. No dijo nada, pero sus ojos decían claramente: «Es tu decisión contárselo o no».

Respiré hondo y me giré hacia mi primo.

—Andrei fue quien me encontró en las catacumbas, no el inspector Andrews que, por cierto, es su tío. David Tennyson lo atacó porque odia a los Sangre Roja y estaba absurdamente celoso de él. Yo lo salvé, a medias, y le conté lo que soy. Me acompañó a visitar a Aleister Vale a Sacred Martyr, donde Vale me dijo que mis padres escribieron junto a él, cuando estaban en la Academia, un libro sobre invocaciones. Crearon una que era capaz de invocar la Piedra Filosofal, pero para ello necesitaban los órganos de la Teoría de los Humores, los mismos órganos que El Forense está recolectando.

Como no sabía si creerle, fui esta noche a la mansión del padre de Andrei, Wildgarden House, a las afueras de la ciudad, y realizamos una sesión espiritismo en la que convocamos a mis padres. Ellos me lo confirmaron y me dijeron que ese libro estaba en nuestra mansión de Hyde Park cuando fueron asesinados. Y luego… luego estuve a punto de besarme con Andrei Báthory porque, aunque no es mi amante, creo que a una parte de mí no le importaría que lo fuera. Pero al final no ocurrió nada, porque apareció el inspector Reid diciendo que había descubierto comportamientos extraños en nuestra familia, que te había visto escapar muchas noches… ¿a dónde diablos vas?

Me había quedado sin respiración, pero Liroy también. Separó los labios, pero no tardó mucho en conseguir hablar.

—Voy a… por los Siete Infiernos, ¡eso no importa! —Sacudió la cabeza y se llevó las manos al pelo, de repente consciente de todo lo que acababa de contarle—. ¿Cómo… cómo…? Ni siquiera sé por dónde empezar.

—Tenemos que avisar a los Desterrados —dije. Lo aferré por los hombros, obligándolo a centrarse—. Ahora sabemos lo que trata de conseguir El Forense. Sabemos lo que le queda por hacer.

—¿Cómo? Hay cientos disgregados por todo Londres.

—Hubo… hubo una joven en la primera reunión del Aquelarre a la que acudí. Después de la señora Williams, parecía hablar en nombre de los demás —dije, recordando esa melena brillante como el fuego y esa última mirada triste—. Una joven pelirroja, no mucho mayor que yo. Podrías averiguar quién es y dónde vive. Dado que solo ha habido tres expulsiones en la Academia, esa joven tuvo que haberla terminado y debió ser desterrada posteriormente. No debía tener más de veintipocos. No ha podido haber muchos destierros en cuatro años.

—Intentaré… intentaré encontrarla. Sé que hay registros en la Torre de Londres —contestó Liroy, al cabo de unos segundos en silencio que me supieron a días. Sus ojos se desviaron hacia la estantería de mi dormitorio, donde guardaba los libros de la Academia, mis cuadernos y algunos libros de lectura—. ¿Crees que el libro del que te han hablado tus padres estará aquí, en esta casa?

—No lo sé, quizás sí. ¿Crees que tu madre donaría un objeto tan valioso, escrito a mano por los mismísimos Marcus Kyteler y Sybil Saint Germain?

Los labios de mi primo se doblaron en una mueca retorcida.

—Obviamente, no.

Se me escapó una pequeña risa, que Liroy también compartió. Después nos quedamos en silencio, uno al lado del otro, sentados en el colchón. Su mano buscó la mía y me la apretó cariñosamente.

—Me hubiese gustado acompañarte a Sacred Martyr. Sé que tuvo que ser horrible para ti enfrentar… a ese asesino.

—Fue extraño —contesté, mientras recordaba la confiada expresión de Aleister Vale—. Estaba preparada para enfrentarme con un monstruo, pero… me encontré con algo diferente. Me dijo que él nunca había pensado matarme.

—¿Y tú le creíste? —Liroy y arqueó las cejas.

—Quería vengarse de mis padres y supongo que yo era una buena opción para acercarse a ellos. —Suspiré y elevé la mirada de nuestras manos unidas a su rostro—. ¿Qué crees que le hicieron para que él estuviera tan desesperado por vengarse?

Él negó con la cabeza y permaneció en silencio unos instantes más antes de que el sonido de unos pasos llegara hasta nosotros. Alzamos la mirada a la vez y la clavamos en la puerta antes de que esta se sacudiera por unos pocos golpes.

—Liroy, sé que estás ahí dentro. Será mejor que vuelvas a tu dormitorio. —Era mi tío Horace. Su voz sonaba terriblemente cansada—. Esta noche ya hemos aguantado suficientes sorpresas y discusiones.

—Ni te imaginas —susurró él, para sí, mientras se incorporaba de la cama. Se dirigió a la puerta, pero, antes de tocar siquiera el picaporte, se volvió de nuevo hacia mí—. Sabes lo peligroso que es interesarte por un Sangre Roja, ¿verdad?

Dejé escapar una pequeña sonrisa y me tumbé sobre el colchón, con los ojos clavados en el techo.

—Se lo estás preguntando a alguien que resucitó a todos los muertos de un cementerio.

Los labios de Liroy se doblaron en una sonrisa verdadera, salpicada quizás con algo de tristeza.

—A veces creo que estás un poco loca. Incluso más que yo. Pero me alegro por ti, de verdad. Ojalá yo fuera tan valiente.

Fruncí el ceño ante sus últimas palabras y, antes de que él se fuera, me incorporé y lo llamé una vez más. Él se giró, esta vez con la puerta entreabierta frente a él. La luz del pasillo se colaba y alumbraba a medias su rostro.

—Antes… antes de que me escapara esta noche, tenías algo que decirme. Algo importante, creo. ¿De qué querías hablarme? —pregunté.

Él siguió sonriendo, aunque la tristeza se extendió un poco más por su piel.

—No te preocupes. Mañana sabrás de lo que se trata.

Ni siquiera me dio tiempo a insistir. Me dedicó una última mirada y cerró la puerta a su espalda, dejándome con la luz del amanecer colándose entre las cortinas.

Sentí que no había terminado de cerrar los ojos que ya los estaba abriendo de nuevo. Pero ahora, por la ventana entraba mayor cantidad de luz, que trepaba por mi cama hasta llegar a mi rostro. Entre mis pies, Trece se quejó.

Farfullé algo, medio adormilada, y me cubrí la cabeza con la almohada. Sin embargo, como si unas manos invisibles la aferraran, esta salió volando y acabó en el otro extremo de la habitación.

Separé los párpados y vi a la tía Hester en la puerta de la habitación, observándome con el ceño fruncido. Iba muy arreglada, con un vestido nuevo que no le había visto antes, de un color rosa oscuro.

Ella murmuró otra palabra que no acerté a oír y las mantas y las sábanas escaparon de mis manos. Trece tuvo que saltar por encima de ellas para que estas no lo arrastraran.

—¿Qué ocurre? —pregunté. Intenté cubrirme de nuevo, aunque las sábanas y las mantas parecían haberse vuelto de piedra.

—Anne te vestirá ahora —dijo mi tía, con el ceño muy fruncido—. Después, vendrás al comedor. Te estamos esperando.

Ni siquiera tuve tiempo de preguntar nada. Ella salió del dormitorio y, tras su falda ondulante, entró Anne. No entendía nada. ¿El comedor? Jamás lo utilizábamos a no ser que diéramos alguna cena. Era demasiado elegante, incluso para la tía Hester, y la mesa era ridículamente larga.

El corazón comenzó a galopar en mi pecho. ¿Y si había invitado al Aquelarre? Quizás, después de lo de ayer, Kate había confesado lo de Andrei, le había contado que él sabía que todos éramos unos Sangre Negra. Y quizás, mi tía, horrorizada, había llamado a Francis Yale.

—Su tía me ha pedido que se ponga este vestido —dijo Anne. Sobre sus brazos llevaba el vestido de mañana más arreglado que tenía. Esmeralda, de terciopelo, con un broche dorado bajo la barbilla.

Desde luego, no era lo más adecuado para esperar al Aquelarre. Casi tenía más que ver con algo que te pondrías para un baile, aunque dudaba de que a esas horas fuera a empezar alguno.

—¿Qué está pasando? —volví a preguntar, esta vez a la criada.

Anne tragó saliva y desvió la vista, clavándola en la amplia falda verde que resbalaba hasta la alfombra.

—Hoy es un día muy dichoso, señorita —dijo, sin más explicación.

—¿Han atrapado a El Forense? —pregunté, de pronto muy espabilada.

—Me temo que se trata de otra clase de felicidad, señorita.

Intercambié una mirada con Trece, pero él se limitó a alzar un poco sus patas delanteras, como si se estuviera encogiendo de hombros.

De todas formas, ocurriera lo que ocurriera, lo descubriría dentro de poco.

Casi media hora más tarde, bajaba la escalera con mi Centinela detrás, en dirección al comedor del segundo piso.

Quizás sea Andrei, que viene a pedir tu mano, comentó Trece, en mi cabeza.

No bromees.

¿Con Andrei o con el matrimonio?

Con los dos.

De pronto, una suave carcajada llegó hasta mí, dejándome clavada en el lugar, con el pie flotando en el aire, esperando para apoyarse en el peldaño. Reconocía esa risa. La conocía demasiado bien.

Me levanté la falda hasta las pantorrillas y bajé apresuradamente el último tramo de escaleras. Giré a la izquierda cuando llegué al rellano. Las puertas del comedor estaban abiertas.

Me acerqué con rapidez, pero me detuve en seco en el umbral cuando todas las miradas se hundieron en mí. La tía Hester, el tío Horace y Kate se encontraban en un lado de la larga mesa. Mi prima, con los ojos rojos, como si hubiera estado llorando o como si no pudiera contener más las lágrimas. En un extremo de la mesa, repleta de comida y bebida, en un gigantesco desayuno que nada debía envidiar a los que celebraba la reina Victoria, estaba Liroy. Llevaba puesto un bonito traje y, aunque sonreía, se encontraba algo pálido. Su mano estaba aferrada a la de Serena Holford, que llevaba un precioso vestido de color mostaza. Pero ella no era la única ajena a la familia, a su espalda se encontraban sus sonrientes padres.

Mis ojos se abrieron de par en par al comprender de golpe. Solo había una razón para que ellos estuvieran aquí, para que Kate estuviera haciendo intentos por no llorar y porque Liroy entrelazase sus dedos con los de Serena. Aun así, pregunté:

—¿Qué está ocurriendo?

La tía Hester me dedicó una sonrisa tan amplia como falsa, como si no me hubiera arrancado de la cama hacía apenas un rato. Con presteza, colocó una copa de cristal en mi mano, en la que burbujeaba un líquido de color oro.

—Acércate y felicita a los futuros señor y señora Saint Germain —dijo—. Liroy le pidió la mano a la señorita Holford en el baile de los Tennyson, ¡y ella finalmente ha aceptado! ¿No es maravilloso?

Opus Magnum

Debía ser como si estuviéramos en mitad de una fiesta, aunque el silencio incómodo que flotaba en el aire recordaba a un funeral. Los cubiertos, el repiqueteo de las tazas al apoyarse sobre los platos de porcelana inundaban el ambiente.

La tía Hester parloteaba sin parar, y los señores Holford le seguían la corriente, aunque no cesaban de mirar a su alrededor, pendientes del ánimo que llenaba la estancia. De vez en cuando, desviaban la mirada hacia el techo por culpa de las protestas y los gritos que soltaba el abuelo Jones, al que habían prohibido bajar a desayunar para no estropear la velada. Por supuesto, eso no había sido lo que había dicho mi tía. Había alegado que el pobre anciano se encontraba muy cansado, pero, a juzgar por los berridos que llegaban desde el tercer piso, el abuelo Jones se encontraba en buena forma.

Mi tío Horace sonreía, tenso. Sabía que él estaba feliz por la unión, pero como los Holford, el ambiente opresivo lo asfixiaba. No dejaba de tironear el cuello apretado de su camisa.

Kate tenía los ojos rojos y la mirada hundida en su taza de té, que no había tocado y había dejado de humear hacía un buen rato. A su lado estaba mi primo Liroy que, por el color de su cara, parecía en mitad de una comprometida descomposición de estómago.

En una esquina, todos juntos, los Centinelas estaban tan quietos y silenciosos, que parecían esos animales disecados que a veces colgaban horriblemente de las paredes y decoraban las estanterías de los Sangre Roja.

La única que sonreía ampliamente y parecía ajena a todo era Serena. No había soltado la mano de Liroy en la exasperadamente larga hora que llevábamos sentados, intentando comer.

Cuando nuestras miradas se encontraron, noté el aire estrangularse entre nuestros cuerpos.

—Creo que hay demasiado silencio en este momento tan dichoso para todos —comentó, mientras dejaba libre la mano de mi primo con una lentitud calculada—. ¿Qué tal si escuchamos algo de música?

Antes de que nadie pudiera responder, se levantó y se encaminó hacia el piano de pared que estaba apostado en el otro extremo de la estancia. Había pertenecido a mi madre, que según había oído, lo tocaba en las veladas y en las cenas. A pesar de que nadie de nuestra familia lo utilizaba ya, la tía Hester se encargaba de que estuviera perfectamente afinado, así que, cuando Serena tocó casualmente un trino que reverberó con la delicadeza del piar de un gorrión, las notas sonaron claras.

Mis tíos, Liroy y sus futuros suegros, los señores Holford, se incorporaron para acercarse al piano. Sin embargo, cuando vi a Kate hacer amago de incorporarse, me senté junto a ella y la sujeté del brazo para obligarla a quedarse sentada.

Sus ojos rojos se clavaron en los míos.

—Tocaré un preludio de Chopin —anunció Serena, a nuestra espalda—. Se titula: *Gota de lluvia*. Es una de mis piezas favoritas.

Hubo un murmullo de aceptación, y yo aproveché para inclinarme en dirección a mi prima en el instante en que sonaban las primeras notas, dulces y acompasadas.

—¿Cómo estás? —susurré.

Ella bajó la mirada hacia sus manos, que retorcían con rabia los bordes de encaje del mantel blanco que cubría la inmensa mesa del comedor.

—¿Cómo crees que estoy?

—Que Liroy se case con Serena no tiene por qué cambiar nada —dije, apretando ligeramente su brazo—. Lo veremos menos, es verdad, quizás tengamos que acudir en su futura mansión a alguna fiesta estúpida, pero…

—Me quedaré sola —me interrumpió Kate, moviendo la cabeza de un lado a otro.

En el otro extremo del comedor, los acordes se volvieron graves y más oscuros, más intensos.

—No, no lo permitiré —contesté, aferrándola con más fuerza—. Estaré contigo.

—*Mentirosa* —replicó.

Sentí como si me hubiese dado una violenta bofetada, como si me hubiera echado una maldición. Su voz había sonado ronca, llena de verdad, repleta de una ira que solo podía proceder de uno de los Siete Infiernos.

—Tú también te irás. Me abandonarás por Andrei Báthory.

Miré a Kate con los ojos muy abiertos, sin creer lo que estaba diciendo. Una pequeña carcajada se me escapó, aunque eso no consiguió que su expresión crispada por la rabia se suavizara ni un poco.

—Kate, lo que oíste ayer sí que era una mentira. Lo inventé. Era la única forma que se me ocurrió de ocultar lo que Andrei y yo estábamos haciendo realmente.

—¿Y qué estabais haciendo?

La melodía se había convertido en una sucesión de acordes graves que recordaban al órgano de las iglesias, su gravedad hacía eco por mis oídos e iba creciendo en intensidad, mareándome. Con cada acorde, el enfado parecía crecer en los ojos de mi prima.

—Hemos averiguado algo sobre El Forense, sobre el asesino. Creemos que…

Durante un instante, el desconcierto que borró su enfado casi me alivió. Pero fue eso, apenas un momento, antes de que la cólera volviera con tanta fuerza, que sentí cómo me sepultaba bajo ella.

—Por *tu* culpa me expulsaron de la Academia —me interrumpió, en voz baja—. Y desde entonces, yo he estado con institutrices, encerrada en casa, sin salir apenas. Creía que esa absurda investigación había terminado, porque, si no hubiera sido así, habrías contado conmigo.

Sus palabras cayeron sobre mí con la misma fuerza con la que sonaban los acordes que Serena arrancaba del piano.

—En primer lugar, yo no tuve la culpa de que te expulsaran, fuiste tú quien decidió seguirme —contesté, con la voz ronca—. Y en segundo lugar, creí que habías dejado bastante claro que no querías tener nada que ver con… todo lo que estaba ocurriendo cuando visitamos a Andrei.

—¡Por supuesto que no quería tener nada que ver! Le estabas contando a un Sangre Roja lo que éramos, lo que éramos capaces de hacer.

—Era necesario —repliqué, casi con desesperación—. Y se lo debía.

—Nosotros no les debemos nada a los Sangre Roja —espetó Kate.

Me eché hacia atrás. El preludio había vuelto a una parte más melódica, más suave, pero los acordes infernales seguían haciendo eco en mi cabeza.

—No hables así, Kate.

—¿Cómo quieres que hable? —susurró ella, casi para sí misma—. Me expulsaron de la Academia, me encerraron en casa, mi madre me prohibió ir a las fiestas y a los bailes…

—Por tu edad. Solo tienes que esperar un año más —la interrumpí, todavía sin soltar sus brazos, que habían empezado a temblar de rabia. Pero no me escuchaba. Parecía perdida en mitad de una letanía.

—Mi hermano, al que tanto quiero, se escapa por las noches y nunca me cuenta a dónde va, porque no confía en mí. Tú prefieres compartir secretos con un Sangre Roja antes que conmigo, que fui la única que te quise y te defendí cuando eras solo una niña; cuando tus padres todavía vivían y para nuestra comunidad eras solo una decepción. —Lágrimas gruesas comenzaron a caer de sus ojos castaños, una cascada imposible de frenar—. Y ahora, esa mujer tan venenosa, con sus malditas sonrisas y sus comentarios, va a entrar en mi familia, va a hacerse con mi apellido.

De pronto, la piel de Kate pareció estallar en llamas. Aparté las manos, ahogando una exclamación de dolor, pero ella no se inmutó, ajena a su magia descontrolada.

—Serena no es una buena persona —siseó.

—Lo sé.

—No —contestó, y hundió con rabia sus ojos en los míos—. Tú no sabes nada.

Se levantó con brusquedad e hizo amago de dirigirse hacia la salida de la estancia, mientras los acordes del preludio llegaban a su fin, pero yo la sujeté de la manga abullonada del vestido, acercándola a mí. Nadie nos prestaba atención, todos estaban embelesados en la música que brotaba de los dedos de Serena.

—¿Qué quieres decir? —murmuré. Pero ella se mantuvo en un silencio terco, con los labios blancos y apretados—. ¿Hay algo que sepas y los demás no?

Sus ojos grises volaron hacia la espalda de Serena, que se inclinó un poco hacia las teclas blancas y negras mientras tocaba el acorde final de la pieza. Cuando mi prima volvió a mirarme, su rabia se había atenuado. Casi se había transformado en orgullo.

—Discúlpame. Diles que no me ha sentado bien la comida.

Y, sin añadir nada más, se dio la vuelta y salió de la estancia a paso rápido. Yo me quedé quieta, paralizada y, cuando los aplausos llenaron de golpe la sala, dirigí la vista hacia el piano. Todos rodeaban a la señorita Holford, felicitándola por su maestría, por su delicadeza, pero ella, aunque sonreía, no parecía hacerles caso. Sus ojos estaban desviados hacia mí, y su expresión era tan extraña, tan indescifrable, que durante un instante volví a mi primer curso en la Academia, y me encontré de nuevo ante ella, pequeña y asustada, con la terrible sensación de que solo iba a traerme dolor.

La velada se extendió durante un par de horas más. Durante todo ese tiempo, yo estuve sentada a la mesa, escuchando sin escuchar todos los detalles sobre la futura boda. Al parecer, además de ser una magnífica Sangre Negra y una de las mejores alumnas de la Academia, Serena Holford conocía cada especie de planta y cada arreglo floral que se colocaría en la iglesia, porque sí, tendrían que casarse en una iglesia. Si queríamos mantener las apariencias con los Sangre Roja, no podíamos hacer otra cosa. La tía Hester ya hablaba de la capilla de Windsor, «un lugar encantador» a pesar de ser sagrado. No tenía ni idea de cómo pretendía conseguir algo así, qué clase de trato tendría que hacer con la reina, pero hablaba con tanta pasión y tanta seguridad que ni siquiera me molesté en interrumpirla.

Después, la boda se repetiría en la Torre de Londres, en unas estancias especiales con las que contaba el Aquelarre. El vestido no sería blanco, como había puesto de moda la propia reina Victoria en su boda, sino de color rojo. Ambas ceremonias se realizarían al inicio de la primavera y, después, habría una gran cena en la mansión de campo de los Holford.

La fiesta de compromiso que darían en una semana sería, no obstante, aquí en Londres, en Lansdowne House, unos días antes de que Liroy y Serena tuvieran que presentarse al examen del Aquelarre.

La conversación no varió mientras el minutero del reloj de pared daba una vuelta completa, y después otra más. Así que, cuando por fin el matrimonio Holford anunció que no querían abusar más de la hospitalidad de sus buenos amigos, me levanté de golpe de la silla y me dirigí hacia la puerta de entrada con más rapidez que el mayordomo.

Me despedí del matrimonio con una ligera inclinación de cabeza, pero cuando mis ojos se hundieron en Serena, mi cuello se volvió rígido. Liroy seguía sujetando su mano y, en el interior del bolso donde había regresado el Centinela de Serena, se escuchaba un fuerte siseo de advertencia.

—Imagino que te sentirás muy feliz —dije, con el veneno picoteando mi lengua.

Serena negó con la cabeza y, con un suspiro, se apartó de mi primo. Liroy me lanzó una mirada de aviso que yo ignoré por completo.

—Creo que no tienes ni idea de cómo me siento, querida —comentó. Lanzó una ojeada rápida hacia las escaleras principales—. Es una pena que Kate se haya sentido indispuesta.

—Sí, estoy segura de que lo sientes muchísimo —repliqué, acercándome a ella.

Serena ni siquiera pestañeó ante mi cercanía, pero Liroy enredó sus dedos alrededor de mi codo y tiró de mí hacia atrás, alejándome de su prometida. Cuando esta por fin atravesó el umbral de salida, lo sacudí y me alejé de él, observándolo con rabia.

—¿Qué? ¿Ahora vas a defenderla? —exclamé.

—Por los Siete Infiernos, ¿qué ocurre, Eliza? —preguntó la tía Hester a mi espalda.

Liroy y yo la ignoramos. Mi primo suspiró y volvió a sujetarme de la muñeca, esta vez con más delicadeza, y me empujó hacia las escaleras. Yo lo seguí a regañadientes, mientras mi tía se quejaba de mis ademanes y mi comportamiento pueril.

Cuando llegamos al pasillo del tercer piso, donde se encontraban nuestras habitaciones, me detuve junto a la puerta del dormitorio de Kate, que estaba cerrada. La miré de soslayo antes de encarar a Liroy:

—¿En qué diablos pensabas cuando le pediste matrimonio a Serena Holford? ¿Qué le vas a decir a Thomas St. Clair?

—Thomas también se ha prometido. Sus padres lo han obligado —contestó, en voz baja.

La rabia se rebajó un poco en mis venas, pero no lo suficiente.

—Hay decenas de jóvenes Sangre Negra con las que podías comprometerte. Decenas. ¿Por qué ella?

—Era un acuerdo beneficioso para las dos familias —suspiró él, antes de encogerse penosamente de hombros.

—¿Acaso estamos en la Edad Media? ¿Eres el príncipe heredero de algún maldito reino que no conozco?

—Serena es mi amiga. Sé que no te gusta, pero nos llevamos bien, y eso es más de lo que podría pedir… —Arqueó las cejas y yo puse los ojos en blanco. Levanté una mano porque no quería escuchar más—. Yo no soy como tú, Eliza. No quiero desafiar a nuestro mundo por nadie.

—No sé de qué me estás hablando —murmuré, desviando la vista.

—Por supuesto que no, querida prima —replicó el, con sarcasmo—. Pero supongo que sí te interesará saber que he encontrado cierta dirección de una joven Desterrada y cierto libro escrito a mano que estabas buscando…

Abrí los ojos de par en par y me llevé el índice a los labios. Su expresión se relajó, me dedicó una media sonrisa y me hizo un gesto para que lo siguiera a su dormitorio.

Nada más entrar, agarró de su escritorio un papel doblado y me lo pasó. Lo leí con rapidez antes de guardarlo en el bolsillo de mi falda, junto a mi Anillo de Sangre. Era la dirección de donde vivía la Desterrada. Su nombre era Jane Evans. Después, observé, atónita, cómo se dirigía a la estantería de roble que se encontraba a un extremo de la estancia, repleta de libros mal ordenados que cada día trataba de acomodar nuestro servicio. De la segunda balda extrajo un cuaderno. Era delgado, con unas cubiertas de cuero ajado, no llegaba al dedo de grosor.

Ahogué una exclamación. Había utilizado decenas de cuadernos como ese, eran los que usábamos durante las clases de la Academia. Pero este era diferente. Sobre su portada oscura no estaba escrito el nombre de ninguna asignatura. Al contrario, habían dibujado con unas letras grandes y doradas las palabras: *Opus Magnum*. Bajo el título, había cuatro pares de iniciales:

M. K. Marcus Kyteler.

A. V. Aleister Vale.

S. S. G. Sybil Saint Germain.

Pero ¿quién era L. S.?

—Lo saqué de nuestra propia biblioteca hace meses —me explicó Liroy. Su voz sonaba lejana en mis oídos—. Pensé que podría ayudarme con los exámenes, pero cuando eché un vistazo, lo abandoné y lo dejé en mi estantería. Me olvidé de él. Pero cuando el otro día lo mencionaste… me di cuenta de que tenía que tratarse de este libro, sin ninguna duda. Esta mañana lo he leído a fondo. —Me entregó el cuaderno y yo lo sostuve con las manos temblorosas, apretándolo contra mi pecho—. No sé si realmente lo escribieron tus padres, pero… deberías verlo.

Levanté la mirada hacia Liroy y un hondo escalofrío me recorrió cuando observé su ceño fruncido. Miraba la portada como si se tratase de algo peligroso.

Yo asentí y salí de su habitación con rapidez, controlando mis pies para no echar a correr. Atravesé el espacio que existía entre nuestras habitaciones en unas pocas zancadas y, cuando llegué a mi propio dormitorio, Trece me esperaba tumbado en la cama. Sus ojos amarillos se abrieron de par en par cuando vio lo que sujetaban mis manos.

—Sí, lo es —contesté, antes de que tuviera tiempo de hacer ninguna pregunta—. Estuvo aquí desde el principio.

Al alcance de todos, susurró una voz en mi cabeza. No supe si era mía o de mi Centinela.

Me senté en la cama y él se colocó a mi lado, apoyando su cabeza peluda en mi brazo mientras yo abría el pequeño libro por la primera página y comenzaba a leer.

Les había dicho a mis tíos que no bajaría a almorzar. La excusa había sido que había comido demasiado en el desayuno. Pero, después de terminar *Opus Magnum*, dudaba de que pudiera volver a comer en mi vida.

En el último curso, además de las maldiciones, se estudiaba la magia más oscura, cosas que los Sangre Roja no podrían ni imaginar, pero esto superaba cualquier cosa que hubiese visto antes.

El *Opus Magnum* estaba totalmente dedicado a las invocaciones. Pocos hechizos o encantamientos. Algo de alquimia, pero, sobre todo, observé decenas de círculos y diagramas de invocación, algunos extremadamente difíciles de dibujar, que no había visto en mi vida. Diagramas que habían creado mis padres, Aleister Vale y esa misteriosa persona que se escondía bajo las iniciales L. S.

Había invocaciones que trataban de traer al mundo demonios, arrancar ángeles (si es que existían) del cielo y convertirlos en tus esclavos, arrasar con una población completa de Sangre Roja, devolver la vida a un cadáver y usarlo como una marioneta hasta que tú decidieras devolverla a la muerte.

Pero lo peor no era lo que se trataba de conseguir. Lo peor era lo que *sacrificaban* para conseguirlo. Partes de cadáveres, animales, corazones de Centinelas, demonios, Sangre Roja… e incluso Sangre Negra. A veces era algo que provenía de ellos: saliva o sangre, otras, trozos del cuerpo o de su interior: corazón, pulmones, ojos, intestino… y no era válido aquello que sacaras de algún bote de cristal de la clase de alquimia, como había hecho yo hacía meses en la Academia. No, quien —o quienes— realizasen la invocación eran los que debían encargarse de recolectar todo lo necesario. Al fin y al cabo, la invocación estaba muy relacionada con el sacrificio. Cuanto más dabas, cuánto más perdías, más ganabas. Y matar a un Centinela que aún tenía un compañero vivo, extraer sus órganos… eso te arrebataba una gran parte de ti, de tu humanidad, y conllevaba una clase de magia que no todo el mundo era capaz de recibir.

La última invocación del *Opus Magnum* te proporcionaba las instrucciones exactas para conseguir la Piedra Filosofal, aunque la última página estaba arrancada de mala manera, como si alguien lo hubiese hecho a toda prisa. De todas formas, la invocación pareció completa. El diagrama que se utilizaba era un pentagrama similar al que solíamos dibujar para ilustrar la estrella de cinco puntas, pero muchísimo más complejo. Las líneas eran tan intrincadas, los detalles tan minuciosos y variados, que nadie que no conociese a la perfección el arte de la invocación podría trazarlo.

En cada punta de esa extraña estrella había que colocar un órgano que correspondiese a la Teoría de los Humores. Se debía seguir un orden determinado, el mismo que había acatado El Forense desde el inicio de sus asesinatos. Bazo, hígado, pulmones… y corazón, que todavía no había sido extraído.

Pero quedaba una punta, la central. En ella debía colocarse un cuerpo, todavía vivo, y terminar con su vida en el preciso momento en que terminara de pronunciarse el encantamiento de la invocación.

Bilis y tierra para la melancolía.
Grasa y fuego para la cólera.
Flema y agua para la calma.
Cuerpo y aire para la pasión.
Sangre y éter para la magia.

Las condiciones del asesinato eran muy específicas. Debía acabarse con esa vida al primer intento, no de manera mágica, por lo que mostraba una serie de muertes violentas que quizás fueran útiles. Mientras leía los detalles, el estómago se me retorcía más y me imaginaba a mis padres, a Aleister Vale y a L. S., quien quiera que fuese, con un año menos que yo, en la Academia, escribiendo esas palabras. ¿Cómo podían estar tan seguros de que eso funcionaría? ¿Lo habían probado acaso? ¿Habían llegado a conseguir la Piedra Filosofal?

Si algo estaba claro, era que a El Forense le quedaban un corazón y un cuerpo vivo que recolectar. Y que todo lo que había ocurrido no se trataba de una pulsión interna sádica ni de una venganza. Tenía un propósito claro, y eso debía saberlo tanto la policía como el Aquelarre, por mucho que este último pudiese averiguar que en este libro habían participado mis padres como autores. Y no podía esperar a medianoche para escabullirme. Apenas pasaba la hora del almuerzo, quedaban pocas horas de luz y necesitaba aprovecharlas.

Salí de mi dormitorio y me dirigí a paso rápido hacia el de mi prima Kate. Ella me necesitaba, requería algo que la distrajera, precisaba formar parte de algo y sentirse valiosa, aunque siempre lo hubiese sido.

Ni siquiera llamé a la puerta. Enredé los dedos en torno al pomo de la puerta y tiré de él.

Kate se sobresaltó cuando entré tan intempestivamente a su dormitorio.

—Sé que no lo merezco —dije, antes de que ella pudiera separar los labios—. Pero tenías razón. Nunca debí dejarte fuera de esto, sea lo que sea.

—¿Esto? —preguntó ella, frunciendo el ceño—. ¿Qué es *esto*?

Sin dudar, le enseñé el pequeño libro que escondía a mi espalda, dejando que la luz de la tarde iluminase sus letras doradas escritas a mano. Sus ojos se abrieron un poco, pero nada más. No reconocía lo que tenía entre las manos.

—Sé lo que pretende El Forense —dije, con seguridad—. Y sé cómo lo va a conseguir.

Kate se mordió los labios, preocupada, y paseó sus ojos por todo su dormitorio, como si alguien pudiera estar escuchándonos. Todo su enfado anterior se había esfumado.

—Eliza, no deberías…

—Este libro lo escribieron mis padres —la interrumpí, agitando el objeto con rabia—. Y nunca debieron haberlo hecho.

Ella suspiró antes de recostarse sobre el cabecero de su cama. Sus ojos volvieron a centrarse en la portada del libro, esta vez cubiertos por el ceño.

—¿Y qué tiene que ver un libro que han escrito tus padres con El Forense?

—Porque creo que fueron estas páginas las que le dieron la idea. Todo lo que les han hecho a esas pobres personas está aquí, descrito. Lo que ha pasado… y lo que ocurrirá.

Kate palideció.

—¿Lo que ocurrirá? —repitió.

—Otro órgano más y un sacrificio para conseguir la Piedra Filosofal. Eso es lo que quiere El Forense. Conseguir la Piedra.

Los labios de mi prima se doblaron en una sonrisa, pero la carcajada que escapó de ellos fue débil y quebradiza.

—Eliza, no existe ninguna Piedra Filosofal. —Ella debía creerlo, pero la decisión de mi cara la confundía. Y la asustaba mucho—. Es solo una leyenda, como el Grial para los Sangre Roja, como el Arca de la Alianza. No puedes pensar realmente...

—Mis padres me lo dijeron.

La poca sangre que quedaba en el rostro de mi prima, terminó por resbalar hasta sus pies.

—¿Qué?

Me acerqué a ella y la tomé de los brazos, como había hecho durante el desayuno. Sin embargo, esta vez no sentí su rechazo. Temblaba, pero no de furia.

—Sé que hice mal en no contarte todo, pero te prometo que en adelante lo haré. Sin embargo, tengo que hacer algo ahora, y necesito tu ayuda. Si no, podría ser demasiado tarde —dije, con la voz ronca.

Los ojos de Kate se humedecieron.

—¿De verdad necesitas mi ayuda? ¿Solo la mía?

—Solo la tuya —afirmé, con mis ojos clavados en los suyos.

Kate asintió, y su mano se apoyó en la mía, apretándola como tantas veces había hecho.

—¿Qué es lo que tengo que hacer?

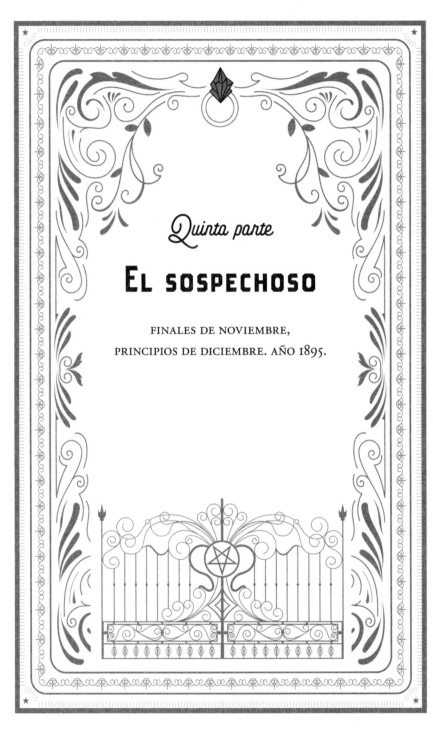

Quinta parte

EL SOSPECHOSO

FINALES DE NOVIEMBRE,
PRINCIPIOS DE DICIEMBRE. AÑO 1895.

Dormitorio de Aleister Vale y Marcus Kyteler

Abril, hace veintiséis años

Leo abrió la puerta del dormitorio con un fuerte «Impulsa» que estuvo a punto de arrancarla de las bisagras. Entró en la estancia y se derrumbó sobre mi cama, con las manos apoyadas en la cabeza en un gesto de dolor. No recordaba que las tenía llenas de sangre, así que se tiñó la frente de rojo.

Yo cerré la puerta y me senté a su lado. Todo su cuerpo temblaba y sus manos se aferraban entre sí con una fuerza insana. Mi Centinela se encontraba a mis pies y, aunque estaba en silencio, su mirada me decía demasiadas cosas.

—Es demasiado. Marcus se ha vuelto loco… no, todos nos hemos vuelto locos —farfulló—. ¿Lo has oído hablar esta noche?

Yo asentí, pero no dije nada. Una parte de mí entendía lo que quería decir Leo. Desde que aquel día que habíamos conseguido que un cuervo muerto se encontrara bajo nuestra voluntad, seguimos creando magia nueva. Nuevos hechizos, encantamientos, invocaciones… Pero pronto, las palomas muertas no fueron suficientes, y lo que hacía increíbles a estas nuevas manifestaciones de magia, lo que las hacía poderosas, era lo que sacrificabas para conseguir más. Cuanto más entregabas, más conseguías. Cuanta más vida, más muerte. Y eso me había fascinado. A todos, en realidad. Veía las posibilidades que se extendían ante mí. Todo lo que podía conseguir con ellas.

Había sido Marcus el que había mencionado por primera vez la Piedra Filosofal. Al principio, todos nos habíamos sentido fascinados por sus palabras, pero cuando había aparecido con aquel cadáver aquella noche, Leo había estado a punto de vomitar.

«Es solo un Desterrado vagabundo que iba a morir de todas formas», había dicho Marcus, mientras señalaba los ojos azulados del hombre. «Pero creo que necesitaremos más».

Sybil se había limitado a asentir, yo me había quedado paralizado, pero Leo había echado a correr.

«Que no haga ninguna tontería», me advirtió Marcus, antes de que lo siguiera.

Ahora, en el dormitorio, me volví hacia él y lo sujeté por los hombros.

—No tienes que hacerlo si no quieres —le dije.

La mirada que me dirigió fue como una puñalada.

—¿Y tú? —susurró—. ¿Qué vas a hacer tú?

Pero yo fui incapaz de contestar.

22

EL BARRIO DEL DESTIERRO

El inspector Reid estaba en la esquina de la plaza, con su maldito sombrero de hongo calado hasta el inicio de sus fríos ojos. Esa vez no iba a saltar por la ventana, no hacía falta. Kate había creado un Homúnculo clavado a mí, que en ese momento se asomaba a la tarde fría de Londres, con los ojos clavados en el parque.

Debía haber esperado a que alguien abriese la puerta, pero mis primos y mis tíos tenían intención de quedarse en casa y ningún criado debía salir a por mandados, así que me hice invisible y salí con cuidado, intentando no hacer ni el más mínimo ruido. El inspector Reid desvió la mirada de mi Homúnculo para dirigirla a la puerta que se abría y se cerraba sola. Sus ojos se abrieron solo un poco, pero nada más.

Sabía que me estaba arriesgando, sobre todo después de lo que había ocurrido la otra madrugada, pero no podía esperar. El suelo estaba seco, no había forma de que pudiera verme, así que pasé por su lado y le dediqué un bonito gesto con la mano que agité un par de veces por delante de su rostro antes de seguir camino.

Trece se reunió conmigo cinco minutos después, mientras caminaba a toda prisa, esquivando peatones y carruajes que se deslizaban por la calzada. El *Opus Magnum* rebotaba contra mi pecho, bien escondido bajo la tela de mi vestido.

Hacía frío, pero cuando llegué a Seven Dials y me detuve frente a una puerta a la que ya había llamado una vez, estaba sudando, y notaba los mechones que habían escapado del recogido por culpa de la carrera, acariciándome las mejillas. Sin detenerme a coger aliento, utilicé el llamador y descargué tres golpes contra el tablón de madera.

Escuché unos pasos acercarse y la puerta se abrió, mostrando tras ella el rollizo rostro de la señora Andrews. La sonrisa que tenía en los labios se congeló, frunció el ceño y se asomó, mirando a un lado y a otro. Los peatones se giraron para mirarla y yo aproveché para colarme en el interior. Sin embargo, el hueco que quedaba entre la mujer y la puerta era demasiado pequeño, así que la empujé cuando entré en el vestíbulo.

—Pero ¿qué...? —murmuró ella, confusa, retrocediendo hasta la escalera.

Con los ojos como platos, vio cómo la puerta se movía a mi espalda. No podía contemplar cómo mi mano, invisible a sus ojos, la empujaba. A Trece sí pudo verlo, porque entró justo antes de que se cerrase. Él se quedó junto a mí y la observó con una expresión que no podía pertenecer a ningún gato.

—¿Querida? —escuché que decía una voz de la sala contigua, donde Kate y yo habíamos visitado a Andrei hacía un par de semanas. Era el inspector Andrews.

—Creo... —La mujer retrocedió otro tanto, aferrando el pasamanos de la escalera con fuerza—. Creo que ocurre algo.

El inspector Andrews se asomó al vestíbulo. Llevaba puesta unas zapatillas de estar por casa y llevaba el periódico abierto entre las manos. Parecía cansado, agotado, en realidad. No fue el único que se acercó.

Cuando vi a Andrei vestido con un traje oscuro, seguramente hecho a medida, tuve la maldita sensación de que me estaba ruborizando. Sacudí la cabeza, pero eso no consiguió que el ardor que sentía en mi rostro se apagara ni un ápice.

Sus ojos oscuros se clavaron en Trece; sin embargo, no fue su nombre el que pronunció.

—¿Eliza?

Me froté la frente con energía y el dibujo alquímico del aire se emborronó y me arrebató la invisibilidad. Los señores Andrews ahogaron un grito cuando me vieron aparecer de golpe frente a sus ojos, pero a Andrei se le escapó una sonrisa contenida.

Sus ojos castaños no eran más que madera para alimentar mi fuego.

Mi boca se curvó como respuesta y, sin decir palabra, me desabotoné los primeros botones de mi vestido, dejando parte de mi piel caliente y húmeda de sudor al aire. La señora Andrews balbuceó una palabra que no llegué a entender, el inspector desvió decorosamente la mirada. Las pupilas de Andrei se dilataron y casi pude escuchar cómo su respiración se entrecortaba.

—Como no saques ese maldito libro pronto, alguien se va a desmayar —dijo Trece, en voz alta, consiguiendo que por segunda vez la señora Andrews retrocediera—. Y no sé quién exactamente.

Le dedicó una mirada burlona a Andrei, que apartó de inmediato la mirada, azorado.

Extraje con una mano el *Opus Magnum* de mi escote, mientras con la otra cerraba los tres botones que había desabrochado. Sin dudar, se lo extendí hacia el inspector Andrews.

—¿Qué… qué es esto? —murmuró, antes de acercárselo a los ojos para leer el título.

—La guía que utiliza El Forense para cometer sus asesinatos. —Observé en silencio cómo el hombre pasaba página tras página, sin pronunciar palabra, pero con los ojos cada vez más abiertos. Poco a poco, su piel fue adquiriendo el color mostaza del papel pintado que decoraba las paredes—. No se trata de ningún imitador del Destripador. Es un Sangre Negra.

Andrei desvió la mirada hacia las páginas amarillentas. Apretó los labios, pero no dijo nada. Estaba segura de que sabía de qué se trataba. Él también había escuchado las palabras que Aleister Vale había pronunciado sobre mis padres.

—¿Cómo ha llegado esto a su poder? —preguntó el inspector Andrews, cerrando el libro de un golpe.

Esquivé los ojos de los presentes y clavé la vista en el bonito pero estropeado papel de la pared. Solté el aire abruptamente y sentí las pupilas de Andrei más pesadas que nunca.

—¿Eso importa realmente? —Intenté no balbucear, mientras en mi cabeza aparecían cuatro figuras apiñadas en una clase de la Academia, vestidas con sus uniformes y unas sonrisas que parecían empapadas en sangre—. Solo tiene que entregárselo al Aquelarre. Ellos apreciarán su ayuda y conseguirán otra pista más para encontrar al asesino.

Hubo un silencio prolongado, en el que un reloj de pared dio la hora con cuatro perfectas campanadas. Se hacía tarde, en menos de media hora el sol se escondería, y yo todavía tenía otro domicilio que visitar.

—Lo entregaré, señorita Kyteler —dijo el inspector Andrews, tras un largo suspiro—. Pero no podré decir nada a la Policía Metropolitana. Después del extraño asesinato de Thomas Bound y de lo que ocurrió la otra… madrugada… —Sus ojos se desviaron momentáneamente hacia su sobrino—. El inspector Reid está consiguiendo cada vez más adeptos. Mencionar que hay un libro de brujería de por medio causará mucho revuelo, levantará sospechas, incluso a los incrédulos. —Frunció el ceño y me lanzó una mirada severa, antes de esconder el viejo cuaderno de mis padres en las hojas de su periódico—. Solo espero que el Aquelarre se dé prisa y encuentre a ese Sangre Negra.

Su mujer meneó la cabeza y se acercó a su marido. Apoyó las manos sobre sus hombros y echó un vistazo desconfiado a lo que escondían las hojas grisáceas.

—Muchas gracias, inspector —dije, y retrocedí un par de pasos hacia la puerta de entrada.

—Espera. —La señora Andrews avanzó hacia mí, aunque sus ojos se clavaron en Trece—. Te acompañaré a casa.

—Aún hay luz, y mi carruaje me espera al final de la calle —mentí, sin pestañear—. Muchas gracias por atenderme y... siento mucho los problemas causados. —Mis pupilas se desviaron hacia Andrei y, después de realizar una rápida reverencia, abrí la puerta y salí a la calle con rapidez, con Trece pegado a mis talones.

Cerré a mis espaldas antes de que nadie más pudiera añadir algo. Sin embargo, apenas había dado dos pasos cuando escuché las bisagras. Sin mirar atrás, aceleré el paso.

No necesitaba escuchar su voz para saber quién me perseguía.

—No hay ningún carruaje que te espere, ¿verdad?

Me volví en redondo y observé a Andrei, que se acercaba a zancadas. Dejé escapar un suspiro y miré a mi alrededor, pero no vi a ningún policía, solo a un par de mujeres que me observaron interesadas cuando él se detuvo frente a mí, quizás a menos distancia de la que correspondía.

—Lo cierto es que pensaba alquilar uno. Sabes que no podemos vernos —añadí, aunque me acerqué un paso más—. Mis tíos me lo han prohibido.

—¿Y desde cuándo te importan las prohibiciones? —Frunció el ceño y sentí un escalofrío cuando noté cómo sus dedos pellizcaban la tela de mi abrigo—. Dime la verdad, ¿a dónde te diriges?

—¿Por qué parece que puedes meterte dentro de mi cabeza? —Mi voz escapó de mis labios en un estúpido balbuceo.

—Eso es lo mismo que yo me pregunto contigo —contestó él, ronco. No sonreía, y yo no sabía si eso me producía más miedo o fascinación. Inclinó la cabeza en mi dirección—. ¿A dónde vas?

—A visitar a Jane Evans.

Cuando el carruaje se detuvo y Andrei y yo descendimos, con Trece entre nosotros, el olor pestilente del Támesis llegó hasta nosotros. El rumor de su corriente hacía eco en los pequeños edificios que nos rodeaban. Debíamos estar muy cerca de una de sus orillas.

Eché de nuevo un vistazo a la nota escrita que llevaba en las manos, antes de volverme hacia el cochero.

—¿Dónde estamos?

—En el distrito de Limehouse. La calle que me proporcionó es demasiado estrecha para acercarme con el carruaje. Solo tienen que caminar unos metros y girar a la izquierda en la primera. No sé exactamente qué han venido a hacer aquí —añadió, echando una ojeada a nuestra ropa cara y arreglada—. Pero les sugiero que arreglen sus asuntos cuanto antes y regresen a su mundo. El East End por la noche nunca es agradable.

El hombre chasqueó el látigo y el carruaje salió propulsado hacia delante, dejándonos en mitad de la calle sin asfaltar, apenas iluminados por las pocas lámparas de gas. Aún quedaba algún resquicio de luz, pero pronto la ciudad estaría invadida por las tinieblas.

Escuchamos un grito en la lejanía y yo miré a Andrei con nerviosismo.

—Será mejor que nos movamos.

Avanzamos con prisa. Trece no cesaba de mirar a un lado y a otro, y yo no dejaba de toquetearme el Anillo de Sangre, lista para usarlo en cualquier momento. Ni siquiera me había molestado en llevar guantes.

No éramos los únicos que recorríamos esas calles. Algunos borrachos caminaban a trompicones, felices con una botella de alcohol en la mano o gritando por una. Otros regresaban de las fábricas, sucios y empapados en sudor, a pesar del terrible frío que hacía. Las miradas que nos dedicaban eran peores que puñales. También había ancianos vestidos con harapos apostados contra las frágiles fachadas de los edificios. Y niños, que se acercaron pidiéndonos monedas. Yo apenas llevaba algo en mi pequeño bolso, pero creo que Andrei repartió todas las que tenía guardadas en los bolsillos. Sus ojos observaban a los niños con cariño y horror. No necesitaba usar la magia para meterme en su cabeza y saber que estaba imaginando a su madre en esas pequeñas caritas redondas, creciendo en un lugar así. Trece, por el contrario, aunque tenía una mirada triste en sus grandes ojos amarillos, escapaba de sus manos sucias y correteaba entre sus piernas, haciéndolos reír.

Cuando giramos a la izquierda, siguiendo las indicaciones del cochero, encontramos la puerta que estábamos buscando. Sin perder ni un momento, me dirigí hacia ella y llamé un par de veces. Andrei esperó a mi lado, pero no hubo respuesta.

—Quizás no esté en casa —comentó él.

Yo apreté los dientes, frustrada y esta vez golpeé con ambos puños, con todas mis fuerzas. Mi tía se habría desmayado si me hubiese visto.

—¿Señorita Evans? ¡Señorita Evans! —exclamé.

Las cortinas de la única ventana con la que contaba el piso superior se descorrieron de pronto y una mujer se asomó por ella, con cara de pocos amigos. A pesar de la oscuridad, ese pelo liso y esa cara redonda no me recordó a la joven esbelta y preciosa que había hablado con seguridad en la reunión del Aquelarre.

—Jane ya no vive aquí. Le he dicho mil veces que se lo recuerde a sus malditos clientes —dijo, molesta.

El alma se me cayó a los pies. Había sido una completa estúpida, ni siquiera me había parado a pensar cuando Liroy me entregó el pequeño fragmento de papel que sujetaba en esos momentos. No sabía cuándo había sido desterrada la señorita Evans, y los registros de los Desterrados solo guardaban el primer domicilio al que se trasladaban. Quizás se había mudado hacía meses, incluso años.

—De todas formas, sigue trabajando en el mismo lugar.

—¿Dónde? —pregunté, esperanzada—. ¿Está cerca de aquí?

La mujer soltó una risotada.

—El callejón de atrás. —Y corrió las cortinas de nuevo con brusquedad.

Andrei y yo nos miramos, con la información calando con lentitud en nuestras cabezas. Él carraspeó y desvió la mirada de mí y la hundió en la oscuridad intensa que comenzaba a un lado del edificio de donde nos encontrábamos, donde nadie se había molestado en colocar lámparas de gas.

—Puedo ir yo —dijo Andrei en mitad de una socorrida tos.

—Por supuesto que no —repliqué, mientras daba gracias a la oscuridad por ocultar el verdadero color de mis mejillas—. Estoy consagrada al diablo, uno de los Infiernos al que podré ir cuando muera será el de la Lujuria. Creo que lo soportaré.

—De… de acuerdo.

Creo que, si repites esa palabra tres veces, el chico entrará en combustión espontánea.

No estás ayudando nada, Trece, le dije mentalmente, antes de dirigirle una mirada amenazadora y caminar hacia el callejón.

Andrei avanzó a mi lado y caminó unos pasos por delante. Estaba muy oscuro y su mano buscó la mía. Yo no la aparté.

Nuestro calzado hacía demasiado ruido sobre el suelo mojado y frío, en algunas zonas no era más que barro. El olor era casi insoportable, una mezcla de humedad y desperdicios que se te introducía a la fuerza hasta la garganta y te la cerraba con manos de acero. No había la luz y la blancura que empapaba los barrios por los que solía moverme, aquí todo era marrón, gris y negro, aquí todo era triste y sórdido. Las ventanas y las puertas de los edificios que nos rodeaban no parecían más que cuencas sin ojos y bocas desdentadas abiertas de par en par, soltando un grito agónico que nunca tendría final.

Avanzamos unos metros más y nos detuvimos cuando escuchamos de pronto un susurro atragantado. Yo me enervé.

Debe ser ella, susurró Trece.

—¿Señorita Evans? —pregunté, con voz temblorosa.

—¿Quién pregunta? —contestó una voz que procedía de la oscuridad, pero que reconocí de inmediato.

—Soy Eliza Kyteler. Necesito hablar con usted. Es importante.

Se produjo un súbito silencio y, de pronto, se escuchó el distinguible siseo de la ropa al ser colocada a toda prisa. Una queja masculina hizo eco en el pequeño callejón, seguido de unas monedas que caían y un insulto.

Andrei, Trece y yo retrocedimos hasta la luz. De la oscuridad apareció Jane Evans, con un abrigo mal puesto, que dejaba al aire parte de una blusa abierta y una falda repleta de parches. Su pelo rojo, suelto, pareció fuego cuando la luz de las lámparas de gas se reflejó en él.

Por supuesto, no me reconoció de la reunión del Aquelarre. Yo no había sido más que otro rostro anónimo que no había alzado la voz para defenderla.

—¿Y qué quiere una Kyteler de una Desterrada? —preguntó ella, con frialdad—. Estoy trabajando.

Sus ojos se desviaron hacia Trece y hacia Andrei, y su ceño se frunció todavía más.

—Lo sé y lo siento —contesté con premura—. Pero es importante.

—Mira, si este joven no es un miembro del Aquelarre y tú no has venido a decirme que he vuelto a ser admitida entre los Sangre Negra, podéis marchar…

—Es sobre El Forense —la interrumpí. Las pupilas de Jane se dilataron y dio un paso atrás—. Tengo información sobre él.

Los durmientes del East End

El hogar de Jane Evans se encontraba en el mismo corazón del East End. Ni siquiera era una casa, en realidad, solo una habitación que alquilaba a una vieja meretriz que escupió a nuestro paso cuando nos topamos con ella en la entrada.

La estancia era pequeña, lo suficiente para albergar una cama ruinosa, una mesa diminuta sobre la que se encontraba una jofaina llena de agua, una silla con patas dobladas y un orinal limpio, escondido en un rincón.

Jane se dejó caer en la cama deshecha sin demasiadas ceremonias, mientras yo me sentaba con cuidado en la silla, con Trece sobre mis rodillas. Andrei prefirió quedarse de pie. En mitad del silencio, se mezclaban todos los sonidos y ruidos que provenían del exterior, completamente distintos a los que yo oía desde mi ventana de Berkeley Square: ecos de jadeos y golpes contra la pared que venían del piso de arriba; llantos de niños, gritos masculinos y el crujido de cristales al romperse.

Era como si nuestros Siete Infiernos estuvieran perfectamente representados en esa habitación diminuta.

—A los de arriba todavía les queda un buen rato —explicó Jane, alzando los ojos hacia el techo, que despedía una ligera capa de polvo cada vez que se sucedía un nuevo golpe, acompañado de otro jadeo—. Así que te recomiendo que comiences a hablar.

—El Forense es un Sangre Negra. No se trata de un Sangre Roja que sigue los pasos de Jack el Destripador, como quería hacernos creer esa carta del periódico —afirmé sin preámbulos—. Está siguiendo una serie de… instrucciones, recogidas en un libro, para crear la Piedra Filosofal.

No me sorprendió que una carcajada súbita interrumpiera mis palabras, así que mi expresión no se inmutó. Permanecí seria y preocupada ante la fría risa de Jane.

—Mira, chica rica, si me has interrumpido con un cliente para solo reírte de mí… —Sacudió la cabeza y su risa se cortó en seco—. Puede que ya no pueda utilizar la magia, pero te prometo que soy muy diestra con el cuchillo.

—No se trata de ninguna broma. Es la verdad. Ese hombre, sea quien sea, está utilizando la Teoría de los Humores para realizar una invocación que pueda crear la Piedra Filosofal. Piénsalo —insistí, cuando vi cómo ella separaba los labios para interrumpirme de nuevo—. Primero consiguió un bazo, después el hígado. En el último asesinato se hizo con unos pulmones… lo siguiente que necesita es un corazón.

—Esa Teoría está incompleta, la estudié durante la Academia —replicó Jane, con el ceño fruncido—. Lo ha estado durante siglos.

—En el libro, no. Sus autores consiguieron terminarla.

Los ojos de la joven se entornaron y se inclinó hacia mí, con expresión punzante.

—Nunca he oído hablar de un libro así.

Sentí cómo los ojos de Andrei me lanzaban una mirada furtiva, pero yo me quedé en silencio, con las manos tensas sobre el lomo de Trece y los dientes apretados. Jane permaneció unos segundos más inclinada en mi dirección, antes de echarse hacia atrás y apoyarse contra la pared descascarada.

—¿Y por qué estás tú aquí? —preguntó, con el ceño todavía fruncido—. Sé que el Aquelarre no ha dado ningún aviso, nada relacionado con lo que me estás contando. ¿Cómo sabes todo esto? ¿Cómo sé yo que es verdad?

—Solo quiero que los Desterrados lo sepáis, que estéis avisados —contesté, vacilante.

—¿Por qué?

Tragué saliva y no pude evitar que mis ojos se desviaran momentáneamente hacia Andrei.

—Porque yo podría ser uno de vosotros.

La expresión desconfiada de Jane se suavizó y alzó los ojos al techo, como si estuviera viendo algo que los demás no podíamos ver. Después, clavó sus ojos en Andrei, que apretó la mandíbula ante su escrutinio sin piedad. Su mirada era triste cuando volvió a mirarme.

—Ese es un mal camino, Kyteler. Yo ya lo recorrí y mira cómo acabé. —Alzó las manos, enseñándome unas palmas gastadas, pero limpias de pinchazos y cicatrices.

Andrei frunció el ceño y desvió la mirada de una a otra, sin comprender nada.

—Sé que el Aquelarre conocerá pronto el contenido del libro, pero tienes que decírselo cuanto antes a los demás. Infórmales —dije. Mis ojos bailaron por toda la habitación, incapaz de mirarla a ella o a Andrei. Necesitaba cambiar de tema como fuera—. Todavía quedan dos asesinatos.

—Si ese Sangre Negra sigue realmente la Teoría de los Humores, solo quedaría un órgano por conseguir. El corazón —dijo Jane.

—Para el último paso necesitará algo más. Un órgano no será suficiente —dije, incapaz de mirarla a los ojos—. Para realizar la invocación, tendrá que conseguir…

Mis palabras se ahogaron por un rugido ensordecedor que parecía proceder de mi espalda. Jane se puso en pie y Andrei dio un paso atrás, con los ojos clavados en Trece, que acababa de ponerse en pie sobre mi regazo. Su pelaje estaba erizado, las orejas hacia atrás y los dientes afilados brillaban bajo la luz de las lámparas de gas.

—La ventana —fue lo único que dijo.

—¿Qué...?

No llegué a terminar la pregunta antes de que mis ojos descubrieran una figura alta y negra, cubierta por un sombrero y un largo abrigo, que nos espiaba tras el cristal. La oscuridad del exterior y la débil luz que despedía la lámpara de la estancia apenas me permitió distinguir sus rasgos.

Fue como si algo me golpeara por dentro, muy hondo. Me puse en pie en el preciso momento en que vi cómo su mano se movía con una rapidez sorprendente.

El cristal de la ventana estalló en pedazos y yo alcé mis propios brazos a tiempo.

—*¡Repele!*

Los fragmentos de vidrio se congelaron en el aire y salieron disparados en todas direcciones, clavándose en el yeso desconchado de las paredes. Sin embargo, no fue lo único que había salido despedido hacia nosotros. Clavado en el techo, junto a la lámpara, había un largo cuchillo de sierra, sucio, con motas oscurecidas, tan ancho como la palma de mi mano. Con algo así podría cortarse carne, músculos y hueso.

Intercambié una mirada rápida con Andrei y Trece.

Era él.

Era El Forense.

—Quédate aquí —exclamé, mirando por encima de mi hombro a Jane, que había palidecido abruptamente. Mi corazón tronaba en mis oídos como golpes de tambor.

Sin pensarlo dos veces, me abalancé contra la puerta y la abrí de golpe.

—¡Eliza! ¡Espera! —oí que gritaba Andrei detrás de mí.

Pero no me detuve. Trece pasó como una sombra por delante de mí y se sumergió en las callejuelas estrechas.

Yo lo seguí a trompicones, enredándome con la falda, mientras con la esmeralda afilada de mi Anillo de Sangre me apresuraba a pinchar varias yemas de mis dedos.

Mis jadeos se unían a mis pisadas aceleradas, creando un ritmo delirante e inconstante.

Una figura me alcanzó. Miré hacia mi izquierda y vi a Andrei a mi lado. Corría con las manos unidas, sujetando algo metálico que resplandecía bajo la luz de las escasas lámparas y de la luna.

—¿Qué diablos haces con eso? —exclamé, horrorizada, observando la pistola.

—Es un viejo modelo que ya no usa mi tío, se lo robé. Quiero ayudar en esto —añadió—. Es lo único que tengo contra hechizos y conjuros.

No está muy lejos, murmuró Trece, en mi cabeza. *Pero hay algo extraño en él.*

¿A qué te refieres?

Su olor… es distinto. No parece humano.

Abrí los ojos de par en par, sorprendida.

¿Crees que es un demonio?

Lo cierto es que no tengo ni idea de lo que es, contestó él, lúgubre.

Un escalofrío me recorrió de pies a cabeza, pero eso no me hizo detenerme.

Giramos la esquina y salté por encima de las piernas extendidas de un par de mendigos apostados a un lado de la calle. Nos miraron cuando pasamos por su lado, sin aliento. Yo apenas les dediqué un vistazo. Debería hacernos invisibles, pero no había tiempo. Si nos deteníamos, perderíamos el rastro de El Forense.

Clavé los dientes en la manga de mi vestido y la rasgué. La piel de mi brazo quedó al aire. Con una de mis yemas sangrantes, dibujé el signo alquímico del mercurio por mi piel erizada por el frío y el miedo.

Alcé la mirada hacia el cielo oscuro y me concentré.

Ojos que veis, cerraos.
Que vuestro corazón no sienta.
Que vuestra memoria no recuerde.
Que el sueño lo sea todo.

Al instante, sentí un calor desagradable en mi brazo, donde estaba dibujado el símbolo que, durante un instante, pareció retorcerse sobre mi piel. Y, de pronto, como si de su mismo centro se abriera una puerta, un viento opaco, negro, escapó de él y se extendió en todas direcciones, perdiéndose entre las callejuelas que nos rodeaban, golpeando y atravesando todo lo que se encontraba a su paso.

—Eliza…

Me detuve a tiempo para sujetar a Andrei entre mis brazos. La pistola todavía colgaba de sus dedos, pero apenas podía mantener los ojos abiertos. Tras nosotros, los mendigos que nos habían observado yacían completamente derrumbados, dormidos.

—Quédate conmigo —le susurré, mientras apartaba su flequillo de su frente y dibujaba con mi sangre en su piel un símbolo mágico de protección. Cuatro pétalos ovalados que se unían en el centro de un círculo. En el preciso momento en que lo terminé, Andrei jadeó y sus pupilas se empequeñecieron, abandonando de golpe el sueño.

Me miró, sin apenas aliento, y me hizo un gesto de asentimiento.

Echamos a correr de nuevo, siguiendo a Trece. El encantamiento había surtido efecto, todo ser vivo que encontramos en nuestro camino se había quedado completamente dormido.

Apretamos el paso y avanzamos unas calles más antes de que alcanzáramos a Trece, que se había quedado quieto, con las orejas en alto, en mitad de una encrucijada de cuatro calles.

—Está muy cerca —susurró con su voz de demonio.

—Entonces, ¿por qué no nos llevas hasta él? —pregunté, extrañada.

—Ya te lo he dicho. Su olor me confunde. Además…

—¿Otro Sangre Negra? —siseó Andrei, alzando la pistola con sus manos tensas.

Antes de que mi Centinela pudiera responder, una sombra se dirigió a nosotros. Vi un resplandor plateado antes de que Trece se abalanzara sobre mí y me apartara del camino. Andrei, sin embargo, se quedó quieto y alzó el arma antes de que la sombra gigantesca cayera sobre él.

Dos disparos hicieron eco en mitad de la noche, envuelta en un silencio dormido y mortal.

Yo me incorporé de golpe, con Trece a mi lado, y observé con los ojos muy abiertos cómo la sombra, esa misma sombra que habíamos visto a través de la ventana del hogar de Jane Evans, se quedaba quieta de golpe, a menos de medio metro de Andrei.

Aguanté la respiración mientras mis ojos recorrían la figura frenéticamente.

Era un hombre de una altura formidable. Ancho y muy fornido, cubierto con un largo abrigo que le llegaba prácticamente hasta los tobillos. Llevaba las manos cubiertas por guantes oscuros, viejos, y un sombrero de ala ancha le cubría gran parte del rostro. Por culpa de la oscuridad y de la prenda, apenas conseguía ver algo más que un fragmento de piel muy pálida, casi grisácea, y el brillo apagado de un ojo celeste. Cualquier Sangre Roja que se lo hubiera encontrado merodeando por el East End habría recordado de inmediato a ese antiguo asesino en serie que siete años atrás había aterrorizado Londres. Estaba claro que ese atuendo era claramente buscado, que quería causar esa impresión.

Pero no era lo único.

Trece tenía razón, había algo extraño en ese hombre.

A pesar de los disparos seguía de pie, inmóvil.

—*Eso* no es El Forense —musité en el momento en que Andrei alzaba el arma de nuevo, esta vez apuntando a su cabeza.

—¡ALTO! ¡BAJE ESA PISTOLA! —bramó una voz tras nosotros.

Andrei, Trece y yo volvimos la cabeza. A pocos metros de distancia, con su propia arma levantada, estaba el inspector Reid. No era el único. Por cada callejón de la intersección se acercaban varios policías más, casi un destacamento entero, con los cañones de las armas vueltos en nuestra dirección. No sabía si nos apuntaban a nosotros o al hombre gigantesco.

—Inspector, yo me alejaría ahora mismo —dijo Andrei, tenso, deslizando la mirada entre todos.

—¡He dicho que baje esa arma, Báthory! —replicó él, esta vez apuntando deliberadamente al pecho del joven.

Un fuego rabioso estalló en mi interior y di un paso adelante, a pesar de que los policías se habían detenido a poca distancia de donde nos encontrábamos. Cubrían todos los callejones por los que podríamos escapar.

—Si fuera un hombre listo, se largaría de aquí —siseé.

El policía se quedó a cuadros. Algunos de sus agentes intercambiaron una mirada mientras el hombre observaba mi recogido despeinado y mis manos ensangrentadas. El chasquido del arma de Reid hizo eco entre los jadeos del falso Forense, que se mantenía inmóvil, con dos balas dentro de su cuerpo.

—Sabía que ocurría *algo* con usted, con su familia —dijo, con la mirada enfebrecida—. No es como nosotros. ¿Qué es usted, señorita Kyteler, que cae de una ventana flotando y se hace invisible

324

frente a mis ojos? ¿Qué es su primo, que de repente tiene dobles y parece volar?

Pero antes de que yo pudiera responder, el hombre que tenía a nuestra espalda reaccionó de pronto y se abalanzó contra nosotros. Andrei le disparó, junto al inspector y varios de los policías, pero el hombre ni siquiera parpadeó.

Intercambié una rápida mirada con Trece, y no dude cuando me coloqué en el cruce, con los brazos alzados, y grité:

—*¡Repele!*

Un escudo invisible cubrió a los que se encontraban cerca de mí, dejando fuera a algunos policías. Nuestro atacante chocó con él y salió disparado hacia atrás, de nuevo, sin producir ni un solo quejido. Se levantó de un salto y retrocedió, cayendo esta vez contra los policías que yo había dejado sin protección.

Ante nuestros ojos atónitos, los apartó con sus manos como si se tratasen de moscas. Un hombre salió disparado con fuerza contra nuestro escudo y pude sentir cómo este se hacía añicos cuando el cuello del hombre se rompía al golpear con él. Sus ojos me miraron cuando perdieron la vida en un pestañeo. Otro de los policías fue empujado contra la pared, su cara estalló contra los ladrillos con una fuerza sobrenatural, mientras el otro caía al suelo, completamente inmóvil, por el puño que el falso Forense había hundido en su estómago.

24

Disparos

Tres corazones dejaron de latir.

Tres muertes.

Tres vidas menos.

En solo unos segundos. Andrei palideció y su mano buscó la mía. Yo dejé que sus dedos se entrelazasen con los míos y me sostuve en él. De otra forma, habría caído de rodillas al suelo.

Escuché los gemidos ahogados de los policías mientras Trece me lanzaba una mirada por encima de su lomo peludo y se abalanzaba hacia delante, siguiendo el rastro del hombre monstruoso.

—¡No! —grité, pero él no escuchó mi orden.

Estuve a punto de seguirlo, pero el inspector Reid se puso delante, con los hombres que le quedaban, rodeándonos. Ninguno se atrevió a mirar a los compañeros muertos que yacían prácticamente a sus pies.

—Eres un demonio —masculló el inspector. No sabía si su voz temblaba por el miedo, la rabia o la emoción.

—Se está equivocando —intervino Andrei mientras se colocaba delante de mí—. El hombre al que debe perseguir está huyendo en estos momentos. Es El Forense.

El inspector Reid ni siquiera parpadeó cuando apoyó el cañón de su pistola en el abrigo verde oscuro del joven y lo empujó hacia atrás, a mi lado.

Mi cuerpo ardía por la frustración y la impotencia. No entendía cómo todavía no me había envuelto en llamas.

—No señor, no soy un demonio —dije, dando un paso al frente, colocándome ante todos esos cañones que me apuntaban—. Pero la gente como usted me llama «bruja».

Ni siquiera les di tiempo a responder. Alcé mis dos manos y señalé a la ventana que se encontraba por encima de los hombres.

—*Golpea.*

Los cristales estallaron, pero no solo de esa ventana, sino también de las cuatro calles que confluían en nuestra intersección. Los marcos salieron disparados, el vidrio cayó como una lluvia torrencial sobre nosotros, y los policías se tiraron al suelo, gritando despavoridos.

Andrei y yo echamos a correr, pasando entre ellos, pisoteándolos mientras nos internábamos en el callejón donde el hombre y Trece habían desaparecido.

Necesitábamos alcanzarlo. Y necesitábamos hacerlo ya.

—Ese no es El Forense —musité, sin apenas aliento—. Tampoco su Homúnculo.

—¿Crees que es un cómplice? —preguntó Andrei, mientras echaba un vistazo por encima de su hombro a los policías, que comenzaban a ponerse en pie.

—Ni siquiera estoy segura de que sea humano —contesté, con la voz ronca.

Yo misma lo había visto, o más bien, lo había leído en el *Opus Magnum*. La marioneta cadáver. Apropiarse de un cuerpo y manejarlo a su voluntad. Por eso Trece no había reconocido su olor. Por eso no había sangrado. Por eso no utilizaba magia.

El estómago se me retorció. Ni siquiera estábamos cerca del verdadero asesino.

—Tenemos que alcanzarlo —musité, mirando a Andrei.

Aceleramos el paso, esquivando a los durmientes que nos encontrábamos por el camino. Pero ya había varias personas con los ojos bien abiertos. Algunas habían entrado en la zona, confundidas, y otras incluso asustadas, observaban o sacudían a los que se habían derrumbado en un sueño profundo, en mitad de un paso.

Nosotros las esquivábamos como podíamos.

¡Por aquí!, gritó de pronto la voz de Trece, en mi cabeza. Giré la cabeza hacia una calle que se encontraba a nuestra izquierda y tiré del brazo de Andrei para guiarlo hacia ella. *¡Rápido!*

—Estamos volviendo —dijo Andrei, con una mirada llena de angustia.

—¿A dónde?

—Jane —musitó él.

Era cierto. Alcé la mirada y vi dormida, con la cara pegada al cristal arañado, a la mujer que me había indicado dónde se encontraba la joven.

Llegamos a la calle que conducía directamente a su hogar. Era algo más ancha que el resto, pero la marioneta de El Forense llenaba todo el espacio. Frente a él, en el resquicio que quedaba entre su abrigo, la pared del edificio y el suelo podía ver deslumbrar los ojos de Trece. Con el pelaje erizado, conseguía doblar su tamaño. Tenía las orejas lanzadas hacia atrás y las fauces abiertas. El rugido bajo que escapaba de sus cuerdas vocales no tenía que ver nada con el maullido de un gato. Más atrás, frente a su puerta, con un cuchillo entre las manos, estaba Jane.

Andrei alzó la pistola, apuntando a la cabeza del cadáver y yo miré mis manos llenas de sangre, pensando en un encantamiento a toda prisa. Pero las palabras que había estado a punto de pronunciar se me disolvieron en la lengua cuando una detonación hizo eco en los ladrillos.

La pared que estaba a mi izquierda, muy cerca de mi cara, estalló, y un par de esquirlas me arañaron la mejilla. Grité y me di la vuelta, a tiempo para ver cómo el inspector Reid y los policías que lo seguían volvían a alzar sus armas.

—¡Escóndete, Jane! —grité, antes de que los hombres volvieran a apretar el gatillo—. *¡Repele!*

El escudo nos protegió justo a tiempo, también a la marioneta, que pasó por encima de Trece. Mi Centinela se abalanzó sobre él, apenas una sombra negra y blanca, en la que sus rasgos se confundían con otros bestiales. La enorme figura se tambaleó y dejó escapar algo parecido a un gruñido.

Jane se había encerrado en la casa y Andrei se había vuelto hacia los policías, apuntando con el arma hacia ellos.

—*Átkozott hülyék!* —aulló, con la voz llena de frustración—. ¡No es a nosotros a quien deberíais disparar!

Miré por encima de mi hombro. El aliento y mi corazón conformaban un canto mortal en el interior de mi cabeza. No podía proteger a Jane, ni a Trece, ni siquiera a Andrei si no me deshacía del inspector Reid y sus hombres. No podía destruir a la marioneta de El Forense si no dejaban de dispararnos.

Me subí la manga hasta el codo y, con una de las yemas ensangrentadas, dibujé en mi brazo izquierdo el símbolo alquímico del fuego junto al símbolo del aire. Entre ellos, los símbolos que representaban al azufre. Después, lo alcé hacia el cielo nocturno, mientras con el otro apuntaba a los policías, lista por generar otro escudo.

Que los cielos se abran.
Viento y fuego en mis manos,
rayos y truenos bajo mi voluntad.

Había sido uno de los últimos encantamientos que había aprendido durante el último curso en la Academia. De todas las veces que lo practiqué, solo conseguí realizarlo correctamente un par, pero era lo suficientemente llamativo para que detuviera a los policías y los asustase lo necesario.

El aire se calentó a mi alrededor y mis fosas nasales ardieron por un olor suave a azufre. Apreté los dientes, preparada, mientras Andrei me observaba con desconcierto.

El inspector Reid y sus hombres estaban a apenas unos metros de nosotros, cuando del cielo negro surgió un súbito resplandor blanco y serpenteante, que bajó directamente hacia mí, sacudiéndome los músculos, los huesos y la sangre.

Andrei se apartó de un salto y los hombres que se dirigían a nosotros se detuvieron en seco. Mi vista se cubrió de un blanco cegador y sentí cómo todos los vellos de mi cuerpo se erizaban, cómo mi saliva hervía, mientras un rayo continuo y resplandeciente me conectaba al cielo.

No podría sujetarlo demasiado tiempo, así que bajé el brazo con brusquedad y apunté a los hombres. La mayoría tuvo tiempo para arrojarse a un lado antes de que el rayo cayera sobre ellos. Otros no tuvieron tanta suerte. Aunque esa energía vibrante y blanca los rozó apenas, se agitaron violentamente y cayeron al suelo, inconscientes. Su ropa humeaba.

—No están muertos —conseguí mascullar, mientras intentaba controlar el brillo abrasador que me recorría la extremidad.

—Lo sé —contestó Andrei, aunque me observaba con las pupilas dilatadas por la impresión.

Sacudí la cabeza y retrocedí en el instante en que una sombra negra y blanca salía volando hacia nosotros. Andrei fue rápido en reaccionar, cogió impulso y atrapó a Trece en el aire, antes de que se golpeara contra la pared de un edificio cercano. La pistola resbaló de sus manos.

Miré a mi Centinela, preocupada, pero él solo estaba ligeramente aturdido.

—¡La Desterrada! —gritó.

Giré la cabeza para ver cómo la marioneta de El Forense derribaba de un empujón la puerta por la que había entrado Jane. Estaba rogando a los Siete Infiernos porque hubiese escapado por algún otro lugar, cuando su aullido me atravesó.

Mi concentración flaqueó y en mi brazo izquierdo desapareció la inmensa luz blanca que me envolvía, dejando solo unas chispas doradas. Boqueé, cansada, pero me abalancé hacia delante.

Apenas llegué a dar dos pasos antes de que un disparo restallara en el aire y me hiciera detenerme en seco.

Me volví, con los gritos de Jane llenando toda la calle. El inspector Reid se encontraba a un par de metros de distancia. Con su pistola me encañonaba. En la otra mano sujetaba la pistola de Andrei y con ella lo apuntaba a él, que todavía seguía pegado a un muro, con Trece entre sus brazos. Sus ojos castaños se habían vuelto dos pozos negros de ira.

Di un paso atrás y él amartilló el arma que me señalaba.

—Podría acabar contigo si quisiera —jadeé, dando otro paso atrás, con las manos y las palabras listas para pronunciar—. Solo trato de ayudar.

—Puede que tú seas una bruja —replicó el inspector. Sus pupilas estaban dilatadas, su cara arañada, el sombrero de hongo lo había perdido hacía tiempo y solo había dejado tras él una cabellera rala y grasienta, levantada en todas direcciones—. Pero yo no tengo que recitar poemas y sangrar para matar a alguien.

Y disparó.

Me quedé inmóvil durante un instante, en el que me percaté de que Jane había dejado de gritar. Una parte de mí, la que había comenzado a sangrar, sabía que no era porque había conseguido huir. El dolor se disparó y me abrasó todos los nervios. Me llevé las manos a la herida y caí de rodillas, sin fuerzas.

No llegué a golpearme contra el suelo porque las manos suaves de Andrei me sujetaron a tiempo.

—*Eliza, nézz rám, kérlek. Kérlek.* Mírame —susurró, con la voz quebrada—. *Rendben leszel.*

—Jane... —conseguí articular. Eché un vistazo hacia la puerta abierta que se encontraba detrás de nosotros y de la que solo escapaba silencio.

—No pienso separarme de ti —replicó él, con rabia.

Su mano apretó la herida de mi estómago, pero la sangre siguió brotando de ella, empapando sus dedos. Mi sangre no era negra, pero sí visiblemente más oscura que aquella que corría por las venas de los cuerpos de los que no poseían magia. Sin embargo, bajo la noche y las escasas luces del East End, parecía brea.

Trece se acercó a nosotros. Cojeaba de una pata y tenía el rabo torcido en una posición extraña. Ronroneaba con fuerza. Él también apretó su cabeza contra mi estómago, contra mi herida. En el momento en que lo hizo, sentí un calor reconfortante.

Unos pasos empujaron unos guijarros hacia nosotros. Andrei se movió rápido, y me abrazó con fuerza, colocándose delante de mí, creando un escudo que nada podría hacer contra la pistola del inspector Reid.

—Apártate, muchacho —le advirtió—. No sabes lo que estás haciendo.

—*Meghal!* —siseó Andrei, con el veneno palpitando en cada sílaba—. Se arrepentirá de esto

El inspector Reid resolló y volvió a amartillar el arma. Los hombres que no habían huido y estaban conscientes se miraron entre sí, nerviosos.

—Señor... —se atrevió a decir uno de ellos.

—Silencio. —El inspector Reid paseó su mirada de mi herida a la expresión rabiosa de Andrei—. Último aviso, apártate.

El hombre iba a disparar, Andrei lo sabía, como yo, pero ni siquiera pestañeó cuando el cañón se acercó un poco más a él, deteniéndose a apenas unos centímetros de distancia.

Ni siquiera hubo un aviso, unas últimas palabras. Nada. El inspector Reid apretó el gatillo y el sonido del disparo rebotó en todos y cada uno de los ladrillos del East End.

Andrei jadeó y cayó hacia atrás, junto a mí, pero ni una sola gota de sangre manchaba su piel, solo quedaba el rastro negruzco que la mía le había dejado en las manos.

Me lanzó una mirada enloquecida, pero yo negué lentamente con la cabeza. Entrecerré los ojos y desvié la vista hacia Trece, que seguía apretando su cabeza contra mi herida. El desconcierto del inspector Reid hizo eco en mis oídos, mientras amartillaba de nuevo y disparaba, una y otra vez, sin que ninguna bala llegase a rozarnos. Antes de que esta saliese del cañón, se disolvía en el aire.

—Trece... —musité.

Él se apartó de mí. Sus orejas, gran parte de su cabeza, estaba húmeda por mi sangre. Su boca sonrió, con su verdadera sonrisa de demonio, y escupió algo al suelo.

Una bala.

Bajé la mirada hacia la piel que se veía a través de la tela de mi vestido. Andrei se agitó a mi lado cuando observó cómo la sangre dejaba de manar y unos hilos de músculo, tendón y grasa se movían y se superponían unos a otros, creando las capas que el disparo había destrozado.

—¿Qué está ocurriendo? —murmuró Andrei.

Trece se colocó delante del inspector Reid, que esta vez, desesperado, apuntó con el arma a su cabeza peluda, horripilado ante su expresión tan poco animal, y terminó por vaciar el cargador.

Eso solo consiguió que la expresión de Trece se profundizara.

—Cuando el Sangre Negra está en peligro de muerte, es su Centinela quien lo protege —murmuré, mientras la piel terminaba por unirse, dejando una cicatriz rosada y perfectamente redonda.

Una luz sanguinolenta brotó bajo las patas oscuras de Trece. Parecía venir de uno de los Siete Infiernos. Subió poco a poco, trepando por sus extremidades hasta envolverlo por completo.

Ni Andrei ni el inspector Reid podían quitar la mirada de él.

—Pero para eso, necesita adoptar su forma original.

Andrei abrió los ojos de par en par y observó cómo ese pequeño gato crecía y se estiraba, cómo el pelaje se caía a manojos, así como las trazas blancas, y se cubría de un negro sobrenatural. La piel suave se convirtió en escamas, las patas redondas y mullidas se alargaron hasta convertirse en garras, el lomo se recubrió con una cresta que se extendió hasta formar una cola tan larga como un humano. A ambos lados de esta, surgieron un par de alas escamosas, de piel traslúcida, parecidas a las de los murciélagos, pero mucho mayores. Su cabeza redonda se alargó, sus ojos se volvieron inmensos, aunque no perdieron ese color dorado, y las orejas pequeñas y picudas se transformaron en dos largos cuernos retorcidos.

El demonio miró hacia atrás, en mi dirección. Era la primera vez que lo veía así después de doce años, cuando lo había invocado mientras Aleister Vale se arrastraba hacia mí. Y, como aquella vez, no sentí miedo. Solo agradecimiento.

Y cariño.

Trece apoyó sus garras en las paredes de los edificios, arrastrando varios ladrillos, y se inclinó hacia el inspector Reid, que había caído al suelo, pálido y horrorizado. Entre sus piernas apareció una mancha oscura.

Mi Centinela dejó escapar una carcajada gutural, que hizo gritar a los policías.

Ve, murmuró, en el interior de mi cabeza. *Yo me ocupo de ellos.*

Asentí. A pesar de la niebla que me llenaba la cabeza, sabía que tenía que darme prisa. Después de todo lo que había ocurrido, el Aquelarre llegaría en cualquier momento.

—Ayúdame a levantarme —dije, con la voz hecha pedazos, tirando del brazo de Andrei.

—¿Qué? No, no. Iré yo —contestó, sacudiendo la cabeza—. Te acaban de disparar, por todos los demonios.

—Me recuperaré. Ya estoy sanando —añadí, mostrándole la cicatriz rosada—. Pero te necesito para ponerme en pie.

Andrei pareció dudar un segundo, pero finalmente afianzó sus brazos alrededor de mi cintura y me ayudó a incorporarme. Yo dejé escapar un quejido y me aferré a él, descansando la cabeza en su hombro.

Caminamos con lentitud hacia la puerta de Jane, mientras los gritos de los policías restallaban a nuestra espalda. Respiré hondo cuando crucé el umbral y sentí cómo una nueva bala me atravesaba cuando mis ojos se posaron en la estancia.

Andrei me aferró con más fuerza, como si él también necesitase sostenerse en mí.

Jane Evans yacía en mitad de la habitación, con los brazos extendidos y los ojos abiertos, observando el techo. Había lágrimas todavía pendiendo de sus mejillas.

En su pecho había un hueco enorme.

No quedaba nada, ni tela de su vestido, ni piel, ni costillas.

Nada.

Solo era una cáscara vacía.

Cerré los ojos y abracé a Andrei, con el llanto estrangulándome por dentro. Él murmuró una palabra en húngaro que no comprendí y me arrastró fuera de la estancia, que apestaba a sangre y a horror.

—*Ne sírj, Eliza. Kérem, ne sírj* —murmuró consolándome, contra mi oído—. No es culpa tuya, no podías hacer nada.

—Sí, sí que podría haberlo hecho —siseé.

Me separé abruptamente de él y, a trompicones, con las rodillas temblorosas y el estómago ardiendo de dolor, me dirigí hacia

Trece. Había colocado a los policías, incluyendo al inspector Reid, en una fila perfecta, contra la pared, y se divertía paseando las garras por sus cabelleras. El inspector no era el único que tenía un charco de orina entre sus pies.

Sabía por qué Trece los había dispuesto así. Debía borrarles la memoria antes de que el Aquelarre apareciera. Sin embargo, yo solo deseaba destrozarlos.

Furiosa, me abalancé contra el inspector Reid y golpeé su pecho con mis puños. Estaba demasiado débil, apenas tenía fuerza, pero él se echó a llorar y se retorció como si lo estuviera torturando.

—Ha sido por su culpa. ¡POR SU CULPA! —grité. Ya no lloraba, pero mis ojos ardían—. Si no hubiese venido, si no me hubiese disparado…

—Lo… lo siento, lo siento, lo siento muchísimo —farfulló, mientras sus hombres gimoteaban—. Pero sabía que su familia era peligrosa. Llevaba… semanas viendo lo que eran capaces de hacer. Nad… nadie en la comisaría me creía, algunos se burlaban de mí diciendo que estaba loco… pero era verdad. Yo tenía razón en todo.

—¡Estaba equivocado, maldita sea! *No* somos peligrosos. ¿De qué sirve que sepa ahora que soy una Sangre Negra, una… *bruja*? El Forense ha matado a otra persona. ¡Le ha arrancado el corazón!

El inspector Reid no dejaba de llorar. Su voz era una mezcla de desesperación, terror, verdad y locura.

—Pen… pensé que usted era cómplice de El Forense.

—¿Yo? —exclamé, dejando escapar una carcajada que nada tenía de divertida.

—Sí… siempre que los vigilaba los veía juntos. Hablaban, sé que compartían información…

Sacudí la cabeza y me giré hacia Andrei, señalándolo. Él parecía tan perplejo como yo.

—¿Creía que *él* era El Forense?

—No, creo que el señor Liroy Saint Germain es El Forense.

Me quedé paralizada de golpe, la carcajada rabiosa me arañó la garganta. No podía estar hablando en serio, ese hombre estaba loco. Pero era la primera vez que no había tartamudeado desde que Trece había revelado su verdadera forma.

—Eso es una estupidez —murmuré, pero mi voz se perdió entre los jadeos asustados de los policías.

—Lo vi escapar de su mansión todas y cada una de las noches que se cometió un asesinato, desde la segunda víctima. Algunos testigos afirman haber visto a un joven como él por los barrios en donde se cometieron los asesinatos —continuó el hombre, hablando a toda velocidad—. Joven, ropa cara, pelo negro con raya a un lado.

—Hay muchos chicos en Londres con esa descripción —murmuré.

—No que desaparezcan de pronto, que se hagan invisibles tras una gota de sangre y unas palabras rápidas —dijo él, y su mirada se afiló mientras observaba cómo yo palidecía—. Hoy también.

—¿Qué? —farfullé.

—Después de que usted abandonara Lansdowne House, él también lo hizo. Yo llegué hasta aquí no porque la estaba siguiendo a usted, sino porque lo perseguía a *él*.

Avancé otro paso, con el aliento atragantado en la garganta.

—¿Y dónde está?

—No lo sé —replicó, y un amago de sonrisa, casi vengativa, tironeó de sus labios—. Desapareció.

Retrocedí con rapidez y tropecé con mis propios pies, pero el cuerpo inmenso de Trece me sostuvo antes de que cayera de espaldas. Era tan enorme, que sus cuernos sobresalían por encima de los tejados de los edificios que nos rodeaban. Se acuclilló para murmurarme algo al oído, pero de pronto, se estiró, y volvió la cabeza hacia la puerta abierta que conducía al cadáver de Jane Evans.

—El Aquelarre. Está aquí. —Sus ojos dorados me observaron sin piedad—. Tenemos que irnos. Ya.

Me volví hacia los policías, con la frustración cayendo como plomo sobre mí. Aunque sabía que lo que decía el inspector Reid era imposible, quería seguir interrogándolo, quería pedirle más pruebas… pero sabía que no tenía tiempo. Si el Aquelarre me encontraba aquí junto a Andrei, si llegaba a descubrir lo que había hecho, me desterrarían en apenas un pestañeo, y a él le borrarían la memoria. Y con ella, todos sus recuerdos sobre mí.

Ahogué una exclamación de furia y alcé mi Anillo de Sangre. Una vez que una nueva gota de sangre se unió a la seca que coloreaba mis dedos, dibujé en cada frente de los policías el símbolo del mercurio y de la sal, este último, dividido en dos. Reflejaba la separación de recuerdos, las memorias que los policías estaban a punto de perder.

Me detuve cuando comencé a dibujar sobre la piel del inspector Reid. Por su culpa, Jane Evans había muerto, por su culpa, mi familia no me permitía acercarme a Andrei, por su culpa, había estado a punto de morir, pero nunca había mentido. Siempre había dicho la verdad.

¿Y si también decía la verdad sobre Liroy?

—Eliza —me llamó Trece, con su voz profunda.

Volví al presente con una sacudida, y me apresuré a finalizar los símbolos en las frentes de los hombres. Una vez que terminé de trazar el último, me coloqué frente a ellos y pronuncié el primer encantamiento que nos habían enseñado en la Academia.

Que la niebla y la ceguera te invada,
que el olvido te llene.

Los ojos de los hombres se pusieron en blanco y, a la vez, cayeron hacia adelante, completamente inconscientes. Solo se mantendrían así durante unos minutos. Quizás, cuando despertaran, el Aquelarre ya habría llegado.

—Vamos —dije, volviéndome hacia Andrei y Trece, obligándome a enterrar los pensamientos sobre Liroy muy en mi interior—. Os haré invisibles.

—No podemos ir por tierra —dijo Trece, mientras yo dibujaba en sus pieles el símbolo alquímico del aire—. El Aquelarre nos descubrirá.

—¿Qué estás sugiriendo? —le preguntó Andrei, pálido.

Trece se limitó a inclinarse hacia adelante y a flexionar las alas, dejando un espacio para que los dos subiéramos a su lomo. La boca de Andrei se abrió.

—Te dejaré agarrarte a mi cresta, Sangre Roja —dijo mientras le dedicaba una sonrisa llena de dientes—. Vamos, no hay tiempo.

Andrei obedeció, farfullando palabras en húngaro mientras clavaba los talones en la piel escamosa de mi Centinela y me tendía una mano. Yo la sujeté y me subí tras él. En vez de aferrarme a la cresta de Trece, lo hice envolviendo los brazos en la espalda de Andrei. La mano con la que no se sujetaba buscó la mía y la aferró con fuerza. Yo contuve las lágrimas como pude y farfullé el encantamiento de invisibilidad, mientras Trece agitaba sus alas y salíamos disparados hacia el cielo nocturno.

25

ANTES DE LA TORMENTA

—Creo que le ocurre algo, señora Saint Germain.

Esas fueron las primeras palabras que escuché esa mañana, las que consiguieron que despegara los párpados y observara entre nubes grises el rostro preocupado de Anne y la figura alta de mi tía, apostada en la puerta.

Trece se encontraba a los pies de mi cama, hecho un ovillo. Ni siquiera fue capaz de alzar sus orejas cuando mi tía se acercó y se inclinó en mi dirección. Por primera vez en mucho tiempo, su rostro no estaba surcado por el hastío o el enfado. Estaba preocupada, me observó de arriba abajo y me puso una mano en la frente.

—No tienes fiebre, pero estás muy pálida, Eliza —comentó, en un murmullo.

—Solo estoy cansada —dije, con la voz un poco ronca—. Necesito dormir un poco más.

Ella ni siquiera frunció los labios. Cabeceó, me apartó el pelo de la frente y me murmuró algo a lo que yo asentí sin escucharla. Con la mirada nublada, vi cómo desaparecía tras la puerta, después de intercambiar un par de palabras con Anne.

Ahogué un suspiro de esfuerzo cuando me di la vuelta en la cama y me giré de cara a la ventana por la que había entrado la noche anterior, sin apenas fuerzas. Habíamos dejado antes a Andrei en

Seven Dials, a pesar de que él había querido acompañarme hasta Lansdowne House. Dejó de insistir cuando Trece, en su forma original, le dedicó un siseo de advertencia ronco y amenazador. Él también estaba agotado. A medida que yo me recuperaba, él empeoraba, así que cuando entré en mi dormitorio, donde Kate y mi Homúnculo me esperaban y fingían coser, yo no fui la única que se derrumbó. En el momento en que colocó su pata monstruosa sobre el suelo alfombrado de la habitación, su cuerpo se deshizo y no quedó nada más que un gato de pelaje negro y blanco, con apenas fuerza para caminar.

Casi no recordaba cómo Kate me había llevado a la cama, preguntándome entre susurros qué había ocurrido.

Cerré los ojos cuando sentí el escozor. Intenté luchar contra los recuerdos, pero el rostro asustado de Jane Evans me abofeteó con la fuerza suficiente como para dejarme sin aliento, seguido de su pecho hueco, sin corazón y sin costillas.

Apreté los dientes para que una súbita arcada no me sacudiera el estómago vacío. Estaba agotada. A pesar de que Trece había compartido su salud conmigo y el tiro que me había regalado el inspector Reid solo era una cicatriz rosada en mi piel, tardaría días en recuperarme. Si no hubiese sido una Sangre Negra, estaría muerta.

Pero no era eso lo que más me asustaba.

Entre mis sueños agotados, había unas palabras que no dejaba de oír. Que conformaban un eco incesante, atronador, que convertía mi descanso en pesadillas.

Creo que el señor Liroy Saint Germain es El Forense.

Cuando volví a abrir los ojos, casi había anochecido. Apenas se colaban unos escasos rayos de sol a través de las cortinas blancas de su ventana.

Seguía agotada, pero el hambre me había despertado. Los rugidos de mi estómago parecían hacer eco por toda la habitación. Me estiré hacia Trece, que se desperezaba en ese instante. Sus ojos amarillos me observaban con la misma hambre.

—Necesito comer algo —dije, mientras bajaba de la cama.

—Yo también. Un ternero enorme, o un par de humanos bien fornidos —comentó, estirándose sobre las sábanas revueltas—. Pero me conformaré con lo que me den en la cocina.

Un ligero mareo me atacó, y tuve que cerrar los ojos y respirar hondo antes de dar el primer paso. Trece caminaba de un lado a otro, como cuando la tía Hester bebía de más en los bailes que tanto le gustaban. Me llevé las manos al estómago, donde había recibido el disparo, y me estremecí.

Salí del dormitorio en el momento en que un reloj de pared marcaba las cuatro en punto. Escaleras abajo, me llegaba el tintineo de las tazas y el murmullo de una conversación tranquila.

Me arrebujé en la bata y me dirigí hacia nuestro salón de té, mientras Trece se desviaba en dirección a la cocina. Abrí la puerta y me encontré a toda mi familia reunida, con el té recién hecho humeando en la mesa, y un despliegue de dulces de todas las formas y tamaños cubriendo el mantel. Los Centinelas de la tía Hester y Liroy estaban plácidamente sobre la alfombra, cerca del fuego. El abuelo Jones también se encontraba allí. En cada mano llevaba varios pasteles de distintos tipos. Tenía la boca tan llena, que no tenía tiempo para protestar o gritar. Al verme, sus ojos se iluminaron.

—La bruja buena ha despertado —anunció, derramando migas, nata y mermelada a su alrededor.

Mi tía Hester le dirigió una mirada espantada y se apresuró a acercarse a mí. Me sujetó del brazo y, aunque echó un vistazo a mi camisón, que asomaba por debajo de la bata, apretó los labios y no dijo nada. Me acompañó hasta el único sitio libre que quedaba, entre mi tío Horace y Kate.

—¿Te encuentras mejor, prima? —preguntó Liroy, inclinándose por encima de la mesa.

Tenía una de las comisuras de la boca manchada con chocolate, y parecía verdaderamente preocupado por mí. Bajo los ojos crecían círculos violáceos y oscuros, creados tras noches sin dormir. «Por estudiar», o eso había sido lo que él me había dicho.

La voz del inspector Reid explotó en el interior de mi cabeza y aparté con rapidez la mirada, clavándola en la taza que rellenaba nuestro mayordomo con el té caliente.

—Sí —contesté, después de aferrarme a la porcelana pintada. Estaba ardiendo, pero no la solté.

—Estás muy pálida, Eliza —comentó el tío Horace, mientras me miraba con más atención.

Kate, por debajo de la mesa, deslizó su mano hasta la mía y me la apretó. La noche anterior apenas le había podido contar lo ocurrido antes de que cayera derrumbada en la cama, pero sí estaba al corriente de lo que había sucedido. O de parte, al menos. Jamás se me hubiera ocurrido confesarle lo que había dicho el inspector Reid antes de que le borrara la memoria.

—Estoy bien. Solo cansada y con hambre —murmuré, mientras daba un trago al té ardiente.

—Entonces, deberíamos ofrecerle ese extraño manjar que llegó esta mañana —comentó Liroy, alzando la voz con intención.

Yo giré la cabeza hacia él, extrañada, a la vez que el abuelo Jones golpeaba los cubiertos contra la mesa con energía, en señal de aprobación.

—¿Manjar?

—Es la hora del té, no la hora de la cena —replicó la tía Hester—. Tenemos suficiente comida como para que…

—Llegó a primera hora, con una extraña nota de una tal señora Andrews —continuó Liroy, ignorando a su madre—. Decía que era un plato de su cuñada, que solía preparar cuando se encontraba

343

convaleciente. La verdad es que desprendía el olor que debe llenar el Infierno de la Gula. ¿Por qué no se lo traes, George? —añadió, dirigiéndose hacia nuestro mayordomo, que asintió por toda respuesta.

—Pero… —intervino la tía Hester.

—Quiero verlo —la interrumpí.

George me trajo un plato que colocó frente a mí, y me tendió una pequeña nota que sujeté con fuerza. La comida parecía sencilla, unos pequeños rulos de algo que parecía col, rellenos de algo que no lograba ver, acompañados por una salsa roja y blanca, más espesa. Estaba segura de que nunca había visto un plato así, pero el olor que despedía hizo que me volviera a rugir el estómago.

Bajé la mirada hacia la nota que sujetaba entre mis manos.

Querida señorita Kyteler:

Espero que me disculpe el atrevimiento de enviarle algo así. Ayer la vi un poco descompuesta y recordé la receta de este plato que mi cuñada solía preparar a su hijo cuando este se encontraba mal. Él lo adoraba, era su favorito. Muchas veces, de hecho, fingía estar enfermo solo para conseguirlo. Se llama töltött káposzta. Espero que lo disfrute tanto como lo hacía (y lo hace) él.
Con amor,

Emma Andrews

Tragué saliva y no solo porque se me estaba haciendo la boca agua. Sentía cómo mis mejillas se enrojecían sin que yo pudiera hacer nada para remediarlo. Mis ojos no podían apartarse de esas últimas palabras. «Con amor».

La letra era idéntica a esa otra que había recibido hacía semanas, esa misma que me había invitado a tomar el té acompañada de mis tíos, y a la que yo había decidido acudir acompañada del abuelo Jones y mi prima Kate.

El papel se dobló entre mis dedos.

—¿Quién es Emma Andrews? —preguntó Kate, confundida.

—La… la mujer del inspector Andrews —mentí, sin dejar de oscilar la mirada de la nota a la comida que esperaba en el plato—. Me los encontré hace un par de días durante mi paseo. Les comenté que no me sentía muy bien.

Era mentira, por supuesto. No me había encontrado a nadie conocido desde hacía varios días (dejando aparte al *encantador* inspector Reid) y, de haber sido así, ni siquiera me hubiera percatado de ello. Llevaba muchos días sumida en mis propios pensamientos.

—Qué detalle por su parte —comentó la tía Hester, mientras se llevaba un pastelillo de limón a los labios—. Deberías escribirle para agradecérselo, Eliza.

—Estoy seguro de que estará encantada de eso, madre —intervino Liroy, dedicándome un guiño divertido.

Mis ojos volaron hasta él y, antes de que pudiera controlarlo, mis labios se doblaron en una sonrisa cómplice. Y, durante un instante, la frase del inspector Reid dejó de hacer eco en el interior de mi cabeza.

Estaba a punto de probar el *töltött káposzta,* cuando de pronto, la campana de la entrada sonó. No fue un simple toque, fuera quien fuese quien estuviera en el exterior, la agitaba con fuerza.

Al instante, me tensé.

—Si no es alguien importante, George, despáchalo, por favor —dijo la tía Hester, mientras saboreaba el pastel.

Kate se inclinó disimuladamente hacia mí.

—Esa nota no te la ha escrito ninguna señora Andrews, ¿verdad? —susurró, intentando contener una sonrisa.

Le di una patada ligera por debajo de la mesa y ella se cubrió la boca con las manos para que su madre no viera su pequeña sonrisa. Yo también estiré los labios, pero la expresión se me congeló cuando vi cómo nuestro mayordomo volvía a entrar en el salón, junto a dos personas que lo seguían.

Si hubiera tenido té dentro de mi boca, lo habría escupido.

—¿Francis? —preguntó mi tía, parpadeando. Se limpió a toda prisa los restos de azúcar que quedaban en las comisuras de sus labios.

El aludido le dedicó una sonrisa tensa e inclinó ligeramente la cabeza.

—Siento mucho haber venido sin avisar, pero se trata de un asunto grave.

Mis tíos intercambiaron una mirada y la desviaron después hasta Tatiana Isaev, la única mujer que formaba parte de los Miembros Superiores del Aquelarre.

—Está bien. Iremos a la biblioteca, allí nos servirán té… —comenzó a decir mi tío Horace, mientras se incorporaba.

—Me temo que seremos nosotros quienes decidamos dónde vamos a hablar —lo interrumpió Tatiana Isaev, con la voz afilada como el hielo—. Y es necesario que sea aquí.

Sus Centinelas no entraron en la estancia. Solo tuve que estirar un poco el cuello para verlos junto a la puerta de entrada, esperando a sus compañeros Sangre Negra… o vigilándonos.

Mis dedos se aferraron a los brazos de la silla, mientras sentía cómo un sudor frío caía como una fuente entre mis omóplatos. Desvié la mirada hacia mis primos, que también habían palidecido abruptamente, como si ellos también tuvieran secretos que ocultar. Liroy se mordía los labios con tanta fuerza, que no entendía cómo no estaban sangrando. Su Centinela se incorporó y se acercó a él,

346

apoyando su cabeza perruna en sus rodillas, como si quisiera darle apoyo, mientras el murciélago de mi tía Hester aleteaba y se colocaba en su hombro derecho, enseñando sus finos colmillos.

—¿Qué está ocurriendo, Francis? —preguntó mi tía, frunciendo el ceño.

—Ha habido otro asesinato —informó Tatiana Isaev, sin un solo pestañeo—. Otra Desterrada: Jane Evans.

—Por los Siete Infiernos —murmuró el tío Horace.

—Sin embargo, esta vez no ha sido como las anteriores —dijo Francis Yale, con gravedad—. El asesino, al parecer, tuvo ciertos problemas. Y hubo testigos.

—¿Testigos? —repitió Liroy, con los ojos muy abiertos.

Mi mirada se deslizó fugazmente hacia él y sentí cómo se me retorcía el estómago.

—Así es, señor Saint Germain. Encontramos a varios policías desmemoriados. También hallamos los cadáveres de tres que habían muerto a consecuencia de un golpe violento —contestó Tatiana Isaev.

—Entonces, ¿se cree de nuevo que podría tratarse de un Sangre Roja? —preguntó Kate.

—No, señorita Saint Germain. Alguien utilizó la magia, encontramos a la gran mayoría de los Sangre Roja de los alrededores profundamente dormidos, alguien debió lanzar un encantamiento para que no vieran nada.

—¿Por qué nos cuenta todo esto? —preguntó la tía Hester, cada vez más enervada.

Tatiana Isaev intercambió una mirada con Francis y él, tras soltar un suspiro, extrajo algo bajo su abrigo, que no se había molestado en quitarse. Mis ojos se clavaron en el cuaderno de letras doradas, e intenté controlar mi expresión.

Opus Magnum. El inspector Andrews había cumplido su palabra, se lo había entregado al Aquelarre.

—Al parecer, el asesino está siguiendo las instrucciones de este libro para cometer sus asesinatos. —Los ojos de Tatiana Isaev se clavaron como espinas en la expresión perpleja de mi tía—. ¿No le suena de nada, señora Saint Germain?

—Por supuesto que no.

—Pues es extraño, porque hemos descubierto que su hermana, Sybil Saint Germain, fue una de sus autoras.

—Mi hermana era una gran Sangre Negra, tenía muchísimo talento —replicó mi tía, aún desconcertada—. Ha escrito muchos libros brillantes.

—Me temo que no como este, Hester —suspiró Francis Yale.

Abrieron el cuaderno y fueron pasando las páginas una a una, mostrando los encantamientos, los hechizos, las maldiciones, las invocaciones. No se detuvieron hasta llegar a las páginas que explicaban paso por paso cómo hallar la Piedra Filosofal. El diagrama estaba perfectamente dibujado, con todos los detalles necesarios, incluyendo el cuerpo y los órganos distribuidos por los vértices.

—Esto tiene que ser un error —oí mascullar a mi tía.

Kate había apartado la mirada después de que sus ojos hubieran recorrido toda la ilustración. Había palidecido, aunque no sabía si por el miedo o por el asco. Liroy tenía los ojos hundidos en sus rodillas y mi tío Horace parecía haber perdido la capacidad del habla.

—Ella no era la única autora. Están solo las iniciales, pero estamos seguras de que corresponden a Marcus Kyteler, Aleister Vale y a Leonard Shelby.

Mis ojos se abrieron de par en par. L. S. Las iniciales desconocidas.

—¿Quién es Leonard Shelby? —murmuré, antes de que pudiera controlarme.

Los dos Miembros Superiores del Aquelarre se volvieron hacia mí, observándome con curiosidad. Yo intenté empujar mi ansiedad hacia mis manos, que retorcieron la tela de mi bata sin piedad.

—Leonard Shelby fue la primera víctima de Aleister Vale. Su primer asesinato —dijo Francis, con lentitud, mirándome a los ojos. No asentí, ni siquiera respiré. A mi cabeza volvió al recuerdo de ese hombre adulto, de pelo desgreñado y sonrisa demente, al que había conocido en Sacred Martyr—. Se produjo durante el último año de Academia. También era amigo de sus padres, señorita Kyteler. Lo conocí, yo estaba en su mismo curso. Creaban un grupo maravilloso de jóvenes Sangre Negra prometedores, hasta que…

—No comprendo qué tienen que ver mi difunta hermana y su marido con todo el horror que está sucediendo —lo interrumpió la tía Hester, con los dientes apretados.

—Es fácil encontrar el nexo. Su hermana y su cuñado participaron en la creación de un libro que está sirviendo de guía para cometer unos asesinatos que está asustando a nuestra comunidad casi tanto como lo hizo el Destripador con la sociedad Sangre Roja años atrás —contestó Tatiana Isaev, sus palabras eran cada vez más afiladas.

—Esto no parecen más que teorías de unos adolescentes soñadores, solo eso.

Tatiana resopló y pasó algunas páginas hacia atrás, deteniéndose en una que mostraba el dibujo de un hombre en cierto estado de descomposición. A su lado, había una receta alquímica y un largo encantamiento. Reconocí al instante de qué se trataba. Yo misma lo había visto el día anterior.

—Esta teoría, por ejemplo, de adolescentes soñadores, ha sido la mano ejecutora de los cuatro asesinatos que se han sucedido hasta ahora —espetó, golpeando la ilustración con una uña afilada—. Encontramos el cuerpo en una de las orillas del Támesis, muy cercana al East End. Después de los problemas que hubo en el asesinato de la señorita Evans, El Forense decidió deshacerse de su marioneta.

—Por los Siete Infiernos, ¿creen de verdad que a mi hermana le interesaba crear la Piedra Filosofal? ¿Que consiguió crearla? Es el mayor sinsentido que he escuchado nunca. Si lo hubiese conseguido, ¿cree que estaría muerta? —contestó mi tía, alzando la voz—. ¿No la habría utilizado a su favor? Por los Siete Infiernos, ¡no existe! No es más que una leyenda que estudiamos en el primer curso de la Academia.

Cerré los ojos. Todavía recordaba la conversación que había mantenido con mis padres en Wildgarden House, la forma en que mi padre había negado cuando le pregunté si habían conseguido crearla.

—¿Dónde se encontraba ayer entre las tres y las cinco de la tarde, señora Saint Germain? —preguntó Tatiana, inclinándose hacia delante.

Mi tía intercambió una mirada escandalizada con mi tío, pero él ni siquiera pareció verla. Sus ojos no se separaban del cuaderno.

—¿Me está acusando de algo? —preguntó, amenazadora.

—Hester, *por favor* —susurró Francis Yale, con una débil sonrisa—. Solo necesitamos saber dónde os encontrabais ayer por la tarde. Los otros Miembros Superiores del Aquelarre están hablando en este momento con otras familias.

La tía Hester bufó, pero contestó con resignación:

—Estuve aquí, en casa. Puedes preguntarle a nuestro mayordomo, a todo el servicio, a quien demonios quieras.

Francis asintió, y se volvió hacia el tío Horace, que dio un respingo cuando sintió sus ojos sobre él.

—Estuve con ella en todo momento —murmuró.

—Yo salí sobre las cuatro —soltó Liroy, antes de que nadie le preguntara. Parecía ligeramente nervioso—. A la biblioteca de la

Torre de Londres. Estaba solo, pero pueden comprobarlo en los registros.

—Lo haremos —asintió Tatiana Isaev, antes de volverse hacia mi prima y hacia mí. La habitación pareció encogerse y girar en torno a mí de una forma delirante. El sudor frío que corría por mi espalda se había transformado en un río descontrolado—. ¿Y ustedes?

—Estuvimos juntas en mi dormitorio en esas horas —contestó mi prima, todavía pálida, pero sin dudar. Al fin y al cabo, parte era verdad, mi Homúnculo y ella habían estado juntas todo el tiempo que yo había pasado en el East End—. Pedí que nos subieran té, así que puede preguntarle a nuestra doncella.

Ella asintió con hosquedad y volvió la mirada hacia el abuelo Jones, que había estado sospechosamente callado durante todo el interrogatorio. Él le devolvió la mirada, digno, con la boca todavía llena de migas.

—¿Y usted?

—El abuelo Jones está un poco senil —intervino mi tía, antes de que él pudiera hablar—. A veces no entiende lo que se le pregunta o dónde está.

—Eso déjemelo constatarlo por mí misma. —Tatiana se giró hacia el anciano y esperó una respuesta.

Él sonrió con algo de tristeza.

—Cuando más grande es la subida, mayor es la caída. Al final la familia quedará destruida y nadie podrá impedirlo.

—¿Disculpe? —Tatiana frunció el ceño y se inclinó en su dirección. La tía Hester se limitó a suspirar mientras se reclinaba sobre el respaldo de su silla.

—Han pasado tantas cosas que ya no tienen arreglo. La familia quedará destruida. Y todo cambiará. —Se llevó otro pastel a los labios y, con la boca llena, volvió a dirigirse a Tatiana Isaev—. ¿Sabe que a veces me dan orín de vaca para beber?

La Sangre Negra apretó los labios con disgusto y se levantó con brusquedad. El abuelo Jones dejó escapar una risita, como si disfrutara de un chiste privado, y Francis Yale imitó a su compañera, tras reclinar un poco la cabeza en nuestra dirección.

—Creo que ya hemos terminado. Muchas gracias por la colaboración. —Tatiana Isaev nos dedicó una pequeña reverencia y salió del pequeño salón, sin esperar a su compañero.

—Nos veremos dentro de un mes, señor Saint Germain —dijo Francis, mientras le dedicaba a mi primo una mirada fugaz—. Espero que se haya preparado para su examen.

—Así será, señor.

—Nos veremos pronto, Hester.

El hombre nos dedicó una última reverencia y, antes de salir del salón, intercambió una mirada rápida conmigo. Quizás todo esto le había hecho recordar mi visita a Sacred Martyr.

Salió a toda prisa del salón, sin darnos ni siquiera oportunidad de acompañarlo a la puerta. Los Centinelas de los Miembros Superiores siguieron a sus compañeros.

Todos nos quedamos en silencio, intercambiando una larga mirada. Y de pronto, la tía Hester explotó.

—¡¿Qué diablos ha sido eso?! ¿Cómo… cómo se han atrevido a dirigirse a nosotros de esa forma tan ruin? ¿Cómo han sido capaces de insinuar que mi querida Sybil y mi amado Marcus tienen relación con lo que está ocurriendo ahora mismo? Jamás hubiera pensado…

—Querida —la interrumpió el tío Horace, que parecía haber recuperado el habla de nuevo—. Recuerdo ese cuaderno.

Todos nos volvimos hacia él, hasta el abuelo Jones, que escupió otro puñado de migas a la mesa.

—¿De qué estás hablando?

—Cuando yo era alumno en la Academia, siempre utilizaba el mismo tipo de cuadernos. Delgados, de cubierta marrón. Ya sabes que siempre he sido... muy organizado. —Se llevó la taza de té a los labios con avidez y se bebió el contenido que quedaba de un solo trago—. Una vez, al principio de mi penúltimo curso, Marcus Kyteler se acercó a pedirme uno. Al principio me extrañó. Marcus era... ya sabes, perfecto. No podía creer que se le hubiera olvidado traer material a clase, pero se lo entregué. Me dijo que me lo devolvería, pero nunca lo hizo. Y yo tampoco se lo pedí, por supuesto. Por aquel entonces me imponía demasiado. —Mi tío sacudió la cabeza, incrédulo, y miró a su esposa con las pupilas dilatadas—. Estoy seguro de que ese era mi cuaderno. Y has visto la letra, Hester. La forma inclinada. Es la letra de tu hermana.

—Estupideces —contestó ella, aunque su voz sonó débil—. Sybil jamás participaría en algo así. Ni siquiera Marcus. Estoy segura de que todo fue obra de ese maldito Aleister Vale, de que engañó al pobre Leonard para que firmara en la portada y de que añadió las iniciales de mi hermana y de Marcus. Así que este será el fin del tema. Tenemos una fiesta de compromiso que preparar y no podemos perder el tiempo en teorías absurdas que no tienen pies ni cabeza, aunque vengan del mismísimo Aquelarre.

Bajé la mirada. Sabía que estaba equivocada, mis propios padres habían reconocido su colaboración en la creación de ese libro, de ese manual de extraños hechizos e invocaciones.

Cuando volví a erguirme, mis ojos se cruzaron con los del abuelo Jones, que me observaba con atención.

—Cuando más grande es la subida, mayor es la caída. Al final la familia quedará destruida y nadie podrá impedirlo —murmuró, antes de volverse hacia mí y dedicarme una sonrisa que era todo dientes y encías—. Como el final de la canción: *Cinco puntas tiene la magia, afiladas como puñales. Que dañan y nos hacen daño, que nunca deben cruzarse, si no quieres que el fuego te alcance.*

—Me parece que el abuelo Jones ha bebido demasiado té —comentó Liroy. Estaba pálido, pero nada comparado con el color ceniciento que había embargado el rostro de Kate.

El aludido lo ignoró. Sus ojos siguieron quietos en mí.

—Ya da igual que la bruja buena eche a correr. El fuego ya nos ha alcanzado a todos.

26

MASCARADA

Suspiré después de que Anne separara sus manos de mí. Me observé en el espejo de soslayo, mientras ella terminaba de acomodarme un mechón de cabello junto a mi mejilla.

—Está preciosa, señorita Kyteler —comentó. Sus labios esbozaron una sonrisa de verdad.

—Al menos deberías haberte recogido el pelo —contestó otra voz, más afilada, tras la puerta entreabierta de mi dormitorio—. O rizártelo un poco.

—Lo he hecho. Al menos en parte —dije, mientras señalaba al pequeño moño que recogía parte de mi pelo en la coronilla. El resto caía en una cascada ondulada hasta mi cintura.

Mi tía Hester me observó con el ceño fruncido, lo que contrastaba con el vestido que llevaba puesto.

Serena Holford había insistido en que quería que su fiesta de compromiso fuera una mascarada, un baile de disfraces y máscaras. Todos habían asentido entusiasmados por la idea, pero a mí me parecía más que inadecuada y horrible. No tenía ganas de vestirme de Colombina o de ninfa, maquillarme más de la cuenta y emborracharme con varias copas de champán.

Liroy me había pedido que hiciera el esfuerzo. Me insistió en que una noche de distracción nos vendría bien a todos, que nos haría olvidarnos de todo lo que estaba pasando. Mientras me hablaba, yo ni siquiera podía mirarlo a la cara. Cuando terminó, me entregó un paquete envuelto, un regalo, y me había pedido que lo hiciera por él.

Al final había cedido, aunque fuera en parte. No me había disfrazado como mi tía, que me seguía observando desde el pasillo con un vestido recargado, al estilo de la marquesa de Pompadour, la amante de Luis XV de Francia. El gigantesco tupé de su peluca parecía luchar contra la gravedad. Me había negado a ponerme algo tan ridículo como eso, pero había aceptado llevar mi mejor vestido, uno de los que habíamos encargado a la señora Ellis hacía tres meses, antes de que los asesinatos comenzaran.

Mi vestido era de terciopelo, de color sangre. Se me ajustaba a la cintura y caía con amplitud hacia ambos lados y hacia atrás, con una cola que se arrastraba por las alfombras persas de mi dormitorio. El cuello era amplio, casi dejaba a la vista mis hombros y, bajo él, un brocado intrincado, de color dorado, se derramaba por toda la zona del pecho, creando dibujos rematados por perlas. Las mangas, abullonadas hasta los codos, se abrían un poco y mostraban más perlas y encaje dorado.

—La mayoría de los invitados están abajo —añadió mi tía, antes de darme la espalda con aparatosidad. La anchura de la falda era tanta como la del pasillo—. Solo faltas tú.

—Enseguida voy.

Ella resopló, pero se encaminó con rapidez hacia las escaleras principales. Anne me preguntó si necesitaba algo más y yo negué con la cabeza. Ella murmuró algo de que tenía que echar una mano en la cocina y bajó a toda prisa por la escalera de servicio.

Trece, que había estado hasta ese momento sobre la cama, fingiendo dormir, levantó las orejas y abrió los ojos.

—¿No tienes curiosidad por ver qué es? —preguntó.

Miraba al paquete que me había regalado Liroy días antes. Apenas le había murmurado un «gracias» cuando me lo había entregado, pero no me había atrevido a abrirlo. Él sabía que algo me ocurría, pero no había insistido mucho cuando yo había negado con la cabeza cuando me preguntó por qué estaba distante. Las palabras del inspector Reid seguían haciendo eco en mis oídos. Eran como un perfume pegajoso que no podía hacer desaparecer de mi piel, por mucho que frotara una esponja sobre ella. Se lo había contado todo a Kate que, en un principio, había parecido horrorizada. Después susurró que no creía esas palabras, que debía haber algún error. Ella, al contrario que yo, consiguió hablar con normalidad con su hermano en los días posteriores. «Tiene que haber una explicación sobre sus salidas nocturnas», había dicho, pálida pero convencida. Yo había asentido a medias, pero todavía no había encontrado ninguna.

Andrei me había dicho lo mismo. No había podido verlo desde el asesinato de Jane Evans, pero habíamos intercambiado cartas (él, bajo el nombre de la señora Andrews), y Trece había enviado mensajes, a veces a regañadientes.

«Las relaciones entre demonios no son tan complicadas», había dicho una vez Trece, tras volver de Seven Dials. «Confesamos nuestra atracción y lo consumamos al instante. Sabemos que alargarlo es absurdo». Yo había fingido poner los ojos en blanco, mientras hervía por dentro y mi imaginación se descontrolaba. Pero por mucho que lo deseara, no podía salir a hurtadillas de casa. Después de la visita del Aquelarre, estaba segura de que todos estábamos siendo vigilados.

—¿*Él* va a venir? —preguntó de pronto mi Centinela, consiguiendo que regresara a la realidad de mi dormitorio y de la fiesta que se celebraba unos metros por debajo.

—Estoy segura de que la tía Hester se ha encargado de revisar todas las invitaciones. No lo permitiría por nada del mundo —contesté en voz baja.

Ahogué un suspiro y, sin vacilar, abrí el paquete que esperaba en mi tocador desde hacía días. La luz de las lámparas se reflejó en la seda negra que recubría el antifaz que se encontraba entre mis manos. Pequeños rubíes y circonitas rodeaban la zona de los ojos y se extendían por toda la negrura, creando una nebulosa hasta llegar a unos cuernos largos que se alzaban hacia el techo y eran rematados por dos perlas. Cuando levanté el antifaz a la altura de mi cara, las cintas me acariciaron la piel de los brazos.

—Un demonio —observó Trece, con una risita—. Muy adecuado.

Dudé durante un instante más, pero terminé colocándomelo sobre la cara y lo ajusté con las cintas. Cuando me volví hacia mi Centinela, él me dedicó una sonrisa que ningún gato normal habría podido esbozar.

—Ahora pareces una auténtica Sangre Negra.

Me levanté por fin y la cola del vestido se derramó por la alfombra. Parecía que una cascada de sangre densa y brillante me rodeaba.

—Estaré vigilando —dijo Trece—. Como siempre.

Asentí y salí del dormitorio. Desde la segunda planta me llegaba el sonido de la música de la orquesta que mis tíos habían contratado para toda la noche. Los acordes de los violines y los violonchelos luchaban contra las risas, las conversaciones y el entrechocar de las copas. Aun así, el baile todavía no había empezado. Lo supe en cuanto bajé las escaleras hasta el salón y vi a varios camareros que habían contratado mis tíos pulular entre los invitados con decenas de bandejas en alto, repletas de aperitivos y canapés, a cada cual más extravagante.

No podía negar que mi tía y Serena se habían esforzado en engalanar el salón de baile, así como toda la zona de la mansión que recorrerían los invitados. Parecía que la primavera había estallado entre las paredes de Lansdowne House, a pesar de que todavía quedaran meses para su llegada. Había flores que decoraban cada rincón, algunas tan grandes como mi propia cabeza. Pétalos recargados de perfume, tallos inclinados, sumergidos en cristales repletos de agua transparente, que resplandecían bajo la luz de las velas. Habían reemplazado las cortinas por otras doradas, y decenas, cientos, incluso, de enredaderas naturales trepaban por el techo y las paredes del salón de baile. No había hilos tirando de ellas, así que supuse que, a pesar de que había invitados Sangre Roja, a la tía Hester no le había importado ser algo flexible en esa ocasión con el tema de la magia.

Los amplios vestidos y los trajes de los hombres habían sido sustituidos por atuendos extravagantes, máscaras y antifaces elaborados. Había campesinos vestidos con telas que ningún pastor podría haber comprado incluso con los ahorros de toda su vida, varias María Antonieta, parejas del más rancio abolengo vestidos con los colores de la Revolución francesa, muchas ninfas y ondinas, un par de Mefistófeles con barbas falsas y puntiagudas, y alguna que otra *Merveilleux Domino*, que a pesar de lo caro y lo recargado de su conjunto, desde la distancia solo parecían montañas de ropa moviéndose con extrema dificultad.

La mezcla de la extravagancia y el lujo me mareó, y me apresuré a bajar la mirada y recorrer el último tramo de escalera a toda prisa.

Mi idea era perderme entre los invitados y pasar desapercibida todo lo que pudiera, con un antifaz, dudaba que supieras quién era, pero la tía Hester me esperaba al inicio de los escalones, junto a mi tío, que se había vestido de Arlequín. Ella tenía algo entre las manos. Gemí por dentro. El maldito carné de baile.

—Por fin —masculló, cuando sobrepasé el último peldaño—. La gente ya estaba empezando a murmurar. Liroy no quería abrir el baile si tú no estabas presente.

Miré a mi alrededor y bufé sonoramente cuando vi a decenas de ojos apartarse de mí, quizás para cernirse sobre otra persona a la que poder observar y analizar. Ni siquiera con una máscara me iba a poder esconder del escrutinio. Acepté el carné de baile, creado con nácar para la ocasión, y cuando lo abrí, mis ojos se abrieron de par en par.

—¿Qué es esto? —pregunté, con los dientes apretados. Mi dedo enguantado señaló la lista de nombres que ya estaban escritos bajo las piezas—. Se supone que soy yo quien elijo a mis parejas de baile.

—Este será un evento importante —replicó la tía Hester—. Después de todo lo que está pasando, de esas horribles… calumnias que inventó Tatiana Isaev sobre nuestra familia, debes tener un comportamiento exquisito. No podía arriesgarme a que tus parejas de baile no lo fueran.

—¿David Tennyson es *exquisito*? —pregunté, con la voz ardiendo. Mis ojos acuchillaron su nombre escrito.

—Solo será un baile, Eliza —intervino mi tío mientras colocaba sus manos enguantadas en mis hombros—. Pero es importante que nos llevemos bien con las otras familias, ahora más que nunca.

—¿Por si el Aquelarre cree que nuestra familia tiene más que ver en los asesinatos de El Forense de lo que querríais vosotros? ¿Creéis, de verdad, que cualquiera de los que está aquí, se pondría de vuestro lado? —pregunté, sacudiéndome sus manos y dando un paso atrás, hacia la escalera—. Miradlos. La gran mayoría solo está aquí por vuestro apellido y por vuestra mansión. No puedo creer que después de vivir tantos años en este mundo, os lo tenga que recordar.

Me zafé de ellos con rudeza, estaba apretando tanto el carné que no sabía cómo no se quebraba entre mis dedos. A mi paso, las luces de los candelabros parpadearon con violencia.

Kate, a la que habían permitido acudir al baile al tratarse de la fiesta de compromiso de su hermano, se interpuso en mi camino, con una expresión preocupada. Intentó tomar mi mano, pero yo la esquivé.

Al contrario que yo, se había tomado muchas molestias en elegir un buen disfraz para la fiesta, a pesar de que ella estaba completamente en contra del matrimonio. Llevaba un vestido largo y vaporoso, de color blanco, una tiara de plata se entrelazaba con sus suaves rizos anaranjados, y unas alas decoradas con perlas, plumas e hilo plateado, se alzaban a su alrededor. Era un ángel caído. Su atuendo, resplandeciente y puro, poco tenía que ver con el mío, con mis cuernos, mi oscuridad y la tela rojo sangre.

—Eliza…

—Necesito estar sola un segundo —repliqué mientras la esquivaba.

Sin mirar a nadie me dirigí a toda prisa hacia la biblioteca, e intenté forzar el picaporte. Pero estaba cerrado. Miré a mi alrededor. Estaba segura de que en la fiesta habría Sangre Roja, pero necesitaba escapar un segundo de la amalgama de falsas pastorcillas, princesas y personajes de teatro. Apoyé un dedo en la cerradura.

—*Ábrete* —murmuré.

El picaporte se sacudió entre mis manos, pero finalmente cedió, y yo pude entrar en la tranquila biblioteca y aislarme de las copas de champán, las telas relucientes y las risas falsas.

Sin embargo, no había sido la única que había tenido esa idea.

—¿Serena? —pregunté, sorprendida.

Estaba frente a la ventana, abierta de par en par, dejando que el viento frío de los primeros días de diciembre azotase su peinado y la amplia falda de su vestido isabelino. Se giró en mi dirección, el blanco y el dorado de las telas de su vestido parecían oro y marfil bajo la luz de los candelabros. Sin duda, era el atuendo más extravagante que había visto esa noche, superaba incluso al *Merveilleux Domino* que había visto antes. El cuerpo del vestido era muy ajustado y marcaba su cintura diminuta, lo que contrastaba con las grandes mangas infladas, que caían hasta la altura de sus muñecas. El cuello rizado de encaje se levantaba hasta la nuca, aunque en la zona anterior, mostraba un amplio escote, medio oculto entre tanta joya. La amplia falda se encontraba sobre el verdugado francés, y todo ello estaba recubierto con multitud de piedras preciosas, rojas y blancas en su mayoría. En su cabeza, sobresaliendo de un recogido, había una corona dorada. En sus pies se enroscaba su Centinela. La serpiente apenas me dedicó un simple vistazo, antes de volver a alzar su cabeza alargada hacia su compañera, como si ella fuera lo único que le interesara.

Durante un instante, su expresión parecía perdida, voluble, incluso triste, pero tras un ligero parpadeo, la seguridad volvió a sus facciones. Esbozó una amplia sonrisa y se acercó a mí, arrastrando su larga falda.

—Querida Eliza, qué alegría encontrarte aquí —dijo, con ese tono afectado que tanto le gustaba adoptar—. ¿Sabes que llevo puesto el último vestido que cosió Frederick Worth antes de morir?

—*Maravilloso*. ¿Qué haces aquí, sola? —pregunté, con el ceño fruncido.

Su sonrisa se crispó un poco y desvió sus ojos verdes por toda la biblioteca antes de volver a hundirlos en mí.

—Supongo que lo mismo que venías a hacer tú —contestó. Separé los labios, sorprendida, pero antes de que pudiera pronunciar la primera palabra, ella me interrumpió—. ¿Has venido a darme las gracias por el regalo?

—¿Qué regalo? —Mi ceño se frunció aún más.

—Oh, supongo que entonces no lo has encontrado —contestó, lanzando un suspiro demasiado largo como para ser natural.

Volvió a darme la espalda y a girarse en dirección a la ventana, observando el lugar en donde Andrei había estado escuchando a escondidas hacía semanas. Yo me coloqué a su lado y dejé que el aire nocturno me acariciara la piel de mis brazos que no estaba cubierta. Apenas era una franja, los guantes negros me sobrepasaban los codos, pero aun así me estremecí.

—¿Se trata de una manzana envenenada, Serena? —Ni siquiera yo sabía si estaba bromeando o no.

—Eso tendrás que averiguarlo tú, querida —replicó, dedicándome una mirada que parecía contener más que esas pocas palabras.

La observé más detenidamente, la forma en la que estaba estirada, la postura protectora de su Centinela, a pesar de que estaba segura de que no estaba permitido que hubiera ninguno en esta zona, donde podían acceder los Sangre Roja. Tenía los brazos firmemente cruzados sobre el pecho y las uñas cubiertas por sus guantes rojos se clavaban en su piel.

—¿Estás nerviosa por el compromiso? —pregunté, con la mirada entornada—. ¿O quizás por el examen del Aquelarre?

Ella arqueó una ceja y me dedicó una sonrisa tan amarga como divertida.

—¿El examen del Aquelarre? ¿De verdad crees que *yo* conseguiré formar parte de los Miembros Superiores?

La miré, parpadeando, sin entender del todo.

—¿Crees que no estás preparada?

—Por supuesto que estoy preparada. Soy la mejor opción para ese puesto —dijo, como si fuera algo obvio—. Pero sé que no será mío.

—¿Por qué? —pregunté, francamente confusa por el rumbo que estaba tomando la conversación.

Esta vez, Serena pareció genuinamente sorprendida.

—¿De veras me lo preguntas, querida Eliza? ¿No eres capaz de ver el obstáculo que me impide alcanzar ese puesto que tanto deseo? —Sacudí la cabeza y sus ojos parecieron más oscuros cuando continuó hablando—. ¿Sabes que en el último examen de la Academia, aquel que decidía nuestra calificación final, Liroy no respondió a una pregunta? Él es un gran estudiante, tiene una mente privilegiada, pero tienes que reconocerlo, le gustan demasiado las fiestas, los bailes y Thomas St. Clair, como para dedicarle todo su tiempo al estudio. —Abrí la boca, sorprendida de que conociera esa información, pero ella continuó hablando—: Contestó a todas las preguntas a la perfección, menos una. Él mismo me lo dijo. Yo contesté a todas, incluí información extra en algunas. ¿Sabes qué nota recibió él? ¿Sabes qué recibí yo? —No contesté, aunque supe que no había necesidad—. Mi profesor comentó que había sido demasiado presuntuosa. Que me había excedido. Así que me penalizó con un punto menos. No conocer la respuesta a una pregunta fue menos importante que escribir información de más. No era la primera vez, por supuesto —añadió, mientras hacía un gesto desdeñoso con su mano enguantada—. Otras veces me faltaban detalles nimios, pero siempre recibían mayor penalización que los de él.

Negó con la cabeza, como si se encontrara de nuevo en la Academia, con un examen casi perfecto arrugado entre sus manos.

—¿Nunca te has preguntado por qué solo hay una mujer entre los Miembros Superiores? Tu madre fue la primera mujer en conseguir una plaza en él, pero murió prematuramente, y hasta hace solo cinco años, no se la concedieron a otra. —Se mordió los labios con tanta rabia, que no supe cómo no los hacía sangrar—. Los hombres tienen puestos mucho mejores que nosotras, reciben más compensación por sus actos, pero luego somos nosotras, las Sangre Negra, las que son conocidas como algo negativo en la sociedad de los Sangre Roja, las *brujas*, las que somos la representación del mismísimo mal, cuando realmente son los hombres los que mueven nuestros hilos. —Jadeó, sin aliento y cuando se volvió hacia mí, sus ojos ardían—. A Liroy ni siquiera le interesa realmente ser un Miembro Superior, y yo no quiero formar una familia, así que hicimos un trato.

—¿Un… *trato*? —repetí, con la boca seca.

—Digamos que fui yo la que realmente le propuso matrimonio. El mundo nos dejaría en paz porque los dos, y sobre todo yo, estaríamos casados. Él podría vivir su vida como quisiera y yo podría acceder a las decisiones de los Miembros Superiores del Aquelarre a través de él.

Sus palabras eran espinas de hielo, que se clavaban y levantaban mi piel. Su verdad dolía porque yo también la había sentido, pero jamás me hubiese imaginado escuchar algo así de sus labios perfectamente pintados. Tomé aire, aunque me costó encontrar las palabras.

—Eso sería vivir una mentira.

Serena se echó hacia atrás y profirió una sola carcajada, larga y seca, que se cortó cuando se enderezó y hundió sus ojos claros en los míos oscuros.

—Ay, mi querida Eliza. Eres tan parecida y tan distinta a mí. Eres una inadaptada como tu primo y como yo, incluso como lord Báthory, ese Sangre Roja que tanto te gusta. Cuando lo conocí me recordó tanto a ti… una oveja negra atrapada en un rebaño blanco demasiado asfixiante. —Los dedos de su mano me tomaron desprevenida cuando se encontraron con los míos y, durante un instante, pensé que había verdadero cariño en su expresión cuando me los apretó con ternura—. Pero tú luchas de una forma distinta a la mía. Por eso yo siempre consigo lo que quiero, y tú no.

Esa expresión sibilina que siempre era dueña de su rostro volvió a sus rasgos con firmeza, y yo aparté la mano, con los dientes apretados. Su Centinela se deslizó a mi lado, rozó deliberadamente la falda de mi vestido y salió por la ventana de la biblioteca hacia la noche, agitando su cascabel como despedida.

En mitad del súbito silencio, unos acordes alegres llegaron desde el otro lado de la puerta.

—Ahora, si me disculpas, querida Eliza, tengo que abrir el baile con mi prometido. —Sus labios se torcieron con burla—. Espero que encuentres pronto mi regalo.

Se giró con brusquedad y su larga cola sacudió mi propio vestido. Me dedicó una única sonrisa de despedida por encima de su hombro, susurró un «Ábrete» a la puerta y abandonó la biblioteca.

EL VALS DE LA BRUJA

A Liroy ni siquiera le interesa realmente ser un Miembro Superior.

Por supuesto, Liroy y Serena bailaron un vals. No podía ser de otra manera.

Y yo no quiero formar una familia...

Y despertaban suspiros y murmullos halagadores. Eran perfectos. El futuro de los Sangre Negra. Una especie de Marcus Kyteler y de Sybil Saint Germain.

Así que hicimos un trato.

Aunque estuvieran viviendo una mentira.

Mientras observaba sus sonrisas, las miradas que se dedicaban, me pregunté si mis padres habían vivido una farsa parecida. A pesar de que nunca había pasado demasiado tiempo con ellos cuando era pequeña, no los recordaba como una pareja cariñosa. Siempre estaban enfrascados en su trabajo como Miembros Superiores del Aquelarre y acudiendo a fiestas donde yo tenía vedada la entrada.

Kate se encontraba a mi lado, asombrosamente fría y calmada. Estaba preciosa con su vestido angelical, pero esa noche había algo helado en su belleza. Como si algo en su interior se hubiera roto definitivamente y solo hubiera dejado un páramo vacío y congelado.

—Estoy bien —me susurró, cuando el vals terminó y mi primo se inclinó a darle un casto beso en la mejilla a su prometida—. Con el tiempo me acostumbraré a no echarlo de menos.

Asentí y le apreté ligeramente el brazo. No me dio tiempo a decir nada, porque Liroy se alejó de Serena y se dirigió directamente hacia nosotras. Tomó a su hermana entre sus brazos y me dedicó un guiño divertido mientras la conducía a la pista de baile. Mientras tanto, Serena hacía lo mismo con su padre.

—No te alejes demasiado. Tú serás la próxima —añadió con una risita.

Esbocé una pequeña sonrisa a la vez que un escalofrío me recorría la columna vertebral. Mientras sus palabras seguían en mi mente y los primeros acordes de un nuevo vals comenzaban a sonar, las imágenes de Jane Evans empezaron a aparecer frente a mis ojos. Su pecho abierto, sus costillas destrozadas, ese hueco hondo y ensangrentado… eran imágenes que aparecían y desaparecían como destellos al ritmo de la música.

Sacudí la cabeza y me froté los ojos, olvidándome del tenue maquillaje que oscurecía mis párpados. Miré a mi alrededor. Todos seguían observando a los cuatro bailarines de la pista de baile, sonriendo, algunos criticando, otros perdidos en sus propios pensamientos. Mi tía sonreía con orgullo, observando a sus dos hijos, mientras el tío Horace trataba de controlar las lágrimas de emoción. De pronto, me di cuenta de algo. No había en la sala ningún Miembro Superior del Aquelarre. Y estaba segura de que en las invitaciones que había despachado mi tía estaba el nombre de todos, incluido el de Tatiana Isaev, a pesar de la discusión del otro día. Ni siquiera estaba su querido amigo Francis. Y era extraño que ni siquiera hubiera hecho acto de presencia, ya que, al fin y al cabo, Liroy o Serena formarían parte de sus filas en algo más de un mes.

No dejé de escudriñar caras mientras el vals duró, pero a pesar de las máscaras, los antifaces y los disfraces, no encontré a ninguno de los siete miembros.

Cuando los violines tocaron su acorde final, los invitados se abalanzaron sobre la pista de baile. Las jóvenes y las mujeres de más edad observaban sus carnés de baile y buscaban a sus parejas a toda prisa. Por el rabillo del ojo, vi cómo mi tía arrastraba prácticamente a su marido, que se secaba las lágrimas como podía, hasta la misma pista.

Todavía los estaba observando cuando una figura oscura se colocó frente a mí.

—Creo que es mi turno.

Levanté la mirada y luché por controlar la tensión de mis rasgos. Liroy se encontraba frente a mí, con su mano enguantada perfectamente extendida hacia mí. La peluca blanca, repleta de rizos, de su disfraz de Luis XV, resplandecía bajo la luz de los candelabros, y su antifaz blanco y dorado, como el resto de su atuendo, era cegador. Demasiada luz para la oscuridad que yo sentía en mi interior.

—¿Me concederías este baile, querida prima? —me preguntó.

—Supongo que no tengo otro remedio. Estás en mi carné de baile. —Intenté bromear, pero mi voz escapó de mis labios extrañamente disonante, aunque, si él lo notó, no dijo nada.

Acepté su brazo y caminamos hacia la pista de baile, donde todas las parejas se habían colocado. La próxima pieza era un *Schottische*. Mi tía la odiaba, había demasiados cambios de pareja y mi tío terminaba tropezando con sus propios pies. Yo solía practicarla con mis primos cuando era pequeña, y Kate y yo nos reíamos y empujábamos a Liroy de la una a la otra. Ese súbito recuerdo hizo que las palabras del inspector Reid dolieran todavía más.

La música comenzó a sonar. Las parejas nos dispusimos en un círculo y nos inclinamos antes de volvernos hacia las demás y realizar una nueva reverencia. Después, Liroy colocó una mano en mi cintura mientras yo colocaba la mía en su hombro y comenzábamos a movernos. Al contrario que el vals, no nos deslizábamos por la pista, dábamos ligeros saltos sobre las puntas de nuestros pies, nos acercábamos al centro de la pista y luego volvíamos al punto inicial, mientras no dejábamos de girar y las faldas de las mujeres se abrían como flores.

La melodía alegre cambió de tonalidad y una flauta travesera se sobrepuso por encima del resto de instrumentos. Las parejas que estaban a mi lado avanzaron de nuevo hacia el centro e intercambiaron sus compañeros de baile. Cuando volvieron a su lugar, fuimos Liroy y yo, junto a otros bailarines más, los que avanzaron hacia el centro. Apreté los dientes cuando me encontré frente a Serena, que me dedicó una sonrisa divertida antes de que avanzara delante de mí y Liroy tomara su cintura. Di un giro sobre las puntas de mis zapatos y el hombre que había bailado con Serena me tomó entre sus brazos. Alcé la mirada y mis ojos se encontraron con una máscara negra, muy parecida a mi antifaz, pero con perlas negras en vez de blancas. Tras él, unos ojos oscuros que conocía muy bien me devolvieron la mirada.

Me quedé sin respiración y casi tropecé cuando unas manos con guantes negros me sujetaron por la cintura. Me dejé guiar, incapaz de apartar mis ojos de los de mi nuevo compañero de baile.

Con suavidad, me hizo dar una vuelta y mi falda rozó la larga capa que caía desde sus hombros y llegaba hasta sus tobillos. Había demasiada tela entre nosotros, pero esa caricia casi me dolió.

Alcé las manos, pero Liroy se interpuso entre medio de los dos y me arrastró de nuevo a su lado, siguiendo los pasos del baile. Yo lo seguí a regañadientes, pero sin perder de vista al otro joven vestido de demonio. Las parejas se interpusieron entre nosotros, pero yo sentía su mirada, pesada, cálida, casi asfixiante. Era como si una mano estuviese alojada en mi pecho y tirara sin piedad de mi corazón, solo para acercarme un paso más a él.

Por los Siete Infiernos.

Qué hacía Andrei Báthory aquí.

Los bailarines formamos una cadena, cruzándonos unos a otros, rozándonos apenas las palmas de las manos. Mi pecho rugió cuando me encontré de nuevo con él y sus dedos apretaron los míos con intensidad. Cuando otro bailarín se interpuso entre nosotros, los dos giramos la cabeza para observarnos un instante más, antes de que la música nos arrastrara y nos obligara a apartarnos de nuevo.

Era una pequeña tortura. Cerca, muy cerca, y después demasiado lejos. Pero cada vez que nos encontrábamos en mitad de los acordes, nos aproximábamos un poco más, nos aferrábamos con un poco más de fuerza, tardábamos un segundo más en retroceder. La lengua me pesaba, la saliva se evaporaba de mi boca, la vista se me emborronaba, el aire se enrarecía y ardía cuando entraba en el interior de mis pulmones. Todo eso sentía en el espacio en que girábamos uno alrededor del otro.

Un acorde algo más prolongado que los anteriores me indicó que el *Schottische* estaba a punto de llegar a su final. Me quedé quieta, mientras Liroy se acercaba para terminar el baile conmigo y Andrei pasaba una última vez detrás de mí.

No formaba parte de la danza, pero él rozó sus dedos con los míos una última vez cuando pasó a mi lado, antes de dirigirse hacia Serena Holford, su verdadera pareja de baile, que lo esperaba con una sonrisa vanidosa en sus gruesos labios.

Todos los bailarines le dedicamos una reverencia a nuestra pareja, aunque los ojos de Andrei no cesaban de ir y venir de Serena a mí. Cuando la música se extinguió, ni siquiera le dejé tiempo a Liroy para que pudiera decirme nada. Ni siquiera lo miré cuando le di gracias por el baile. Salí disparada hacia el joven vestido de demonio.

Serena me esperaba, porque se hizo a un lado y me susurró cuando pasó a mi izquierda:

—*De nada.*

Apreté los dientes y prácticamente me abalancé sobre Andrei. Él separó los labios, pero no le di tiempo a pronunciar palabra. Lo aferré por el brazo con fuerza y lo empujé fuera de la multitud.

Casi se me escapó una sonrisa al recordar de pronto ese primer día en que lo conocí, cuando lo había arrastrado prácticamente así. La única diferencia con aquel entonces era que en aquella ocasión lo llevaba a la pista de baile, y en este caso, lo alejaba de ella.

—¡Señorita Kyteler!

Me detuve en seco al escuchar esa voz conocida. Con las cejas fruncidas tras el antifaz, observé cómo David Tennyson también se abría paso entre la multitud, persiguiéndonos. El maldito carné de baile pareció morderme a través de la tela del vestido.

—Debe bailar la siguiente pieza conmigo —dijo, en voz suficientemente alta como para que varios invitados desviaran la vista entre uno y otro.

Sentí cómo Andrei hacía amago de alejarse de mí, pero mis dedos aferraron su antebrazo con más fuerza y, con la mano que tenía libre, extraje el carné de baile del bolsillo de mi falda y lo alcé, con las páginas de nácar brillando a la luz de las velas. El nombre de David Tennyson, escrito con letras grandes y doradas, resplandecieron.

—*Ábrete* —murmuré.

El carné de baile ya estaba abierto, y a mí siempre se me habían dado mal los hechizos, así que las páginas del carné se estiraron durante un instante, intentando abrirse más, y con un fuerte crujido, se partió en dos, cayendo de mi mano al suelo, donde un par de mujeres algo ebrias lo pisaron sin darse cuenta al pasar por mi lado. Mis ojos brillaban cuando intercambié una última mirada con la expresión colérica de David Tennyson.

Ahogué una carcajada y tiré de Andrei, empujándolo hacia la biblioteca. Por suerte, estaba vacía. En cuanto pisamos la alfombra persa, me volví hacia la puerta y murmuré un «Clausura» que nos dejó sumidos en un eco de violines afinándose y voces alegres.

Andrei se quitó de inmediato la máscara, y ver su cara, sus mejillas ruborizadas, sus pupilas brillantes, solo consiguió que esa cuerda invisible que me unía a él se tensara aún más y que el aire de la biblioteca, ya de por sí enrarecido por los libros viejos y el olor a pipa y a puro, se hiciera casi irrespirable.

Yo no me quité el antifaz. Me sentía más protegida con él. No podía dejar que Andrei viera mi expresión, no ahora.

—Recibiste una invitación de Serena —dije, antes de que él separara los labios.

—Sabía que no era buena idea venir —contestó él, con la voz ronca.

—Entonces ¿qué haces aquí?

Sus ojos castaños parecieron absorberme. Dio un paso adelante, con las mejillas enfebrecidas, a apenas un suspiro de distancia. Esa vulnerabilidad que había atisbado a ver el primer día que lo conocí, se derramaba ahora por todo su rostro.

—Ya sabes por qué —susurró.

La garganta se me cerró cuando se quitó los guantes, los arrojó al escritorio cercano y, con suavidad, deshizo el nudo de seda que mantenía el antifaz sobre mis ojos. Una parte de mí gritaba que lo detuviera, pero me mantuve inmóvil, quieta, mirándole, respirando con fuerza, mientras el regalo de Liroy se separaba de mi rostro y caía al suelo, entre nosotros. Cuando lo hizo, fue como si de repente me quedara desnuda ante él.

Sus manos, todavía alzadas, estaban a centímetros de mi nuca. Mis pupilas cayeron hasta sus labios, y, de pronto, una melodía arrolladora llenó la estancia. La reconocí. Era la Polka Húngara, de Strauss.

Alcé la vista, sobresaltada, y la mirada de Andrei me sonrió.

—Baila conmigo.

Y, antes de que yo pudiera responder, me sujetó de la cintura y me hizo girar vertiginosamente. Se me escapó la risa y mis manos se aferraron a su cuello, intentando no perder el equilibrio en los giros bruscos. La polka tenía un ritmo tan acelerado, que dudaba mucho de que alguien pudiera bailarla adecuadamente en el salón de baile que se encontraba atestado tras las puertas. Pero aquí teníamos una habitación entera para nosotros. Y nadie nos miraba.

Nos deslizamos por todo el salón de la biblioteca, riéndonos sin parar. Andrei subió de un impulso al escritorio, sin soltar mi mano, y dio un salto hacia la silla, a la que terminó volcando para quedar de rodillas frente a mí. Me hizo dar una ridícula vuelta en torno a él y lo puse de nuevo en pie de un tirón. Seguimos dando vueltas en torno a la estancia, tirando sin querer alguno de los libros cuando tropezábamos con las estanterías, mientras el fuego de la chimenea ardía con más fuerza que nunca. Andrei me sujetó de nuevo por la cintura y me alzó hasta el sofá que se encontraba frente al hogar. Salté sobre él, paseándome entre los cojines, sin que sus manos me soltaran.

La melodía tomó un ritmo aún más vertiginoso y yo salté hacia él sin previo aviso. Andrei tropezó, con mi cuerpo entre sus brazos, con la cara despidiendo tantas llamas como la chimenea, pero se echó a reír cuando recuperó el equilibrio y giró sobre sí mismo, arrastrándome a mí con él, en vueltas cada vez más cerradas, siguiendo el delirante ritmo de la polka.

Los libros, los cuadros al óleo, los muebles, se convirtieron en un borrón oscuro que nos rodeaba, una especie de muro que nos aislaba de nuestro mundo, de las apariencias que debíamos guardar y del horror de los últimos meses. Pero con Andrei, incluso desde el momento en que cruzamos la mirada por primera vez, siempre fue así. Siempre fui yo. Sin apariencias. Sin secretos. Sin palabras que no sentía. Sin reglas. Era como si hubiese estado conteniendo el aliento toda mi vida, como si algo invisible me hubiese estado apretando las costillas durante años, como los terribles corsés que llevaba a diario y, con él, pudiera respirar por primera vez.

Unos fuertes acordes se unieron a la melodía vertiginosa de los violines, y con ellos tronando en nuestra cabeza, pisé sin querer el pie de Andrei y los dos tropezamos. Caímos de lleno contra una de las estanterías, sacudiéndola con fuerza. Andrei fue el que se llevó la mayor parte del golpe y, aunque la carcajada se le cortó en seco por el dolor, me envolvió con los brazos en un gesto protector, haciendo desaparecer por fin la ínfima distancia que nos separaba.

Los acordes seguían haciendo eco en la estancia, iban a juego con los latidos erráticos de mi corazón. La música no cesaba, pero yo no podía moverme. Notaba los dedos de Andrei perdidos entre mis costillas y yo tenía la nariz hundida en el hueco que existía entre su mandíbula y su hombro, inspirando su aroma con fuerza.

Él carraspeó, de pronto consciente de la situación, y me alejó un poco de él. En mitad de una respiración y de la siguiente, la polka terminó, y el silencio fue más mudo y pesado que nunca.

—Lo… lo siento, yo… —Sus ojos descendieron hasta el suelo, sus pupilas brillaban como brasas. No sabía qué piel quemaba más, si la suya o la mía—. Deberíamos volver al salón de baile, deberíamos…

—No —lo interrumpí, con voz ronca—. No deberíamos.

Y de pronto, mis manos estaban en su pelo y su boca sobre la mía, besándome de una forma que mandaba a los Siete Infiernos la decencia y las apariencias. No sabía si había sido yo quien se había acercado a él, o él a mí, pero no importaba. Lo único que realmente tenía relevancia en ese momento era la forma en que sus labios se abrían contra los míos, la forma en que yo me sentía entre los lomos de los libros que se clavaban en mi espalda, y su cuerpo, que temblaba tanto como el mío.

La sangre corría al galope por mis venas, y eso despertaba mi magia, que como un viento extraño empezó a rodearnos, a empujarnos más al uno contra el otro, si es que eso era posible. El candelabro del techo empezó a oscilar con violencia y las llamas de la chimenea crecieron tanto que estuvieron a punto de lamer la pared.

Coloqué una mano en el pecho de Andrei y me obligué a apartarme, aunque eso me dolió tanto como recibir una maldición.

—Si no nos detenemos, voy a prender fuego a esta habitación —murmuré, sin poder evitar que mis labios hinchados se doblaran en una sonrisa tímida.

Las orejas de Andrei adquirieron un tono bermellón de lo más adorable y sus ojos oscuros recorrieron la estancia, antes de mirarme con diversión. Parecía a punto de decir algo, pero de pronto, un ruido extraño llegó desde el otro lado de las puertas cerradas de la biblioteca. Algo parecido a un chasquido, seguido de voces que se alzaban y música que se interrumpía.

Los dos intercambiamos una mirada, con el ceño fruncido. Entre las voces sorprendidas que se alzaban, escuché un bramido que parecía provenir de mi tía Hester.

—Ocurre algo —murmuró él.

—No quiero salir de aquí —contesté, con un suspiro. Me recosté sobre él, apoyando la cabeza en su pecho.

—Yo tampoco —musitó Andrei.

Pero el tumulto crecía por segundos y sabía que por mucho que quisiéramos, no podríamos seguir escondidos del mundo durante mucho tiempo más. Alcé la mirada y Andrei me dedicó una pequeña sonrisa antes de inclinarse en mi dirección y darme un tímido beso en el pelo.

—¿Vamos? —preguntó.

—Vamos.

Andrei se puso de nuevo la máscara de diablo, aunque yo dejé el antifaz en el suelo, junto al lugar donde habíamos comenzado a bailar. Lo sostuve con fuerza de la mano y me volví hacia la puerta.

—*Ábrete* —susurré.

—¡Esto es un escándalo! ¡Una locura!

Esas fueron las primeras palabras que escuché con claridad cuando Andrei y yo nos adentramos de nuevo en el salón de baile. No había bailarines en la pista, los músicos habían dejado los instrumentos a un lado y todos los invitados tenían los ojos clavados en el centro de la sala, donde la tía Hester y mi tío enfrentaban con sus disfraces a los siete Miembros Superiores del Aquelarre. Sus Centinelas no estaban presentes.

Escuché un murmullo de gasas a mi izquierda y me volví justo a tiempo para ver cómo Kate pasaba por mi lado. La sujeté de una de las alas que llevaba cosidas a la espalda del vestido y la detuve.

—¿Qué está ocurriendo?

Ella me observó con pánico, pero sus ojos resbalaron hasta mi mano, sin un guante cubriéndola, y la forma en que mis dedos se entrelazaban con los de Andrei. Aunque él tenía la cara cubierta por la máscara, supe que Kate adivinaba al instante de quién se trataba. Sacudió la cabeza y apartó el momentáneo aturdimiento, y clavó los ojos en mí, tan confusa como asustada.

—Él no debería estar aquí —me murmuró—. Los Miembros Superiores no han venido a bailar. Han aparecido de pronto, sin anunciarse. Tatiana Isaev ha tirado una bandeja repleta de copas de champán. Mi madre está furiosa.

No hacía falta que Kate me lo dijera. La tía Hester seguía en mitad de la estancia, rodeada por los invitados, con mi tío a su espalda, que se había acercado para apaciguarla un poco. Por supuesto, no lo había conseguido.

—¿Me puedes explicar qué está ocurriendo, Francis? —exclamó mi tía, con tanta rabia que las amplias cortinas se balancearon, empujadas por la furia de su magia—. Te envié una invitación, a ti y a todos los miembros. Nadie se molesta en aceptarla o denegarla, y de repente, aparecéis aquí sin anunciaros, arruinando la fiesta de compromiso de mi hijo y la señorita Holford.

Muchos de los presentes se volvieron para observar a Serena, que se mantenía estoica, aunque tenía sus manos aferradas al brazo de su madre. Cuando nuestras miradas se cruzaron, vi una mezcla de pánico e intención en sus pupilas, como si quisiera decirme algo.

—Hester, *por favor* —suplicó Francis mientras daba un paso al frente. Tenía las manos alzadas para calmarla, pero en la yema de su índice, todavía brillaba una gota de sangre—. No hagas esto más complica…

—Estamos aquí para detener al señor Liroy Saint Germain —lo interrumpió Matthew Bishop, otro de los Miembros Superiores.

—¿Disculpe? —preguntó mi tío, perplejo.

Mi corazón se quebró cuando una ola de murmullos me golpeó con la fuerza de una ola. La mano de Andrei fue como una roca firme a la que aferrarme y no dejar que me arrastrara el océano.

Kate me agarró la otra mano que tenía libre.

—¿Liroy? ¿Para qué quieren a Liroy? —cuestionó, en un murmullo aterrado—. ¿Entiendes algo de lo que está ocurriendo?

—No.

Sí, dijo una voz horrible en mi cabeza. *Por supuesto que lo sabes.*

—¿Dónde está el señor Saint Germain? —insistió Nicolas Coleman, otro de los Miembros Superiores.

El inspector Reid no se equivocó, siguió siseando la terrible voz de mi cabeza. *Ha jugado contigo todo este tiempo. Solo te dio verdades a medias, para tenerte donde quería siempre.*

—¡No les diré nada hasta que no me expliquen qué quieren de él! —bramó mi tía, perdiendo los pocos nervios que todavía le quedaban.

—Ahora mismo, es sospechoso por el asesinato de Charlotte Grey, Adam Smith, Liza Williams y Jane Evans —dijo Mathew Bishop, acercándose otro paso más.

—¡Están todos locos! —replicó mi tío, sin amilanarse.

—Hester —intervino Francis Yale, con voz suave—. Tenemos muchas pruebas. Estamos seguros de que él es El Forense.

—Esa es una mentira horrible —contestó ella. Su voz había bajado dos tonos, temblaba de pies a cabeza y tenía los dientes apretados.

—¿Dónde está? —preguntó por tercera vez Tatiana Isaev. Su mano revoloteó cerca de su cinturón repleto de tachuelas afiladas.

Mi tía, como respuesta, arrojó el guante de su mano izquierda al suelo y sacó de un bolsillo escondido entre los pliegues de su falda su Anillo de Sangre, de rubí. Sentí cómo Kate se estremecía a mi lado. Muchos de los Sangre Negra que rodeaban a los Miembros Superiores y mis tíos, dieron un paso atrás. Los poco Sangre Roja que habían sido invitados se miraron entre sí, confusos, hasta que de una de las puertas cerradas salió el Centinela de mi tía, que aleteó entre los exagerados disfraces, y se posó en su hombro con postura amenazadora. Algunas mujeres Sangre Roja gritaron y retrocedieron, asqueadas, mientras yo observaba a mis tíos, sus posturas, cómo se preparaban para defenderse, para atacar si era preciso.

Jamás me hubiese imaginado que mi tía llevara su Anillo escondido en los trajes de baile, aunque solo se tratase de un disfraz.

Pero, en ese momento, unas puertas batientes que comunicaban con uno de los pasillos de servicio, por donde entraban y salían los camareros que mi tía había contratado para la fiesta, se agitaron, y tras ellas apareció el rostro sonriente de mi primo Liroy. Entre sus manos, llevaba una bandeja de finos pasteles dorados, decorados con flores de azúcar, miel y chocolate.

Se detuvo en seco cuando todos nos volvimos hacia él, paralizados.

—¿Qué…? —Sus ojos se movieron por los invitados, por sus padres, para después hundirse en las siete personas que llenaban el ambiente con su imponente presencia—. ¿Qué ocurre?

Su voz ni siquiera se había extinguido cuando Ezra Campbell se aclaró la garganta con un carraspeo antes de exclamar:

—*¡Aferra!*

Liroy abrió mucho los ojos cuando, de pronto, sus brazos se pegaron a su cuerpo y dejaron caer la bandeja al suelo. Los pasteles cayeron entre sus pies mientras algo parecido a una cinta traslúcida, plateada, lo envolvía. Vi cómo intentaba que una de sus manos llegase hasta su propio bolsillo, pero el hechizo del Miembro Superior lo mantenía completamente inmóvil.

Los Sangre Roja, menos Andrei, se agolparon contra la puerta e intentaron salir a toda prisa del salón de baile. Sus pasos acelerados bajando la escalera que conducía a la entrada llenaron de ecos las paredes.

—Los guardias del Aquelarre los esperan fuera para borrarles la memoria —informó con voz átona Mathew Bishop a mi tía, antes de volverse hacia el paralizado Liroy—. Señor Saint Germain, se le acusa de los asesinatos de cuatro Desterrados, además de realizar magia delante de Sangre Roja y realizar prácticas prohibidas por el Aquelarre.

—¿Qué? —musitó él, pálido como la muerte.

Su mirada, en vez de buscar a sus padres, en vez de buscar a su prometida o a su hermana, me buscó a mí. Y yo apreté los dientes y aparté la vista, con las lágrimas mordiéndome los ojos.

—¡Eso es absurdo! —intervino mi tío. Una carcajada entrecortada se le escapó de los labios—. Muchos de los asesinatos se realizaron en noches como esta, donde mi hijo se encontraba con nosotros.

—¡Más que ridículo! —corroboró la tía Hester, con seguridad—. Por los Siete Infiernos, el señor Edward Smith, que está presente hoy aquí, acudió a una de nuestras fiestas la misma noche que asesinaron a su hermano. —Un sollozo ahogado se escuchó entre la multitud—. Él mismo habló con Liroy durante esa velada.

Mi tía miró a Francis Yale con fiereza, pero él se limitó a negar con tristeza y dio un paso atrás para dejar que Mathew Bishop se colocara delante.

—Señora Saint Germain, esa coartada nos valdría si fuéramos unos Sangre Roja —dijo, conciliador—. Pero no es eso lo que somos, y estar en dos lugares a la vez es algo que podemos hacer con facilidad.

Y, antes de que nadie pudiera contestar o moverse, clavó su mirada lechosa en Liroy y murmuró:

Ahaash.

Y de pronto, sin un solo susurro, sin ni siquiera un grito, la cabeza de Liroy se separó de su cuerpo y cayó entre sus pies.

EL CULPABLE

La multitud retrocedió entre exclamaciones, pero yo solo sentí cómo la vista se me nublaba y las piernas se negaban a soportarme. Caí hacia atrás y Andrei me aferró contra su pecho, manteniéndome erguida, murmurándome algo que no acertaba a escuchar, aunque sus labios casi acariciaban mi oído. Con el brazo que tenía libre, hacía lo que podía, tratando de sostener a Kate, que se había desmayado en el acto.

Fue como si la mente se me llenara de algodón.

Las puertas del salón de baile se abrieron de nuevo y por ella entraron el Centinela de mi primo, que corrió desesperado hasta el cuerpo decapitado de su compañero, los Centinelas de los Holford, que se deslizaron y volaron hasta ellos, así como los del resto de los invitados. Al menos, todos los que tenían. Búhos, serpientes, perros, ratas, gatos, se agolparon junto a sus compañeros Sangre Negra, en afán protector y alerta.

Apenas sentí cómo Trece apoyaba su cabeza contra mis manos, que caían laxas sobre mi falda.

—*De mi…?* —jadeó Andrei, junto a mi oído.

Abre los ojos, dijo mi Centinela en el interior de mi cabeza. *Abre los ojos.*

Una parte de mí quería decirle que ya los tenía abiertos, pero que no quería ver más. Entonces, me di cuenta de que mis tíos no lloraban. Seguían de pie, vueltos hacia lo que quedaba de su hijo, con las pupilas dilatadas por la sorpresa.

Mathew Bishop suspiró.

—Como he dicho, un Sangre Negra puede estar en dos sitios a la vez.

Antes de que pudiera controlar el rumbo de mi mirada, ya tenía los ojos clavados en el cadáver de mi primo. Pero había algo extraño en él. La maldición le había cortado el cuello, pero no había ni una sola gota de sangre que manchara la madera. De su piel cercenada, de su propia cara, que parecía observarme todavía en busca de ayuda, resbalaba una sustancia traslúcida, cerosa, que goteaba hasta el suelo.

—Debemos encontrar al señor Liroy Saint Germain de inmediato.

Porque no, no era mi primo quien yacía decapitado en mitad del salón de baile.

Era su Homúnculo.

A Liroy lo encontraron en las afueras de Londres. Acababa de comprar un viejo carruaje con el dinero que llevaba encima y trataba de huir en dirección al campo. No sé si se resistió o si admitió su culpabilidad, lo único que nos dijo Francis Yale a la mañana siguiente fue que lo habían encerrado en las mazmorras de la Torre de Londres.

—No tienen nada contra él —siseó la tía Hester, con una taza de té entre sus manos temblorosas, que olía más a alcohol que a otra cosa.

—Querida, sabes que para mí esto tampoco es fácil —suspiró su amigo. Paseó su mirada por todos nosotros, Centinelas incluidos—. Conozco a Liroy desde que era un bebé. Fui yo quien di su nombre a los otros Miembros Superiores.

—¡Ya es tarde! —exclamó el abuelo Jones, antes de dar un puñetazo a la mesa—. ¡El fuego ha llegado, el fuego nos ha alcanzado!

Todos giramos con brusquedad la cabeza en su dirección, sobresaltados, pero él se limitó a meterse un pastel en la boca. Era el único de todos que no había perdido el apetito.

—Entonces, ¿por qué no lo liberan? —intervino mi tío Horace, con voz ronca—. Él jamás haría daño a nadie.

—No puedo hacerlo. Sabemos que tuvo en su poder el *Opus Magnum*, que estuvo desaparecido durante todas las noches en las que se produjeron los asesinatos. Ha consultado los archivos varias veces en relación con algunas de las víctimas… Se encontraba bajo una gran presión. —Francis Yale meneó la cabeza—. Intentaba crear una Piedra Filosofal. Conseguir un objeto imposible. Quería ser poderoso. Quizás para poder superar el examen, quizás…

—A Liroy ni siquiera le interesa el estúpido Aquelarre —dije de pronto, sin soportar guardar silencio ni un segundo más. Trece, sentado sobre mi falda, giró la cabeza y me lanzó una mirada de advertencia, pero yo continué hablando—: Muchas de las cosas que investigó en el Aquelarre fue porque yo se lo pedí. Y lo hice porque sabía que era el único de todos nosotros que tenía acceso a una información así.

Todos los rostros se volvieron en mi dirección, pero no con la expresión que esperaba. Mis tíos pálidos, pero apáticos, Kate, con los labios apretados y los ojos rojos por todas las lágrimas que había dejado escapar desde la noche anterior. El abuelo Jones había puesto en su plato un *croissant* que destrozaba poco a poco hasta convertirlo en migas diminutas. Los Centinelas estaban cabizbajos y el de Liroy se encontraba tumbado en una esquina del salón de té, junto a la chimenea, con los ojos muertos. Por supuesto, el Aquelarre había decidido un arresto domiciliario para él, para así mantenerlo alejado de mi primo.

No podía imaginar qué sentía por dentro, el dolor de la separación física, de lo que podría pasarle a quien había sido su compañero desde hacía tantos años.

Francis Yale se limitó a observarme con el ceño fruncido, pero terminó sacudiendo la cabeza.

—Es muy loable por su parte que intente defender a su primo, señorita Kyteler, pero le tengo que recordar que deberá cuidar sus palabras de ahora en adelante.

—¡No estoy mintiendo para protegerlo! —exclamé, en voz en grito—. Es la verdad. Yo...

Pero las palabras se me extinguieron al final de la lengua cuando recordé las sospechas del inspector Reid. No podía estar segura de nada. Quizás todo fuera un horrible y desastroso malentendido, pero quizás también ese policía tuviera razón y Liroy me había manipulado a su antojo. ¿Cuánto tiempo había estado realmente en poder del *Opus Magnum*? ¿Cuántas veces lo había leído? ¿Y si esas ideas venenosas que habían creado mis padres, junto a Aleister Vale y Leonard Shelby, se habían adentrado como raíces poco a poco en su cabeza? La sonrisa sincera de Liroy brillaba en una parte de mi mente, pero en otra, veía su Homúnculo decapitado, la demostración de que quizás, nunca había estado acompañada por él en todas las fiestas y bailes a los que había acudido. ¿Si realmente no había bailado conmigo, si realmente no era él durante aquellas noches interminables, dónde había estado?

Guardé silencio durante el resto de la conversación. Mis tíos insistieron, desesperados, pero Francis Yale no les ofreció más que palabras de consuelo que no sabían a nada. El abuelo Jones siguió desmenuzando los pasteles que llegaban a sus manos y Kate se mantenía en su habitual silencio, con las manos muy apretadas entre sí y los ojos muy rojos.

—El juicio será en tres días —anunció Francis Yale, poniéndose en pie. La discusión parecía haber terminado—. Se ha decidido que será público.

—¿Para poder linchar a mi hijo más de lo que lo habéis hecho? —siseó la tía Hester.

—Fue una votación. Seis contra uno, y sabes de sobra lo que yo voté.

—No, no lo sé —replicó ella, mientras se incorporaba con brusquedad—. Yo ya no sé nada de este maldito mundo.

Y, sin decir o añadir nada más, salió a paso vivo del salón de té. Los candelabros, que habían estado parpadeando durante todo momento, y la araña, que no había dejado de balancearse con violencia a pesar de que no corría ni una sola gota de viento, se aquietó un poco.

—Lo acompañaré yo mismo a la salida —dijo mi tío Horace, en tono duro.

Francis Yale nos dedicó una reverencia quizás más larga de lo normal, pero ni Kate ni yo le respondimos. Permanecimos en nuestras sillas de madera, con la mirada lejos de él. Trece bufó cuando el hombre pasó por su lado y el abuelo Jones le hizo una zancadilla que estuvo a punto de hacerlo caer de bruces. Las luces no dejaron de parpadear ni de moverse hasta que la puerta de la mansión no se cerró a sus espaldas.

—¿Qué vamos a hacer? —musité, revolviendo mi pelo, enredado todavía en el recogido que había llevado la noche anterior—. ¿Qué le van a hacer a *él*?

—No lo sé —respondió Kate, cabizbaja.

Pero sabía que no estaba diciendo la verdad. Las dos teníamos una idea de lo que podía ocurrirle a Liroy si decidían que era culpable. Yo misma lo había visto cuando había conocido a Aleister Vale.

Suspiré y miré a su Centinela, que estaba en una esquina del pequeño salón, con la cabeza apoyada entre las patas, de cara a la pared. No había hablado, apenas se había movido desde que decapitaron al Homúnculo de Liroy la noche anterior.

—Tienes que hablar con nosotras —le dije, con voz suave—. Tu testimonio podría ser importante en el juicio.

—Eso no es cierto —contestó, con su voz cascada, al cabo de varios segundos—. Soy su compañero. Todo lo que diga no servirá para nada. El Aquelarre sabe que, si realmente hubiese cometido esos asesinatos, yo lo apoyaría, mentiría por él. Mi vida por la suya. Su muerte por la mía.

Apreté los labios e intercambié una mirada con Trece. Él mismo había pronunciado unas palabras parecidas cuando lo invoqué.

—Entonces, ¿a dónde iba por las noches durante las fiestas? —pregunté, inclinándome en su dirección.

—Contarlo es decisión de Liroy —replicó el Centinela, sin girar su cabeza peluda en ningún momento. Continuó con sus ojos redondos observando con fijeza a la pared—. Pero no es un asesino.

Podía sentir la acusación en su vieja voz. Me estremecí y apoyé los codos sobre la mesa, enterrando mi cara entre los brazos. Kate me observaba, pálida, conmocionada, sin saber cómo reaccionar, pero una mano rugosa y cálida se apoyó en mi espalda.

—La bruja buena está asustada —dijo el abuelo Jones.

—La bruja buena no tiene ni idea de qué pensar ni qué hacer —contesté, con la voz quebrada.

Él suspiró y frotó sus dedos contra la tela arrugada de mi bata, alzándolos y bajándolos, en una caricia reconfortante.

—El chico sonreía.

—¿El chico? ¿Qué chico? —murmuré, confusa.

—Creo que está hablando de Liroy —contestó Kate, con un hilo de voz.

El abuelo Jones continuó hablando, sin hacer caso a nuestras interrupciones.

—Una de las veces lo vi, en una de las fiestas. Me encontró fuera, en el pasillo. Me dijo que debía estar dormido y me llevó de vuelta a mi dormitorio, me ayudó a acostarme. Sonreía. Sonreía mucho. Nadie puede sonreír tanto cuando va a hacer algo malo. —El propio anciano lo hizo, imitando la risueña expresión de mi primo—. Le pregunté a dónde iba, y él me dijo que a ningún sitio, que estaba en la fiesta. Yo le contesté que mentía. Insistí. Y él volvió a sonreír y me dijo que sería nuestro secreto.

Me eché hacia atrás, con las manos perdidas en mi pelo.

—¿Y por qué no lo dijiste? —pregunté, enervada—. ¿Por qué no se lo comentaste a Francis Yale?

Él se encogió de hombros y volvió a las migas destrozadas de su *croissant,* aunque sus ojos permanecieron quietos en mí. Por primera vez en mucho tiempo, parecían lúcidos: «¿Tú qué crees?», parecían decirme.

Suspiré y me dejé caer sobre el respaldo de la mesa. No habría servido de nada, si ni siquiera Francis Yale me había creído a mí, ¿iba a creer a un anciano Sangre Roja que estaba perdido en un mundo que ninguno podía alcanzar?

Por los Siete Infiernos. Por supuesto que no.

Pero lo importante era que había sembrado una semilla de duda. Y eso era todo lo que yo necesitaba para empezar a moverme. Asentí con una pequeña sonrisa y le di un ligero apretón en el hombro antes de ponerme en pie con brusquedad.

—¿A dónde vas? —preguntó Kate.

Me coloqué frente a ella y la aferré con fuerza de sus brazos delgados. Trece estaba entre las dos, desviando su mirada amarilla de una a otra.

—¿Te acuerdas de esa noche de septiembre? ¿Cuando te arrastré fuera de la cama, en la Academia?

Ella tragó saliva. Lo tomé por un sí.

—Te dije que, si querías, podías echarte atrás.

Kate palideció un tono más.

—¿A dónde vamos a ir, Eliza? —susurró.

Agarré sus hombros con más fuerza, intentando controlar el escalofrío que luchaba por recorrerme entera.

—A la Torre de Londres.

MAZMORRAS Y FANTASMAS

El carruaje que habíamos alquilado Kate y yo se detuvo junto al Puente de la Torre, el mismo que habían inaugurado hacía unos seis meses. Era nuestro destino. Tendríamos que cruzarlo a pie para llegar hasta la Torre de Londres, que nos contemplaba con sus inmensas murallas, al otro lado del Támesis.

Me arrebujé en la capa que me cubría, fingiendo que era frío y no el pavor lo que me había hecho temblar. Hacía un tiempo gélido. Era de locos no llevar un abrigo en diciembre en Londres, pero supuestamente, mi prima y yo solo habíamos ido a dar una pequeña vuelta por el jardín para despejarnos. Habría levantado sospechas si le hubiese pedido a Anne uno de mis abrigos.

Kate se cubrió con su capa, luchando contra el viento gélido que nos azotaba la cara y arrancaba nuestros cabellos de los recogidos, y miró con aire dubitativo el puente que estábamos a punto de cruzar. Parecía que solo estaba observando a las personas que caminaban por él, hasta que Trece, que había bajado conmigo del carruaje, bufó en mi cabeza.

Por los Siete Infiernos.

Andrei Báthory estaba a unos metros de nosotras, apoyado en la gruesa baranda de piedra gris, con un abrigo negro y las mejillas rojas por el aire. Parecía estar esperándonos.

—¿Qué demonios…? —Pero cuando me volví hacia Kate, ella desvió la mirada con incomodidad. Recordé de pronto cuando había hablado con Anne en privado, antes de vestirnos para marcharnos. Al parecer, no solo le había dicho que avisara a mis tíos de que habíamos salido a dar un corto paseo al jardín de la mansión—. ¿Has sido tú quien le ha avisado?

—Lo siento —murmuró—. Pero necesitamos ayuda.

—No la de *él* —repliqué, con fiereza.

—¿Y quién más crees que estaría dispuesto a ayudarnos? —preguntó ella, a la defensiva, mientras Andrei se acercaba a pasos rápidos—. Sabes que no quiero involucrarlo, pero no tenemos a nadie ni a nada más.

Apreté con fuerza los labios cuando el ceño de él se cernió sobre sus ojos oscuros y se detuvo a un metro de distancia.

—Kate no debería haberte avisado —me apresuré a decir antes de que Andrei llegase a separar los labios.

—Oh, por supuesto que sí —contestó. En dos pasos, recortó la distancia que nos separaba—. Quiero estar a tu lado en todas las locuras que cometas. Y creo que esta es una de ellas.

Sacudí la cabeza, exasperada, e intenté alejarme de él, pero Andrei fue más rápido y me sujetó de los brazos.

—Hasta las grandes brujas necesitan a veces ayuda —añadió, en un tono dulce que hizo que mis piernas vacilaran durante un instante.

Nos quedamos inmóviles un momento, apuñalándonos con la mirada, mientras sus dedos sobre mis brazos se suavizaban y mi corazón golpeaba desesperadamente contra mis costillas, queriendo acercarse más a él.

Respiré hondo y desvié con esfuerzo el rumbo de mis ojos. Trece nos observaba con algo que parecía diversión y Kate se mantenía con los brazos cruzados y expresión incómoda. Sobre su cabeza, las torres del castillo parecían un poco menos amenazantes.

—Idiota —musité.

Andrei sonrió y mi prima relajó un poco su tensa expresión antes de volverse hacia nosotros.

—Creo que sé cómo podría ser de ayuda.

La entrada a la Torre de Londres no tenía nada que ver con aquella que habíamos atravesado hacía un par de meses, en mitad de la noche cerrada.

Las inmensas puertas de madera estaban cerradas, y solo una pequeña lateral se mantenía abierta, vigilada por un falso guardián de la Torre que fingía para los Sangre Roja. El cinturón que le ceñía el traje rojo y dorado, sin embargo, tenía demasiados salientes afilados para arañar la piel. Y la paloma que revoloteaba cerca de él tenía un brillo inteligente en sus ojos oscuros.

Un par de Sangre Negra entraron al recinto, tras mostrarle una acreditación que ni Kate ni yo poseíamos. Andrei se encontraba a nuestra espalda, con la frente manchada de mi sangre, oculto por el encantamiento de invisibilidad. Cerca de mi falda, como siempre, estaba Trece.

Los guijarros del suelo crujieron levemente y se movieron cuando sus pies los pisaron, pero el guardián, miembro de la guardia del Aquelarre, solo tuvo ojos para nosotras cuando nos acercamos. Hicimos amago de pasar, pero el hombre se movió rápido y se colocó en medio de la entrada.

—Siento detenerlas, señoritas —dijo, esbozando una sonrisa cauta—, pero me temo que no pueden entrar si una autorización.

Sus ojos nerviosos se pasearon por nuestros rostros serios. Durante un instante, sus pupilas se agrandaron y su boca se crispó un poco. Ahogué un suspiro. Nos había reconocido, sabía a qué familia pertenecíamos. Al parecer, los rumores y los susurros corrían por el Aquelarre como por las ostentosas fiestas de la tía Hester.

—Estamos aquí para visitar al señor Liroy Saint Germain —anunció Kate, con voz clara, aunque su piel tenía un tinte ceroso. Las manos apretadas contra sus costados impedían que los temblores las sacudieran—. Se encuentra encerrado injustamente y…

—Sé quién es el señor Saint Germain y por qué se encuentra encerrado, señorita —la interrumpió el guardián de la Torre, con menos amabilidad—. Pero su familia ya sabe que no hay posibilidad alguna de que se le visite. Así lo han decretado los Miembros Superiores, como estoy seguro de que han explicado a su familia.

—Entonces queremos hablar con el señor Yale —intervine, dando un paso al frente.

El hombre frunció el ceño, y su pequeña sonrisa terminó por desaparecer.

—El señor Yale no se encuentra actualmente en la Torre. No sé cuándo regresará.

—Podemos esperar. —Él pareció dudar durante un instante, pero sabía que no podía evitar que esperáramos. Puso los ojos en blanco e hizo amago de colocarse de nuevo en su puesto de guardia. Yo me moví rápido y me puse frente a él, con las manos en las caderas, en una postura que había visto adoptar mil veces a la tía Hester—. ¿Piensa de veras dejarnos aquí, en mitad de la calle?

—Le he dicho que no…

—¡No estoy pidiendo que me lleve a la celda, por los Siete Infiernos! —exclamé, irritada—. Pero estoy segura de que tienen algún lugar en el que mi prima y yo podamos esperar, con una chimenea y un par de sillas.

Tu tía se sentiría orgullosa de ti, dijo la burlona voz de Trece en mi cabeza.

La expresión del hombre variaba entre la exasperación y la desconfianza. Sacudió la cabeza, e hizo un gesto para que esperásemos mientras atravesaba la pequeña puerta lateral. Entró en el recinto y desapareció de nuestra vista.

—¿Andrei? —pregunté, en voz baja. La paloma que debía ser la Centinela del falso guardián de la Torre se posó en el suelo y dio unos saltitos para acercarse a nosotros, pero Trece se interpuso en su camino y le enseñó sus colmillos afilados.

—¿No sabes que a los gatos les encanta perseguir pajaritos? —preguntó, con un ronroneo.

Hasta que la Centinela no se alejó, Andrei no habló.

—Aquí estoy.

Su aliento cálido me sobresaltó. Estaba más cerca de mí de lo que creía.

—Cuando entremos, mantente cerca de mí.

Aunque no podía verlo, casi pude sentir su sonrisa.

—Siempre.

Al lado de lo que debía ser su pie invisible, Trece simuló una arcada exagerada.

El guardián regresó y, sin mediar palabra, hizo un hosco movimiento de cabeza en dirección a la puerta abierta. Kate y yo intercambiamos una mirada y la atravesamos, dejando un espacio para que Andrei caminase entre nosotras. Yo hundía las botas en los guijarros, levantándolos demasiado, ocultando las pisadas del joven invisible que caminaba delante de mí. Mi Centinela era quien cerraba la marcha.

Al otro lado de la pequeña puerta, nos esperaban dos miembros del Aquelarre. Esta vez no iban disfrazados con ese ostentoso uniforme rojo y dorado. La indumentaria oscura era idéntica a la que había visto en Sacred Martyr hacía varias semanas, cuando había ido a visitar a Aleister Vale. Ninguno de los dos tenía Centinelas a su alrededor.

—Síganme, por favor —dijo uno de ellos, sin apenas mirarnos.

Miré al suelo y di gracias a que ya no había guijarros cubriéndolo, sino losas rectangulares en las que no se marcaban las pisadas. Sentí el roce de los dedos de Andrei justo antes de echar a andar.

Recorrimos el puente que comunicaba con la Torre Byward a paso rápido. El ambiente no tenía nada que ver con el de aquella medianoche en la que nos reunimos frente a los Miembros Superiores para discutir sobre los asesinatos de El Forense. Atravesamos otra puerta más y llegamos a la Torre de la Campana, que se asentaba en la segunda muralla de defensa. Seguimos avanzando y giramos a la derecha, atravesando un par de arcos de piedra gris, que nos condujo al interior del patio principal. No éramos los únicos que estábamos allí. Decenas de miembros del Aquelarre caminaban a un lado y a otro. Algunos parecían soldados y guardias, como el hombre que nos custodiaba, otros parecían estudiosos, y caminaban envueltos en pesadas túnicas, sujetando libros antiguos y pergaminos con ambos brazos. Había un sinfín de Centinelas caminando por los diversos espacios tapizados de losas y césped perfectamente recortado. Algunos eran tan inofensivos como ratoncillos que reposaban en los hombros de sus compañeros, pero había también serpientes o sabuesos gigantescos que jadeaban con la boca abierta.

Es el momento, me susurró Trece en el interior de mi cabeza.

Asentí y giré la cabeza hacia el lugar en donde debía encontrarse Andrei.

—Ahora —dije, con un susurro—. Mantente lejos de los Centinelas. Podrían reconocerte.

No recibí respuesta, lo único que sentí fue una ligera corriente a mi izquierda, que me arrancó un nuevo estremecimiento.

—Todo irá bien —murmuró Kate, mientras me echaba un vistazo por encima de su hombro.

No pudo añadir nada más, porque el guardia del Aquelarre que nos custodiaba se giró en nuestra dirección y nos observó con el ceño fruncido.

—¿Con quién hablan? —preguntó, deteniéndose en el acto.

—¿Está prohibido que intercambiemos impresiones entre nosotras? —comenté, con un tono idéntico al de mi tía Hester.

Sus ojos oscuros se cernieron sobre los míos y, sin añadir palabra se llevó su índice derecho a uno de los salientes de su cinturón, arañando la piel. Alzó la mano frente a nosotras. Trece se colocó delante, bufando, mientras Kate retrocedía con expresión de terror y mi mano, escondida en el bolsillo, deslizaba el Anillo de Sangre por mi índice. Él, sin embargo, fue mucho más rápido.

Que lo oculto se revele,
que lo invisible adquiera color,
que la verdad salga a la luz.

Un encantamiento para revelar otros. Como los de invisibilidad. Una corriente extraña rodeó al guardia. Un viento de color gris, que palpitó y se extendió por todo el patio, revelando lo que estaba escondido.

Mis ojos se dirigieron hacia la Torre Blanca, justo en el instante en que el encantamiento la atravesaba y hacía aparecer de repente una figura que corría para ocultarse tras una de las esquinas. El corazón se me detuvo y una arcada estuvo a punto de hacerme devolver lo poco que había desayunado.

Visto de lejos, la capa de Andrei ondeaba con la misma gracia que la de algunos miembros del Aquelarre, que sintieron el encantamiento, pero apenas nos dedicaron un rápido vistazo antes de seguir su camino. Casi parecía un miembro joven de la organización que llegaba tarde a alguna parte. Me aferré a ese pensamiento con desesperación.

El guardia seguía mirando a su alrededor con atención cuando, de pronto, una figura se puso delante de él. O al menos, parte de ella.

—Qué ceñudo está hoy, señor Brown. ¿Ocurre algo?

La mano de Kate se había aferrado a mi brazo con fuerza, más por la súbita sorpresa que por el miedo. Como yo, observaba con los ojos desorbitados a la mujer que se encontraba frente a nosotras, vestida con un amplio traje blanco de falda abombada. Llevaba un peinado antiguo y sencillo, cubierto por un tocado, y nos sonreía con cortesía desde una altura antinatural.

Percatándose de ese detalle, el fantasma de Ana Bolena levantó la cabeza que sostenían sus manos para colocarla al nivel de nuestros ojos.

—No, claro que no —replicó el guardia, con hosquedad—. ¿No tienes jóvenes a los que atormentar?

Ella puso los ojos en blanco, antes de dedicarnos una mirada rápida.

—Hombres —suspiró—. El tiempo cada vez los hace más insufribles.

Y, sin decir más, desapareció. Cuando lo hizo, me di cuenta de que Andrei ya se había alejado lo suficiente de nuestra vista. El encantamiento de invisibilidad que había utilizado en él se había roto, pero al menos había tenido tiempo para esconderse.

—Sigamos.

El guardia giró a la derecha y nos condujo a una torre estrecha que se encontraba prácticamente pegada a la entrada que acabábamos de atravesar. Apreté los labios cuando la reconocí: la Torre Sangrienta.

Qué original, bufó Trece.

Atravesamos la puerta de madera y entramos a una sala circular, calentada por una chimenea que ardía vigorosamente y por un joven miembro del Aquelarre que sudaba profusamente.

Parecía un guardia que acababa de comenzar. Sus ojos se movieron, nerviosos, cuando el susurro de nuestras faldas hizo eco en las paredes.

—Permanecerán aquí hasta que Francis Yale regrese. Aunque ya les advierto que tardará en hacerlo. —Antes de que ninguna de las dos pudiéramos contestar, se volvió hacia el joven—. No dejes que se muevan.

—Sí, señor —contestó el aludido con voz débil. Sus pupilas se dirigieron hacia Trece, que olisqueaba de forma deliberada el bajo de su túnica oscura.

El soldado que nos había acompañado nos dedicó una última mirada de advertencia y salió de la estancia, cerrando de un portazo.

—Qué hombre más desconsiderado —comentó de pronto una voz—. Nunca me gustó, ni siquiera cuando era un imberbe que todavía no había perdido su virginidad.

Los tres nos giramos en redondo para observar a la mujer que, literalmente, acababa de aparecer junto a la chimenea. Ella alzó la cabeza por encima de su cuello cercenado y nos sonrió.

—Encantada de veros otra vez, señoritas.

Kate y yo intercambiamos la mirada, dubitativas, antes de dedicarle una pequeña reverencia.

—Su... ¿Majestad? —respondí, cautelosa.

Ella sonrió, complacida, y se acercó a nosotras. Desde donde me encontraba, pude ver su piel rasgada, su garganta abierta, el hueso perfectamente plano entre los hombros.

—Siento molestaros de nuevo, pero cuando os vi... sois familia del señor Saint Germain, ¿verdad?

—Sí —contesté de inmediato, mientras el joven soldado nos dirigía una mirada preocupada—. ¿Lo conoce?

—Por supuesto. Hablábamos cuando estudiaba en la biblioteca. Un joven encantador, nada que ver con ese odioso señor

Brown. Apuesto, culto… pero estoy segura de que sabe cómo divertirse —añadió, dejando escapar una risita—. Sentí mucho que lo encarcelaran. Los Miembros Superiores son imbéciles si creen que ese chico podría hacer daño a alguien.

El guardia carraspeó, pero Ana Bolena se limitó a arquear una de sus finas cejas negras.

—Debería guardar silencio, señora.

—¿Y qué me vas a hacer si no lo hago, muchacho? Ya no hay otra cabeza que cortar.

Yo la observé, fascinada, cuando un súbito tumulto atravesó las pequeñas ventanas acristaladas de la torre.

Trece me lanzó una mirada velada y consiguió escabullirse por la puerta sin que el guardia se percatara, empujándola lo suficiente para que cupiera su cuerpo peludo.

Kate se acercó a la ventana, evitando mirar el cuello cercenado de Ana Bolena, y sus labios se curvaron en una tensa sonrisa.

—Tiene que ser ahora —murmuró.

La puerta volvió a abrirse y la cabeza de Trece asomó por el resquicio.

—Ese húngaro me cae muy bien —comentó—. Debería dedicarse a la actuación.

Por el hueco que conducía al exterior, podía escuchar unas voces airadas, mezcladas con otras, en un idioma que no reconocía. Andrei.

Yo asentí, con la sensación de que dos manos férreas me presionaban la garganta, y me volví hacia la fantasma, que nos contemplaba con curiosidad.

—¿Sabe dónde está Liroy? —pregunté, sin vacilar.

El joven soldado abrió los ojos de par en par y avanzó un paso hacia mí, con las manos cerca de los salientes afilados de su cinturón. Sin ni siquiera mirarlo, alcé la mano y lo señalé.

—*Ascenso.*

Mi hechizo impactó contra su cuerpo, descontrolado como siempre, y levantó el soldado hasta el techo. Su grito de sorpresa se rompió en dos cuando su cabeza chocó de lleno contra las piedras. Cuando murmuré un «Descenso», el joven ya estaba inconsciente.

Me volví hacia Ana Bolena, su sonrisa se había pronunciado.

—Y bien, ¿lo sabe? —pregunté, intentando que mi voz sonara con fuerza por encima del golpeteo errático de mi corazón. Por lo que acababa de hacer, podían enviarme a Sacred Martyr.

—Sé dónde está, y puedo conseguir que lleguéis hasta donde se encuentra —contestó la mujer—. Saludadlo de mi parte. Desde que lo arrestaron, no he podido hablar con él.

Kate y yo fruncimos el ceño, confusas, y ella bajó la mirada con algo que parecía tristeza.

—Está en una de las mazmorras de la Torre Blanca. Es el único lugar que no soy capaz de pisar de todo el castillo. Me hace recordar demasiado mis últimos días antes de… —La sonrisa de sus labios tembló y sus dedos revolotearon cerca de lo que quedaba de su cuello—. Pero sí conozco a quien os puede ayudar. —Antes de que Kate o yo pudiéramos responder, su voz se elevó por encima del tumulto que venía del exterior—. ¡Niños! ¿Queréis jugar?

Unas risas infantiles repentinas y una corriente helada nos sacudieron a mi prima y a mí, y estuvo a punto de apagar las llamas del hogar. Trece bufó y sacó las uñas cuando un par de figuras aparecieron a su lado, intentando tirar de su rabo. Las pequeñas manos medio transparentes lo atravesaban.

Parpadeé y observé a los dos niños que acababan de aparecer entre nosotras. Los dos eran rubios, con flequillos y melenas onduladas que llegaban a rozar sus hombros. Vestían con unas ropas negras que podrían haberse usado en la fiesta de compromiso de Serena y Liroy. Sus ojos traslúcidos nos observaron con curiosidad, y recordé de pronto aquella medianoche en la que acudimos toda la familia a la Torre de Londres. Liroy me había hablado de ellos.

—Edward y Richard —murmuré. Los famosos príncipes de la Torre. Millais había pintado un cuadro sobre ellos, en el que aparecían asustados, agarrados de las manos, envueltos en la más densa oscuridad. Sus expresiones plasmadas en óleo no tenían que ver nada con las que ahora me observaban.

—*Príncipe* Richard —corrigió el más pequeño, que no debía tener más de nueve años.

—O su Alteza Real—añadió el otro, con una sonrisa burlona.

—Niños, niños —intervino Ana Bolena—. Os he llamado para proponeros un juego.

—¿Un juego? —repitió Edward, el más mayor—. Tú nunca quieres jugar.

—Pero ellas sí, ¿verdad? —Kate y yo asentimos con rapidez con la cabeza—. Tenéis que conseguir llevarlas hasta las mazmorras y alejar a todos los guardias que podáis de ellas —añadió la fantasma mientras nos dedicaba una mirada rápida—. Y podéis armar todo el escándalo que queráis.

—Trece os ayudará —dije. Mi Centinela me lanzó un bufido exasperado—. A él también le gusta armar escándalo, ¿verdad?

Los dos niños se miraron y se echaron a reír. Cuando sacudieron las cabezas hacia atrás, me pareció ver sombras alargadas y oscuras en sus cuellos, como si los hubieran matado estrangulándolos.

—¡Yo me encargo de los guardias! —exclamó Richard, antes de desaparecer.

—Siempre eliges la mejor parte. —Edward apretó los labios, disgustado, pero volvió a sonreír cuando se giró hacia nosotras—. Alcanzadme si podéis.

Por ese entonces, Kate ya había dibujado en su frente y en el pelaje de Trece el símbolo alquímico del aire. En ese momento, trazaba el mismo dibujo con su sangre sobre mi piel.

—¡Espera! —exclamó, cuando el niño atravesó la puerta.

Me giré un instante hacia Ana Bolena, que nos observaba marchar con una sonrisa triste y la cabeza a la altura de sus caderas.

—Muchas gracias —musité.

—Buena suerte —me deseó ella—. Espero que consigáis solucionar esto. Las mentiras matan más que las espadas. —Y, con el índice, señaló los jirones de piel que colgaban a un lado de su cuello.

Yo esbocé una sonrisa débil y salí corriendo, con Trece pegado a mis talones.

Cuando pisamos de nuevo las losas rectangulares que cubrían parte del patio de la Torre, vi a Edward unos pasos por delante. Kate ya se había vuelto invisible. Yo murmuré las palabras a toda prisa, y mi Centinela y yo nos fundimos con el aire. Edward, inmune a todos los encantamientos, maldiciones y hechizos, como todos los fantasmas, sonrió divertido al vernos desaparecer y echó a correr.

El tumulto que habíamos escuchado en la Torre Sangrienta se incrementó cuando nos acercamos a la Torre Blanca, donde una vez Ana Bolena fue retenida y ejecutada. Entre varios Centinelas y miembros del Aquelarre, vi a Andrei. Parecía encontrarse a salvo, al menos por el momento, aunque parecía estar sumamente enojado. No hacía más que gritar mientras lo obligaban a avanzar prácticamente a empujones, en dirección a la salida.

—*Átkozott idióták! Vajon egy külföldi nem mehet városnézésre az átkozott országában?*

No tenía ni idea de lo que estaba diciendo y, por lo que podía ver en la cara de los que lo rodeaban, ellos tampoco. Estaba a punto de dar gracias al Diablo al no ver ningún rostro conocido de las fiestas de mi tía o de los Holford, que pudiera identificarlo, cuando mis ojos se encontraron con otros muy conocidos.

Serena.

Tuve que obligar a mis pies a no detenerse.

Serena se encontraba entre ellos vistiendo una túnica negra nueva, ligeramente más recargada que la de todos aquellos que estaban a su lado. De su cinturón, además de los salientes, colgaban algunos pequeños frascos de cristal, y el cuero estaba decorado con algunos símbolos alquímicos. A pesar de su juventud, solo había que posar los ojos sobre ella para ver la diferencia de rango.

Pasé a su lado y su mirada se clavó un instante en mí, como si pudiera verme. Pero yo sabía que eso era imposible, así que le mantuve la mirada, hasta que sacudió la cabeza y volvió su atención a Andrei que, o bien no la había visto o fingía no conocerla.

Giré la cabeza y vi al príncipe Edward, que se había detenido junto a uno de los muros de la Torre Blanca y señalaba hacia la parte trasera. Aunque no lo vi, sentí a Trece frotarse contra la falda de mi vestido.

Debemos continuar.

Asentí antes de mirar una última vez a Andrei.

Podían encerrarlo. Podían borrarle la memoria. Podían hacer cualquier cosa con él.

Por los Siete Infiernos, cuídate. Pensé, desesperada. *Porque quiero volver a bailar contigo.*

No supe si mi súplica había llegado a oídos de alguien, si por alguna casualidad, él había vuelto la cabeza y había creído verme en la distancia, porque yo le di la espalda y corrí hacia el príncipe fantasma que me indicaba el camino a las mazmorras.

30

EL CORAZÓN DE LIROY SAINT GERMAIN

Ya sabía que la Torre Blanca era gigantesca y que además había sido ampliada con magia, pero las mazmorras eran un auténtico laberinto, aunque la mayor parte de las celdas estuvieran vacías.

Eran simples. Los barrotes de hierro, húmedos por una sustancia que no pensaba tocar, eran lo único que separaba a los presos de los estrechos pasillos, que estaban tenuemente iluminados con antorchas. Había un pequeño jergón en una esquina y una escupidera, nada más. El olor, junto a la humedad y el humo de las antorchas hacía el lugar irrespirable.

Había pocos guardias del Aquelarre vigilando, aunque por una de las galerías llegaban voces airadas, seguidas de risas infantiles. Edward giró la cabeza para mirarnos con una sonrisita divertida.

—Richard siempre los vuelve locos —comentó.

Ninguno de los Sangre Negra que se encontraban tras los barrotes nos siguió con la mirada. Sus ojos estaban tan perdidos que ni siquiera prestaron atención al niño fantasmal vestido con terciopelo que pasaba frente a los barrotes con la mano estirada, acariciando sin tocar los cilindros herrumbrosos.

No sabía qué habían hecho ni por qué estaban aquí, pero una náusea me retorció el estómago y tuve que apartar la mirada.

Unos metros más adelante, el príncipe Edward se detuvo y se volvió hacia nosotros, con un dedo apoyado sobre los labios.

—En esta antesala hay un guardia que nunca se mueve —dijo, súbitamente serio—. Siempre está cuando hay presos peligrosos. No podré distraerlo, así que tendréis que hablar bajo e intentar que no os escuche. Alguien como él nos mató a mi hermano y a mí.

Mis cejas se dispararon hacia arriba y miré horrorizada hacia el lugar vacío a mi lado, donde debía estar Kate. Me pareció escuchar su aliento atragantado.

—El joven al que buscáis se encuentra en el pasillo de la derecha, un poco más adelante. No hay más presos en esa zona. —Nos dirigió una mirada rápida y avanzó hacia el interior de la sala, algo más iluminada que todas aquellas que habíamos cruzado—. Daos prisa.

Y, sin añadir ni una palabra más, se adentró en la estancia, con su sonrisa juguetona de nuevo sobre su boca.

—Oh, así que hoy te ha tocado estar aquí —oí que decía el pequeño príncipe al guardia—. He oído que este lugar es a donde destinan a todos los inútiles, ¿lo sabías?

Hice un gesto hacia el hueco de mi izquierda y avancé con cuidado, apoyando las botas con lentitud, con cuidado de no pisar los pequeños charcos que la humedad había formado entre las grietas de las piedras. No escuché ni un susurro, pero supuse que Kate y Trece me estaban siguiendo.

—Edward, sabes que no deberías distraerme —dijo el guardia, un hombre de la edad del tío Horace. Al igual que Serena, su cinturón era más ornamentado, pero su vestimenta era muy parecida al resto de los guardias que habíamos visto—. Tu hermano ya está formando demasiado escándalo.

—*Príncipe* Edward, plebeyo —contestó el niño, alzando un dedo con autoridad.

Aguanté la respiración cuando pasé por delante del hombre. Mis rodillas temblaban cada vez que apoyaba el peso. Llevaba la falda entre mis manos, alzada por encima de los tobillos, con cuidado de que el borde no rozara el suelo ni produjera ningún susurro.

Crucé poco a poco la sala, con la voz del príncipe en mis oídos, y me interné en el pasillo que me había indicado. Como había dicho, las celdas estaban vacías, excepto la que se encontraba más alejada.

Mi corazón crujió un poco cuando acerqué la cara a los barrotes. Liroy estaba tumbado sobre el jergón, con los brazos sobre su cara. Surcos emborronados cruzaban lo que se podía ver de su mentón y sus mejillas, lágrimas antiguas que había derramado y le habían estropeado el maquillaje de la fiesta. De hecho, todavía llevaba el disfraz, aunque ahora el encaje estaba entre gris y amarillento, y en algunas partes la tela estaba rota.

—Liroy —musité, con la voz ronca.

Él se apartó los brazos del rostro y se incorporó con rapidez. Sus ojos rojos se clavaron en los barrotes.

—¿Eliza? —preguntó, con un hilo de voz.

—Yo también estoy aquí —susurró mi prima.

—Kate. —Liroy se puso en pie y se arrastró hacia los barrotes. Los aferró con fuerza.

Yo coloqué mi mano sobre la suya y pude sentir cómo se estremecía.

—Trece también ha venido. Y Andrei está fuera distrayendo a todos los guardias que puede. Se está haciendo pasar por un extranjero perdido —añadí, con la voz un poco rota.

Las pupilas de Liroy se agrandaron.

—Eso es peligroso —dijo, con una nota de ternura.

—Lo sé —murmuré.

Con su otra mano, cubrió la mía invisible, y la apretó con tanta fuerza que me hizo daño.

—¿También ha venido…?

—No —lo interrumpí. Sabía por quién preguntaba—. Tu Centinela está en casa.

Una sonrisa triste dobló sus labios, que se habían vuelto blancos, y acercó mi mano a su pecho, presionándola contra su ropa sucia.

—Es horrible lo que se siente al estar separado de él, al estar tan lejos —murmuró—. Es como si me hubiesen arrancado la mitad del corazón.

No respondí. Me sentía un poco miserable, pero no sabía cómo iba a reaccionar el Centinela de Liroy cuando se reencontrara con él. Ni siquiera estaba segura de que hubiera accedido a acompañarnos. Siempre había sido demasiado recto, aunque estaba claro que él había cubierto las huidas nocturnas de Liroy. Quizás, si le hubiese contado que íbamos a colarnos en la Torre de Londres, en sus mazmorras, para ver a Liroy, se lo habría confesado a mis tíos, quizás habría considerado que lo que íbamos a hacer no lo ayudaría, y que seríamos un nuevo peligro para su compañero Sangre Negra.

—¿Habéis venido a sacarme de aquí? —preguntó Liroy, esperanzado.

—Sabes que no podemos —contestó Kate. Su dolor era palpable en cada sílaba.

Liroy bajó la cabeza, desesperanzado.

—Venimos a escuchar la verdad —dije.

Mi primo meneó la cabeza y se alejó un poco de nosotras. Separó sus manos de las mías con brusquedad.

—¿La verdad? —repitió, con una sonrisa horrible doblando su boca—. ¿Creéis que yo soy El Forense? —Sus ojos me buscaron y me maldijeron—. ¿No crees, Eliza, que el hecho de que yo esté aquí encerrado tenga algo que ver con esa serie de favores que te hice en tu extraña investigación?

Kate comenzó a hablar entre susurros, intentando explicarse, pero yo la interrumpí.

—El Aquelarre no es el único que te considera culpable. ¿Recuerdas a un inspector de policía Sangre Roja? Su apellido es Reid. Antes de que le borrase la memoria, me dijo que había estado vigilando a nuestra familia durante semanas. Sospechaba de ti. Te había visto huir de casa en mitad de la noche en varias ocasiones, y en otras te había seguido hasta los barrios bajos, donde habían asesinado a los Desterrados.

Liroy apretó los dientes, con rabia. Cuando habló, no miró en la dirección en donde nos encontrábamos.

—Estupideces —siseó.

—Ese Sangre Roja era un idiota —intervino Trece, desde algún lugar cerca de los barrotes—. Pero llevo viviendo entre ellos y vosotros durante cientos de años. Os conozco. Ese hombre no mentía.

La respiración temblorosa de Kate me acariciaba los oídos. Estaba tan cerca de mí, que podía sentir el calor que desprendía en mitad del frío y la humedad de las mazmorras.

—Dijo que te *había visto*, Liroy. Te conozco. Eres demasiado esnob como para moverte por el East End sin una razón concreta.

—Oh, ahora además de ser un asesino en serie, soy también un esnob —comentó con sarcasmo, alzando un poco la voz—. Maravilloso.

—Por supuesto que lo eres. No te saltarías una fiesta para ir a un lugar así a menos que tuvieras una razón concreta.

—Algunos caballeros de clase alta…

—Visitan esos lugares, lo sé —lo interrumpí, con impaciencia—. Pero tú y yo sabemos que no eres como esos caballeros. —Lo miré con fijeza a los ojos, a pesar de que sabía que Liroy no podía verme—. Qué hacías allí. Cuéntanoslo.

—Por favor —susurró Kate.

Liroy bajó la mirada y se mordió los labios con fuerza. Se pasó las manos por su cabello sucio y desordenado y volvió a mirarnos. La tristeza volvía sus ojos aún más oscuros.

A lo lejos, seguíamos oyendo las palabras burlonas del príncipe Edward y del tono cansino del guardia, que ya no sabía cómo deshacerse de él.

—Thomas —musitó.

—¿Thomas St. Clair? —repitió Kate, confundida.

—¿Qué tiene que ver él en todo eso? —Mis ojos se abrieron de par en par—. ¿Es él El Forense?

—¿Qué? —Liroy sacudió la cabeza con enfado y golpeó con el puño la rodillera gris de su pantalón—. No, por supuesto que no. Thomas no sería capaz de tocar a nadie.

—¿Entonces? —inquirí, con la frente casi apoyada en los barrotes.

—La mañana que llegasteis a casa, después de que os expulsaran de la Academia, Thomas tuvo que huir a casa de sus padres. No sé si los conocéis, pero… son gente horrible, de verdad. Descubrieron con quién había pasado la noche Thomas y también con quién había estado días anteriores. Él siempre me había pedido que nos viéramos a escondidas, yo pensaba que era solo por el qué dirán, ya sabéis, pero… no solo era por eso. No sabéis lo que le hizo su padre esa mañana. Ni siquiera voy a contarlo.

Yo negué con la cabeza, horrorizada, pero Liroy no pudo verme.

—La única forma que teníamos de vernos era escapar a lugares donde no nos pudieran reconocer. O, al menos, si nos veían, no pudieran contarlo. A ningún caballero le gusta tener que explicar qué hace en los barrios bajos a altas horas de la madrugada —añadió, con una sonrisa amarga—. Los Homúnculos eran necesarios. Necesitábamos guardar las apariencias, fingir que nuestra relación era solo de amistad, sobre todo en los bailes. Los St. Clair nunca faltan.

Apreté los dientes, recordando de pronto la primera fiesta a la que acudí en Dorchester House, el dolor en la voz de Thomas cuando bromeé sobre lo unido que parecía estar con mi primo. Era verdad, en las fiestas a las que había acudido con ellos, siempre había una distancia mínima de dos metros entre sus cuerpos.

—Otras veces me limitaba a escaparme por las noches. Supongo que ese maldito inspector Sangre Roja me vio huyendo por la ventana —continuó Liroy, con los hombros encogidos—. El resto es sencillo. La información que busqué en el Aquelarre sobre las Desterradas fue porque tú me la pediste, Eliza. Y en cuanto el *Opus Magnum*... es verdad que llevaba años en mi poder, pero ni siquiera era algo que me llamase la atención. Estaba en mi biblioteca, como un libro más. Me conocéis. Sabéis que yo no sería capaz de ejecutar nada de lo que está reflejado en esas páginas.

Respiré hondo y caí de rodillas sobre el suelo de piedra. El alivio que me recorrió las venas como sangre casi me mareó.

—Si les has contado todo esto a los Miembros Superiores del Aquelarre, ¿por qué sigues aquí? —preguntó Kate, extrañada—. ¿Por qué no han interrogado a Thomas St. Clair para corroborar tu coartada?

Una nueva oleada de amargura extendió la sonrisa de mi primo.

—Porque no he dicho nada.

—¿Qué? —jadeé—. Por los Siete Infiernos, ¿estás loco? ¿Sabes lo que podrían llegar a hacerte si siguen creyendo que eres El Forense?

—¿Es que no has escuchado todo lo que te he contado? La gente se enterará, el compromiso de Thomas deberá romperse, y sus padres... no quiero que vuelva a pasar por eso.

—Pero si no cuentas la verdad, no te dejarán libre —murmuró Kate.

—Y si la cuento y me liberan, traicionaré a Thomas.

Ahogué un aullido de rabia en el interior de mi garganta. Tenía ganas de gritar y golpear los barrotes de esa maldita celda. O de golpear a mi primo y hacerlo reaccionar.

—¿Vas a sacrificar tu corazón, tu vida, todo lo que tienes, *por él*?

Liroy se encogió de hombros y se recostó, apoyando su espalda en el borde delgado de la estructura metálica del jergón. Una expresión en la que se mezclaba la rabia y la diversión tensionó sus rasgos.

—Es lo que tú haces cada vez que ves a ese Sangre Roja. Es lo que está haciendo ese noble húngaro ahora mismo, mientras tú estás hablando aquí conmigo. —Se cruzó de brazos y, a pesar de que no podía verme, me miró directo a los ojos—. Sé que eres muchas cosas, prima, pero no sabía que fueras tan hipócrita.

Estuve a punto de replicar, pero la cabeza peluda de Trece se topó con mis piernas con cierta brusquedad. No había sido un choque accidental.

El guardia y el príncipe, dijo en mi cabeza, con voz grave. *Han dejado de hablar.*

Cerré la boca y escuché. Era verdad, el silencio, solo roto por las gotas de humedad que caían del techo, era denso y se extendía por todo el lugar. Hasta los gritos y las risas alejadas del príncipe Richard, que nos habían acompañado como una letanía desde que habíamos entrado en el subsuelo de la Torre Blanca, habían desaparecido.

Me volví con urgencia hacia mi primo.

—Escucha, Liroy —insistí—. No tenemos tiempo, y...

—En eso estamos de acuerdo, querida —dijo de pronto una voz a nuestra espalda.

Reconocí el timbre, pero cuando me volví, no vi a nadie. Un escalofrío me recorrió la columna cuando de pronto, frente a mis ojos abiertos, apareció Serena Holford de la nada. Tenía el brazo levantado, y la manga de la túnica manchada de la sangre que acababa de limpiarse de la frente.

Por los Siete Infiernos, ¿desde cuándo llevaba ahí escondida, escuchando?

Tragué saliva con dificultad mientras ella esbozaba una sonrisa perezosa. Su Centinela colgaba alrededor de su cuello y de sus hombros como un collar enorme. Su lengua bífida silbaba en mi dirección.

—No eres la única que sabe ejecutar un encantamiento de invisibilidad. —Antes de que pudiera pensar en qué hacer, alzó ambos brazos, abarcando toda la estancia con ellos. Había sangre en las yemas de sus dedos.

Que lo oculto se revele,
que lo invisible adquiera color,
que la verdad salga a la luz.

Estuve a punto de soltar un rugido de frustración cuando Kate, Trece y yo nos hicimos visibles de golpe.

—Qué sorpresa —comentó, irónica. Sus ojos se dirigieron hacia mi mano izquierda, que había acercado el Anillo de Sangre a la palma de la derecha—. Si fueses lista, no lo harías. ¿Sabes cuál es el castigo por atacar a un miembro del Aquelarre?

Alcé mi mano, intacta, y rechiné los dientes con furia. A mi lado, Kate había dado un paso atrás.

—Ya lo he hecho —contesté al tiempo que recordaba al joven guardia de la Torre Sangrienta.

—Por los Siete Infiernos —bufó Serena, alzando los ojos al techo—. Ya he tenido que decirle a Brown que me encargaba de vosotros, que no había necesidad de avisar a Francis Yale. ¿Por qué me lo pones tan difícil?

—Veo que no has perdido el tiempo —observé con frialdad, ignorando su comentario mientras mis ojos recorrían su vestimenta oscura—. Ahora que Liroy ha quedado fuera del juego.

—Estoy en periodo de adaptación —aclaró Serena, con las manos todavía extendidas en nuestra dirección—. En unos meses, cuando Matthew Bishop abandone su puesto, será cuando forme parte de manera oficial de los Miembros Superiores.

—Entonces, imagino que estarás contenta —repliqué, con desprecio.

—Eliza, a mí tampoco me gusta ver a Liroy ahí encerrado, entre esos barrotes. Yo también estoy tratando de ayudarlo, pero sin romper decenas de normas por las que podrían condenarme —añadió, paseando los ojos entre los tres.

—Es interesante ver cuánto piensas en ti misma.

Serena desestimó mi acusación con un movimiento vago de su mano.

—Tú eres demasiado impulsiva, querida Eliza. Si no hubiese insistido en encargarme personalmente de tu querido lord Báthory, ahora mismo estaría desmemoriado de vuelta en su país.

Recorté la distancia que nos separaba en un suspiro. Me habría abalanzado sobre ella si Kate no me hubiese sujetado por la capa.

—¿Qué le has hecho? —pregunté.

—Absolutamente nada —contestó Serena con rapidez, como si fuera algo obvio—. Acompañarlo al exterior y pedirle amablemente que te esperase allí, a ser posible, lejos de la vista de nuestros guardias.

Mis hombros cayeron sin fuerza y me apoyé un poco en el cuerpo de mi prima. Un silencio momentáneo llenó la estancia. Serena suspiró y, durante un instante, pareció dudosa.

—Lo tengo aquí, ¿sabes? Al inspector de policía Sangre Roja. El *encantador* Edmund Reid.

—¿Qué? —exclamó Kate, sorprendida.

Los ojos afilados de Serena se clavaron en ella para después cernirse sobre mí.

—Por lo visto, lo han desmemoriado —continuó diciendo. No supe por qué, pero tuve el presentimiento de que Serena sabía que yo había sido quien le había borrado los recuerdos—. Aunque no estoy interesada en indagar la parte que le fue borrada —dijo, seria.

Intercambié una mirada con Trece y con Kate, cada vez más confusa. Sin embargo, Serena no añadió nada más.

—Despedíos de Liroy y os acompañaré a la salida. —Hice amago de protestar, pero ella me lanzó una mirada de advertencia—. No puedes hacer nada más ahora. Él te ha contado su historia y ahora solo queda esperar. No cometas otra estupidez y, por los Siete Infiernos, no se te ocurra atacar de nuevo a nadie que pertenezca al Aquelarre.

Nos miramos a los ojos durante un instante, pero finalmente sacudí la cabeza. Con un suspiro derrotado me volví hacia Liroy, que nos contemplaba con una pequeña sonrisa en los labios.

—Puede que todo salga bien.

Asentí porque no podía decir lo que realmente me pasaba por la cabeza. Miré con los labios apretados cómo Kate se despedía de Liroy, murmurándole palabras que yo no llegaba a escuchar. Cuando por fin se separó, yo me aproximé a él y me arrodillé junto a los barrotes.

—A lo mejor El Forense asesina de nuevo a otro Desterrado y el Aquelarre comprende que él no soy yo —comentó mi primo, con una pequeña sonrisa.

—Todavía necesita una vida más —contesté, recordando las páginas del *Opus Magnum*—. ¿Estarás bien?

Su sonrisa se ensanchó un poco y se encogió de hombros. Algo parecido a unas garras invisibles me retorcieron la boca del estómago. ¿Cómo había podido dudar alguna vez de él? Liroy tenía un corazón demasiado grande. Tanto, quizás, que podía llegar hasta destruirlo.

—Nos veremos pronto —susurró él, sacando la mano a través de los barrotes.

Entrelacé mis dedos con los suyos durante un par de segundos, y luego me aparté sin mirar atrás.

No podía responder a sus últimas palabras y él sabía por qué.

Si el juicio se celebraba, en el mejor de los casos, él se convertiría en un Desterrado más de los que poblaban el East End, sin su magia y sin su Centinela. En el peor, lo encerrarían de por vida en Sacred Martyr, sin protección bajo esos suelos sagrados que causaban tanto dolor en los presos. Sería conocido como el nuevo Aleister Vale.

Hundí la punta de mi Anillo de Sangre en mi mano, no para realizar ningún encantamiento, sino para que el dolor me distrajera. Pero no fue suficiente. Mientras abandonaba las celdas, la voz del abuelo Jones repicó hasta en mis huesos.

El fuego ya nos ha alcanzado a todos.

31

EL MENSAJE

Serena nos hizo un gesto para que la siguiéramos y se internó en la galería que conducía a la sala anterior en donde había estado el guardia. Cuando pasamos por ella no había nadie. Ni vivo, ni muerto.

—¿Dónde están los Príncipes de la Torre? —preguntó Trece, mirando a su alrededor.

—Castigados —replicó Serena—. Aunque imagino que la idea de participar en esta pequeña incursión no ha sido suya.

Yo volví la cabeza, con los labios apretados.

—¿Y los guardias? —se aventuró a preguntar Kate, con un hilo de voz.

La otra joven tardó un par de segundos en contestar, como si estuviera pensando la respuesta.

—No podía dejar que os viesen. Hubiese sido un problema, tanto para vosotras como para mí.

Kate y yo intercambiamos una mirada, pero no volvimos a preguntar. Cuando salimos al exterior, la oscuridad había cubierto el cielo de Londres. Había algunas antorchas encendidas aquí y allá, pero quedaban zonas extensas de sombras por las que nos condujo Serena, en dirección a la salida.

Al contrario que antes, apenas había miembros del Aquelarre paseando por los terrenos. Los guardias que vigilaban la entrada eran diferentes. Sus ojos cayeron sobre nosotras durante un instante, pero se desviaron cuando vieron a Serena.

—¿Será necesario que llame un carruaje para que vayáis a Lansdowne House? —preguntó ella cuando nos detuvimos junto a la puerta.

—Podemos volver solas, señorita Holford —repliqué con frialdad—. Gracias.

—Ha sido un placer —contestó ella, con una sonrisa—. Pero no volváis.

Solté un largo bufido y avancé unos pasos junto a Kate, que se despidió con un murmullo ininteligible. Cuando Trece se situó junto a mí, Serena volvió a hablar.

—Centinela, ven un momento. —La serpiente que rodeaba su cuello silbó con algo que parecía burla—. Necesito hablar contigo.

Trece giró la cabeza, con las orejas agachadas y el pelaje del lomo levemente erizado. Parecía dudar.

—No tienes que hacerlo —le dije.

Él me miró, con sus ojos amarillos resplandeciendo en mitad de la oscuridad.

La curiosidad mató al gato, canturreó en mi cabeza.

Levantó un poco las orejas y se acercó con pasos lentos a Serena. Ella se recogió la túnica con elegancia y se agachó. Su Centinela colocó su cabeza aplastada al mismo nivel que la de Trece. Vi cómo ella movía los labios, pero no escuché lo que dijo. Apenas fueron un par de palabras, porque volvió a incorporarse enseguida y se marchó sin mirar atrás.

Atravesamos la puerta y, cuando apenas nos habíamos alejado un par de pasos del guardia exterior, mi mirada voló hasta Trece.

¿Qué te ha dicho?, pregunté.

Él miró a su alrededor, vigilando los pocos peatones que atravesaban la zona y contestó en mi cabeza: *Que no me separe de ti bajo ningún concepto.*

Fruncí el ceño, confusa. Estuve a punto de replicar, pero una figura pasó en ese momento delante de nosotros, y me distrajo. Lo seguí con la mirada, pero a pesar de que tenía un abrigo parecido, no era Andrei.

Andrei, susurró una voz en mi mente. Di una vuelta en redondo. Era noche cerrada, la luz de las farolas apenas llegaba a iluminar lo suficiente las calzadas, pero apenas quedaban peatones. Un poco más adelante, en el puente, se apostaban varios hombres, jóvenes y mayores, en el inicio de unas pequeñas escaleras que descendían hacia la ribera del río. Desde los escalones bajos, se escuchaban risas femeninas y algún gruñido masculino. Pero de Andrei no había ni rastro.

—No está —murmuré. El terror hizo que mi voz temblara—. Serena dijo que estaría aquí, esperándonos.

Trece bajó el rabo y se alejó varios pasos, vigilando también las inmediaciones.

No capto su olor, me dijo.

Hundí las uñas en la palma de mis manos y me obligué a pensar. Si realmente Serena lo había conducido al exterior de la Torre, él no se habría ido a ningún lugar sin avisar antes. A menos...

—Nos ha mentido —jadeé. Me di la vuelta para encarar los muros de piedra de la Torre de Londres. Comencé a andar hacia ellos, con la ira impulsando la sangre de mis venas—. Esa maldita hija...

—Eliza —dijo de pronto Kate, sobresaltándome.

Volví la cabeza, con el corazón latiendo pesado contra mi pecho. Ella se había acercado a una de las esquinas del puente, en una zona donde la luz apenas llegaba y las sombras impedían ver dónde acababa y comenzaba el suelo. Vi cómo se inclinaba con lentitud y alzaba algo con ambas manos.

Trastabillé hacia atrás cuando reconocí la tela gruesa y cara.

El abrigo de Andrei.

Me acerqué a toda velocidad y se lo arrebaté de las manos. Lo acerqué a la luz de la farola más próxima para observarlo mejor. Los hombres de las escaleras nos dirigieron miradas veladas a Kate y a mí, pero ninguna de las dos le hicimos caso, solo teníamos ojos para la tela oscura que yo apretaba entre mis dedos.

—Es… es suyo —balbuceé, con voz rota—. Estoy segura.

—Tiene su olor —corroboró Trece.

Kate se acercó a mí, pero sus ojos se cernieron sobre una zona de la prenda. Frunció el ceño y comenzó a tantear en ella.

—¿Qué estás…? —Mi pregunta se cortó cuando la vi con un trozo amarillento de papel en la mano.

—Me pareció verlo antes, cuando… —Sus ojos, que habían estado recorriendo el papel, se abrieron de par en par. Tragó saliva con dificultad y apartó la mirada, sin ser capaz de mirarme de frente.

—¿Qué dice? —pregunté.

Ella dio un paso atrás y escondió la nota tras su espalda.

—Nada.

Esa respuesta solo consiguió que el abrigo de Andrei pesara como un muerto entre mis brazos.

—No estarías a punto de vomitar si en ese papel no pusiera nada —siseé, agresiva. Me acerqué a ella a zancadas, mientras Kate retrocedía y apretaba su espalda contra uno de los pasamanos de piedra—. Enséñamelo.

Ella negó con la cabeza.

—No —replicó.

—¿Vas a hacer que utilice la magia para arrebatártelo?

Ella se mordió los labios y echó un vistazo por encima de la barandilla, hacia el Támesis que corría negro bajo nuestros pies. Yo aproveché su instante de duda, me acerqué con rapidez a ella y se lo arrebaté de un tirón.

—¡Eliza! —me llamó ella. La desesperación se irradiaba en cada sílaba—. Espera, no…

Pero dejé de escuchar su voz en cuanto leí las primeras palabras, medio ocultas en la oscuridad. Reconocí la forma de las letras, las había visto en un periódico hacía meses, cuando el ladrón de órganos todavía no tenía un nombre.

Querida Eliza:

Sé lo que estás buscando. Y sé que sabes que lo tengo yo.

Donde terminó todo. Donde comenzó todo.

Te esperaré.

El Forense

Mis dedos se crisparon, la nota escapó de ellos y cayó sobre un charco de humedad que se había formado entre los adoquines. Trece bajó la cabeza para leerlo y escuché cómo dejaba escapar un bufido ronco y alargado.

—Lo tiene —murmuré. Mi voz parecía venir del mismísimo infierno.

Kate se mordió los labios y miró de nuevo hacia el Támesis, donde había estado a punto de lanzar esas palabras escritas para que no pudiera leerlas. Cuando habló, su voz era tan débil que el curso del agua casi la sepultó.

—Esto no tiene ningún sentido.

—Oh, por los Siete Infiernos, claro que lo tiene —rugí, sin molestarme en bajar la voz—. Quiere vengarse de mí. Sabe que he ido tras de él. Maldita sea, él mismo tuvo que verme a través de los ojos de su maldito títere cuando mató a Jane Evans. Sabe quiénes son mis padres. Es un seguidor enfermizo de ese maldito libro que escribieron, ¿recuerdas?

Tienes que tranquilizarte, Eliza, susurró Trece en mi cabeza. Pero yo lo ignoré.

—Si El Forense asesina a alguien más, Liroy quedará libre.

Hundí mi mirada afilada en mi prima. Sentí cómo atravesaba su piel. A pesar de la oscuridad, pude ver cómo se sonrojaba por la vergüenza.

—No voy a dejar que Andrei se convierta en otro cadáver.

—Eliza —intervino Trece. Saltó al grueso pasamanos de piedra y me encaró. Habló con gravedad, en voz alta, a pesar de que estábamos rodeados de Sangre Roja—. A El Forense no le interesa ese joven.

—Y, además, ya tiene todos los órganos que necesita —añadió Kate.

—El único cadáver que necesita es el tuyo.

Miré a Trece con mi corazón astillando las costillas por culpa de los latidos violentos. Respiré hondo, intentando calmarme, y me dejé caer sobre la barandilla en la que estaba mi Centinela. Pero no podía pensar. Cada vez que parpadeaba, sentía los labios de Andrei sobre los míos, sentía sus brazos haciéndome dar vueltas, veía su cuerpo abierto, sin ningún órgano en su interior.

—Has visto lo que les ha hecho a esos hombres y a esas mujeres. Lo que les hizo a los policías en el East End —dije, con lentitud. La lengua me sabía a veneno—. ¿Crees que no le hará lo mismo a Andrei si no hago lo que me pide?

Kate y Trece intercambiaron una mirada. No podían replicarme. Sabían que yo tenía razón, por mucho que les doliera admitirlo.

—Ni siquiera sabes dónde está —musitó Kate—. Solo te ha enviado una adivinanza sin sentido.

—No —contesté, y sacudí la cabeza con decisión—. Sé de qué lugar habla. El principio y el final. El lugar donde mataron a mis padres y donde yo sobreviví: las catacumbas de Highgate.

Las pupilas de Trece se dilataron.

Puedes estar equivocada, me siseó en la cabeza.

—Pero sabes que no lo estoy —repliqué en voz alta, aferrando el abrigo de Andrei con más fuerza que nunca.

Sí, él también lo sabía, pero en vez de darme la razón, giró la cabeza y clavó sus ojos amarillos en la oscuridad que invadía el puente.

—Voy a ir —dije, en voz baja—. Ahora.

—¿Qué? —jadeó Kate, con los ojos muy abiertos.

Definitivamente, el amor vuelve estúpidos tanto a los Sangre Roja como a los Sangre Negra, rezongó Trece en mi cabeza.

—¡No puedes! Te matará —dijo mi prima. Recortó la distancia que nos separaba y me aferró con fuerza de los brazos.

—Por mucho que me cueste admitirlo, deberíamos informar al Aquelarre —dijo mi Centinela, saltando del pasamanos para colocarse frente a mí—. Ellos crearían un plan. Pensarían un poco antes de actuar —añadió, en tono acusatorio.

—¿Crees que pensaron mucho cuando detuvieron a Liroy? —repliqué, con fiereza.

—Si El Forense se entera de que les hemos avisado, de que van a ir a Highgate… —Kate sacudió la cabeza con pesadumbre—. Ni siquiera sabemos si tiene algún cómplice.

—Sé lo que estás pensando, así que bórralo de tu cabeza. No vas a ir sola —me advirtió Trece. Sus orejas y su cola estaban bajas, tensas—. ¿Y si ese maldito loco ya ha asesinado a otro Desterrado? ¿Y si ya ha conseguido la Piedra Filosofal? No podrás hacer nada contra él.

—¿La Piedra Filosofal? —repetí, incrédula—. ¿De veras crees que puede conseguirla?

Trece giró la cabeza, molesto, y pareció dubitativo durante un segundo. Después, con mucha lentitud, habló, midiendo muy bien sus palabras.

—Debemos avisar a alguien. No te permitiré ir sola. —Sus ojos se entornaron con una advertencia—. Y ya sabes lo persuasivo que puedo llegar a ser.

Lancé un largo suspiro y desvié la vista hacia mis manos, que todavía sujetaban el abrigo de Andrei. Después, miré hacia la Torre de Londres. Sus estrechas ventanas resplandecían iluminadas contra la noche.

De pronto, se me ocurrió una idea.

—Serena podría ayudarnos.

—¿Serena? —repitió Kate, frunciendo el ceño. Yo la ignoré y seguí con los ojos clavados en Trece.

—Por mucho que me cueste admitirlo, es la mejor Sangre Negra de nuestra generación. No nos ha entregado al Aquelarre, no ha denunciado a Andrei, quizás decida acompañarnos si se lo pedimos. —Apreté los dientes y crucé los dedos bajo mi capa, rogando porque mi Centinela aceptara—. Tú podrías avisar a mis tíos.

Trece parpadeó e inclinó la cabeza, entre intrigado y confundido.

—El tío Horace no tiene Centinela, pero sé que podría ayudarnos, y la tía Hester fue de las mejores de su curso. Quizás no habría formado parte de los Miembros Superiores, pero Francis Yale siempre quiso que formara parte del Aquelarre, de una forma u otra. Ellos harían lo que fuera por su hijo. —Me obligué a no parpadear. Los ojos de Trece pesaban como el plomo—. Piénsalo. Seríamos seis contra El Forense. Tendríamos alguna oportunidad.

Él dudó durante un instante, pero cuando soltó un ligero bufido, supe que había logrado convencerlo.

—Está bien. Yo te acompañaré a la Torre de nuevo, para buscar a Serena, y Kate...

—No —lo interrumpí. Los huesos de mi mano crujieron de tanto apretar los dedos—. Kate me acompañará. Es tarde, por aquí no pasan diligencias ni carruajes libres, y debemos ser rápidos. Ve a Lansdowne House y avisa a mis tíos. Nos reuniremos en las puertas de Highgate.

Sabes que es lo más eficaz, insistí, en su cabeza.

Trece se incorporó y nos lanzó una última mirada de advertencia. Su rabo se agitó, bajo, cuando nos dio la espalda.

—Como pongas un pie en el cementerio antes de que lleguemos, juro por los Siete Infiernos que te mataré —dijo, antes de echar a correr.

Ni siquiera me dio tiempo a responderle. Un segundo después se había mimetizado con las sombras del puente.

Kate se volvió hacia mí, con las manos apretadas contra su pecho.

—¿De verdad crees que es buena idea avisar a Serena Holford?

Una pequeña risa rota se me escapó entre dientes.

—Por supuesto que no, Kate. Si El Forense ve que llegamos con un miembro del Aquelarre, Andrei no tendrá ninguna posibilidad. Lo entiendes, ¿no?

Mi prima me miró y, como siempre, asintió.

—Vamos a ir solas, ¿verdad?

—Sabes que yo nunca te obligaría a…

—No digas tonterías —replicó, con la voz tomada por el miedo. Respiró hondo varias veces y me sujetó del brazo, como siempre hacía cuando quería tranquilizarme, o cuando quería tranquilizarse a sí misma—. Las dos expulsadas de la Academia Covenant contra el mundo.

Sexta parte

UNA ESTRELLA

MALDITA

7 DE DICIEMBRE. NOCHE CERRADA. AÑO 1895.

Comedor de la Academia Covenant
Mayo, hace veintiséis años

Mis ojos vagaron por las mesas más alejadas, donde se sentaban Marcus y Sybil junto a sus Centinelas. Presintieron el peso de mis ojos, porque él alzó la cabeza y yo me apresuré a apartar la mirada.

—¿Por qué deseo estar con ellos cuando sé que lo que hacen es terrible?

Mi Centinela, tumbado sobre la mesa, junto a mi plato de comida sin tocar, me dedicó una mirada burlona.

—Porque eres ambicioso, Aleister. Y ellos te ofrecen algo que nadie más puede darte —dijo, antes de soltar un bostezo.

No son los únicos que me ofrecen algo así, pensé. Mi Centinela me miró de soslayo, como si me hubiera oído, aunque no dijo nada.

—Leo dice que deberíamos denunciarlos a los profesores —dije, en voz baja—. Al Aquelarre.

—¿Y por qué no lo has hecho?

—Son Marcus Kyteler y Sybil Saint Germain, ¿quién nos iba a creer? —refunfuñé, aunque las palabras me supieron a ceniza—. Dos prodigios contra… otros dos prodigios, pero uno pobre y otro con una familia caída en desgracia para nuestra sociedad.

Una gota de sudor corrió por mi espalda, a pesar de que no hacía calor, y me obligué a llevarme algo de comida a la boca. Sin embargo, no llegó a su destino. Se detuvo a poco camino cuando vi cómo cuatro figuras (humanas y animales) se aproximaban a mí.

—Pensé que estarías con Leo —observó Sybil, con frialdad. Sus ojos claros barrieron los asientos vacíos de la mesa que ocupaba.

—Está estudiando para el examen de esta tarde —contesté, en un tono tan helado como el suyo.

—Como si le hiciera falta. —Sybil dejó escapar una carcajada que sonaba a cristales rotos.

Yo no separé los labios, pero mis ojos escaparon hasta Marcus, que se encontraba unos pasos más alejado, con los brazos cruzados frente a su pecho y una mirada calma, pero atenta.

—Lo haremos pronto —dijo, repentinamente. Yo apreté los dientes para reprimir un escalofrío—. Y todavía puedes participar. Si quieres.

Mi espalda se envaró. Dejé de ver a Marcus y a Sybil, para encontrarme de pronto rodeado por el rostro ceñudo de mi padre, por nuestra mansión, preciosa por fuera y monstruosa por dentro, por el camino que se abría delante de mí, rebosante de opciones. Con la Piedra Filosofal podría tener cualquier cosa. Cualquiera. Y podría ser quien deseara.

Pensar en ella me provocaba sed. Y un hambre terrible.

Cuando hablé, las palabras se me atragantaron en las cuerdas vocales.

—Ya conoces nuestra postura, Marcus. Leo y yo os lo dejamos bastante claro.

Él cortó el contacto visual con un suspiro y me dio la espalda. Sybil lo imitó, con el hielo ardiendo en sus ojos todavía.

—Es una decisión de la que te arrepentirás toda la vida.

Lo dijo con tanta seguridad, que no supe cómo replicar.

HIGHGATE

El césped que luchaba contra las piedras y sobresalía de los bordillos de la acera de Swain's Lane estaba cubierto de escarcha. A nuestra derecha y a nuestra izquierda los muros del cementerio nos cercaban. A veces, tras ellos, asomaban los ojos pálidos de algún ángel o alguna virgen, que rezaba con las manos dirigidas hacia el cielo.

No había ni un alma en la calle. Más abajo, al inicio de la cuesta, había algunas casas con las cortinas corridas y las luces encendidas. Sangre Negra, por supuesto, porque a ningún Sangre Roja se le ocurriría vivir tan cerca de un lugar así. Sin embargo, mientras apartaba la mirada de esos cristales cerrados, desde donde me llegaban risas lejanas, pensé en que, si gritaba, nadie me escucharía. Las catacumbas estaban demasiado lejos de todo.

—¿Tienes miedo? —preguntó Kate. Su aliento flotó en forma de vaho sobre sus labios.

—Estoy aterrorizada —contesté, con un murmullo—. Pero, aunque tenga miedo, debo hacerlo. Por él. También lo haría si fuera por ti. Mil veces —añadí, dándole un ligero apretón.

Ella no contestó. Se mordió los labios y levantó la mirada hacia el último tramo de la cuesta, que desembocaba en las dos puertas de hierro forjado que dividía las dos grandes zonas de Highgate, la este y la oeste. Casi parecía que estábamos de nuevo subiendo la inmensa colina de camino al cementerio de Little Hill para despertar a los muertos.

Apreté el paso y recorrí los últimos metros prácticamente sin aliento. Me acerqué a la entrada arqueada de la izquierda, de estilo Tudor, con una gran vidriera oscura en lo alto, que unía entre sí a dos capillas mortuorias góticas. Tras las ventanas no había ninguna luz. Los cristales estaban tan negros como la noche.

Apoyé la mano sobre uno de los finos barrotes y empujé. Los goznes silbaron y la puerta se movió un poco. Y, en el momento en que mi piel penetró el espacio sagrado, un calambre me recorrió.

—¡Maldita sea! —exclamé, dando un paso atrás—. Vamos a pisar terreno sagrado. No he traído el atado de muérdago para protegerme.

El pánico se adueñó de la expresión de Kate y se palpó la falda. Cuando volvió a mirarme, supe qué iba a decir.

—Se suponía que no íbamos a pisar un lugar así —murmuró, casi culpable—. Podemos volver y…

—¿Dónde vamos a encontrar muérdago a estas horas? —repliqué—. No, tú espera aquí. Yo entraré.

Kate negó con vehemencia y empujó la verja con la mano, que terminó de abrirse por completo con un agudo chirrido. Respiró hondo y se adentró con decisión en el cementerio. La observé, todavía en la zona donde estaba a salvo, y vi cómo se tensaba y apretaba las manos, pero nada más.

—Es… soportable —dijo, mirándome por encima del hombro.

Asentí y, sin pensarlo dos veces, pisé terreno sagrado. En el momento en que mi bota pisó los guijarros del suelo, me tambaleé, sin oxígeno. La cabeza me palpitó de dolor y tuve que aferrarme a mi prima. Apretaba los dientes con tanta fuerza, que no sabía cómo no los hacía pedazos.

—¿Tanto te duele? —preguntó, en voz baja.

—Debo ser peor que el mismo Diablo para que Dios me rechace tanto —contesté mientras me limpiaba una gota de sudor frío que corría por mi frente. Me obligué a enderezarme y respiré hondo, aplacando un poco las náuseas y el dolor de cabeza—. Vamos, no podemos quedarnos aquí. Estoy segura de que *él* ya sabe que hemos llegado.

Kate se quedó cerca de mí, dejando que apoyara mi mano en su hombro. En realidad, mis dedos enguantados se hundían en su articulación con tanta tensión, que tenía que hacerle daño. Ella, no obstante, no dijo nada y continuó caminando.

A la izquierda de la entrada se hallaba el puesto del guardia. La puerta labrada en madera estaba cerrada, pero una pequeña ventana comunicaba con el interior de la pequeña estancia. Había un pequeño hogar en un rincón, varios instrumentos de jardinería, una Biblia y un escritorio con la silla apartada de él, como si el guardia se hubiera levantado abruptamente. Una vela solitaria, prácticamente derretida, era la única que proporcionaba algo de luz. Su llama titilante hacía que las sombras se movieran.

—Aquí no hay nadie —susurró Kate.

—Sigamos —respondí, con voz rasposa.

Nos adentramos en una pequeña plaza circular que estaba sumida en la oscuridad. Las farolas de la calle estaban demasiado lejos. Kate extendió la palma de su mano izquierda frente a ella y murmuró:

—*Enciende.*

Una llama dorada flotó sobre sus dedos, sin tocar la tela de sus guantes. Con algo más de iluminación, podíamos observar la plaza en la que nos encontrábamos. De ella, partían varias escaleras de mármol que ascendían en varios sentidos. Miramos a nuestro alrededor, algo confundidas, sin saber qué camino escoger.

—Mira —murmuró mi prima, con el índice estirado.

Los guijarros del suelo tenían marcados pisadas. Algunas mayores, otras más pequeñas, la mayoría estaban mezcladas entre sí. Solo se dirigían hacia la escalera que teníamos frente a nosotras.

Subir los peldaños fue una tortura. Aunque las punzadas de mi dolor de cabeza ya no me emborronaban la vista, la molestia seguía ahí, constante, sin darme ni un respiro. Notaba los miembros débiles, la respiración agitada, como si en este terreno sagrado el oxígeno no fuera suficiente para mí.

Cuando llegamos al final de la escalera, nos encontramos las primeras tumbas. Decenas de ojos de piedra nos miraron. Yo me estremecí, apartando la mirada de expresiones angelicales que no parecían en absoluto misericordiosas.

A pesar de que había varios caminos de tierra, uno que nacía a apenas unos metros de nosotras sobresalía por encima de los demás. Era más ancho y tenía guijarros desperdigados por él. Las pisadas que estaban marcadas en el barro parecían frescas.

Kate y yo intercambiamos una mirada silenciosa y continuamos.

Las llamas del hechizo de Kate iluminaban las lápidas a nuestro paso, haciendo que las fechas de las muertes, algunas muy recientes, se reflejasen contra las sombras. Había estado completamente equivocada, esto no tenía nada que ver con aquella noche a principios de septiembre, cuando dos estudiantes de la Academia Covenant querían despertar al cementerio de Little Hill.

Apenas unos minutos después, el camino de barro fue sustituido por uno de piedra. Las lápidas se despejaban entre sí, creciendo en tamaño, y creaban una especie de pasillo repleto de figuras de mármol tristes y resignadas que nos conducían hacia dos obeliscos gigantescos de piedra, que delimitaban a su vez con un arco de entrada en punta. Dos columnas gemelas, coronadas por arbustos caídos, vigilaban la inmensa boca negra que estaba a punto de engullirnos.

—La Avenida Egipcia —murmuré, mientras nos adentrábamos en ella.

Seguimos avanzando, intentando no resbalarnos por los adoquines que cubrían el suelo, cubiertos de una humedad congelada. A ambos lados, enclavadas en las paredes, había varias puertas de madera oscura que debían conducir a mausoleos.

Finalmente, unos cien metros después, esa extraña avenida de la muerte desembocó en un pasillo circular. El Círculo del Líbano. Lo conocía porque la tía Hester me había hablado de él. Había estado aquí durante el entierro de un viejo amigo suyo, Julius Beer, cuando mis primos y yo estábamos en la Academia. El mausoleo donde había recibido sepultura, al parecer, era maravilloso, tanto que la tía Hester se lamentó de que, a nosotros, los Sangre Negra, no nos enterraran.

Lo cierto era que estábamos rodeadas de extraños y hermosos mausoleos, de puertas gigantescas que parecían conducirnos a alguno de los Siete Infiernos. Sin embargo, solo una que se encontraba junto a una pequeña capilla estaba abierta.

Al lado del dintel, había alguien. Vestía con un abrigo andrajoso y llevaba una pala en la mano.

—Es el guardia del cementerio —musitó Kate.

Me acerqué con cuidado y observé el suelo. Sin embargo, no encontré sangre alguna. Un ligero ronquido escapó de sus labios entreabiertos y me sobresaltó.

—Está vivo —jadeé.

—¿Eso es malo? —preguntó mi prima, con el ceño fruncido.

Sacudí la cabeza, extrañada, y me enderecé mientras observaba la puerta abierta que ahora se encontraba a un par de metros de nosotras. Había luz en la estancia con la que comunicaba. Casi parecía una invitación a entrar.

¿Por qué El Forense había dejado vivo a un Sangre Roja? Había destrozado cuerpos de Desterrados, les había arrancado los órganos, ¿qué sentido tenía dejar vivo a un hombre anónimo que podía reconocerlo?

Una nueva punzada de dolor me hizo doblarme en dos. Apreté los dientes, me arranqué los guantes de las manos y los tiré al suelo, dejando al aire mis manos, repletas de finas cicatrices. Miré a Kate por encima del hombro y traspasé el umbral.

Me encontré en un pasillo de piedra polvorienta, que olía a humedad y a algo más pesado y dulzón. No había luz eléctrica ni de gas, pero alguien había colocado antorchas en las paredes e iluminaban el camino de nichos que descendía y se internaba bajo la capilla que había visto en el exterior.

Kate se situó a mi lado y comenzamos a andar con lentitud.

Un turbio *déjà vu* se unió a la pesadez dolorosa que embargaba mis sentidos desde que había pisado terreno sagrado. No era la primera vez que recorría este camino. Entre recuerdos confusos me pareció ver de nuevo las placas de los nichos, algunos derrumbados y medio abiertos por culpa de los gases putrefactos que soltaban los cadáveres. Recordaba vagamente cómo Aleister Vale, que me había llevado entre sus brazos, había hecho un chiste sobre ello.

Al final del tétrico pasillo, una pequeña escalera de piedra descendía hacia abajo, donde el olor a tierra húmeda y a podredumbre era todavía más intenso. Era tan estrecha, que Kate tuvo que separar su mano de mi brazo y descender detrás de mí.

Los peldaños finales desembocaron en una estancia mayor, peor iluminada que el pasillo que acabábamos de abandonar. El par de antorchas encendidas apenas daban alguna pista de los nichos que se encontraban en un estado aún peor, derrumbados unos sobre otros, caídos de las paredes. Había huesos frágiles entre las astillas de madera.

Pero no fue eso lo que me llamó la atención. En el suelo, dibujado con sangre, había un gigantesco diagrama de invocación.

Jamás había visto un dibujo tan intrincado, tan detallado, aunque a grandes rasgos no se tratase más que de un pentáculo invertido. En cuatro de sus puntas había colocado un órgano distinto.

El bazo de Charlotte Grey.

El hígado de Adam Smith.

Los pulmones de la señora Williams.

El corazón de Jane Evans.

Una arcada me sacudió al recordar su pecho abierto, sus ojos sin vida, pero todavía cubiertos por lágrimas de terror o dolor. Sin embargo, me obligué a mirar aún más allá, a la figura que yacía en la quinta punta, la invertida, extrañamente quieto, sin su abrigo y con los brazos extendidos.

—Andrei. —Su nombre escapó de mi garganta como un sollozo.

Sin mirar a ningún lugar más, me arrojé sobre él. Estaba pálido, el pelo despeinado le daba cierto aire de inocencia y eso hacía la escena todavía más aterradora. Parecía un niño muerto. Palpé su pecho, pero no encontré sangre ni heridas, y sí el sonido regular de su corazón.

—Está vivo —jadeé, volviéndome hacia Kate, que se había acercado a mí en silencio. Durante un instante, ese alivio arrolló todo lo demás. El dolor que me abotargaba, el miedo.

Ella ni siquiera respondió. Tenía la piel amarilla y sus ojos se desviaban aterrados por los órganos que nos rodeaban.

Extendí un dedo y señalé el pecho de Andrei.

—*Despierta.*

Por una vez, ejecuté un hechizo a la perfección. Su tronco se elevó con lentitud hasta quedar sentado y sus ojos se abrieron de golpe. Andrei soltó un jadeo ahogado y se tambaleó hacia atrás, pero yo extendí las manos hacia él y lo abracé con fuerza desesperada.

Ahora, sus latidos corrían tan erráticos como los míos.

—Eliza, Eliza, Eliza... —murmuró, con voz desgañitada—. *Mi történt? Miért...?* —Sus pupilas se dilataron de golpe cuando observó el diagrama sobre el que se encontraba. Alzó la cabeza, miró a Kate, que a su vez lo contemplaba sobrecogida, y desvió la mirada hacia mí—. No, no, no... *Miért vagy itt?* No deberías haber venido. Deberías haberme dejado. Todo esto es...

Su voz se interrumpió cuando unos pasos hicieron eco en las catacumbas.

Todavía arrodillada en el suelo, sujetando a Andrei, me volví, y observé la oscuridad que no era capaz de iluminar las escasas antorchas del lugar. Algo parecía moverse en ella. Una figura. No. *Dos* figuras.

La primera en adentrarse a la luz la conocía. Era gigantesca y vestía igual a aquella noche de Whitechapel, cuando le arrancó el corazón a una pobre Desterrada y asesinó de un solo golpe a un par de agentes del inspector Reid.

No era la misma marioneta de entonces. Esa la habían encontrado flotando los miembros del Aquelarre en el Támesis. El Forense se había hecho con otro cadáver de gran tamaño. Envuelta en sombras, la extraña marioneta parecía todavía más enorme que su predecesora.

Pero no era lo único que se acercaba a nosotros.

Los otros pasos restantes eran más sutiles, más ligeros, y los acompañaba un repiqueteo. Un tacón.

Noté que mi saliva se secaba cuando el haz de luz cayó sobre la tela aterciopelada de una falda y subía por un vestido caro.

Por los malditos Siete Infiernos. El Forense no era un hombre.

—¿Serena? —mascullé, aunque las sombras todavía cubrían su rostro.

Yssah.

Antes de que pudiera respirar de nuevo, la maldición pasó a mi lado y atravesó el pecho de Kate. Ni siquiera tuvo tiempo de emitir un susurro, un grito, nada.

Cayó hacia atrás, con un agujero enorme en el lugar que antes ocupaba todo su pecho.

Muerta.

El Forense

El mundo se volvió borroso. Se paralizó. El oxígeno desapareció y mi corazón dejó de latir. No podía moverme. Andrei gritaba en mi oído, pero sus palabras no llegaban a ser ni siquiera susurros. Intentaba levantarme, empujarme, sacarme de allí como fuera, pero yo seguía paralizada. Ni siquiera sentía la pesadez y el dolor de pisar tierra sagrada sin protección.

A mi espalda, una falda oscura seguía acercándose. Una nueva maldición podía hacerme lo mismo que había hecho con mi prima, pero no tenía relevancia.

Lo único que importaba era el cadáver de Kate, a un par de metros de distancia, donde la había arrojado el impulso de la maldición.

Mis cuerdas vocales soltaron un largo aullido, pero mis labios se mantuvieron cerrados. El grito me arañó la garganta, me la dejó en carne viva, mientras me arrastraba hacia ella. Toqué sus manos, todavía calientes, acuné sus mejillas con mis manos. Sus ojos estaban fijos en mí, pero ya no me veían. Su boca delgada casi parecía torcida en una pequeña sonrisa.

Andrei me aferró del brazo y me arrancó de mi prima, tirando con tanta fuerza de mí que estuvo a punto de desencajarme los hombros.

—¡Eliza! ¡Ella no es real! —rugió, señalando a El Forense, que seguía acercándose con una lentitud calculada—. ¡No es real!

Mis ojos bajaron mientras el aire se estremecía a mi espalda, cargado de magia, y el mundo volvió a emborronarse cuando vi el hueco en el pecho de mi prima. Y nada más. Porque no había ni una sola gota de sangre a su alrededor.

De pronto, el corazón me retumbó en los oídos.

¡Yssah!

—*¡Repele!*

Mis manos se movieron solas y se extendieron en el preciso momento en que la maldición caía sobre Andrei, que estaba a mi lado. El escudo que nos rodeó soportó el impacto, pero no pudo hacer mucho más. Se rompió y nos empujó hacia atrás, hacia una de las paredes de la sala, donde los nichos abiertos derramaban huesos.

Andrei me lanzó una mirada, jadeando, y yo apoyé mi brazo en su pecho y creé un muro entre la persona que se acercaba y nosotros. Con el golpeteo delirante de mi corazón en los oídos, levanté la mano que tenía libre.

—*Enciende.*

Las antorchas apagadas de las paredes se prendieron de golpe, y las que ya lo estaban, ardieron con más intensidad, consumiendo con violencia la madera y el aceite en las que ardían. Una luz dorada e intensa se derramó por todo el lugar, iluminando cada una de las facciones de la joven que se encontraba en el mismo centro del diagrama de invocación.

Y no, no era Serena. Era idéntica al Homúnculo que yacía, destrozado, a mi derecha.

—¿Kate? —Pronuncié su nombre, pero mi voz sonó débil e interrogante.

Vestía con un traje oscuro y sencillo, muy alejado de todas las flores y mariposas que le gustaba ver estampadas en las telas. Sus manos, desnudas, llenas de sangre. Estaba pálida, y su expresión no distaba mucho de la que solía tener siempre, entre vulnerable y asustada.

Respiró hondo cuando vio mi expresión.

—Suponía que en algún momento te enterarías —suspiró.

La marioneta, esa monstruosidad que ella debía haber creado, lanzó un resoplido y avanzó un paso hacia nosotros. Kate, sin mirarla, alzó un dedo y la criatura se detuvo en el acto.

—¿Qué es todo esto? —pregunté, con voz temblorosa.

—Ya sabes lo que es —contestó ella, crispada—. Tú misma lo viste dibujado en el *Opus Magnum*.

Retrocedí, pero ya tenía la espalda clavada en la pared llena de nichos. A mi lado, Andrei observaba a mi prima con los ojos muy abiertos, bullentes de rabia. Sus dedos se habían cerrado en torno a un largo fémur astillado.

—¿Cómo… cómo has podido…? —jadeé, incapaz de terminar la pregunta.

Observaba la escena como si fuera un sueño, como si estuviera leyendo un libro con una historia horrible. Kate, mi dulce Kate, que lloraba con facilidad y siempre tenía sonrisas y apretones de cariño para todos, no podía ser El Forense. No podía haber asesinado a cuatro Desterrados y haberles arrancado los órganos. Ella, que sentía arcadas ante la sangre, que se aterrorizaba ante la violencia.

Todo el dolor, el mareo, la pesadez que había olvidado cuando había visto a Andrei tumbado en el centro del diagrama, volvió de nuevo, redoblado, con más fuerza que nunca. Me tambaleé, intentando ignorar el martilleo de mi cabeza que, poco a poco, se deslizaba por el resto de mi cuerpo.

—No ha sido fácil —contestó ella, con lentitud. Parecía sentirlo de verdad—. No soy como Aleister Vale, Eliza. No soy una maldita demente o alguien que disfrute matando. Pero era necesario.

—¿Necesario? —repetí, con un hilo de voz.

—Para conseguir la Piedra Filosofal, por supuesto. —Kate sacudió la cabeza, como si estuviera diciendo algo obvio—. Encontré el *Opus Magnum* años atrás, en nuestra biblioteca de Shadow Hill, durante las vacaciones de verano. Ese libro me ofrecía mucho, pero sabía que no era lo correcto. Sabía que existían otros métodos, otras formas de esforzarse, así que lo intenté.

—¿Intentar? —La miré con los ojos desorbitados, cada vez más perdida—. No entiendo nada, Kate.

—No espero que lo comprendas —dijo, y su voz se enfrió súbitamente—. Porque eres Eliza Kyteler, la maravillosa hija de Marcus Kyteler y Sybil Saint Germain.

—Nunca he sido la maravillosa hija de nadie —la interrumpí, con un golpe de ira.

—¿No? —Kate esbozó una sonrisa, pero estaba llena de amargura—. Oh, Eliza, claro que siempre lo has sido. Desde que eras una niña pequeña y tu magia no llegaba. ¿Sabes qué me dijo una vez tu padre, en Shadow Hill, poco antes de que Aleister Vale lo asesinara? Que *yo* iba a ser una gran Sangre Negra, porque tenía aptitudes.

—Claro que las tienes —murmuré, confusa por el rumbo que tomaba la conversación. Sacudí la cabeza, pero eso solo hizo que el dolor que sentía se redoblara—. Fuiste la mejor de tu curso.

—¿Y de qué me valió eso? Liroy siempre se encontraba por delante de mí, y tú también, aunque fueras un verdadero desastre. Toda la atención estaba siempre en vosotros. Daba igual que yo me esforzara, nunca era suficiente. ¿Por qué ni siquiera conseguí un Centinela? —Apretaba los dientes con tanta rabia, que no sabía cómo no se le habían hecho pedazos.

—Eso no significa na…

441

—¡Claro que significa! —me interrumpió, con un alarido desgarrador—. He sido una buena hija, una gran estudiante, pero fue a ti a quien la directora Balzac dirigió sus últimas palabras. Oí lo que dijo, ¿sabes? ¿Por qué comentó que a mí me quedaba mucho por aprender? Yo lo sabía todo, ¡todo!

Apreté los labios y esta vez no contesté. Sí, a juzgar por las maldiciones que había proferido, por los conjuros que había utilizado como El Forense, había poco en el terreno de la magia que pudiera aprender, pero, observándola ahora, comprendí de pronto que quizás no era eso a lo que se refería la directora de la Academia.

—Fuiste tú quien recibió la recompensa, a pesar de que fue culpa tuya que nos expulsaran. Yo me tuve que quedar día tras día con aburridas institutrices Sangre Negra, mientras tú comprabas vestidos y participabas en fiestas y en bailes.

Primero había sentido miedo, después, confusión, pero ahora era la rabia la que corría como un carruaje desbocado por mis venas.

—¿Por eso has hecho todo esto? ¿Por tu necesidad de atención has matado a Desterrados inocentes?

—Tuve que hacerlo, ¿no lo entiendes? Sabía que nunca iba a conseguir ser alguien en nuestra sociedad si seguía comportándome como siempre. No sería suficiente. La gente seguiría sin mirarme, sin darse cuenta de que puedo hacer grandes cosas. —Bajó la mirada hasta Andrei, que alzó el hueso que tenía aferrado como si fuera una espada. Kate ni siquiera parpadeó—. Yo también creo que muchas de nuestras normas están anticuadas, Eliza. Y quiero cambiarlas. Quiero que la gente que ha sido vilipendiada como yo deje de serlo, quiero poner en su lugar a familias como los Tennyson, que desprecian a los Sangre Roja y los atacan. Pero para eso, necesito la Piedra.

—¡La Piedra es un mito! —rugí, golpeando con la mano la pared de huesos—. ¡No existe! Mis padres hicieron lo que estás a punto de hacer tú y no lo consiguieron. Ellos mismo me lo confesaron cuando los invoqué.

Kate suspiró y me dedicó una sonrisa condescendiente que nunca había visto en sus labios.

—A estas alturas, creía que ya habías aceptado que Marcus Kyteler y Sybil Saint Germain no eran más que unos auténticos farsantes.

A mi cabeza volvió la expresión de mi madre, cuando mi padre había negado que consiguieran crear una Piedra Filosofal. Pero si eso era cierto, si realmente la habían conseguido al llevar a cabo la invocación, ¿dónde estaba?

Negué con la cabeza y volví a centrar la mirada en mi prima. Mi visión se emborronó por el esfuerzo, el dolor siguió creciendo, pero me obligué a no pestañear.

—¿Y a quién vas a utilizar en tu último sacrificio? —siseé.

Sin apartar la mirada de ella, apoyé la palma de mi mano en una de las aristas afiladas de los huesos que nos rodeaban y tiré, arañándomela de parte a parte. La sangre, caliente y pegajosa, se deslizó entre mis dedos.

—¿Todavía no lo has adivinado? —Me quedé un instante en blanco, incapaz de asimilar el significado de sus palabras—. Tus padres utilizaron también Desterrados para conseguir los órganos. No sé si lo sabes, pero durante la Ceremonia de Destierro, el Aquelarre no arrebata la magia. Solo la recluye. Un Desterrado sigue teniendo magia corriendo por sus venas, pero es incapaz de utilizarla —dijo, como si estuviera repitiendo un texto de memoria en una clase de la Academia—. Para el último sacrificio podría utilizar también a un Desterrado, pero después de pensarlo mucho, decidí que serías tú. Es una gran paradoja, ¿verdad? La gran obra de tus padres va a ser la que termine contigo.

—¡¿Cómo puedes decir eso!? —gritó Andrei, poniéndose en pie. Sacudió con violencia el hueso que sujetaba —. ¡Eres su familia!

Kate frunció el entrecejo y hundió su mirada gris en él. La gigantesca criatura que tenía a su lado volvió a resoplar y avanzó un paso más hacia Andrei. En esa ocasión, mi prima no lo detuvo.

—Ella siempre fue la que me hizo ser invisible. Desde que era una maldita niña. Te odiaba, pero a veces creía que eras la única que me valoraba realmente, que contabas conmigo, que me *veías*… pero todo cambió cuando te conoció a *ti*. —Sus ojos relampaguearon en dirección a Andrei—. Ella se convirtió en otra persona que no me veía y yo pasé a ser otra sombra más.

—¡Eso no es verdad! —exclamé, pero supe que Kate ya no me escuchaba, que había dejado de escucharme hacía mucho.

Ella avanzó un paso y, de soslayo, vi cómo movía su dedo índice. Automáticamente, yo extendí ambos brazos, intentando ignorar el dolor de mi cabeza y de mi cuerpo, que cada vez iba a más.

¡Lneth!

—*¡Repele!*

Un rayo amarillo escapó del dedo de Kate e impactó con fuerza en mi frágil escudo, haciéndolo añicos. La maldición se debilitó, pero sus restos llegaron hasta mí, que me encontraba frente a Andrei.

Una tremenda descarga eléctrica me recorrió y me dejó rígida y sin aliento. Caí de medio lado al suelo, con los miembros dolorosamente retorcidos y el cerebro hirviendo. Tuve suerte de tener la lengua bien adentro de mi boca, si no, con la fuerza de mis dientes la habría partido en dos.

Andrei dejó escapar un aullido en húngaro y se abalanzó sobre mí, para ayudarme. Sin embargo, en cuanto sus dedos tocaron mi cara, un chispazo escapó de mi piel y lo impulsó hacia un lado, donde se encontraba la terrible marioneta de El Forense.

Quise gritar, llorar, pero estaba demasiado paralizada. Con los ojos muy abiertos vi cómo el monstruo se abalanzaba contra él. Andrei, todavía aturdido por el golpe de la electricidad, rodó sobre sí mismo y se puso a pie justo a tiempo para evitar que las enormes manos de la marioneta lo alcanzaran. Con el hueso afilado que aún llevaba en la mano, lo atacó, en un movimiento preciso que dejó claro que los jóvenes nobles de hoy en día aún recibían lecciones de esgrima. Sin embargo, aunque logró alcanzar el pecho de la criatura, y abrió tela, piel y músculo, la marioneta apenas se inmutó. Observó durante un instante su herida abierta, que no sangraba, y volvió a cernirse sobre Andrei.

Aparté la mirada, con el corazón tronando sin control. Por mucho que lo intentara, él no tenía ninguna oportunidad. Ni siquiera yo la tenía. Había visto lo que le había hecho a cuatro Desterrados utilizando solo sus manos.

Kate se acercó unos pasos a mí, manteniendo las distancias de las chispas que todavía escapaban de mi cuerpo. Me observó con el ceño fruncido y los labios apretados.

—No quiero alargar esto —susurró.

Pero eso era lo que precisamente yo quería hacer. No podía vencerla. Ella era mucho mejor Sangre Negra que yo, y conocía unas maldiciones que yo jamás había pronunciado. Pero sabía que Trece y mis tíos estaban en camino, y que no debía faltar mucho para que llegasen.

Mis ojos se dirigieron hacia la entrada de las catacumbas y Kate soltó un suspiro lastimero.

—Eliza, no llegará nadie. Al menos, no a tiempo. Sé que tu Centinela ha ido a buscar ayuda, pero sé que no habrá nadie en casa. En estos momentos, mis padres se encuentran en el hogar de Francis Yale, hablando sobre el juicio de Liroy. —Ni siquiera me permití sentirlo. Con el índice rígido, comencé a dibujar a toda prisa en la palma de mi mano sana—. Aunque venga directamente o avise al Aquelarre, será tarde.

Yo ni siquiera le contesté. Apreté los dientes y murmuré:

Que sea tan ligera como la brisa,
que tenga el color del viento.

Al instante me hice invisible frente a sus ojos, pero eso solo la hizo reír.

—No seas idiota, Eliza. No te puedes mover y sé dónde estás, solo quiero…

—*¡Ascenso!*

Kate terminó la frase con un grito cuando salió propulsada hacia arriba. Sin embargo, fue rápida, y logró exclamar un «Repele» antes de impactar contra el techo.

Rugí de impotencia y eché un vistazo a la izquierda para ver cómo Andrei, desesperado, arrancaba una antorcha de la pared y la esgrimía frente a la marioneta. Con otro grito logré flexionar los miembros e incorporarme a medias, aunque las piernas me temblaban violentamente y la vista me fallaba.

Kate cayó al suelo y renqueó para ponerse de pie. El escudo la había protegido del ascenso, pero no de la caída. Había una mueca de dolor crispando sus rasgos.

¡Lneth!

Un nuevo relámpago dorado escapó de las yemas de sus dedos y, aunque me encontraba a un par de metros de ella, no podía verme y yo había conseguido moverme lo suficiente como para esquivarla. Estaba segura de que no me mataría, porque Kate me necesitaba viva para realizar la invocación, pero otro impacto más me habría dejado inconsciente.

Aunque la maldición no me golpeó, sí lo hizo en la pared sobre la que estaba apoyada. Las chispas la recorrieron de extremo a extremo, y las piedras carcomidas por la humedad y el peso de los ataúdes se rompieron, derramando cajas de maderas destrozadas y cadáveres convertidos en huesos.

Por el rabillo del ojo, vi cómo los ojos de Andrei se clavaban en mí y se abrían con horror. El polvo se pegaba a mi cuerpo y mostraba un esbozo de mi figura.

Kate alzó de nuevo el brazo y yo la imité. Ni siquiera pensé cuando moví los labios.

Ahaash.

Era la misma maldición que había pronunciado David Tennyson meses atrás, cuando había atacado a Andrei en mitad de la oscuridad. Era la única que se me había ocurrido. Y era la primera vez que pronunciaba una.

Sentí un pulso en mi interior y de mis manos escapó una luz rojiza que impactó de lleno con el estómago de Kate. Lancé un chillido, asustada, pero ella solo se tambaleó ligeramente hacia atrás. La mano que tenía alzada bajó y se hundió en su torso, donde ahora faltaba tela del vestido y un largo arañazo sangrante, pero nada más.

Aunque parecía dolorida, sus labios me dedicaron una sonrisa triunfante.

—Hasta una alumna nefasta como tú sabe que se necesita practicar mucho para poder ejecutar correctamente una maldición.

No esperé a que dijera nada más. Respirando entrecortadamente por el dolor palpitante y la rigidez de mis músculos, conseguí ponerme de pie y alejarme a rastras de ella en dirección a Andrei y a la criatura monstruosa.

No podía vencerla. Pero al menos tenía que intentar sacar a Andrei con vida.

Con la sangre que seguía goteando de mis palmas, me dibujé en el antebrazo izquierdo el símbolo alquímico del aire. Extendí ese mismo brazo y grité:

—¡Apártate, Andrei! —Él lo hizo, mientras yo cogía aire y rugía:

Viento, ven a mí, corre libre, vuela.

El aire que me rodeaba pareció temblar y, de pronto, me recorrió, embutiéndose en mis venas, corriendo como la sangre en ellas, hinchando más de lo normal mis pulmones, mi estómago, mi corazón, todo mi cuerpo. Me incliné hacia atrás en el momento en que escuchaba a medias otro encantamiento de Kate, pero no me detuve.

Que lo oculto se revele,
que lo invisible adquiera color,
que la verdad salga a la luz.

Me volví de nuevo visible en el instante en que una gran arcada me sacudía y me inclinaba hacia delante. De pronto, de mi boca, de mi nariz, de cada poro de mi cuerpo escaparon bocanadas de aire que se enroscaron en los miembros de la marioneta de Kate y lo hicieron retroceder hasta el otro extremo de la sala, donde el enorme cuerpo impactó contra una de las paredes. La antorcha que estaba sobre su cabeza tembló y una de las llamas rozó su pelo ralo.

Andrei gritó algo, Kate se acercó más a mí, pero yo no podía desaprovechar esa oportunidad.

—*Enciende.*

Fue solo un susurro, pero la antorcha que se encontraba sobre la cabeza de la marioneta se prendió aún más, y una de las llamas lamió parte de la mohosa gabardina. Al instante, esta se prendió.

Con ese simple hechizo, yo no podía hacer arder a un ser vivo. Pero aquella cosa horrible, por suerte, no lo estaba.

Me concentré en esa pequeña llama del cuello levantado, mientras la marioneta alzaba una mano para apagarla. Sin embargo, yo fui más rápida.

—¡*Enciende!* —grité. Al instante, el fuego creció y se expandió por cada centímetro de la carne podrida de la criatura.

Esta retrocedió, mugiendo como un monstruo, golpeándose contra las paredes. Más huesos cayeron, pero no logró que eso apagara las llamas. Un olor a carne quemada invadió el ambiente y, aunque el hedor me hizo arquearme de asco, conseguí esbozar una pequeña sonrisa.

Apenas duró un instante en mis labios.

Vi un borrón dorado a mi izquierda y sentí cómo la mano de Andrei se enroscaba en mi hombro y tiraba de mí con violencia hacia atrás. Me desvió del ataque de Kate, que se había acercado a mí mientras yo hechizaba a su marioneta. No sabía qué maldición o encantamiento había realizado, pero su mano ensangrentada brillaba con un resplandor oscuro.

Andrei pasó junto a mí, con la antorcha que había utilizado para atacar a la marioneta bien esgrimida en su mano. En el momento en que esta golpeó la mejilla de mi prima Kate, ella rozó con sus dedos brillantes su torso, y ambos dejaron escapar dos chillidos que me dejaron sorda. Él salió disparado hacia atrás y rodó varias veces por el suelo de piedras hasta quedarse de medio lado, con la cara girada a centímetros de los pulmones de Liza Williams. Jadeó y escupió sangre, mientras se llevaba las manos a la zona que había rozado mi prima. Entre sus manos enguantadas pude ver cómo escapaban ríos de color carmesí.

—¡No! —aullé, antes de arrojarme hacia Andrei.

Kate bufaba de frustración a mi espalda. La miré por encima del hombro, con tanta ira que mi cuerpo se estremeció y, durante instantes, olvidó el dolor y la rigidez. Ella siseó un veloz «Sofoca», pero ya era demasiado tarde. El fuego con el que la había golpeado Andrei había quemado su mejilla y chamuscado parte del bonito cabello oscuro que siempre enmarcaba su cara. En la zona de la sien, apenas quedaban un par de mechones negruzcos.

Logré acercarme a Andrei para cerciorarme de que la herida que tenía en el costado era grave. A pesar de que apretaba con las dos manos, la sangre continuaba brotando a una velocidad alarmante. Intenté recordar un encantamiento de curación, el que fuera, pero la voz de Kate explotó detrás de mí.

Ahaash.

—*¡Repele!*

El escudo se sacudió, pero logró mantenerse. En mi mente aparecieron de pronto las palabras de uno de los pocos encantamientos de curación que conocía. A toda prisa, tiré del chaleco y la camisa destrozada de Andrei, abriendo más la tela rasgada. Con un dedo tembloroso y sucio con mi sangre, comencé a dibujar el símbolo alquímico del carbono en su piel.

¡Lneth!

—*¡Repele!* —chillé, en respuesta.

La maldición impactó contra el escudo y un riel de chispas me rodeó sin tocarme.

Aparté el dedo, observando el dibujo irregular, y rogué a los Siete Infiernos que funcionara. Andrei me lanzó una mirada sofocada e intentó pronunciar unas palabras en húngaro. Yo no podía mirarlo. Si lo hacía, si veía cómo se estaba yendo, perdería la concentración. Comencé a susurrar, antes de que una nueva maldición cayera sobre nosotros.

Sangre a la sangre, carne a...

¡Qhyram!

—*¡Repele!*
El escudo volvió a aguantar, pero escuché el crujido característico que predecía el desastre. Debía darme prisa. Debía darme muchísima prisa.

Sangre a la sangre, carne a la carne.

No era un encantamiento poderoso, pero no tenía tiempo de realizar otro ni de pensar en nada más. Apreté los dientes y me obligué a concentrarme en esa herida, en la vida de Andrei.

Sangre a la sangre, carne a la carne.
Sangre a la sangre, carne a la carne.

Jadeé. Estaba funcionado. La sangre dejó de brotar de la enorme herida y los bordes rasgados, gruesos, parecieron estirarse, acercarse unos a otros.

Sangre a la sangre, carne a la carne.
Sangre a la sangre, carne a la carne.

¡Lneth!

—*¡Repele!*

El escudo no resistió y parte de la maldición cayó sobre mí. El dolor se hizo con todo mi cuerpo y yo perdí las fuerzas y las palabras. Caí de costado y esta vez mis ojos se encontraron con los de Andrei. Vi en ellos una despedida. La sangre de su herida volvió a brotar y me empapó la falda del vestido.

Intenté incorporarme, luchar, pero el dolor lo llenaba todo. Un zumbido intenso rebosaba en mis oídos y mi vista comenzó a cubrirse con luces blancas y rojas. Apoyé las palmas en el suelo y traté de incorporarme, pero los codos me fallaron y me golpeé la cara de lleno contra el pavimento.

Cuando abrí los ojos vi la figura de Kate ante mí, pálida, cansada y furiosa. Tras ella estaba de pie su marioneta, arrasada por el fuego, pero todavía funcional.

Ni siquiera tenía fuerzas para llorar. Nada de lo que había hecho había servido de nada. Absolutamente nada.

—*Impulsa.*

Kate me señaló con el dedo y mi cuerpo rodó por el suelo hasta llegar a la punta más baja de la estrella del diagrama de invocación. A los lados se encontraban los pulmones de Liza Williams y el corazón de Jane Evans.

Entre parpadeos lentos, vi cómo se acercaba a mí y se arrodillaba a mi lado.

—Es el momento de que todo esto acabe, Eliza —susurró, con una mezcla de frustración, tristeza y cariño.

Separé los labios, pero entonces, un rugido enorme nos hizo levantar la cabeza. El techo tembló violentamente. Tierra y algunas de las piedras que conformaban el techo superior de las catacumbas cayeron cerca del cuerpo inmóvil de Andrei. Polvo y rocas rodaron hacia el diagrama de invocación de Kate, pero ella los apartó con hechizos antes de que estos mancharan una sola gota de la sangre que decoraba el suelo.

Alcé la mirada trabajosamente hacia el techo, hacia el enorme agujero que se había creado en él, y sentí cómo se me entrecortaba la respiración cuando vi aparecer unas alas negras, seguidas de unas extremidades escamosas y unos largos cuernos.

La forma original de Trece cayó con fuerza sobre el suelo de las Catacumbas de Highgate. Y no solo él.

—Por los Siete... —Kate separó los labios, tan desconcertada como yo.

El abuelo Jones nos dedicó a ambas una sonrisa desdentada y bajó de un salto grácil del lomo de mi Centinela. Sin embargo, solo me saludó a mí.

—Buenas noches, señorita Kyteler.

EL ABUELO JONES

Reconocería esa voz en cualquiera de los Siete Infiernos, aunque solo la había escuchado durante unos minutos hacía tiempo, en una celda de Sacred Martyr.

Sacudí la cabeza, pero eso solo hizo que la escena que se desarrollaba junto a mí se volviera más borrosa. Trece, en su imponente figura de demonio, se arrodilló junto a Andrei y me pareció que le lanzaba una mirada rápida al abuelo Jones.

La marioneta monstruosa se acercó a ellos, pero en esa ocasión, se movía con mucha lentitud y de sus miembros no quedaban más que unos muñones devorados por el fuego. No pudo hacer nada contra mi Centinela cuando este se movió veloz y clavó sus inmensas garras en su pecho y lo abrió en canal. La criatura soltó un grito bronco antes de caer hecho pedazos junto a Trece.

—Menuda sorpresa, Kate —comentó, con su voz gutural.

Ella apenas le dedicó un pestañeo. Se arrodilló junto a mí y me sujetó del cuello del vestido, tirando de mí con brusquedad hacia arriba. El borde de la tela se clavó en mi piel.

Trece soltó un rugido bajo, pero el abuelo Jones se limitó a observar la escena con algo que parecía diversión.

—¿Qué diablos es esto? —preguntó mi prima. Su voz sonaba crispada y nerviosa.

454

—Sí, me temo que deberé explicarme.

Ese anciano que tanto quería, que tanto me había hecho reír y me había proporcionado consuelo, estiró su sonrisa y, de golpe, sin un susurro, sin un resplandor, cambió. El pelo cano y escaso se oscureció y se volvió abundante hasta convertirse en una cabellera ondulada, del color de los ángeles. Las arrugas se alisaron y dejaron tras ellas una piel pálida y perfecta, con un lunar cerca del ojo izquierdo y otro cerca de unos labios rosados. El traje del abuelo Jones no cambió, pero sí se rellenó cuando un cuerpo más joven, más robusto, creció bajo él.

No sé si fue el dolor o la conmoción lo que me hizo jadear.

A unos pocos metros de mí se encontraba una representación perfecta del Aleister Vale que había visto por primera vez en una vieja fotografía de mis padres, cuando los tres todavía estaban en la Academia.

Kate intentó articular palabra, pero tampoco pudo.

Aleister Vale paseó su mirada entre nuestras expresiones y soltó una carcajada tan larga, que se dobló sobre sí mismo, como si le doliera el estómago. De soslayo, vi cómo sus dedos revoloteaban cerca de Andrei.

No tenía sentido lo que estaban viendo mis ojos. Ese joven parecía de mi edad. Y según mis cálculos, debía tener la edad de mis padres si todavía siguieran vivos.

—Vale —murmuró Kate. Su voz sonó quebradiza, pero su agarre no cedió ni un poco.

—¿Qué has hecho, Trece? —pregunté, con un doloroso hilo de voz.

—Yo no lo busqué, Eliza —contestó mi Centinela, con su voz monstruosa—. Fue él quien me encontró.

—Para ser exactos, os encontré a todos los que estáis aquí hace muchos años. —La mirada azul de Aleister Vale se profundizó—. ¿Recuerdas esa vez en que el pobre abuelo Jones contrajo neumonía, pero finalmente se recuperó milagrosamente? —Nos miró a todos, expectante, pero nadie fue capaz de decir palabra—. Pues bien, no se recuperó.

Las pupilas de Kate se dilataron y yo sentí cómo mi corazón luchaba contra otra carga más para seguir latiendo. Recordé esas vacaciones de invierno cuando yo era pequeña, cómo me había acercado a su cama después de que él se recuperara milagrosamente, cómo lo abracé y yo lo sentí rígido debajo de mí cuando siempre se había dejado ir lánguidamente ante cualquier muestra de cariño.

—No siempre estaba presente, por supuesto. A veces debía ausentarme del cuerpo y eso hacía parecer que vuestro querido abuelo Jones se perdía en sus pensamientos. En otras ocasiones, me encantaba hacer enfadar a Hester. Oh, siempre me ha encantado, incluso cuando estaba en la Academia.

Miré a Andrei. Aunque estaba inconsciente y un charco de sangre todavía lo rodeaba, la herida no parecía sangrar ya. Intenté girar la cabeza, pero ni siquiera tenía fuerzas para ello. Mis pupilas fueron las únicas que se movieron para clavarse en Aleister Vale.

—¿Qué haces aquí? —conseguí articular con esfuerzo.

—No importa qué haga aquí —me interrumpió Kate—. Esto se está prolongando demasiado.

Con brusquedad, me dejó caer sobre la punta de la elaborada estrella. Intenté poner las manos, pero estas me fallaron y acabé de nuevo con la cara contra el suelo. Escuché el rugido de Trece, pero, cuando dirigí mi mirada hacia él, vi cómo Aleister tocaba suavemente una de sus alas. Y eso, extrañamente, pareció evitar que Trece se abalanzara contra Kate.

Mi prima se colocó en el centro del diagrama.

—¿De verdad estás dispuesta a sacrificarla? —La voz de Aleister denotaba verdadera curiosidad—. ¿Vale la pena?

Kate soltó una risa estrangulada.

—¿Y me lo preguntas *tú*?

Una oleada de amargura rebajó la sonrisa torcida del joven.

—No me conoces de nada, querida. —Después, su expresión se recompuso—. Pero ¿estás dispuesta a vivir todo lo que he vivido yo? No podrás ocultar este asesinato. Sé que el Aquelarre no tardará en llegar, este querido Centinela les ha avisado.

Le lancé una mirada aliviada a Trece, pero él ni siquiera parpadeó. Parecía concentrado en algo, pero yo no podía oírlo en mi mente. Ni siquiera sabía si quería comunicarse conmigo. A esas alturas, no entendía nada.

Durante un instante, Kate pareció dudar. Sus ojos se abrieron un poco, como si de repente fuera consciente de todo lo que se le caería encima. De en qué se convertiría su vida.

—No irás nunca a esos bailes en los que tanto ansías participar —dije, obligándome a alzar la voz, que sonó rota y desafinada por el esfuerzo. Intenté moverme, arrastrarme fuera del diagrama de invocación, pero mis músculos no respondieron—. Nunca te pondrás esos vestidos por los que suspiras.

Ella sacudió la cabeza y se obligó a no mirarme.

—Ya es demasiado tarde. Tú lo sabes, él lo sabe —dijo, señalando a un inconsciente Andrei.

—Sé que no eres un monstruo, Kate —contesté, con voz suplicante. Los ojos se me llenaron de lágrimas y terminaron de emborronar toda la escena—. No mataste al guardia del cementerio. Decidiste perdonarle la vida y dormirlo. Eso significa algo. ¡Tiene que significar algo! —aullé, desesperada.

—Claro que no soy un monstruo, Eliza. No hago esto por placer. —Sus ojos se desviaron momentáneamente hacia Aleister Vale—. Ya te lo he explicado. Era la única forma que me quedaba de poder demostrar quién soy y qué soy capaz de hacer.

Elevó los brazos y yo vi sus manos más rojas que nunca. Me pareció que los pulmones que se encontraban a mi izquierda se movían, exhalando, y el corazón de Jane Evans comenzaba a palpitar, con un latido regular y lento.

—¿Y si sale mal? —continué, sin poder dejar de hablar—. ¡Había una página arrancada en el *Opus Magnum*! ¿Y si contenía una corrección de la invocación? ¿Y si…?

—Bah. —La voz de Aleister Vale me interrumpió—. Ese hueco siempre estuvo ahí. Horace nos prestó un cuaderno un tanto estropeado.

Conseguí girar la cabeza en su dirección y escupí todo mi odio por la mirada. Si por alguna remota posibilidad lograba sobrevivir a toda esta locura, a toda esta pesadilla, juraba por los Siete Infiernos matarlo lentamente, hacerlo sufrir tanto como estaba sufriendo yo.

¿Por qué no me ayudas, Trece?, pensé, sin saber siquiera si le llegaría mi mensaje. Era como si de alguna manera, hubiese cortado toda la comunicación conmigo. *¿Qué ocurre? ¿A qué maldito momento estás esperando?*

—¡Por los Siete Infiernos, Kate! —exclamé, desgañitada—. No existe la Piedra Filosofal. Si realmente existiera, ¿crees que ese maldito bastardo seguiría aquí, seguiría escondiéndose? —Con un dedo tembloroso, señalé a Aleister Vale, que se limitó a menear la cabeza.

—Como le he dicho a su prima, señorita Kyteler, no me conoce. *Nadie* me conoce.

Aleister Vale apretó un poco los párpados, como si una punzada de dolor lo recorriera, y de pronto, su pecho comenzó a abrirse. Parecía una pesadilla, una herida que se abría poco a poco, algo que ni siquiera en mi mundo tenía sentido. Las solapas de su chaqueta se apartaron, su camisa se rasgó por la mitad, la piel se abrió sin derramar ni una sola gota de sangre para dar paso a una ligera capa de grasa, y después abrirse todavía más. Tendones, músculos, hueso.

Del esternón veía cómo nacían las costillas, una carcasa perfecta, pero que parecía frágil para proteger todo lo que había tras ellas. El inmenso hueso se dividió en dos mitades perfectas y se abrió, y la caja torácica quedó a ambos lados, como las solapas de un abrigo. Y, tras los pulmones, vi su corazón. Un corazón que no era rojo, sino dorado. Que palpitaba con tanta fuerza, que sentía cómo los latidos hacían eco en cada hueco de las catacumbas. No era solo un órgano. Entre el músculo que se contraía, fundiéndose con su tono, había una esfera dorada.

Parecía como si una estrella hubiese crecido en su corazón. No se podía saber dónde empezaba el órgano y dónde terminaba la esfera. Eran uno.

No fui la única que soltó un grito ahogado.

Trece retrocedió hasta la pared, como si la luz lo asustara, y Kate se adelantó unos pasos, con los ojos abiertos de par en par por la admiración. Y el anhelo.

Yo, en cambio, dejé caer los párpados, derrotada. Mi padre me había mentido aquella noche, cuando lo rescaté de la muerte durante algunos minutos. Él, mi madre, Aleister Vale y Leonard Shelby habían conseguido invocar una Piedra Filosofal, el poder absoluto.

Abrí los ojos y me di cuenta de pronto de que Aleister no observaba a esa extraña estrella ardiente con felicidad o siquiera con orgullo. En sus ojos azules prendía una rabia incontenible y una tristeza infinita.

—Aquí está. La Piedra Filosofal. La estrella maldita. —Sus pupilas se clavaron en mí—. *Mi* estrella maldita.

Con un movimiento fluido de su mano, sus órganos, sus huesos, sus músculos y su piel volvieron a la normalidad, sin dejar ni una sola cicatriz a su paso.

Kate me miró, y yo supe que no habría nada que decir o que hacer que la convenciera del error que estaba cometiendo. Estaba perdida.

Y muerta.

Kate volvió a su lugar y alzó de nuevo las manos. Esta vez, todos los órganos cobraron vida. Ni siquiera los miré, a pesar de que oí siseos, pulsaciones y extraños burbujeos que me produjeron arcadas.

Su voz se alzó e hizo eco por todas las catacumbas mientras recitaba el encantamiento de invocación que yo una vez había leído horrorizada en el *Opus Magnum*.

> *Cinco elementos componen a un Sangre Negra,*
> *como una estrella maldita.*

Lo siento, dijo de pronto la voz de Trece en mi cabeza. *Pero es la única manera.*

Giré la cabeza para observarlo, pero entonces, me di cuenta de que él ni siquiera me miraba. Sus ojos estaban hundidos en Kate, en su expresión extasiada, en sus manos goteantes de sangre.

Y entonces lo comprendí.

—¡No! —chillé, pero ella ni siquiera me escuchó.

> *Cinco llaves ocultas*
> *que abren puertas secretas.*

Intenté moverme, rugí por el esfuerzo, pero las maldiciones, el estar tanto tiempo sin protección en un lugar sagrado, mis propias heridas, había sido demasiado. Solo pude agitarme en la punta de la estrella y gritar con frustración.

> *Bilis y tierra para la melancolía.*
> *Grasa y fuego para la cólera.*
> *Flema y agua para la calma.*
> *Cuerpo y aire para la pasión.*

Sangre y éter para la magia.
Que todo se derrame,
que la tierra, el fuego,
el agua, el aire y el éter se hagan uno.

El diagrama se iluminó con un resplandor sanguinolento. Los órganos se hincharon y explotaron, y lo poco que quedó de ellos flotó en el aire. Cuatro órganos para representar las pasiones que los Sangre Negra y los Sangre Roja compartíamos, cuatro órganos que también representaban los cuatro elementos alquímicos principales. Y un cuerpo lleno de magia, de éter, que completaba el diagrama.

Las líneas de sangre bajo mi cuerpo parecieron arder y envolver mi cuerpo en llamas. Los restos de los órganos se dividieron en cuatro puntos de luz. Rojo, amarillo, azul y verde. Flotaron como luciérnagas alrededor del diagrama mientras Kate me dedicaba una mirada de despedida.

Yo apreté los dientes. Y se la devolví.

Y entonces, los cuatro puntos de luz atravesaron su pecho. Ella se quedó paralizada, con las manos todavía alzadas y los ojos muy abiertos. Cuando respiró, pareció perder todo el aire de su cuerpo. Se encogió sobre sí misma, boqueando, arañando el aire, como si pudiera recuperar el oxígeno. Pero no volvió a respirar.

Soltó un estertor ronco y se arqueó de pronto hacia atrás, adoptando una postura imposible, que su columna vertebral no podría soportar. Sus pies, en punta, totalmente estirados, se separaron del suelo. De su boca tremendamente abierta brotó una luz roja, oscura, que ascendió y se colocó sobre su rostro, en una especie de burla macabra. Kate alzó un poco más su mano y, en el momento en que sus dedos rozaron el resplandor sanguinolento, cayó hacia atrás, con los ojos todavía abiertos y los labios separados en una mueca horrible.

La luz rojiza parpadeó y cayó también al suelo. No se quedó quieta, rodó como las canicas que utilizaban los niños Sangre Roja para jugar y se detuvo justo delante de mí, al alcance de mis dedos, quemándome con su luz.

Séptima parte

La Piedra Filosofal

DICIEMBRE. AÑO 1895.

Bosque de Little Hill, junto a los terrenos de la Academia Covenant
Junio, hace veintiséis años

—¡Más rápido! ¡Más rápido! —aullé, a pesar de que la velocidad llenaba mis ojos de lágrimas y no podía respirar por culpa del viento que me azotaba.

Mi Centinela, en su forma original, sacudió una vez más sus inmensas alas membranosas y se lanzó en picado. El aire que aullaba en mis oídos sonaba como un grito interminable.

Los restos de una hoguera a lo lejos, algo escondidos entre las copas de unos árboles negros como esta noche, me hicieron levantar la cabeza de golpe. No necesité pronunciar palabra. El gigantesco demonio sobre el que estaba montado siguió mi mirada y comenzó un descenso violento.

Habían dibujado el complicado diagrama en un claro del bosque. Debían haber tardado muchas horas en realizarlo. Aunque la oscuridad que reinaba no permitía ver su resplandor rojizo, sabía que estaba pintado con sangre. Yo fui quien propuso la hipótesis de que quizás así la invocación tendría más éxito.

En cada punta de la estrella creada por otras cientos, símbolos y diagramas más pequeños y sencillos, había algo negruzco y arrugado. Restos de órganos, supuse. Los que se le habían extraído a los cadáveres. Pero no fue en ellos en los que clavé la mirada.

En el mismo centro del diagrama, de medio lado, con un brazo enterrado bajo su cuerpo, se encontraba Leo. Pero no el Leo que conocía, que estaba lleno de vida, que era demasiado dulce para ser un Sangre Negra, que era caballeroso, se preocupaba por las bromas a los profesores, que era brillante y se sonrojaba con facilidad.

No, ahora solo era una carcasa vacía, que me observaba con sus grandes ojos castaños, pero sin verme en realidad.

Cuando mi Centinela tocó el suelo, yo salté de su lomo y me arrojé a la tierra húmeda de rocío y de sangre, y acuné la cabeza del chico entre mis manos. Ni siquiera era capaz de ver bien su rostro. Las lágrimas velaban todo.

—¿Por qué viniste al final? —jadeé. No era capaz de hablar y respirar a la vez—. ¿Por qué decidiste participar?

Pero Leo jamás me lo podría contar. Su cuerpo se balanceó, laxo y gélido entre mis manos, y yo solté un aullido que hizo sangrar mi garganta. ¿Dónde estaban Marcus y Sybil? ¿Cómo podían haberlo dejado aquí?

—Aleister —susurró la voz cavernosa de mi Centinela.

Giré la cabeza con brusquedad hacia él, chillando a través de la mirada, pero sus ojos no estaban puestos en mí. Sus pupilas estrechas como cuchillos estaban hundidas en la mano cerrada de Leo.

Apoyé su cabeza sobre mi pecho y, con cuidado, como si temiera que fuera a romperse, deslicé mis manos por sus brazos y las anclé en sus dedos cerrados. Poco a poco, tiré de sus dedos rígidos.

La respiración se me entrecortó.

En su mano había una esfera dorada que brillaba como el sol en contraste con la oscuridad. Era cálida y palpitaba como lo había hecho el corazón de Leo. Con suavidad, la aparté de su mano y la envolví en la mía. Sabía lo que era. Oh, por supuesto que lo sabía.

—¿Qué vas a hacer con ella? —La voz de mi Centinela me llegó desde muy, muy lejos.

Yo no contesté. Seguí abrazando a Leo contra mi pecho, con más fuerza que nunca, y, con la mano que tenía libre, me acerqué la esfera a los labios. Vi cómo mi Centinela negaba con su monstruosa cabeza, sus cuernos largos se inclinaron a modo de advertencia, pero yo lo ignoré.

Me introduje la Piedra Filosofal en la boca.

Y me la tragué.

35

VERDAD Y MENTIRAS

No supe cuánto tiempo permanecí en esa posición, con los ojos clavados en esa estrella que parecía hecha de cristal rojo y titilaba como las llamas de las velas. Con lentitud, extendí la mano por el suelo, pero, antes de que llegase a tocarla, escuché una larga exhalación, como si un recién nacido tomara aire por primera vez.

O un muerto acabara de regresar a la vida.

Volví la mirada y vi a Andrei retorcerse sobre sí mismo, tomar aire desesperado.

Yo misma jadeé de la impresión. Clavé los dedos en las piedras e intenté incorporarme. Una sombra oscura se movió a mi lado, y de pronto tuve unos brazos imponentes y escamosos rodeándome, poniéndome en pie.

Enseguida estarás mejor, susurró la grave voz de Trece en mi cabeza. En una de sus garras, llevaba un atado de muérdago que introdujo en el bolsillo de mi falda. Respiré hondo y sentí cómo esa nueva bocanada de aire fresco despejaba mi cabeza y sepultaba un poco el dolor y los calambres. Todavía quedaban restos de la maldición de Kate, pero al menos, con ayuda, pude dar algún paso.

Caminamos con lentitud. Trece prácticamente soportaba todo mi peso y sus alas me cubrían en un afán protector. Pasamos junto al cuerpo de Kate. Ella seguía con los ojos abiertos y los labios separados en esa horrible expresión. No había brillo en sus pupilas ni movimiento en su pecho. Parecía una de esas máscaras grotescas que algunos de los invitados se habían puesto en la fiesta de compromiso de Liroy. Su piel se había vuelto de color gris.

Aparté la vista mientras sentía cómo una lágrima se deslizaba por mi mejilla y se llevaba parte de la sangre que cubría mi piel.

Cuando llegamos junto a Andrei, Trece me soltó y yo me arrodillé junto a él. Con cuidado, apoyé su cabeza en mi regazo. Respiraba con rapidez, seguía pálido, pero no había herida alguna. El chaleco y la camisa seguían destrozadas, todavía mojadas de sangre fresca, pero la piel estaba intacta. Ni siquiera había una cicatriz.

Yo no había logrado curarlo, Trece solo podía ayudarme a mí, así que eso solo dejaba una única posibilidad.

Miré con rabia a Aleister Vale, que nos observaba a su vez apoyado en una de las paredes de las catacumbas, con los brazos cruzados y las cejas arqueadas.

—Me alegro de que el chico dulce siga vivo —dijo—. De nada.

—*Fattyú* —siseó Andrei, con los ojos cerrados.

Acaricié su pelo, y él a su vez sujetó mi mano partida en dos por el profundo arañazo que me había hecho antes de que comenzara todo. Cuando volví a mirar a Aleister, mis ojos quemaban por el veneno.

—Sabías lo que iba a pasar —siseé. Si hubiese tenido fuerzas, lo habría maldecido una y otra vez, o me hubiese puesto en pie y lo hubiese asfixiado con mis propias manos—. Todo esto no ha sido más que un maldito truco. Si no hubieses venido, si no le hubieses enseñado… *eso*… —Mis ojos se desviaron momentáneamente hacia la Piedra Filosofal que se encontraba en mitad del diagrama de invocación—. Kate quizás no lo habría hecho.

—Eliza… Después de todo lo que hemos pasado juntos, puedo llamarte así, ¿verdad? —Como respuesta, solo recibió una cuchillada de mis ojos—. Ella estaba dispuesta a terminar contigo. Era la responsable de cuatro asesinatos. Inculpó a su propio hermano. Quería sacrificarte a ti. Se había dejado llevar demasiado. Después de la primera muerte que cometes… hay un punto de no retorno. Créeme, lo sé.

La sinceridad de sus ojos azules solo logró que la furia que corría por mis venas se descarrilara.

—Claro que sí. Supongo que así fue como la conseguiste, ¿no? —Siseé, con la vista clavada en su pecho, donde había aparecido su Piedra Filosofal—. Ahora sé por qué murió Leonard Shelby.

Los labios de Aleister Vale se doblaron en una mueca extraña y, durante un instante, pareció que frente a sus ojos corrían mil palabras, mil cosas que le gustaría decirme, pero el momento pasó y se limitó a sacudir la cabeza. Cuando volvió a mirarme, su rostro tenía de nuevo esa expresión entre sarcástica y burlona.

—Yo fui quien arrancó la página que faltaba en *Opus Magnum*, que explicaba que quien pronunciase el encantamiento sería el sacrificio final. Conseguí hacerlo antes de que el Aquelarre me arrestara y me separara de mi Centinela —dijo, con lentitud—. Deseaba que todo aquel que intentase crear una Piedra Filosofal fuera consumido por ella. Que pagara por todo lo que había hecho. Al fin y al cabo, cuando vi una por primera vez, cuando la uní a mí, descubrí que una Piedra Filosofal no es más que el alma de un Sangre Negra. Una estrella maldita.

Sonrió, y tuve la certeza de que nunca había visto una sonrisa tan triste.

—Si deseas la muerte de alguien, entonces eres igual a ese Sangre Negra, eres igual que mis padres —repliqué, con fiereza—. Tu asesinato no es mejor.

—Puede ser —Aleister asintió y, durante un instante, su sonrisa perdió algo de sarcasmo—. Nunca he querido ser una buena persona, solo alguien diferente a Marcus Kyteler y a Sybil Saint Germain.

Apreté los dientes, sin saber qué responderle. Me encontraba demasiado devastada, demasiado cansada, demasiado confundida. Necesitaría mucho tiempo para comprender todo lo que había ocurrido, para aceptar lo que Kate había hecho y lo que había estado a punto de hacer.

De pronto, Aleister Vale se separó de la pared con un movimiento fluido y se acercó a mí. Trece, todavía bajo su forma de demonio, nos cubrió a Andrei y a mí con una de sus alas, y yo alcé una de mis manos ensangrentadas, preparada, a pesar de que sabía que nada podía hacer contra alguien como él.

Él se detuvo, con la punta de sus zapatos rozando el inicio del diagrama de invocación.

—El Aquelarre se aproxima. Y tú debes decidir qué hacer con la Piedra Filosofal.

—¿Qué? —masculló. Desvié la mirada hacia el resplandor rojizo, que palpitaba a unos metros de mí, para después pasar por el cadáver de Kate y detenerla en el rostro pálido de Andrei. Debía esconderlo antes de que llegara nadie—. No la necesito, ni siquiera deseo verla. Solo quiero sacar a Andrei de aquí antes de que lleguen ellos.

La garra fría de Trece se apoyó en mi hombro.

—No deberías hacerlo —murmuró, con su voz de ultratumba.

—Tu Centinela tiene razón —añadió Aleister, mientras yo le lanzaba una mirada desorbitada a Trece—. Necesitas un testigo, y ese es él. Las palabras de los Centinelas no son creíbles en una investigación porque nunca podrán ser neutras. Si el chico dulce no habla, podrían acusarte de asesinato.

Desvié los ojos hacia el cadáver de mi prima, hacia los restos de su Homúnculo y su marioneta maldita. Todo era una mezcla de huesos de las catacumbas, sangre y restos de los órganos de los cuatro Desterrados. Separé los labios para replicar, pero la mirada intensa de Aleister me silenció.

—Ya conoces la facilidad del Aquelarre para confundir a una víctima con un culpable.

Ahogué un grito y golpeé con la mano que tenía libre el suelo de las catacumbas. Después, con los ojos vidriosos, miré a Andrei, que seguía con la cabeza apoyada en mi regazo, pálido, pero con los ojos bien abiertos.

—Después de interrogarte, te borrarán la memoria. Y no podré hacer nada para impedirlo —susurré—. ¿Qué quieres hacer? Si deseas que te esconda, que te saque de aquí antes de que lleguen ellos, yo…

—*Szeretlek* —contestó él, con suavidad.

Nunca había escuchado esa palabra del húngaro, pero una parte de mí supo lo que significaba. Los ojos se me llenaron de lágrimas y apoyé la palma de mi mano en su mejilla. Sus dedos se hundieron más en los míos.

—Yo también a ti —susurré.

Me incliné para besarlo, pero Aleister Vale carraspeó. Cuando me giré para fulminarlo con la mirada, él tenía los ojos en blanco.

—De verdad que adoro las escenas románticas, pero ya están aquí. —Señaló al techo y, de pronto, yo también lo pude escuchar. Un murmullo lejano que crecía en intensidad con rapidez. Pisadas humanas y no humanas que se acercaban en tropel—. Y tienes que decidir qué hacer con la Piedra.

—Ya te lo he dicho. No la quiero. —Observé el resplandor sanguinolento por encima del hombro—. Odio todo lo que representa.

—¿Y de verdad piensas entregársela a ellos? —preguntó Aleister, con desconcierto—. ¿Crees que es una buena idea entregarle un objeto de tanto poder a una organización como el Aquelarre?

Cerré los ojos, frustrada, porque sus palabras me golpearon muy hondo. Yo siempre había detestado al Aquelarre. La forma errónea en la que habían llevado la investigación de El Forense. La perpetuación de tradiciones antiguas, crueles y absurdas. El trato que habían dispensado a los Desterrados. El poder y el estatus del que solo disponían los hombres, ocultos de los Sangre Roja, las trabas y la mala fama que recibían las mujeres, perseguidas y quemadas durante cientos de años por los Sangre Roja. El desprecio a personas luchadoras como Jane Evans, y la adoración a mis padres, que en el fondo no habían sido más que unos farsantes.

No, no podía entregarles algo así. El alma de Kate ya estaba lo suficientemente destrozada como para que el Aquelarre hiciera uso de ella y la oscureciera más.

—¿Cómo puedo esconderla?

Aleister se acuclilló para estar a mi altura.

—Hay dos opciones. Una es unirte a ella. —Señaló su pecho y yo negué terminantemente con la cabeza—. La otra es ocultarla en un lugar donde que no pueda alcanzarla ningún Sangre Roja ni ningún Sangre Negra.

Solo había un lugar así.

—Los Siete Infiernos —musité. Él asintió. El murmullo sobre nuestras cabezas crecía—. Pero yo no puedo llegar a un lugar así.

—Yo sí —dijo Trece, girando su monstruosa cabeza en mi dirección—. Puedo buscar un lugar en alguno de los infiernos lo suficientemente oculto, lejos de todos y de todo, y esconderla.

—¿Y después? —murmuré.

—Será algo de lo que deberás encargarte toda tu vida —dijo Aleister, con crudeza—. Y, una vez que mueras, deberás encargárselo a alguien de confianza. La Piedra Filosofal no puede estar durante mucho tiempo en un lugar, aunque esté perdida en los Siete Infiernos. Tanto poder siempre atraerá a los Sangre Negra. Siempre. La unas a ti o decidas esconderla, será tu carga perpetua. Tu maldición.

—Mi estrella maldita —concluí, en un murmullo.

Aleister cabeceó y en su sonrisa pude ver un atisbo de consuelo. Aunque apenas duró. De pronto, se puso en pie y observó a su alrededor, como si esperase que de un momento a otro las paredes se derrumbaran.

Las voces ya se habían convertido en ecos que podía distinguir.

—Entonces, supongo que esta es una despedida. Por favor, no te levantes, no hace falta que me despidas con una reverencia. —Hubo una chispa de diversión en sus ojos azules—. No sé si volveremos a encontrarnos de nuevo, Eliza Kyteler, pero debo darte las gracias por todo ese tiempo que pasamos juntos *en familia*. Gracias a los Siete Infiernos, no te pareces en nada a tus padres.

Y dicho esto, desapareció. No necesitó un encantamiento, un hechizo, una poción de alquimia, nada. Simplemente, su cuerpo se desvaneció en el aire.

Observé el espacio en el que había desaparecido, boquiabierta, pero no tenía tiempo para pensar en cómo había logrado algo así. Me volví hacia Trece y asentí, con los ojos ahora clavados en la Piedra Filosofal que yacía en mitad del diagrama ensangrentado.

Mi Centinela se inclinó y, con sus largas garras, atrapó la extraña estrella entre sus dedos.

—Tardarás en volver, ¿verdad? —pregunté, con un hilo de voz.

Él cabeceó y me pareció que su enorme boca sin labios esbozaba algo parecido a una sonrisa, aunque eso solo consiguió que sus dientes afilados asomasen aún más.

—Estés donde estás, sabré encontrarte —contestó, en un ronco susurro que me recordó demasiado a un ronroneo. Esbocé una pequeña sonrisa cuando él se arrodilló frente a mí y bajó la cabeza, exponiendo su frente negra, donde nacían los largos cuernos—. ¿Una última vez?

—Sabes muy bien que no lo será.

Mojé el índice en la sangre de mi palma, la que todavía no se había secado, y dibujé el símbolo alquímico del aire en su piel dura y oscura.

Que sea tan ligero como la brisa,
que tenga el color del viento.

Trece desapareció delante de mí junto a la Piedra Filosofal en el instante en que un cúmulo de Centinelas y Sangre Negra invadían la estancia, bajando las escaleras de caracol a toda velocidad.

Sentí que el cansancio, por fin, terminaba por reemplazar todo lo que había corrido por mis venas aquella noche, y caí hacia atrás, mareada, casi incapaz de mantener los ojos abiertos. Andrei me llamó por mi nombre, pero solo pude apretar su mano en respuesta.

Entre la bruma, pude distinguir a los siete Miembros Superiores del Aquelarre observar la estancia, mientras algunos de sus guardias y los Centinelas se movían por toda ella, buscando pistas. Uno de ellos recitó un encantamiento de revelación.

Pero nada cambió. Trece ya se había marchado con la Piedra.

—¡Eliza!

Conseguí volver la mirada para ver cómo Serena Holford corría hacia nosotros. Derrapó en la sangre del diagrama y solo se detuvo un instante para mirar el cadáver de Kate. Se arrodilló a mi lado y paseó su mirada entre el cuerpo de Andrei y el mío, que permanecían entrelazados, completamente exhaustos.

De pronto, empezó a gritar instrucciones y a exigir sanadores.

La mano de Andrei, sucia con su propia sangre, que ya se había secado, me acarició la mejilla.

—Ya se ha acabado —dijo, en voz tan baja, que apenas pude escucharlo.

Yo le respondí de la única forma que podía.

—*Szeretlek.*

MEMORIA

Siete días después de aquella horrible noche, Trece seguía sin aparecer.

Sabía que seguía vivo porque, de alguna manera, sentía todavía nuestro vínculo. Débil, demasiado estirado, pero lo sentía. Mi tío Horace me preguntaba por él, pero yo me limitaba a sacudir la cabeza. Podía soportarlo. Podía soportar esa tirantez desagradable e incómoda, como si una mano sujetara el corazón entre mis manos y estuviese a punto de arrancármelo del pecho de un instante a otro. Después de lo que había ocurrido, dudaba de que algo más me afectara.

Habían incinerado a Kate cuatro días antes. Los Sangre Negra no enterrábamos a nuestros muertos. No fue en la Torre de Londres, como sí había sido en la incineración de mis padres. Al contrario que con ellos, apenas vino nadie. Muchos de los amigos de los Saint Germain y admiradores de los Kyteler desaparecieron.

Francis Yale hizo todo lo posible por cerrar la investigación en privado, al igual que lo intentó Serena Holford, que próximamente formaría parte de los Miembros Superiores. Pero en ese mundo de apariencias, riquezas y magia, lo que había ocurrido esa noche de diciembre era demasiado jugoso como para no murmurar con ello.

Si había algo que le gustaba más a los nobles y a la alta sociedad que asistir a fiestas y bailes, eran los escándalos. Y yo les había proporcionado el mayor de todos ellos.

Mis tíos no habían podido digerir lo que había hecho Kate. Desde que Francis Yale los acompañó a las catacumbas, donde los curanderos nos atendían a Andrei y a mí, mi tía no había salido de su dormitorio. Ni siquiera había acudido a la incineración de su hija. No estaba lista para despedirse, fue lo que nos dijo el tío Horace, a Liroy y a mí.

Quienes sí nos habían acompañado fueron los Holford al completo, incluyendo a Serena, que me dio un apretón cariñoso cuando me ofreció su pésame. Hasta su maldito Centinela pareció inclinar su aplastada cabeza cuando me miró. Además de ellos, vinieron Francis Yale y Thomas St. Clair quien, al parecer, había cancelado su compromiso y había abandonado su hogar, tras haber rechazado una cuantiosa herencia. Se había instalado con nosotros, en nuestra mansión. En el momento en que eso había ocurrido, Liroy y Serena también decidieron dar marcha atrás con su compromiso.

Los últimos que nos acompañaron fueron los señores Andrews y su sobrino, Andrei. Algunos, como los señores Holford, arquearon las cejas y lo observaron sorprendidos cuando se colocó junto a mí, sin tocarme, pero lo suficientemente cerca como para que pudiera sentir su calor en esa fría mañana de diciembre. Aunque Francis Yale lo saludó casi con afecto, yo sentí cómo se me revolvía el escaso té que había conseguido tragar en el desayuno. Al fin y al cabo, él había sido quien había fijado una fecha para borrar su memoria.

Y ese día era hoy.

Yo había luchado con uñas y dientes, había dado mil explicaciones, pero no había servido de nada. Andrei había tenido que contar toda la historia y, para ello, tuvo que confesar todo lo que había visto y todo lo que había vivido desde aquella noche en la que prácticamente lo obligué a bailar un vals conmigo.

Lo único que él no contó, al igual que no lo conté yo, fue la aparición de Aleister Vale. No dijimos que fue él quien había estado allí aquella noche y quien le había salvado la vida a Andrei, y a mí, por mucho que me costase admitirlo. Al fin y al cabo, él seguía encerrado en Sacred Martyr, o eso, de una forma retorcida, les hacía creer él.

Quien sí había desaparecido había sido el abuelo Jones. Por supuesto, ni Andrei ni yo dijimos que el verdadero abuelo Jones había muerto hacía casi seis años, y que otra persona, de una forma que todavía no podía comprender, se había apoderado de su cuerpo. Mis tíos creyeron que su cabeza no había dado más de sí y que se había desorientado al salir solo de casa, a pesar de que su silla de ruedas continuaba en su dormitorio. Curiosamente, encargaron la investigación de su desaparición al inspector Edmund Reid, que ni siquiera me miró cuando mi tío le hizo una descripción sobre su desaparición.

Daba igual cuánto lo buscasen, yo sabía que jamás aparecería.

—Deberías ir —dijo de pronto Liroy, sobresaltándome.

Desvié la mirada hacia él. Leía un libro sobre el sofá de uno de nuestros salones. La cabeza de su Centinela se apoyaba en sus rodillas y la de Thomas St. Clair, en su hombro. Estaba pálido. Desde que lo habían liberado de las mazmorras de la Torre de Londres, apenas había comido y, por las ojeras que bajaban por sus ojos, sabía que no dormía bien por la noche. Aun así, se esforzaba por sonreírme.

—¿Qué? —pregunté. Yo también había estado leyendo un libro, pero no había pasado una página en minutos.

—Van a borrarle la memoria a ese Sangre Roja —dijo—. Estoy seguro de que a él le gustaría que estuvieras allí.

—Si a mí me lo hicieran —añadió Thomas, con los ojos clavados ahora en mí—, me gustaría estar acompañado.

—Y lo estará —repliqué, con los dedos clavados en las páginas. La voz escapaba ahogada de mis labios—. Su tío estará a su lado. Después de que... todo termine, volverá a Hungría. Se marchará.

Liroy frunció el ceño y dejó el libro a un lado. Yo resoplé y lo imité. Fingía estar hastiada, pero realmente tenía ganas de llorar.

—Te arrepentirás si no vas, créeme.

—Ya me despedí de él, en la incineración. Pensamos que sería mejor así —expliqué, con los dientes apretados—. No... no soportaría que él me mirara a los ojos y me observara como esa primera vez, como si yo formase parte de todo lo que odia. Además —añadí, cuando vi cómo mi primo se preparaba para replicar—, debo hacer el equipaje. Todavía no he guardado nada en los baúles.

Las únicas palabras que había pronunciado mi tía Hester después de enterarse de todo lo que había ocurrido, fueron: «Nos iremos a Shadow Hill». Nadie le había replicado. Desde el día anterior, el personal del servicio había comenzado a cubrir muebles con sábanas y a cerrar algunas habitaciones. La primera que clausuraron fue el dormitorio de Kate.

Nos iríamos en dos días, y yo todavía no le había indicado a Anne qué llevar y qué no.

Estar en Londres, aunque fuese encerrada en la mansión, era horrible. Todo estaba demasiado silencioso. Las fiestas seguían, pero nosotros ya no éramos invitados. De una manera u otra, nos habíamos convertido en una especie de Desterrados. Sin embargo, no sabía si quería ir a Shadow Hill. Siempre me había encantado correr por sus praderas, subirme a sus árboles para comer los frutos maduros antes de que el jardinero los recogiera. Pasar horas en la biblioteca, reclinada sobre la ventana que comunicaba con el lago y el bosque. Practicar magia con mis primos, batirnos en duelos ridículos en nuestros terrenos o en el gigantesco salón de baile. Pero esos recuerdos ya no serían los mismos. Estábamos a punto de terminar un otoño que se había vuelto gélido en su última parte. Seguramente, ya habría nevado. La casa era demasiado enorme para calentarla, estaba construida para el calor, las risas y la humedad del verano, no para el frío y el silencio del invierno. Pero, sobre todo, no estaría Kate. Nunca había estado en Shadow Hill sin ella. Su falta en el campo no haría más que recordarme el motivo por el que no estaba allí, lo que había hecho y lo que había estado a punto de hacer conmigo.

En muchas ocasiones de mi vida, incluso cuando era una niña, me hubiese gustado subir a cualquier barco y marcharme de aquel lugar en el que nunca había terminado por encajar. Pero nunca como ahora.

—Él te quiere, Eliza —dijo entonces Liroy. Había estado tan perdida en mis pensamientos, que no me había dado cuenta de que se había acercado a mí y se había arrodillado en el suelo alfombrado. Agarró sus manos entre las mías—. Si tú estuvieras a punto de olvidar todo, ¿qué te gustaría ver por última vez?

Me mordí los labios y cerré los ojos. El rostro de Andrei apareció en mitad de la oscuridad. Al principio serio y ceñudo, casi ofuscado, pero después, su mirada se entibió, sus cejas se relajaron y apareció esa dulzura y esa vulnerabilidad que había conseguido envolverme por completo más de una vez.

—A él —musité, con la voz tomada.

Liroy intercambió una mirada con Thomas y después volvió a girarse en mi dirección, con el rostro inclinado.

—¿Y a qué demonios esperas?

Me incorporé tan de golpe que estuve a punto de tirarlo al suelo.

—Tienes razón —dije.

Me incliné hacia él y le di un abrazo fuerte y breve. Después, di un par de zancadas y también abracé a Thomas, que se echó a reír por la repentina muestra de cariño. Cuando salí a toda prisa de la estancia, tuve la sensación de que, a mi espalda, volvían a intercambiar miradas.

Abandoné el salón a toda prisa y corrí a mi habitación. Encontré a Anne por el camino y me acompañó al dormitorio para ayudar a ponerme uno de mis vestidos de invierno.

Elegí uno sencillo de color verde terciopelo. Ni siquiera me recogí el pelo o me puse el corsé. No tenía tiempo para que estrujaran mis costillas.

Ya vestida, me dirigí al final del pasillo, donde se encontraba el dormitorio de mis tíos. Me planté frente a la puerta, llamé suavemente con los nudillos, y entré antes de que nadie me diera permiso.

Tomé aire. El ambiente en la estancia estaba cargado. Las cortinas estaban corridas y apenas un rayo de luz lechosa se colaba entre ellas. El Centinela de mi tía colgaba bocabajo del riel, aunque sus ojos estaban abiertos. La otra fuente de luz era la chimenea, que ardía junto a la inmensa cama en la que se encontraban mis tíos, ambos en bata y pijama. Estaban abrazados, hablando en voz baja, pero cuando me vieron entrar se incorporaron de inmediato.

—¿Eliza? —preguntó mi tío, preocupado—. ¿Ocurre algo?

—No. Sí. —Sacudí la cabeza, intentando centrarme. No tenía tiempo que perder—. Sé que os dije que no… que no iría, pero si no lo hago, creo que me arrepentiré el resto de mi vida.

Él frunció el ceño, confundido.

—¿De qué estás…?

—Del joven Sangre Roja —lo interrumpió la tía Hester. Era la primera vez en días que la escuchaba—. Hoy borrarán su memoria, ¿no es así?

Asentí, en silencio, mientras ellos parecían intercambiar un mensaje sin pronunciar palabra.

—Entonces, será mejor que te des prisa —dijo mi tío, esbozando una pequeña sonrisa—. Utiliza nuestro carruaje.

Esperé, pero no añadieron nada más. Nada de un acompañante, nada de regresar enseguida.

Asentí y, como a Liroy y a Thomas, les di dos abrazos rápidos. Aunque ellos parecieron sorprendidos por el gesto, me correspondieron.

Estaba a punto de abandonar el dormitorio, cuando la voz de mi tía me detuvo.

—Eliza. —Me quedé quieta y la observé por encima del hombro—. Saluda de nuestra parte a ese Sangre… —Carraspeó y sacudió la cabeza—. Saluda de nuestra parte a Andrei.

Una lenta sonrisa se me derramó por mis labios y asentí, a pesar de que no estaba segura de que pudiera hablar con él a tiempo.

Corrí escaleras abajo, pero, antes de llegar a alcanzar la puerta o que nuestro mayordomo me la abriera, oí la voz de mi primo. Me volví a tiempo para verlo llegar medio corriendo, con algo entre las manos.

—Ten —me dijo.

Prácticamente me lo lanzó. Lo sujeté en el aire y lo observé de cerca. Era un abrigo grueso y poco ornamentado, de color negro, como los que me gustaban a mí, pero que la tía Hester nunca me dejaba ponerme.

—Es un regalo —aclaró.

—¿Qué? ¿Por qué?

Él se encogió de hombros y me lanzó una mirada burlona, que borró un poco su palidez y sus ojeras.

—Tú llévatelo, ¿de acuerdo? Hará mucho frío.

Asentí, sin entender nada, y me lo puse. Él mismo me abrió la puerta.

—Hasta pronto —dijo. Tenía los ojos brillantes.

—No tardaré en volver —le dije, saliendo a la gélida mañana londinense.

Me pareció que él replicaba algo a mi espalda, pero no logré entenderlo bien. Me giré, me despedí con la mano y, sin perder más tiempo, eché a correr.

A pesar del intenso frío, Liroy no se separó de la puerta hasta que no desaparecí de su vista.

37

UN ÚLTIMO VALS

Mi carruaje voló por las calles adoquinadas, pero no fui lo suficientemente rápida. Entré en la Torre de Londres sin trabas, pero no tenía ni idea de dónde se llevaría a cabo la ceremonia.

Como hacía una semana, los miembros del Aquelarre paseaban por sus terrenos. Hubo más de un murmullo y una mirada ceñuda, pero yo los ignoré.

—Buscas a tu húngaro, ¿no es cierto?

Me giré en redondo al reconocer esa voz. Frente a mí estaba Ana Bolena, con la cabeza entre las manos. Me sonrió con tristeza.

—Sí, necesito llegar antes de…

—Ven —me interrumpió ella, con delicadeza—. Te mostraré dónde es.

La seguí y atravesamos el patio central. En una esquina, vi a varios miembros del Aquelarre rodeados por libros caídos, mientras se quejaban de los Príncipes de la Torre, que los observaban y señalaban entre risas. Cuando sus miradas traslúcidas se encontraron con la mía, me dedicaron una reverencia juguetona.

—Es aquí —me indicó Ana Bolena, señalando la estructura de piedra que se encontraba frente a nosotras—. En la Torre Martin. Solo tendrás que bajar unas escaleras que encontrarás a tu izquierda. Nadie intentará detenerte. La joven que realizará la ceremonia avisó a los guardias de que quizás vendrías.

—¿La joven? —repetí.

Ella esbozó una pequeña sonrisa, enigmática, e inclinó la cabeza. Yo le devolví el gesto, pero, antes de que pudiera despedirme, desapareció frente a mis ojos. No perdí más tiempo. Subí los escalones de piedra que me separaban de la puerta de madera y la abrí con fuerza.

En el interior había un par de guardias. Uno de ellos era al que yo había dejado inconsciente una semana atrás. Me dirigió una mirada nerviosa y dio un paso lateral, alargando la distancia entre nosotros. Su compañero, sin embargo, me dedicó una expresión malhumorada, pero no me detuvo cuando me dirigí a paso rápido hacia las escaleras de la izquierda que descendían.

Bajé a toda prisa varios tramos, internándome muy adentro de la tierra, hasta llegar a una estancia con forma de medialuna. Había seis personas en ella, acompañadas de sus seis Centinelas.

Los Miembros Superiores.

Mis pasos los alertaron, porque algunos giraron la cabeza en mi dirección. Amery Reed y Caley Gates me fulminaron con sus ojos, y otros como Tatiana Isaev o Nicolas Coleman simplemente me ignoraron. De Mathew Bishop no había ni rastro.

—Señorita Kyteler. —Francis Yale se acercó a mí, con una sonrisa tensa en la cara—. Serena me comentó que quizás vendría.

—¿Serena?

Él asintió y, con la mano, me indicó que me acercara al extraño balcón en el que finalizaba la estancia. Yo lo hice, cautelosa, y me asomé por la gruesa baranda de piedra. Varios metros por debajo había otra sala. Ni siquiera tenía decoración. Solo una camilla colocada en la mitad, sobre la que ya se encontraba Andrei tumbado.

Se me hizo un nudo en el corazón y me costó coger la siguiente bocanada de aire.

—Es el primer acto de la señorita Holford como aprendiz de Miembro Superior, ahora que Mathew está próximo a su retirada —comentó Francis Yale, aunque yo apenas lo escuchaba.

Mis ojos recorrieron la escena que se desarrollaba debajo de mí. Serena, vestida con el uniforme reglamentario, estaba inclinada hacia Andrei y parecía decirle algo, aunque daba la sensación de que no había recitado el encantamiento todavía. En una esquina se encontraba el inspector Andrews, que observaba a su sobrino con las manos firmemente unidas sobre el regazo.

—Es un buen muchacho y nos ayudó mucho con la investigación —siguió diciendo el hombre—. Lástima que no sea uno de los nuestros.

Él tenía clavada la mirada en Andrei, así que no pudo sentir cómo mis ojos despedían veneno. Me dedicó una sonrisa rápida, sin mirarme, y volvió con el resto de los Miembros Superiores.

Abajo, la ceremonia estaba a punto de comenzar.

Serena aproximó un dedo a su cinturón lleno de tachuelas y hundió una de las puntas afiladas en su piel. Con la sangre, dibujó los símbolos alquímicos del mercurio y de la sal; este último, dividido en dos. Cuando terminó y se alejó un paso de él, Andrei cerró los ojos.

Me puse de puntillas, sacando gran parte de mi cuerpo por la baranda, y lo observé, desesperada. Quería detener ese error, quería que lo dejaran en paz, quería gritar que lo que iban a hacerle era injusto, que sus malditas reglas eran detestables y caducas, que nos estaban castigando, que nos estaban quitando lo único bueno que habíamos encontrado en esos últimos meses.

—¡Andrei! —grité, sin poder contenerme.

Los Miembros Superiores se volvieron hacia mí, escandalizados. Serena alzó la mirada, aunque no pareció sorprendida, y el inspector Andrews se giró hacia mí, con una expresión triste enmarcada en sus rasgos. Andrei abrió los ojos y me miró. Una pronunciada sonrisa se extendió por sus labios, y eso hizo que los míos se estiraran también, a pesar de que luchaba contra las lágrimas.

—*Szeretlek.*

Lo dije en un susurro, pero supe que, de alguna forma u otra, él me había escuchado. Andrei también movió los labios, pero no pude oírlo.

Serena, a su lado, puso los ojos en blanco antes de acercarse a él. Giró la camilla, de forma que no pudiéramos ver bien su cara, se acercó para murmurarle unas palabras más y se separó dos pasos.

Mis uñas se clavaron en la fría baranda de piedra. El aliento se me atragantó.

Que la niebla y la ceguera te invada,
que el olvido te llene.

Las palabras de Serena brotaron altas y seguras, y se esfumaron en el aire con la rapidez de un suspiro. Yo misma había ejecutado ese encantamiento hacía solo unas semanas, pero me dejó vacía la rapidez con la que lo había pronunciado, los escasos dos segundos que habían transcurrido entre la primera palabra y la última.

Con el corazón golpeando dolorosamente contra mi caja torácica, observé a Andrei, que se había quedado de pronto rígido.

Por favor, no. Pensé, desesperada. *Por favor, no me olvides. No me olvides.*

Él se estiró de pronto, como si despertara de una larga siesta, y se incorporó algo tambaleante. Me incliné hacia delante y observé cómo su rostro, confuso, se volvía en todas direcciones. Sus ojos, durante un instante, se encontraron con los míos… y pasaron de largo, como si fuera una columna más, como si fuera una auténtica desconocida.

Las rodillas me fallaron y tuve que aferrarme a la balaustrada de piedra con todas mis fuerzas. Con los ojos vidriosos, vi cómo su tío se acercaba rápidamente a él y le pasaba un brazo por los hombros. Le dijo algo al oído y se lo llevó por una pequeña puerta lateral. A distancia, los escoltaban un par de guardias del Aquelarre.

Antes de desaparecer, el inspector Andrews elevó la mirada hasta mí. Pero no Andrei.

Me quedé allí, sin ser capaz de mover ni un músculo, observando el lugar por el que había desaparecido aquel húngaro al que había obligado a bailar conmigo.

Fui vagamente consciente de cómo, uno a uno, los Miembros Superiores se retiraban. Algunos, como Francis Yale, se despidieron de mí. Lo cierto es que no sé si les contesté.

Después, hubo silencio. Nadie vino a pedirme que me marchara, y yo seguí sin moverme, perdida en mí misma, paralizada, hasta que el silencio se rompió por unos pasos que se acercaban.

—¿Estás pensando unirte al Aquelarre?

Me giré con brusquedad. Serena Holford se encontraba frente a mí, con su cabello rojizo recogido en un moño alto y las cejas arqueadas con diversión. Su Centinela se arrastraba por el suelo de piedra, unos metros más atrás.

Un par de lágrimas colgaban del rabillo de mis ojos, así que me las arranqué de un manotazo.

—Nunca —siseé.

Ella sonrió y se colocó a mi lado, con la espalda apoyada en la balaustrada y los brazos cruzados sobre el pecho.

—Sabía que vendrías.

—¿Hay algo que no sepas? —gruñí, volviendo a clavar la mirada en la puerta.

—Algunas cosas. Como, por ejemplo, ¿dónde está tu Centinela? Sé que nadie lo ha visto desde ese día, en las catacumbas de Highgate. —Me enraré, pero me obligué a no mirarla. Apreté los labios como toda respuesta—. ¿Sabes que una separación extraña entre Sangre Negra y Centinela puede ser objeto de investigación?

—Ah, ¿sí? —Bufé, agotada—. Entonces ¿por qué no me arrestas y me llevas a esa maldita celda en donde metisteis a Liroy?

Su sonrisa se pronunció y se acercó un poco más a mí. El borde de su túnica negra rozó mi falda verde.

—Ojalá algún día me cuentes lo que realmente sucedió esa noche —murmuró.

—Lo hice. Lo *hicimos*. Por eso le has borrado la memoria a Andrei, ¿recuerdas?

—Querida Eliza —contestó Serena, con voz melosa—. Sabes que, además de ser hermosa, soy muy inteligente. Algo más ocurrió en esas catacumbas. —Su sonrisa disminuyó un poco, y sus ojos verdes se hundieron en los míos—. Pese a todo, la pregunta que me importa no es qué más ocurrió esa noche. La pregunta relevante es si sabes qué estás haciendo.

Fue complicado mantener el peso de su mirada. Recordé la Piedra Filosofal escapando como un último aliento de los labios separados de Kate, recordé su fulgor sangriento, las palabras de Aleister Vale, cuando me dijo que sería algo con lo que tendría que cargar toda la vida, incluso después de muerta.

No parpadeé cuando le contesté.

—Sí, lo sé.

Ella me observó durante un instante más antes de que la sonrisa regresara a sus gruesos labios.

—Está bien. Si alguna vez cambias de opinión, puedes escribirme.

Resoplé y se me escapó una pequeña sonrisa irónica.

—¿Escribirte? Por favor, sé que no me libraré de ti durante tanto tiempo. Estoy segura de que tú y tu madre visitaréis Shadow Hill en apenas unas semanas.

—Oh, pero ¿te marcharás al campo? —preguntó ella, con una sorpresa fingida.

—¿A dónde diablos quieres que vaya si no?

Serena ladeó la cabeza y sus ojos bajaron por mi abrigo, hasta detenerse en uno de los bolsillos. Yo seguí el rumbo de su mirada, confusa, e introduje la mano en la tela cálida. Mis dedos, de pronto, tocaron un sobre grueso.

—¿Qué…?

Lo extraje con rapidez y lo coloqué a la altura de mis ojos. Estaba muy lleno, el precinto no llegaba a cerrarlo por completo, y lo único que había en el dorso era mi nombre: Eliza.

Lo abrí y mis labios se separaron al ver la enorme cantidad de dinero que se encontraba en su interior. Jamás había tenido en mis manos tanto. Era mi tío el que se encargaba de extraer el dinero del banco y siempre había sido mi tía la que lo administraba y me compraba todo lo que necesitaba con él.

Entre los billetes había una pequeña nota plegada. Con el corazón golpeteando rápido en mi pecho, la desplegué.

Querida prima:

Esta es una pequeña parte de tu herencia. Te pertenece. Por supuesto, no es toda, pero creo que podría ser suficiente para las primeras semanas, o meses, quizás. Tú nunca has tenido gustos caros. Cuando necesites más, solo tienes que escribirme.

No te preocupes por nosotros. Mis padres lo sabían y aunque no pueden darte la aprobación pública en algo así, sé que no harán nada para detenerte, ni tampoco te darán la espalda cuando decidas regresar a Londres o a Shadow Hill, si es que decides volver. Ellos saben que lo necesitas, *igual que nosotros necesitamos alejarnos un poco de este mundo de bailes, normas y apariencias. Creo que nos perdimos un poco en él. Y a Kate la devoró.*

Sé que nunca te has sentido parte de nuestro mundo, así que te animo a que encuentres uno para ti.

Lo único que te pido es que no nos olvides y que, de vez en cuando, nos escribas.

Te voy a echar terriblemente de menos.

Te quiere,
tu primo Liroy Saint Germain

P. D: Saluda de nuestra parte a Andrei.

Me volví hacia Serena, que de pronto parecía interesada en sus uñas, perfectas a pesar de las pequeñas y finas cicatrices que recubrían las yemas de sus dedos.

—Ese húngaro tuyo es un buen actor.

La última frase de la carta retumbó en mi cabeza, esta vez, con la voz de mi tía Hester.

Saluda de nuestra parte a Andrei.

Ellos lo sabían. Por los Siete Infiernos. Por los Siete malditos Infiernos.

—Pero… ¿Cómo…? —Jadeé, confusa—. Recitaste el encantamiento correcto, dibujaste los símbolos.

—Emborroné uno de ellos antes de pronunciar las palabras. Lord Báthory tiene un bonito flequillo tan rebelde, que nadie que no estuviera cerca podía notar el cambio.

Miré a un lado y a otro, aferraba la carta y el sobre de dinero con tanta fuerza que el papel crujió entre mis dedos.

—Me dijo… me dijo que… volvería a Hungría.

—La verdad es que no tengo ni idea de a dónde se dirige —replicó Serena—. Lo único de lo que estoy segura es de que compró dos billetes y de que te espera al otro lado del Puente de la Torre. Lo siento —añadió, entornando la mirada—. Tendrás que caminar un poco.

Solo pude contener el aliento. Serena resopló.

—También me dijo que entendería si decidías no ir con él. Estará esperando hasta la caída del sol, pero creo que no fue sincero. Apostaría a que ese joven aguardaría días enteros por ti.

Con los latidos erráticos del corazón golpeando mis oídos, paseé la mirada por la carta, el sobre con dinero y el abrigo de viaje. Podía marcharme, podía dejar atrás todo lo que odiaba, podía dejar de ser la hija de Marcus Kyteler y Sybil Saint Germain, y ser simplemente Eliza, como había querido ser toda mi vida.

Me volví hacia Serena, con los ojos brillantes.

—Gracias —musité.

Ella puso los ojos en blanco y alzó la mano, quitándole importancia al asunto.

—Vete de una vez, querida.

Estuve a punto de obedecerle, pero me detuve en el último instante. Dubitativa, alcé el brazo y le ofrecí mi mano. Una sonrisa burlona tironeó de las comisuras de sus labios y, un par de segundos después, me la estrechó con fuerza.

Le dediqué una última mirada y salí corriendo, sin mirar atrás ni una sola vez.

Subí las escaleras, atravesé la puerta de la Torre Martin sin mirar a los dos soldados que la guardaban y salí a los terrenos, molestando a los grandes cuervos que aleteaban cerca del césped. Obligué a algunos miembros del Aquelarre a apartarse de mi camino. Algo exclamaron, pero yo los ignoré. Seguí corriendo y abandoné el castillo.

Era cerca de la hora del almuerzo y había un tráfico infernal de carruajes y personas por los alrededores. Me moví a toda velocidad entre ellos, con la carta de Liroy todavía apretada en mi puño y la sonrisa tirando de mis labios.

Llegué al puente de Londres en apenas tres minutos. Por su parte central circulaban carros y carruajes en ambos sentidos y, en los extremos, cercados por una gruesa balaustrada de piedra, los peatones. Bajo todos, el Támesis rugía.

Avancé entre las personas, mirando a un lado y a otro, pero no vi ningún rostro conocido.

Cuando llegué al final del puente me detuve. El corazón estaba a un suspiro de destrozar mis costillas y una pátina de sudor se deslizaba por mi piel, a pesar del vaho que escapaba de mis labios cada vez que jadeaba.

Di una vuelta sobre mí misma, y luego otra, pero no me encontré con ningún joven de mirada vulnerable y flequillo rebelde.

De pronto, una súbita melodía me hizo girar la cabeza. En una de las aceras se habían apostado un trío de músicos callejeros que, con dos violas y un violonchelo, habían comenzado a ejecutar una pieza. Mis ojos se abrieron de par en par al reconocerla. Era un vals, el vals al que había obligado a Andrei a bailar conmigo.

Una carcajada contenida hizo eco a mi espalda.

Cuando me volví, vi a Andrei Báthory, con el flequillo cayendo sobre su mirada oscura, el rostro ladeado, la mano extendida y el cuerpo ligeramente inclinado, en una clara invitación.

Los acordes, perdidos en un tono melancólico y dulce, se sobrepusieron a todo lo demás. Las conversaciones se apagaron, las ruedas de los carruajes dejaron de traquetear, las personas desaparecieron, y solo quedó él y la música, y el largo vals que nos esperaba.

Sus ojos me sonrieron.

—Señorita Kyteler, ¿me concede este baile?

Epílogo

Palacio de Westminster
22 de diciembre de 1895

Balanceé las piernas en el vacío y eché el rostro hacia atrás, dejando que el sol invernal acariciase mi piel. Mis pies se agitaron a pocos metros de distancia de donde se mecían las gigantescas agujas del reloj Big Ben.

Volví la cabeza hacia el interior de la torre cuando lo oí llegar. Habría dado igual que hubiese adoptado una forma animal distinta, siempre lo reconocería.

—Te siguen gustando las alturas —comentó.

De un salto se subió a la ventana sin cristales y miró hacia abajo. Noventa metros por debajo de nosotros, los londinenses recorrían las calles de su ciudad con prisa. Algunos levantaban la mirada para observar el reloj, pero nadie prestaba atención al joven y al gato de ojos amarillos que se encontraban sobre él.

—Hola, Trece —dije, clavando mis ojos en él.

—Hola, Aleister.

—Me temo que has llegado tarde. —Suspiré con exageración y miré hacia el horizonte—. Ella se fue con el joven Sangre Roja. Su barco partió hace un par de horas. No tengo ni idea de a dónde.

Trece esbozó una de sus extrañas sonrisas gatunas y me pareció que su mirada se dulcificaba. Al menos, tanto como puede hacerlo la mirada de un demonio.

—Sabré encontrarla.

Sonreí con burla, como si esa muestra de cariño fuera digna de ella, pero en el fondo de mi estómago sentí una punzada de envidia, de añoranza.

—¿Lo sabe?

—¿Que fui tu Centinela antes de que nos separaran? —preguntó, con sus ojos fijos en los míos. Cuando una nube cubrió momentáneamente el sol, todo su pelaje blanco y oscuro se ennegreció y, durante un instante, pareció de nuevo ese gato negro que me había acompañado durante tantos años. Pero la nube pasó y su aspecto volvió al presente—. No. Creo que ni siquiera lo sospecha.

—¿Y se lo dirás?

—Puede que algún día, pero no ahora —contestó, pensativo—. Si le contara que fui tu compañero hasta que el Aquelarre nos condenó a separarnos, creerá que la he engañado, creerá que yo sabía todo este tiempo que habías ocupado el cuerpo de ese viejo anciano.

—Esos años fueron entretenidos. Desde que pisé la Academia siempre me gustó hacer rabiar a Hester. —Bajé la mirada y observé mis pies, solos entre tanto vacío—. No estuvo mal estar tan rodeado de gente que parecía apreciarme.

Mi antiguo Centinela esbozó algo que parecía una sonrisa socarrona.

—Si no te conociera, diría que tú también sentías algo de cariño por ellos. Al fin y al cabo, intentaste avisar a Eliza y ayudar a Liroy. A tu manera tan particular, claro… pero lo hiciste.

—¿Yo? —exclamé, alzando las manos con exageración por encima de la cabeza—. ¿Sentir aprecio por los Saint Germain y por una Kyteler? Antes entraría en el cielo por mi propio pie —añadí, aunque por si acaso, no miré sus penetrantes ojos amarillos.

Trece guardó silencio. Mantuve la vista perdida en los tejados de Londres, pero él no dejó de observarme con atención.

—¿Lo sabías?

—¿Lo de Kate? Por los Siete Infiernos, no —contesté. Me giré hacia él a regañadientes—. Sí, sabía que a veces creaba Homúnculos, pero ¿quién no lo hace con dieciséis para escapar de algo? Esa muchacha escapaba a veces por la noche, pero al igual que también lo hacían Eliza y Liroy. Supongo que las apariencias engañan.

—Siempre —corroboró Trece. Casi sonaba tan cansado como yo—. Y hablando de apariencias…

—¿Esto? —lo interrumpí, señalándome con el índice—. Es culpa de la Piedra, supongo. Algo parecido a la eterna juventud.

—¿Supones? —Trece ladeó la cabeza.

—Han pasado muchos años. Aunque físicamente no pueda envejecer, debería sentirme como alguien… más adulto, pero no es así. Es como si me hubiera quedado estático, paralizado en el tiempo. No solo mi aspecto se ha mantenido idéntico, mis gustos, mi propia forma de pensar… sigo siendo un maldito adolescente a punto de cumplir dieciocho años que tiene más poder del que puede controlar.

Trece apartó la mirada y la clavó en el horizonte. Mantenía la cola baja y las orejas echadas hacia atrás.

—Pareces decepcionado —comenté.

—No es esto lo que hubiese querido para ti. Después de todo lo que pasó, después de que perdieras a Leo, y Marcus y Sybil… —Bufó, y sus colmillos asomaron—. Deberían conocer tu historia. *La verdadera*, no la que contaron. Todos. O Eliza, al menos. La comprendería. *Te comprendería.*

—¿Para qué? Siempre va a haber una parte de ella que me odie. Asesiné a sus padres. Eran horribles, cierto, pero seguían siendo sus padres. Quizás, si hubiesen seguido vivos, su prima habría recibido la atención que quería desde un principio y no habría perdido la cabeza. Si hay algo de lo que me he dado cuenta en todo este tiempo, es que todo está relacionado. Cualquier acción, por mínima que parezca… traerá enormes consecuencias.

—Pero tú no mataste a Leonard Shelby. Hay muchas mentiras corriendo sobre ti: que odiabas a los Sangre Roja, que tuviste seguidores a los que animabas a practicar magia prohibida…

—Leo —murmuré, y mis pulmones se vaciaron con ese susurro—. A día de hoy, todavía no sé qué ocurrió aquella noche. Por qué decidió realizar la invocación de la Piedra Filosofal con Marcus y Sybil. Lo he invocado muchas veces, ¿sabes? He tratado de llamar a su fantasma en cientos de ocasiones, pero él nunca ha acudido a mí. Además —añadí, con una pequeña sonrisa ante la expresión desolada de Trece—, la mayoría de lo que me acusan es cierto. He hecho muchas barbaridades, he sacrificado a muchas personas, Sangre Negra o no. Cuando me escapé de Sacred Martyr, antes de crear esa extensión falsa de mí que aún sigue en la celda, maté a muchos, y te aseguro que no miré atrás ni una sola vez.

—Porque querías deshacerte de la Piedra.

—No sé cuántos sacrificios, cuántas invocaciones, cuántos encantamientos y cuántas maldiciones harán falta para destruirla. Ya perdí la cuenta y los deseos de intentarlo. Fue difícil crearla. —Me llevé la mano al pecho y la sentí dentro de mí, palpitando junto a mi corazón—. Pero a veces dudo de si habrá alguna forma de hacerla desaparecer. —Aparté la mano y la apoyé de nuevo en el alféizar de piedra—. ¿Qué has hecho con la otra?

—Escondida en uno de los Siete Infiernos. A salvo, o al menos por ahora.

—No podrá estar ahí durante mucho tiempo.

—Lo sé.

Balanceé los pies en el vacío mientras Trece se estiraba y, después, bajaba de un salto elegante al interior de la torre. El sol de la tarde creaba sombras en su figura de largos cuernos y extremidades terminadas en garras.

Parecía a punto de marcharse. Al fin y al cabo, para él yo no era más que otro Sangre Negra. Su compañera lo esperaba, y yo sabía que él sentía la necesidad de ir con ella.

—Intenté recuperarte, ¿sabes? —dije, antes de que llegara a darse la vuelta—. Puedo hacer cosas increíbles con la Piedra Filosofal en mi poder, pero parece una maldición cuando se trata de relaciones, de personas que me importan. Tú, Marcus, Sybil, Leo… lo destruyó todo. Absolutamente todo.

La mirada de Trece pareció más vieja y cansada que nunca.

—Hay tipos de magia que ni siquiera el Diablo puede controlar. —Bajó la cabeza, como si me dedicara una reverencia. De pronto, había vuelto el brillo burlón a sus ojos amarillos—. Buena suerte, Aleister.

—Hasta pronto.

Trece estuvo a punto de dar el primer paso, pero dejó escapar un bufido bajo y se volvió a girar en mi dirección. Casi parecía tener el ceño fruncido.

—¿Por qué suenas como si supieras que no vamos a estar mucho separados?

—Oh. —Dejé escapar una risa suave y hundí mis ojos en su mirada—. Porque, amigo mío, no lo vamos a estar. Piensa en todos los estragos que han ocurrido desde que creamos la primera Piedra Filosofal, en todos los muertos que ha acarreado, en todas las vidas que se han destrozado, en todas las historias horribles que han derivado de ella. ¿Qué crees que ocurrirá, ahora que hay otra más?

Trece me miró durante un instante, masculló una blasfemia entre sus afilados colmillos y corrió escaleras abajo.

Yo me recliné hacia delante, con el equilibrio al límite, y comencé a canturrear:

Cinco puntas tiene la magia
como una estrella maldita...

Nota de la autora

A pesar de que he intentado ser todo lo fiel posible a esta época y he tratado de utilizar todos los personajes de la manera más fidedigna, la historia me pidió varios cambios.

Walter Andrews no nació en Londres, y nunca pude averiguar si tuvo una hermana que se casó con un noble húngaro, pero sí es verdad que fue uno de los policías encargados de investigar los crímenes del Destripador en 1888. Es cierto también que un año después se retiró de la Policía Metropolitana de Londres, aunque en esta historia siga en activo.

Algo parecido ocurre con el inspector Andrew Reid. No tengo ni idea de si realmente estuvo obsesionado con una familia adinerada por sospechas de brujería, pero existen datos de que lo apartaron de la pista de Jack el Destripador cuando el número de víctimas comenzó a aumentar.

En un momento de la historia, encontráis una frase que dice así: «En ella era impensable que dos personas del mismo sexo tuvieran una relación más estrecha que una amistad». Quizás no es la mejor forma de expresarla, pero en aquella época, la orientación sexual, la identidad de género, etc., eran términos desconocidos, por lo que decidimos usar esa expresión, aunque en nuestros días no sea la más adecuada. Esperamos que lo podáis comprender, y sentimos de antemano si creéis que no hemos estado acertados.

Lansdowne House fue una mansión que existió, pero que nunca estuvo ocupada por una familia que tuviera el apellido Saint Germain. Por desgracia, con el transcurso de los años la modificaron tanto que ya ni siquiera es una sombra de lo que fue.

Dorchester House, el hogar de Serena, también existió. Era una de las enormes mansiones de Park Lane y, curiosamente, en 1895 era propiedad de un hombre que se llamaba Sir George Holford, aunque hoy en día todavía no he descubierto si fue un Sangre Negra. Por desgracia, fue completamente demolida en 1929 y en 1931 se erigió el Hotel Dorchester en su lugar.

Actualmente, la Torre de Londres es uno de los atractivos más turísticos de la ciudad, pero fue prisión de muchos nobles de épocas pasadas, como la reina Ana Bolena. Pasó sus últimos días allí, encerrada, para ser posteriormente decapitada. No fue la única en morir entre sus muros de piedra, aunque nunca se supo a ciencia cierta qué ocurrió con los famosos Príncipes de la Torre: Edward y Richard, de la familia York, que desaparecieron misteriosamente. Por eso, no es de extrañar que haya tantos fantasmas molestando el trabajo diario de los miembros del Aquelarre.

La primera vez que oí hablar de la Teoría de los Humores, creada por Hipócrates, fue en clase de Historia de la Medicina, en mi primer curso de Enfermería. Y de alguna manera, me fascinó y se me quedó tan adentro, que esperó muchos años en mi cabeza hasta encontrar esta historia para darle un nuevo significado.

El primer y el último vals que comparten Eliza y Andrei es el Vals número 2, Op. 64, de Frédéric Chopin. Eliza prefería bailar otro tipo de piezas, pero yo os invito a escucharla, porque es verdaderamente preciosa.

AGRADECIMIENTOS

Escribir este libro fue un auténtico regalo, porque tiene dos elementos en los que quería sumergirme desde que creé mi primera historia: brujas y una época tan fascinante como la victoriana. Aun así, fue un trabajo largo y farragoso, y durante todo el proceso han aparecido ciertas personas a las que tengo que agradecerles unas cuantas cosas.

A mis padres, que me dieron a conocer la literatura de la época desde que era muy pequeña, y me hicieron enamorarme de esos libros tan llenos de luces y sombras.

A mi hermana, que es la que empieza cada lectura con un buen machete para quitar todas las malas hierbas que pueblan los primeros borradores. Mi primera y mejor lectora, sin duda.

A Jero, que soporta mis maratones de escritura y me escucha con una sonrisa cuando le cuento las posibles ideas e historias que se me ocurren, por muy locas que parezcan.

A Victoria Álvarez, que me proporcionó al segundo una larga lista de libros y series que no conocía para sumergirme en la época victoriana antes de escribir sobre ella. Aunque no me sorprende, sé que le pregunté a la mejor. Gracias también por ese *blurb* maravilloso. Y hablando de frases estupendas, gracias también, Bibiana, por animarte a leer esta novela cuando todavía era una galerada y regalarme unas palabras preciosas.

A todos los que han contribuido para que esta historia pase de ser una imagen en la cabeza de una escritora, a un libro físico maravilloso, lleno de detalles. Gracias Camila, Luis, Georgina, Erika; gracias a los maquetadores, a los correctores... y a Leo, por supuesto. Que, aunque está hasta arriba de trabajo, siempre encuentra un hueco para escucharme. Lo he dicho y lo diré siempre: qué suerte tuve de haberme cruzado contigo.

A todos los que me seguís en redes, a los que habéis comprado este libro, a los que os molestáis en escribirme para hacerme saber qué os han parecido mis historias. Todavía sigo sin creérmelo. Nunca habrá palabras suficientes para explicar lo que esos mensajes significan para mí. Espero que la historia de Eliza Kyteler os haya gustado y os haya sumergido en ese Londres mágico de 1895. Y, si ha sido así, no os vayáis muy lejos, no os olvidéis de esta ciudad, ni de los Sangre Negra, ni de los Centinelas, ni de la Piedra Filosofal... porque como ya nos ha adelantado Aleister Vale, esto no es el final.